JANINE BOISSARD

Dès l'âge de vingt ans, Janine Boissard commence sa carrière d'écrivain sous le nom de Janine Oriano, son nom de femme mariée. Avec *B comme Baptiste*, elle est la première Française à publier dans la collection « Série Noire ». En 1977, la grande saga *L'esprit de famille*, publiée cette fois sous son nom de jeune fille, la fait connaître du grand public. Parallèlement, elle écrit pour la télévision. Les chambardements dans la famille, les problèmes de couple et la place de la femme moderne dans le monde du travail sont les thèmes le plus souvent abordés par Janine Boissard dans ses romans. Parmi ses plus grands succès, on retiendra : la saga des *Belle-Grand-Mère*, *Une femme en blanc* (1996) suivie de *Marie-Tempête* (1998) et de *La Maison des enfants* (2000). *Parce que c'était écrit...* (Pocket, 2010) a paru précédemment sous le titre *Les miroirs de l'ombre* chez Fayard.
Mère de quatre enfants, Janine Boissard a publié une quarantaine de romans, notamment, parmi les plus récents, *Un amour de déraison* (Le Rocher, 2008), *Malek* (Fayard, 2008), *Loup, y es-tu ?* (Robert Laffont, 2009), *Sois un homme, papa* (Fayard, 2010), et enfin *N'ayez pas peur, nous sommes là* (Flammarion, 2011).

CHARLOTTE ET MILLIE

DU MÊME AUTEUR
CHEZ POCKET

MARIE-TEMPÊTE
CHARLOTTE ET MILLIE
HISTOIRE D'AMOUR
JE SERAI LA PRINCESSE DU CHÂTEAU
ALLEZ, FRANCE !
UN AMOUR DE DÉRAISON
PARCE QUE C'ÉTAIT ÉCRIT…
LOUP, Y ES-TU ?
N'AYEZ PAS PEUR, NOUS SOMMES LÀ

DANS LA SÉRIE MARGAUX LESPOIR

UNE FEMME EN BLANC
LA MAISON DES ENFANTS

LA CHALOUPE

LE TALISMAN
L'AVENTURINE

JANINE BOISSARD

CHARLOTTE ET MILLIE

ROBERT LAFFONT

MIXTE
Papier issu de
sources responsables
FSC® C003309

Pocket, une marque d'Univers Poche,
est un éditeur qui s'engage pour la
préservation de son environnement et
qui utilise du papier fabriqué à partir
de bois provenant de forêts gérées de
manière responsable.

ISBN 978-2-266-12557-4

Remerciements

Merci à ceux et à celles qui, à Saint-Louis, lors de belles fêtes autour du plaisir de lire, m'ont appris à aimer l'Alsace et donné l'envie d'en faire le théâtre ensoleillé de cette aventure.

Merci à Dominique Rencke, fabricant de jouets en bois dans le Florival.

Merci à Yvonne Mazurier, ancien premier adjoint au maire de Fresnay-l'Évêque, en Eure-et-Loir, qui m'a guidée avec patience et efficacité dans les arcanes de la vie d'une mairie.

Et merci à mon beau-frère, Claude Barba, avocat à la Cour, qui depuis des années, et pour chacun de mes livres, m'apporte ses conseils éclairés.

PREMIÈRE PARTIE

CHARLOTTE

1.

Ce matin, avant de partir pour l'école, Émilie, dite Millie, juste douze ans, m'a posé une drôle de question.

– Maman, es-tu contente ?

Nous étions à la cuisine, moi encore en robe de chambre, je rangeais après la ruée du petit déjeuner : céréales, jus de fruits, thé, café, chocolat, tartines grillées, bols marqués au nom de chacun.

– Mais contente de quoi, ma chérie ?

– Ben... de tout, de toi.

Cette fois, j'ai mieux regardé l'inquisitrice. C'est la mode des paillettes. Sur le nez, ça allait, sur les baskets, elle avait un peu trop forcé, ça faisait clown. Mais le clown était sérieux.

– Contente ? Il me semble. Pourquoi me demandes-tu ça ?

– C'est le jour ou jamais, non ? a-t-elle tranché avant de mettre son cartable sur son dos : – J'y vais. Surtout n'oublie pas de venir me chercher à six heures. Tchao !

Un maillot de bain à acheter d'urgence pour la piscine. C'est cela aussi, Millie : l'urgence, l'immédiatement, le sur l'heure : miss Samu.

Je n'ai compris que plus tard que, par « contente », elle voulait dire « heureuse ». Le mot avait dû lui sembler trop gros, elle a de ces pudeurs. Et me poser la question aujourd'hui était sans doute sa façon de me souhaiter en douce un bon anniversaire.

Je suis née il y a quarante-deux ans dans un petit village du Haut-Rhin, Saint-Florentin, quatre cents mètres d'altitude, sept cents âmes.

Maman, nous l'appelions, mon frère Étienne et moi : « maman Chut ». Un méchant lutin frappait dans sa tête à coups de marteau. Elle vivait tout le temps dans sa chambre dont les volets restaient clos même lorsqu'il faisait soleil. Nous ne devions pas être bruyants pour ne pas réveiller le lutin qui lui arrachait parfois des cris à mourir de honte vis-à-vis des voisins. Étienne avait treize ans et moi onze lorsqu'elle était morte. Papa avait dit « partie ».

Mon père, dont j'étais le portrait, disait-on, yeux et cheveux châtaigne, exerçait et exerce toujours le plus beau métier du monde : fabricant de jouets. Des jouets en bois pour les tout-petits, se situant entre la peluche et le jeu électronique. « Je suis un marchand de racines, assurait-il. Ce que l'enfant a porté à sa bouche pour apprendre le monde, il ne l'oubliera jamais. Cela fera partie de sa culture. – Et, caressant de sa large main les bois amoureusement mûris, il ajoutait : – En lui donnant du beau, de l'authentique, je l'aide à s'implanter plus solidement dans la vie. »

Sitôt rentrée de l'école, je me précipitais chez Gepetto, le nom de son entreprise dont il était alors le seul salarié. Ce n'était pas lui mais moi qui demandais : « Alors, qu'as-tu fait de beau aujourd'hui ? »

Il avait fait de beau un caneton, une cigogne, un lapin, un petit train avec des wagons de couleur dans lequel nous embarquions tous les deux, ou une maison de poupée dont nous refermions la porte sur nos chagrins.

Plus grande, je lui dessinais des modèles dont il assurait s'inspirer pour les siens. « Que deviendrais-je sans ma Charlotte ? » disait-il, l'œil amoureux. Je promettais : « Je ne te quitterai jamais. » C'était ma façon de le demander en mariage sans crainte qu'il refuse. D'ailleurs, il ne disait pas non. Et pour lui, les mariages, ce n'était pas difficile puisqu'il était le maire du village.

Finalement, je n'ai pas épousé le fabricant de jouets mais un brillant ingénieur : Frédéric Brenner. Nous habitons Strasbourg, dans la vieille ville, non loin de la cathédrale, et c'est mon frère, Étienne, qui est resté à Saint-Florentin où il travaille pour Gepetto.

Il n'est pas pour moi de bonheur sans enfants. Nous en avons eu trois.

Julie, la bûcheuse, vingt ans, en deuxième année de droit à l'université. Elle vise la carrière d'avocate internationale.

Nicolas, le musicien, dix-neuf ans, entré sans enthousiasme après le bac dans une petite école de commerce.

Et enfin Millie, dite aussi « la Furette ».

Il y a des enfants à surnoms. Ceux-ci fleurissent tout naturellement de leur fantaisie. C'est le cas de notre benjamine. Ayant décidé d'être plus tard grand reporter, elle fait ses armes sur l'entourage, ce qui n'est pas de tout repos : Millie trou-de-serrure.

Alors qu'aujourd'hui la plupart des femmes travaillent, je n'y ai jamais songé. Mariée toute jeune, je n'avais que le bac en poche, aucune qualification, comme on dit. Frédéric gagnait bien sa vie ; très vite devenue mère, je voulais éviter à tout prix à mes enfants le vide creusé par maman Chut, aussi me suis-je efforcée d'être son contraire. J'allais les chercher à l'école et, plus tard, lorsqu'ils en revenaient seuls, j'étais toujours là pour tartines et devoirs. Ils avaient le droit de faire du bruit et de poser toutes les questions qu'ils voulaient.

« Maman ? Elle ne fait rien », répond encore Julie, un peu gênée, à ses amies dont les mères, elles, font souvent carrière.

Que je sois femme à la maison convient à Frédéric. Patron de Plastichoc, une entreprise florissante de produits plastiques, il est amené à beaucoup voyager. Que deviendraient les enfants si moi-même j'avais à m'absenter ? Il est utile pour son métier que nous recevions, notamment des étrangers. Dans ce but, j'ai acquis la qualification de cordon-bleu. Je sais organiser un cocktail ou un dîner, dresser une table, placer mes invités selon leur rang dans le travail ou l'amitié, retenir le nom de chacun comme le font si bien les Américains et distribuer mes sourires sans tenir compte de mes préférences.

– Maman, es-tu contente ? a donc demandé Millie, ce matin de mes quarante-deux ans.

Un mari brillant et attentionné, trois enfants sans problèmes majeurs, une vie exempte de soucis matériels, n'ai-je pas, comme on dit, « tout pour être heureuse » ?

Alors comment se fait-il que j'éprouve parfois, entre les murs de ma jolie maison, une sensation d'étouffement ? D'où vient, surtout l'après-midi, lorsque la lumière a moins d'ardeur, ce creux, ce manque, cette envie de courir, de dire, de faire ? Mais quoi ? Et, de plus en plus souvent, autour de la table où j'ai disposé sans faute la porcelaine, le cristal, l'argenterie et un chemin de fleurs, parlant de ci et de ça avec nos invités, cette envie de prendre les coins de la nappe et de tirer ?

Patatras !

2.

– Tu es sûre, maman ? Ça déborde pas ? Promis ?

Moulée dans un maillot de bain nageur, Millie se tord le cou pour s'assurer que rien ne dépasse, ni bâbord ni tribord. On étouffe dans cette cabine d'essayage dont j'ai ordre de maintenir le rideau fermé afin que nul autre que moi ne décèle... ses formes à venir. Cette péronnelle qui colle son œil sans rougir à tous les trous de serrure craint toujours d'en montrer trop d'elle-même.

Je réprime mon rire :

– Rien ne déborde, promis !

Un regard vengeur me transperce :

– Dis tout de suite que je suis plate !

– Je n'ai jamais dit ça. Tu es... comme il faut pour ton âge.

– Et à l'âge de Julie, est-ce que j'aurai des poitrines comme elle ?

Triomphantes « les poitrines » de Julie. Pas à la portée de tout le monde. Je me risque à caresser un petit bout d'aileron osseux :

– Tu auras des poitrines comme toi. Proportionnées à ton exquise personne.

– Ça va, j'ai compris. Tu peux te tourner, s'il te plaît ?

Je colle mon nez au rideau tandis qu'elle retire son maillot. À ses pieds, une demi-douzaine de dépouilles. Voilà plus d'une heure qu'elle fait courir l'employée, réclamant des avis qu'elle méprise royalement. À la maison, on doit se demander ce que nous fabriquons.

Pour mon anniversaire, il paraît qu'on m'invite à dîner au restaurant. J'aimerais quand même avoir le temps de prendre un bain, me faire belle.

Revoilà Millie en jean et baskets.

– Alors, lequel prends-tu finalement ?

– Aucun. Les couleurs sont nulles.

– Mais je croyais que demain, pour la piscine...

– Le vieux fera bien encore une saison.

Ne reste qu'à se sauver piteusement en promettant de revenir à une vendeuse dont le sourire dédaigneux montre qu'elle n'en croit rien.

Millie sur son vélo neuf (Noël), moi sur mon vieux clou, toutes deux sac au dos, nous roulons vers la maison. Parmi mes amies, certaines font de la gymnastique, d'autres de la natation, du golf ou du tennis ; moi, je pédale. Depuis mon tricycle dans la cour de Saint-Florentin, je n'ai jamais cessé. Strasbourg me permet de continuer grâce à ses nombreuses pistes cyclables.

Ignorant le code de la route, Millie ne perd pas une occasion de rouler épaule contre épaule avec moi.

– Dis donc, il est vraiment *out*, ton vélo ! Il ne te fait pas trop honte ?

– Ce qui me ferait honte, ce serait de rougir d'un vieux et fidèle compagnon.

Tout vétuste qu'il soit, ce compagnon me permet d'admirer au passage, au-dessus de ce porche, le beau mascaron de pierre d'un jeune dieu, d'entendre sonner sept heures à Saint-Thomas, de sentir les effluves de l'été qui a l'amabilité de fêter son anniversaire en même temps que le mien.

– Pour aller bosser, cinquante pour cent des travailleurs empruntent les transports en commun, quarante leur bagnole et deux pour cent seulement un vélo, claironne une Millie toute réjouie de se trouver dans la minorité et qui en profite pour lâcher son guidon et faire un bras d'honneur à un malheureux automobiliste coincé derrière un camion.

Notre Furette est une fanatique des sondages et autres statistiques : façon de se préparer à son futur métier. Nous passons le pont qui enjambe l'Ill. La maison n'est plus loin, jolie demeure à colombages avec balcons fleuris de géraniums. Et voici que ma fille s'envole, disparaît après un tournant pris à la corde. Que lui arrive-t-il ?

« JOYEUX ANNIVERSAIRE ! »

Une trentaine de personnes applaudissent mon entrée au salon. Comment n'ai-je pas deviné que le maillot n'était qu'une ruse destinée à laisser à la surprise le temps de s'installer ?

Au milieu de la pièce, un vélo tout-terrain : jaune, vert, mauve.

– Cadre dame, annonce Julie.

– Onze vitesses, précise Nicolas.

– Guidon modulable, déclare Millie avec gourmandise.

Je suis priée d'enfiler sur-le-champ le polo assorti à la bicyclette, sur lequel s'étale en grosses lettres le nom de celle-ci : LA MUST.

– C'est toi, la must, mon amour, me chuchote Frédéric. (Il me tend une coupe de champagne :) Vraiment, tu ne te doutais de rien ?

Si je m'étais doutée, croit-il que je porterais cet infâme pantalon et ces chaussures de tennis craquelées ?

Parmi les invités, quelques couples amis, des députés, un ancien ministre. Beaucoup de décorations aux boutonnières. Virginia, la plus chère à mon cœur, est présente elle aussi, montée tout exprès de Mulhouse pour m'offrir deux baisers sonores au fond des joues, du fond du cœur. Julie, dans un élégant tailleur que je ne lui connaissais pas, joue à la maîtresse de maison, naviguant avec aisance de l'un à l'autre. Fabrice, son fiancé, est là. Mariage dans une petite année, et pas question qu'ils vivent ensemble avant : cela ne se fait pas dans la belle-famille.

Nicolas m'observe d'un œil un peu inquiet, semblant se demander... si je suis contente. Frédéric s'approche avec l'ancien ministre.

– Sais-tu ce que me faisait remarquer Antoine ? Tu as l'air d'être la grande sœur de tes enfants. Pas leur mère.

Je ris :

– Cela signifierait-il que je n'ai pas grandi ?

– Plutôt que vous avez gardé la flamme, répond Antoine.

– Quelle flamme, grands dieux ?

L'exclamation m'a échappé. Le regard étonné de Frédéric m'indique qu'elle ne me ressemble pas. Serait-elle le fruit de la question bizarre de ma petite fille ce matin ?

Mais toutes les têtes se tournent vers la porte où un personnage inattendu vient d'apparaître : visage large et coloré, tignasse blanche en bataille, sourcils broussailleux, plus paysan que citadin.

Mon père.

Pour monter en ville, il a mis sa tenue de mariage. Pas son mariage à lui, bien sûr : ceux auxquels il procède à la mairie. Velours marron et gilet assorti, cravate et souliers cirés. Il a voulu se faire beau et ça ne lui va pas. C'est dans son tablier en cuir d'artisan que je le préfère, il y est lui-même.

Il ne s'attendait pas à trouver le salon plein. Son œil effaré passe sur ces gens qui, eux, sont quotidiennement « en beau », ces jolies femmes maquillées à jupe courte et talons hauts, ces hommes en costume-cravate. Ceux-ci ont cessé de parler, se demandant qui peut bien être cet ours brun. Mon père monte le moins souvent possible à Strasbourg et nous n'avons jamais eu l'occasion de le présenter à nos amis. Nous ne l'avons pas cherchée non plus.

La première à courir vers lui est bien sûr Millie. Elle se pend à son cou :

– Gépé, tu es venu !

Gépé, pour Gepetto. Nicolas la suit. J'annonce au ministre, assez fort pour que tous entendent : « Mon père », avant d'aller l'embrasser à mon tour, suivie par un Frédéric plutôt raide qui lui serre la main.

– Pardonne-moi, me chuchote papa à l'oreille. Si j'avais su que tu avais tout ce monde...

Je l'interromps.

– Tais-toi, papa. Je suis heureuse que tu sois là. Mais, dis-moi, tu n'aurais pas oublié quelque chose ?

Ses yeux se remplissent de tendresse.

– Bon anniversaire, petite. Ça te fait combien, déjà ?

La phrase rituelle à laquelle vous n'êtes pas tenu de répondre. Le jour où papa oubliera l'âge de sa progéniture... Il porte sur lui une carte où sont inscrits toutes les fêtes et tous les anniversaires. Le tien aussi, Julie !

Elle se décide enfin à venir dire bonjour à son grand-père. Mais sans Fabrice et du bout des lèvres. Ce grand-père-là, le maternel, gageons qu'elle n'a pas dû en parler en détail à la future belle-famille. L'une des plus anciennes de la ville, plutôt snob, reconnaissons-le.

Et voici Virginia, grande complice de Joseph. Elle a acheté en plein village une « cabane » où elle se précipite dès qu'elle dispose de quelques heures, cabane qu'elle n'aura jamais fini d'embellir car c'est un rêve d'enfance. Avec mon père, toutes les occasions leur sont bonnes pour partager un petit coup de mirabelle ou de quetsche, accompagné d'une part de kouglof. Sans se soucier de l'entourage, elle lui donne l'accolade :

– Tu vois, il ne manquait que toi.

Dans le salon, les conversations reprennent progressivement. Virginia s'empare du bras de Joseph pour l'entraîner vers le buffet.

– Toi, tu t'occupes de tes invités, m'ordonne-t-elle. Je me charge de M. le maire.

3.

J'ai repris mon flambeau de maîtresse de maison. Je suis allée de groupe en groupe, d'amis en fréquentations ou connaissances. Plus personne ne se souciait de l'ours brun qui, entre Virginia et Millie, levait sa coupe vers mon vélo, toujours au centre du salon, en m'adressant des sourires affectueux. Je me sentais lâche. J'aurais voulu leur dire que cet homme était un artiste, qu'il travaillait dans ce qu'en Alsace nous avons de plus précieux avec la vigne : le bois. Il pouvait nommer chaque arbre et décrire sa chair : celle foncée du chêne, rosée du hêtre, tendre et claire du tilleul, décorative de l'orme... Et alors il devenait le plus passionnant des orateurs.

J'aurais voulu leur dire aussi que si aujourd'hui j'étais « la must » c'était grâce à lui qui, après la mort tragique de ma mère, avait su veiller sur la petite flamme dont vous parliez à l'instant, monsieur le ministre, l'entretenir, la nourrir, pour me permettre d'ouvrir à la vie les volets fermés de mon cœur.

Lui n'avait pas de décoration à la boutonnière, sa fierté était l'écharpe de maire qu'il portait depuis plus de trente ans, qui dit mieux ? Et, bien sûr, une fête comme celle-là, ce n'était pas son truc. Au champagne, il aurait préféré un verre de riesling ou un pinot noir ou gris, aux canapés et autres petits fours soigneusement alignés sur les plateaux d'argent, des nourritures plus consistantes : une palette de porc fumée, un caquelon de tripes ou un poêlon de foie gras aux pommes. Mais cela l'empêchait-il d'être à la hauteur ? Et d'abord, quelle hauteur ? De qui ? De quoi ?

Je n'ai rien dit de tout cela. J'ai souri et remercié. J'ai applaudi à l'arrivée du gâteau meringué au café et soufflé mes bougies, en laissant quelques-unes en rade.

C'est alors que mon père, ragaillardi par le champagne, a prononcé bien haut l'autre phrase rituelle.

– Elle les souffle jamais d'un coup, ma Charlotte. Pas trop d'arrosage, s'il te plaît !

Le silence est tombé. Julie a blêmi. Frédéric a fait semblant de sourire. Millie et Virginia ont ri.

– Pour l'arrosage, ne t'en fais pas, ai-je dit en soufflant les dernières bougies.

La porte vient de se refermer sur l'ultime invité, au soulagement palpable de certains. Il est plus de minuit. Pas question de laisser

Joseph reprendre la route à cette heure. Il dormira dans la chambre de Millie qui, elle, partagera celle de Julie.

– Il ne manquait plus que ça, maugrée mon aînée en s'enfermant dans la salle de bains.

Tandis que Frédéric procède à l'extinction des feux au salon, Millie et Nicolas comptent les paquets-cadeaux déposés sur la commode de l'entrée. Cela ne se fait pas d'ouvrir en présence du donateur. On risque d'embarrasser les moins généreux. Demain, je mettrai un mot à chacun.

– Et si on déballait maintenant ? propose la Furette avec gourmandise.

– Certainement pas. On est trop fatigués pour en profiter. Et on attend aussi demain pour ranger.

Nicolas le filiforme apporte à Joseph un pyjama où celui-ci aura bien du mal à entrer. C'est bon de rire sans retenue. J'accompagne papa dans sa chambre. Soudain, il me semble très fatigué. Vieilli ? Il se laisse tomber sur le bord du lit, me regarde d'un air d'excuse.

– Ce n'était vraiment pas la bonne idée : venir te raconter mes petites histoires le jour de ton anniversaire !

Je l'embrasse.

– Demain, papa. Demain, tu me raconteras tout. Tu n'es pas obligé de repartir tôt, j'espère ? On aura le temps de parler.

En le quittant, j'éprouve à nouveau cette sorte de remords honteux. Ce soir, j'ai perdu une bonne occasion de tirer la nappe.

4.

– Ça tombe mal que c'est mercredi, soupire Millie.

Dans mon T-shirt « la Must » qui lui balaie les chevilles, elle contemple d'un regard consterné le spectacle du salon ravagé. Le soleil cru du matin accentue le désastre. Partout, y compris sur la moquette, verres, coupes, soucoupes, assiettes, morceaux de pain, cadavres de bouteilles, cendriers débordants. Pour l'odeur, ce n'est pas ça non plus.

Le mercredi matin, Millie a congé. La piscine – en maillot râpé –, c'est pour cet après-midi.

– Eh bien, pour moi, tu vois, c'est un vrai miracle que CE SOIT mercredi. Je vais avoir ton aide.

Nous parlons bas : papa n'est pas encore apparu. Quant à Julie, dont j'ignore les horaires de cours, elle paresse ou râle au lit. Et pour son aide, n'y comptons pas trop.

Frédéric et Nicolas sont partis. Nicolas à son école de commerce, Frédéric en Allemagne : un rendez-vous avec un client pour son entreprise. Ce matin, avant de me quitter, il s'est contenté de remarquer :

– Pour ton père, cela aurait quand même été mieux qu'il prévienne.

Lui aurait-on conseillé, avec tact, de choisir un autre jour ? Mais, si j'ai bien compris, papa est venu sur un coup de tête, parce qu'il voulait me raconter ses « petites histoires ». Et, découvrant le salon plein, il a eu la même surprise que moi !

– On ouvre d'abord pour se donner du cœur à l'ouvrage ? propose Millie en montrant les cadeaux.

– D'accord.

Je désigne le vélo, toujours dans le salon :

– De toute façon, le plus beau, c'est lui. Que dirais-tu d'une balade quand on aura fini de ranger ?

– On emmènera Gépé ?

– Et sur quelle monture ?

Nous rions. Tiens, ce gros paquet mal ficelé posé à terre et qui, contrairement aux autres, n'est pas accompagné d'une carte, je ne l'avais pas remarqué la veille. C'est par lui que nous commençons.

Ou plutôt que Millie commence.

La carte n'était pas nécessaire et mon cœur fond. Chaque centimètre du présent est signé. C'est un chalet forestier : chêne et hêtre. Il a ses fenêtres, ses portes, ses volets et même ses tuiles et sa cheminée. On voudrait l'habiter. Le plus beau n'est plus mon vélo. Émerveillée, Millie tend le doigt, ouvre un petit volet vert.

– Tu vois, maman, je crois qu'on ne peut pas attendre pour lui dire merci.

Je la laisse frapper à la porte. Huit heures trente. Pour un homme qui commence à six, papa doit avoir récupéré. N'obtenant pas de réponse, Millie tourne doucement la poignée. Une bouffée d'air frais nous balaie le visage, la fenêtre est grande ouverte, l'oiseau s'est envolé.

– Ça alors, il exagère d'être parti comme ça, râle Millie, le chalet contre son cœur.

Mon cœur à moi se serre : parti sans me parler. Je revois son regard sur nos invités hier, stupéfait – déçu? « Le jour de ton anniversaire, en plus. » A-t-il craint que ce qu'il avait à me dire n'ait gâché la fête ?

Millie montre le drap bien tiré sous la couette, les oreillers gonflés.

– Même pas sûr qu'il a dormi là. Si j'avais su. Elle ronfle, la Julie.

– Et toi tu siffles...

« La » Julie vient de faire son apparition dans un peignoir transparent qui révèle les glorieuses poitrines convoitées par sa petite sœur. Elle montre la chambre vide.

– Si je comprends bien, il a filé comme il est venu : sans avertir.

– Dis donc, remarque perfidement Millie, vous êtes toujours fiancés, Fabrice et toi ?

– Pourquoi tu me demandes ça ?

– Hier, tu as oublié de le présenter à Gépé.

– On ne présente pas quelqu'un d'imprésentable. Si tu vois duquel je veux parler.

L'indignation m'étouffe. Julie passe à la cuisine. Je récupère le chalet sur la poitrine plate de Millie et viens le poser devant le bol de mon aînée.

– Dis-moi, Julie. Parmi nos glorieux invités d'hier, eux si présentables, lequel serait capable de faire ça ?

Un haussement d'épaules me répond. J'aime mieux ne pas insister, je me mettrais en colère. Mais débrouille-toi toute seule pour ton petit déjeuner.

J'ai attendu dix heures pour appeler Saint-Florentin. Ça ne répondait pas à l'atelier, j'ai essayé la maison. Odette, ma belle-sœur, a décroché tout de suite :

– Il est arrivé quelque chose à Joseph !

Mon cœur s'est retourné.

– À papa ? Mais quoi ?

– On l'a trouvé dans sa voiture ce matin, la tête sur le volant, inanimé. Les pompiers l'ont emmené à Mulhouse.

– Qu'est-ce qu'il a ?

Cette fois j'avais crié. Millie s'est approchée, elle a appuyé sur le haut-parleur. Je l'ai éteint et j'ai repoussé brutalement ma fille.

– Ils parlent de congestion cérébrale. J'attendais d'en savoir plus pour t'appeler, s'est excusée Odette.

– Une congestion cérébrale, ça ne te suffisait pas ? Il fallait m'avertir tout de suite. Qu'est-ce qui s'est passé ? Hier, il allait bien.

– Hier ? Tu veux dire que tu l'as vu hier ? s'est exclamée Odette, stupéfaite.

– Il nous a fait la surprise de venir à Strasbourg. C'était mon anniversaire.

– Est-ce qu'il t'a dit quelque chose ?

La question avait fusé, anxieuse.

– Il voulait me parler en effet, mais il y avait trop de monde. On avait remis à ce matin... À quelle heure l'avez-vous trouvé ?

– C'est Étienne qui l'a trouvé, à six heures.

– Où l'a-t-on emmené ?

Odette m'a donné le nom de l'hôpital, à Mulhouse. Je ne pouvais plus respirer. Congestion cérébrale... On peut rester paralysé. On peut y rester.

– J'y vais.

J'ai raccroché. Julie avait rejoint Millie près de moi. Nul besoin de leur donner des explications supplémentaires : elles avaient entendu. Julie paraissait gênée. Honteuse ? C'était maintenant que son grand-père ne devait pas être présentable.

– Je peux y aller avec toi ? a proposé Millie d'une petite voix. Pour la piscine, c'est pas grave. On a le droit de manquer si on a une excuse valable.

– J'irai seule, ai-je tranché. De toute façon, on ne te laisserait pas le voir.

– Et tu rentreras quand ?

Julie, cette fois.

– Je ne sais pas. Ça dépendra de son état. Je vous appellerai.

Hier soir, avant de me coucher, en bonne mère de famille, en maîtresse de maison avisée, j'avais réparti les abondants reliefs de la fête entre réfrigérateur et congélateur.

– Si jamais je ne rentrais pas ce soir, vous aurez largement de quoi dîner, ai-je ajouté.

– T'en fais pas, on est grandes, on se débrouillera, m'a rassurée Millie. Pauvre Gépé ! C'est quoi, la congestion ? Va vite, maman.

En un tournemain, elle a retiré mon T-shirt et me l'a lancé.

– Mets-le. C'est le moment. On s'occupe de tout ici, même de ton mari.

5.

Ma belle-sœur, Odette, est une calamité. Elle n'a jamais accepté ni Saint-Florentin ni Joseph. Normal, puisque l'un ne va pas sans l'autre.

Fille de la ville, elle trouve indigne d'elle de vivre parmi les culs-terreux. La grande question que nous nous posons tous est : « Pourquoi ? » Pourquoi a-t-elle épousé Étienne ? Sans doute faute de mieux. Elle approchait de la quarantaine sans avoir trouvé preneur – son sale caractère probablement. Étienne n'est pas vilain garçon. Le jour où il sortira la tête de ses épaules, il sera même plutôt beau avec ses yeux marine hérités de maman et ses cheveux très fournis même s'ils ont tendance à faire des épis – la seule chose rebelle en lui. Hélas, le grand jour n'est pas venu.

Le menant par le bout du nez, Odette devait espérer qu'il accepterait de lâcher l'atelier pour venir travailler à Lille, dans l'un des garages de son père. C'était compter sans notre père à nous. Et sans l'amour d'Étienne pour son métier. Mon frère bégaie... pas ses mains : de belles mains d'artiste qui sont sa fierté.

Voilà six ans que la guérilla dure. Odette se venge de la résistance de son mari en le traitant comme un moins que rien. Et de son beau-père en l'ignorant, bien que partageant le même toit. Par bonheur, ils n'ont pas eu d'enfants.

« Ouf pour eux ! » se rassure Millie.

Tandis que je roule vers Mulhouse, la colère se mêle en moi à l'angoisse. Si je n'avais pas appelé Saint-Florentin, à quelle heure Odette m'aurait-elle avertie pour papa ? Quant à Étienne, il ne lui aurait quand même pas été difficile de me joindre de l'hôpital !

« Ne va pas trop vite, on tient à toi », m'a glissé Julie au moment où je partais. Elle m'a même embrassée, miracle ! Sa façon de me demander pardon d'avoir honte de son grand-père ?

Millie ne s'y est pas trompée, qui me faisait d'horribles grimaces derrière le dos de son aînée, la vilaine ! Mais tout en conduisant – un peu trop vite, pardon Julie – ce sont de ces grimaces dont je me souviens et elles font comme un baume sur mon cœur. Si ma Furette n'a pas peur, c'est que ce n'est pas si grave. Et Gepetto n'est-il pas de ces arbres que les dernières tempêtes, pourtant rudes, n'ont pas réussi à déraciner ?

La route est libre, le temps glorieux. Le bleu moutonnement des Vosges que perce çà et là le mât brisé d'un château médiéval m'accompagne. Qu'est-ce que je fais toute seule dans la grande voiture familiale ? Lorsque je descends à Saint-Florentin, il y a toujours un amateur de vert pour m'accompagner.

« Il t'a dit quelque chose ? »

La question d'Odette me taraude. Surtout le ton inquiet avec lequel elle l'a posée et le soulagement que j'ai senti lorsque j'ai répondu non. Qu'avait donc papa à me dire qui la soucie tant ? Pourquoi ne l'avait-il pas mise au courant de son escapade à Strasbourg ? Et moi qui l'ai envoyé au lit comme un enfant puni : « Au dodo, t'es fatigué. On parlera demain. »

Les confidences, ça s'attrape au vol. Ça n'attend pas demain.

J'accélère, tant pis. Ah ! comme je vais les écouter, les « petites histoires » de mon père !

Colmar est à présent derrière moi : plus qu'une demi-heure de route. Une demi-heure de forêt et de vigne en feuille, de villages aux toits rouges, de ce camaïeu plus symphonie qu'opéra qu'est mon pays.

Quand j'étais petite, j'aimais bien voir Joseph porter son écharpe de maire. Surtout lorsqu'il procédait à des mariages avant que la noce se rende en procession jusqu'à l'église où l'attendait le représentant de Dieu. Pour moi, ces jours-là, à sa façon, papa était Dieu lui aussi.

Dieu gît sur un lit blanc dans la salle de réanimation, silencieuse comme une chapelle, peuplée de corps et d'écrans où hésite la vie.

– Vous êtes sa fille ? m'a demandé l'infirmière en me tendant une blouse et des chaussons. Il vous a réclamée.

De son énumération barbare – poussée tensionnelle, congestion cérébrale, hémiplégie –, je n'ai voulu retenir qu'une chose : paralysé du côté droit, papa a gardé l'usage de la parole. Si cela avait été le gauche, il serait aphasique.

– Quand vous l'aurez vu, essayez de ramener votre frère chez lui : il ne veut pas le quitter, m'a-t-elle encore dit. Et ne restez pas trop longtemps, il ne faut pas fatiguer votre père.

Je passe entre les lits occupés par des patients reliés à des tuyaux. Me voyant apparaître, Étienne, en blouse lui aussi, détache son mètre quatre-vingt-huit du mur dans lequel il semble vouloir s'enfoncer. Son visage est dévasté. Je me hausse sur la pointe des pieds pour l'embrasser.

– C'est... c'est Odette qui t'a appelée ? demande-t-il.

– Je t'expliquerai.

Il ne me suit pas lorsque je m'approche de papa.

Hier, avec toutes ses couleurs, Joseph Muller jurait dans notre monde pastel. Ce matin, dans tout ce blanc, il est encore plus déplacé. Foudroyé, l'arbre est tombé dans la neige. Je tire une chaise contre le lit. Il a les yeux fermés, la respiration courte. Quelle est la bonne main, déjà ? Celle qui pourra sentir la mienne ? La gauche, oui. Je l'entoure de mes doigts en essayant d'oublier l'aiguille fichée dans le poignet.

– Papa, c'est moi. C'est Charlotte.

Sous les miens, il me semble que ses doigts frémissent et lorsqu'il soulève les paupières avec infiniment de peine un vertige me parcourt : IL M'ATTENDAIT. Je me penche davantage.

– Ne t'en fais pas, papa. On va te tirer de là.

Son visage se crispe, le menton tremble, il essaie de me dire quelque chose. Je colle mon oreille à ses lèvres. Je perçois, il me semble percevoir : « Attention ! » Puis, dans le même souffle, plus bas encore : « Kathy. »

Les yeux se referment. Je me redresse. « Attention... Kathy. » Qui est Kathy ? Le cœur battant, je cherche secours du côté d'Étienne, toujours collé à son mur, trop loin pour avoir entendu. Et voici que cela recommence : les doigts se crispent sous les miens, les paupières se soulèvent, le regard m'appelle. C'est un cauchemar. Aidez-moi, mon Dieu. J'approche à nouveau mon oreille des lèvres qui tremblent lorsque l'infirmière apparaît. Elle regarde le visage contracté par l'effort.

– Mais voyons, madame, je vous avais demandé de ne pas le fatiguer. Vous voulez qu'il nous fasse un autre accident ?

Elle prend mon bras pour m'obliger à me relever. Le regard de papa supplie. Très vite, je promets : « Je reviendrai. » Je dis aussi : « Merci pour le chalet. » L'infirmière m'entraîne de force, elle me fout à la porte. Étienne est déjà dans le couloir. Je les hais.

6.

Il était près de trois heures lorsque mon frère et moi, l'un suivant l'autre, chacun dans sa peine et sa solitude, sommes arrivés à Saint-Florentin.

Une vaste cour ornée d'un puits sépare la maison de l'atelier. Ce puits avait été recouvert après la menace de maman de s'y jeter. Les géraniums avaient remplacé l'eau et le seau. « Vous ne trouvez pas qu'il est plus beau ainsi ? » nous avait consolés papa. Certainement pas. Le puits aussi se taisait maintenant : maman Chut lui avait passé sa maladie.

La voiture de mon père était arrêtée en plein milieu de la cour, comme s'il avait réussi à retenir son malaise jusque chez lui, pas au-delà. Voyant les clés sur le contact, je me suis glissée à sa place et je l'ai rentrée au garage. J'ai gardé les clés.

ATTENTION !

De sa démarche chaloupée de vieux beau, Maigret, le bouvier bernois – museau enfariné, fourrure noire, ornements caramel –, est venu me faire la fête. J'ai enfoncé loin mes doigts dans le poil épais : « Ton maître vient d'avoir un sacré coup dur », l'ai-je averti. Il n'en a remué que plus fort la queue. Finalement, le flair qui lui avait valu son nom n'était pas si fameux que ça.

Odette m'a accueillie sur le seuil de la maison où Étienne avait déjà disparu. Brune aux yeux verts, grande, fine, élégante, elle, elle n'aurait pas déparé dans notre salon à Strasbourg, mais son visage était sans lumière. À nouveau, bien que ce ne fût vraiment pas le moment, je me suis demandé : « Mais qu'est-ce qu'elle fait à Saint-Florentin ? »

Nous nous sommes serré la main.

– Comment l'as-tu trouvé ? a-t-elle demandé.

– Pas bien.

– Ton mari a téléphoné. Il demande que tu le rappelles sur son portable. La petite aussi a appelé.

Millie. Je l'avais chargée de joindre Frédéric chez son client, en Allemagne. On peut faire confiance au futur grand reporter pour réussir ce genre de mission.

Tandis que je passais chez papa pour les rappeler, Odette est remontée chez elle. Sitôt après le mariage d'Étienne, la maison avait été séparée en deux : le bas pour Joseph, le haut pour le couple. À Joseph, un séjour, quatre chambres que nous nous répartissons lorsque nous venons, une grande cuisine où l'on prend les repas, une petite salle d'eau.

Chez ma belle-sœur, au premier, le séjour s'appelle salon, la cuisine, « kitchenette », la plus grande chambre a été transformée en salle à manger et près de celle qu'Odette s'est réservée une spacieuse salle de bains a été aménagée. Étienne occupe la plus petite pièce, ce dont il se fout complètement : son royaume est l'atelier.

Frédéric a répondu tout de suite.

– Millie m'a appris ce qui était arrivé à ton père. Comment va-t-il ?

– Il a une hémiplégie. Il est paralysé du côté droit.

J'enfonçais mes ongles dans ma paume afin de faire barrage aux larmes. Quand je pleure, je n'ai rien à envier à Étienne pour l'élocution.

– Est-ce que je peux faire quelque chose ? a demandé mon mari.

– Je vais rester ici ce soir. Ce serait bien que tu expliques aux enfants ce qui se passe. Fais attention à Nicolas ; tu sais comme il aime son grand-père.

J'avais failli ajouter : « lui ». Malgré la douleur, ma rancune ne désarmait pas contre ceux qui n'avaient pas su accueillir dignement notre invité-surprise hier, moi la première. Faites revenir nos invités, tout ministres qu'ils soient. Faites entrer l'ours brun dans le salon et vous verrez !

– Je m'en occupe, a répondu Frédéric. Tu peux compter sur moi. Dès que j'ai fini avec mon client, je rentre directement à la maison. Ma pauvre chérie, quel triste anniversaire !

Il a ajouté :

– Je t'aime, tu vas nous manquer.

Ça, c'était le coup de grâce, j'ai vite raccroché.

Il y avait encore l'empreinte de Joseph dans le coussin du fauteuil où il aimait à lire son journal, près du poêle en terre vernissée. Sa présence battait aussi dans l'horloge avec laquelle il avait des querelles de vieux ménage car, malgré tous ses soins, elle s'entêtait à avancer. Il me semblait qu'il allait rentrer, regarder les aiguilles d'un air sévère : « On verra bien qui finira par gagner. » Le trousseau de clés dans ma poche me disait que, pour l'instant, il n'avait pas sa chance. « Kathy »... Qui était Kathy ?

Odette m'a appelée dans l'escalier :

– Tu montes te restaurer un peu ?

Étienne était déjà assis devant la table de la salle à manger ornée de napperons et non d'une toile cirée comme en bas. On « mange » sur une toile cirée. On « se restaure » sur des napperons. Ma belle-sœur y avait disposé du jambon, du fromage et des fruits. Elle a regardé d'un air étonné mon T-shirt « la Must » mais n'a pas fait de commentaires. Tandis que nous grignotions, honteux d'avoir faim quand même, elle s'est servi un café.

– Il paraît que papa avait de l'hypertension. Ça faisait longtemps ? ai-je demandé.

– Quelques mois, a répondu Odette. Il avait vu le médecin. Il prenait... ou ne prenait pas ses médicaments, tu le connais. Et il aurait dû suivre un régime sans sel.

– Quelle horreur !

Sans sel, mon pauvre papa ? Je ne pouvais l'imaginer. Et pourquoi pas sans vin, sans rires, sans amis ?

– Il ne m'en avait pas parlé, ai-je constaté tristement.

– On ne te voit pas si souvent.

La voix d'Odette était aigre. À la fois ma belle-sœur me jalouse de vivre en ville et lorsque je viens avec les enfants, elle se plaint du bruit.

Je me suis tournée vers mon frère.

– Étienne, papa avait-il des ennuis ?

Le regard d'Odette sur son mari a été foudroyant : « C'est moi qui réponds. » Il a rentré un peu plus la tête dans ses épaules. Il paraît que l'on bégaie par crainte de ne pouvoir exprimer tout ce que l'on a à dire ; ça fait embouteillage. La seule méthode pour aider son interlocuteur est de lui faire comprendre qu'on lui accordera tout le temps nécessaire, qu'il sera écouté jusqu'au bout. Maman Chut n'était pas étrangère à l'infirmité de mon frère. Odette avait pris le relais. Elle ne lui laissait aucune chance.

– Des ennuis de maire, a-t-elle tranché. Sans compter l'atelier qui ne marche pas fort.

Des pas ont foulé le gravier dans la cour. On a sonné. J'ai sauté sur l'occasion : « J'y vais. » J'étais déjà dans l'escalier. Les airs faussement contrits d'Odette m'insupportaient. Et c'était Étienne, pas elle, que j'avais envie d'entendre.

À la porte de la maison se tenait un petit bout de femme au chignon blanc qu'autrefois j'aurais bien adoptée comme mère de rechange mais elle avait déjà tant d'enfants ! Marguerite, mon ancienne institutrice. Elle a ouvert ses bras. J'y suis tombée.

– C'est bien que tu sois venue, ma Charlotte, a-t-elle murmuré.

La grosse voiture familiale n'était pas passée inaperçue à Saint-Florentin et Marguerite, secrétaire de mairie depuis sa retraite, avait été mandatée par le village pour prendre des nouvelles du patron.

– Dis-moi vite comment il va.

ATTENTION... KATHY...

Je l'ai entraînée chez Joseph. À elle, peut-être aurais-je demandé ce que pouvait signifier cet avertissement. Si elle connaissait une Kathy. Mais déjà les talons d'Odette claquaient dans l'escalier, suivis du pas lourd d'Étienne.

Marguerite a levé les yeux au ciel. Avant qu'ils n'apparaissent, elle a eu le temps de me souffler :

– Il faudra que tu viennes me voir. J'ai à te parler.

Elle aussi ?

7.

Odette s'est enfin décidée à sortir. Il est cinq heures. À peine a-t-elle passé le porche que je me précipite chez Gepetto où Étienne est au travail.

Contre le mur de l'atelier, d'importantes piles de planches prennent le temps de sécher, séparées par des tasseaux. Il leur faudra, selon l'épaisseur, de un à trois ans avant d'être utilisables. Il y a du douglas rosé, du chêne et du hêtre, plus foncés. Il y a aussi du tilleul, de l'orme, du cerisier. Il y a du travail à venir.

Papa ne peut pas partir avant de l'avoir accompli, voilà tout !

Je pousse la porte et l'odeur me happe : bois, sciure, cire d'abeille, cuir : rien que du matériau noble. « Regarde ces veines, me disait mon père, elles sont le sang de l'arbre. Touche ces nœuds, ces rides. L'arbre ne meurt jamais, il ne fait que se patiner avec le temps, comme les murs des églises. »

Les murs de l'atelier sont couverts de dessins d'enfants qui, pour dire merci au créateur de leur jouet favori, l'ont reproduit pour lui. Les animaux sont les plus nombreux mais il y a aussi des camions, des tracteurs, des bateaux pour croisières en baignoire et l'inévitable petit train auquel on peut rajouter autant de wagons que l'on souhaite.

Étienne est penché sur un lapin dont il assemble les pièces : le travail le plus délicat. Ne lui restera ensuite qu'à accrocher la ficelle pour que l'enfant puisse le tirer derrière lui.

Comme je m'approche, il remarque seulement :

– Pa... papa. Papa l'avait commencé hier.

Je m'installe sur le tabouret près de l'établi, pas trop pour ne pas gêner les mouvements de l'artiste.

– Étienne... papa est venu à Strasbourg hier parce qu'il voulait me parler. Comme une imbécile, je ne lui en ai pas laissé le temps. Il avait des ennuis, j'en suis sûre. Lesquels ? S'il te plaît, dis.

Je suis prête à me mettre à genoux pour savoir. Le regard suppliant de mon père tandis que l'infirmière m'emmenait me torture.

Étienne interrompt son travail, lève sur moi ses yeux bleus.

– De toute façon, tu l'apprendras... C'est cette histoire de supermarché.

– Quelle histoire de supermarché ?

– On... on va en construire un sur le grand champ.

– NON !

J'ai crié. C'est impossible. Vous abattez le mur aux dessins d'enfants et vous êtes sur le grand champ. Un supermarché à cet endroit serait invivable pour Gepetto : les voitures, le bruit, les curieux. Déjà, à certaines périodes, les promeneurs indiscrets sont une plaie. On en a attrapé qui escaladaient nos murs.

– Mais qui peut vouloir ça, Étienne ?

– Ma... Martin Hutter.

Je descends de mon tabouret, incapable de rester immobile à entendre de telles horreurs.

Martin Hutter, fils du meilleur ami de mon père, nommé grâce à son appui adjoint à l'urbanisme lors des dernières élections.

– Tu es sûr, Étienne ? Martin ?

– Lui... et un... un promoteur. Ils ont fait faire des études. Ils disent que ça rapportera gros à Saint-Florentin. Sans compter les emplois.

Et combien cela en fera-t-il disparaître ? Lequel de nos petits commerces qui déjà survivent difficilement résistera à un supermarché ? La boulangerie-pâtisserie-épicerie. Le boucher-charcutier-traiteur. Le bazar-marchand de couleurs-matériel de jardinage-chasse et pêche...

Je reviens vers mon frère. Je n'arrive toujours pas à y croire. Je murmure.

– Pourquoi papa ne m'en a-t-il pas parlé ?

– On... on ne t'a pas vue depuis Pâques, remarque Étienne, sans amertume. Et... et jusqu'au bout, on a espéré que ça ne se ferait pas. Mais il y en a beaucoup qui ne sont pas contre. Ça... ça devait se voter la semaine prochaine.

Il pousse un gros soupir : Étienne la victime ! Victime, enfant, des moqueries de ses camarades à l'école, victime d'Odette, victime des rêves de grandeur de Martin Hutter ? J'ai envie de le serrer contre moi, au lieu de ça, je continue à le torturer : je dois savoir.

– Que s'est-il passé hier, Étienne ? Pourquoi papa a-t-il brusquement décidé de venir à Strasbourg ?

– Je... je ne sais pas. J'étais allé acheter du matériel. Quand je suis revenu, il était déjà parti. Ma... Marguerite m'a dit qu'il était allé voir Martin.

Marguerite : « J'ai à te parler »...

– Et je... je ne l'ai revu que ce matin, ajoute Étienne avec douleur.

Dans sa voiture, inanimé.

Hier, donc. Hier, mardi, jour de mon anniversaire, papa est allé voir ce traître de Martin, puis il est rentré à la maison, il a mis son plus beau costume, ses chaussures de cuir. Il a emballé à la hâte le chalet forestier et il a débarqué dans mon salon, parmi nos prestigieux invités. Pour me dire quoi ?

Mon frère a repris son travail. Ses longs doigts posent adroitement les roues minuscules qui entraîneront l'articulation des pattes du lapin. Étienne n'a jamais songé à exercer un autre métier que celui de son père. Il n'avait pas seize ans quand il a commencé et, depuis le temps, l'élève est devenu aussi calé que le maître, arthrose en moins. « Mes bois à moi se rouillent », se plaint papa. Ne manque à mon frère que la petite flamme de l'imagination qui fait germer chaque jour une nouvelle idée dans la tête de Gepetto. Il y a des projets plein les cartons.

– C'est vrai ce que prétend Odette ? Ça ne marche pas fort ici ?

– C'est... C'est les commandes qui n'arrivent plus. On ne comprend pas.

Les yeux marine sont pleins de tristesse et mon cœur chavire. Quoi de plus douloureux pour un artiste que de voir son œuvre dédaignée ?

Et moi non plus, je ne comprends pas. Les jouets en bois redeviennent à la mode : incassables, inusables. On les assemble en famille, retrouvant les gestes d'autrefois. À l'heure du Web, du jouet électronique, du plastique sans âme, ils font partie du retour aux racines.

– Ce n'est qu'une mauvaise passe. Tu verras, ça reviendra ! – Je désigne les dessins aux murs : – L'amour, ça ne s'arrête pas comme ça !

Le regard de mon frère s'éclaire. Pour s'assombrir aussitôt. Odette vient d'apparaître à la porte de l'atelier, cabas rempli au bras.

– Vous le croyez vraiment ? raille-t-elle.

8.

L'amour, ça ne s'arrête pas comme ça...

À la fenêtre de ma chambre, ouverte sur les arbres en fleurs du verger que commençait à envelopper la nuit, je laissais les odeurs me parler du passé.

C'était par cette fenêtre qu'adolescente je m'échappais pour rejoindre la bande, une douzaine de jeunes de Saint-Florentin, dont Martin était le chef et dont j'avais l'honneur d'être la seconde.

Nous nous connaissions depuis l'enfance et fréquentions la même école. Son père et le mien étaient inséparables. Les adultes aiment à jouer avec l'innocence : on nous appelait « les amoureux ».

Arrivée à l'âge de l'être, incapable de faire la différence entre ce que disait mon cœur et ce que commençait à réclamer mon corps, je ne savais plus où j'en étais.

De deux ans mon aîné, Martin était beau, fort et volontaire. Toutes les filles lui couraient après. On appelait château la demeure à tourelles que s'était fait édifier son père, distillateur prospère, sur une hauteur à côté de Saint-Florentin, et parc leur grand jardin. Il y avait toujours pour moi une clé cachée sous la pierre, en bas à droite des marches du perron. Parfois j'étais fière d'en être considérée comme la châtelaine, à d'autres moments cela m'agaçait.

Martin suivait une école d'agriculture, je préparais le bac. Lorsque nous nous retrouvions pour les vacances, il écrasait sa bouche contre la mienne, comme on dit dans certains romans. Écraser était bien le mot : je sentais ses dents. Ses mains écrasaient aussi mes seins sous mon T-shirt. Je ne lui en autorisais pas davantage : « Mais puisqu'on va se marier ! » protestait-il.

Et puis un soir d'été où l'on fête la médaille d'or reçue par le distillateur pour son eau-de-vie de framboise, où l'on chante, rit et danse, où j'abuse de vin et de liqueur, je me laisse entraîner par Martin dans la cabane d'enfance.

Voilà longtemps que la bande ne s'y retrouve plus mais elle est restée en état : quelques sièges, un canapé, un vieux tapis sur le sol, une lampe-tempête au plafond, des bougies dans des bouteilles.

Ma tête tourne, je tombe sur le canapé. Martin m'y rejoint. De ma bouche à mes seins, il passe très vite à ce que je lui ai refusé jusqu'alors. Je le laisse sans résistance baisser ma culotte. J'ai dix-sept ans et encore jamais fait l'amour. Ses caresses rudes me font mal : est-ce normal ? Pour m'expliquer, je n'ai eu que les amies, des films, quelques livres, pas de maman.

La respiration de Martin s'accélère. Il a l'air de ne plus rien voir ni entendre et lorsqu'il retire son pantalon et qu'apparaît son terrifiant désir, il est trop tard pour l'arrêter. Il me pénètre de force. Il crie de plaisir. Je crie de douleur.

Puis je sens couler du sang le long de ma cuisse, Martin me dit que je suis la première, qu'il m'a attendue, qu'il n'y en aura jamais d'autre pour lui. Il m'aime.

Pas moi. Plus moi.

Le lendemain, sans rien dire à personne de ce qui s'était passé, je me sauvais à Strasbourg chez une parente. Une année plus tard, je rencontrais Frédéric, la douceur, la patience, un amour qui n'écrasait pas.

C'est dans les bras de mon mari, découvrant le plaisir, guérissant de la blessure, que j'avais pris conscience de la cruauté de mon attitude vis-à-vis de mon « amoureux » d'enfance. Il m'aimait sans aucun doute et il n'avait pas dû lui être facile de se garder pour moi. Sa brutalité venait du manque d'expérience, de l'ignorance où il était du corps féminin. Si j'avais éprouvé un véritable amour pour lui, j'aurais pardonné, attendu que le loup apprenne à devenir agneau. En disparaissant le lendemain du désastre et en refusant de le revoir malgré ses supplications, ne lui avais-je pas infligé un coup... fatal ?

« De quoi rendre un homme impuissant », m'avait fait remarquer Frédéric, à qui j'avais tout raconté.

Dans un buisson, un oiseau nocturne a battu des ailes. Un frisson m'a parcourue. J'ai claqué la fenêtre au nez des fantômes.

« L'amour, ça ne se termine pas comme ça. »

Et la haine ?

Cette vieille histoire pouvait-elle avoir un rapport avec ce que Martin était en train d'infliger à mon père – ce coup de poignard dans le dos ? Nul, à Saint-Florentin, n'en avait rien su. L'orgueilleux Martin s'était tu. Nous ne nous étions revus qu'après mon mariage, de loin en loin. Pas vus, croisés. Pouvait-il avoir attendu tout ce temps pour se venger ?

Arrête, Charlotte ! Tu as trop d'imagination. D'ailleurs, lui-même n'avait-il pas fini par se marier quelques années auparavant ? Une fête grandiose dont on avait parlé des semaines à Saint-Florentin. Et, récemment, n'avait-il pas eu un enfant ? Une petite fille, Catherine. Cela voulait dire en tout cas que notre histoire ne l'avait pas rendu impuissant.

Je me préparais à me mettre au lit lorsqu'un bruit a attiré mon attention. Quelqu'un ouvrait précautionneusement la porte de la maison. J'ai tendu l'oreille. Les marches de l'escalier ont craqué : un pas léger. Odette ? Étienne devait déjà dormir. Il est toujours debout à l'aube. En revanche, ma belle-sœur déclare volontiers qu'elle ne peut pas se coucher : fille de la ville. Et, le matin, contrairement aux paysans, elle traîne tard au lit. D'où venait-elle à plus de dix heures du soir ?

De l'eau a fait vibrer les tuyaux. Je me suis glissée sous ma couette. L'été n'avait pas encore eu le temps de réchauffer le matelas. Il me faudrait patienter avant de me risquer à allonger mes jambes. J'aurais dû me faire une bouillotte. Il y en a toute une collection dans l'armoire de la salle de séjour.

Et toi papa, tu dors ?

« État stationnaire », m'avait-on répondu lorsque j'avais appelé l'hôpital dans la soirée. Plus tard, c'est toute la famille que j'avais eue à l'appareil. Millie m'avait parlé la dernière, je la connais : pour être tranquille, sans personne à piaffer derrière elle en réclamant son tour.

– Et toi, maman, ça va ? m'avait-elle demandé à voix basse.

Une boule de plomb dans la gorge, j'avais répondu :

– Tu vois, finalement, hier j'étais contente.

Allons ! Demain tout s'arrangerait.

Demain, j'appellerais Virginia pour la mettre au courant, sinon elle m'arracherait les yeux.

Demain, j'irais voir Marguerite. « J'ai à te parler »...

Demain, papa m'en dirait davantage.

J'ai ouvert la porte du chalet forestier et j'y suis entrée avec lui. Nous avons clos les volets et allumé du feu dans la cheminée. Nous nous sommes endormis main dans la main.

Il n'était pas sept heures lorsque le téléphone a sonné. Je me suis précipitée. C'était l'hôpital. L'état de papa s'était brusquement aggravé dans la nuit. Il avait fait un second accident et il était mort sans avoir repris connaissance.

9.

– Mais calme-toi, supplie le père Bertrand. Calme-toi donc, Charlotte. Je t'en prie. Nous sommes là.

– Ma pauvre petite, renchérit le pasteur Reubell. Tu n'es pas toute seule. Tu pourras toujours compter sur nous.

Nous... nous... eux et qui ? Eux et Dieu ? Mais je n'en veux plus de leur bon Dieu qui vient vous faucher votre père sans lui laisser le temps de dire au revoir ! Même eux, ses amis et spécialistes, n'ont pas pu aller lui réciter, au moment du grand saut, la petite prière qui ouvre les portes du paradis.

Je le leur dis. Je le leur crie. Et puis il n'avait pas l'âge de partir, Joseph ! Soixante-huit ans. Son anniversaire dans trois semaines. Soixante-huit ans, si tôt, beaucoup trop tôt.

– Maintenant, il est en paix !

– Parce qu'il ne l'était pas avant ?

Je vide mon petit verre de quetsche. Il est six heures du soir. Jamais le ciel n'a été si joli : fruit rose et doré. Papa dirait : « On en mangerait. »

Nous sommes au presbytère. Pas celui du curé, interdit d'épouse et qui sent le gris et la solitude. Non, celui du pasteur où trottine Adeline, un petit bout de femme qui lui a donné quatre fils. Le catholique et le protestant, tous deux à la retraite, financée par l'État, se partagent notre église Sainte-Odile : une spécialité alsacienne où les huguenots sont légion. Et c'est ainsi qu'à Saint-Florentin, plutôt pauvre en commerces, nous avons, pour nourrir nos âmes, deux hommes de Dieu.

Ils sont venus me chercher de force à la maison où, sur son lit aux montants de chêne bruns, dans une chemise immaculée, la poitrine barrée de son écharpe de maire, Joseph Muller reçoit ses administrés. Je soupçonne Virginia d'être à l'origine de cet enlèvement. Elle devait en avoir assez de sa copine. « Virginia, viens vite, il est... il est... » Ce matin, elle se trouvait à l'hôpital avant même que j'y arrive. Papiers, déclarations diverses, transport, elle a quasiment tout fait. Et maintenant, à la maison où défile tout le village, elle s'occupe du service d'ordre en gardant un œil sur Odette qui voulait monter l'argenterie au premier – on ne sait jamais. Ce que l'on sait, c'est que si l'argenterie monte, on n'est pas près de la voir redescendre.

Le pasteur remplit à nouveau mon verre. Ma parole, il veut me soûler ?

– C'est Martin Hutter qui l'a tué avec son projet de supermarché. Étienne m'a tout raconté.

Ne sont-ils pas les premiers à le savoir puisque tous deux font partie du conseil municipal ? Le père Bertrand aux affaires sociales, le pasteur en charge des Anciens. Papa n'aura pas eu le temps d'appartenir aux Anciens, seulement celui d'alimenter la cagnotte.

– C'est vrai que cette histoire l'empoisonnait. Et nous avec, tu peux le croire, reconnaît le curé. Mais de là à accuser Martin d'avoir tué ton père... Et Étienne a dû te dire également que tout le monde est loin d'être hostile à un supermarché.

– Mais sur le grand champ... sous nos fenêtres... Comment Martin a-t-il pu seulement y songer une seconde ? Il aurait dû le ficher à la porte, ce promoteur. Quand je pense que c'est papa qui l'avait parrainé à la mairie ! Et vous deux aussi, j'imagine.

– On ne pouvait pas se douter, murmure Reubell.

Ils poussent un même soupir en regardant leurs mains sagement croisées sur la table, des mains de bénisseurs, si différentes des poignes carrées de papa. Vais-je leur répéter ses dernières paroles ? Même à Virginia je n'ai pas trouvé le courage de les dire. Elles gangrènent ma poitrine, quand elles ne remontent pas dans ma gorge pour m'étouffer. Quel testament tu m'as laissé, Joseph ! Si c'était pour en rester là, il aurait mieux valu que tu sois paralysé du côté qui empêche de parler.

– C'est vrai que depuis le départ de sa femme, Martin n'est plus le même, admet le pasteur. On dirait qu'il en veut au monde entier.

Je relève le nez.

– Tiens, elle est partie, sa femme ?

– Il y a quelques mois. En emmenant la petite Catherine. Il paraît qu'il en était fou. Ici, on ne les voyait jamais. Certains prétendaient qu'il les séquestrait dans son château.

Ainsi, le beau mariage n'aura duré que quatre années ? La femme de Martin l'aurait-elle trouvé trop... écrasant ?

Revoici Adeline, porteuse de belles tranches de kouglof. Le pasteur me sert.

– Mange, petite.

Papa aussi m'appelait « petite », et comme j'ai envie de le redevenir, j'obéis. Le père Bertrand, lui, n'a pas besoin d'encouragements pour apprécier une cuisine maison.

– Ta famille arrive quand, Charlotte ?

– Demain soir.

Frédéric voulait venir tout de suite, je l'en ai dissuadé. Ça a dû rouspéter ferme du côté de Nicolas et Millie. Millie a-t-elle dit à son père : « On a le droit de manquer l'école si on a une excuse valable » ? Ils arriveront demain, vendredi, en fin d'après-midi. Papa, qui avait toujours peur de déranger, a bien choisi son moment pour partir : la veille d'un week-end.

Le père Bertrand pose sa main sur la mienne.

– La messe à dix heures trente samedi, ça te va ?

– Je m'en fous.

Il fait celui qui n'a pas entendu :

– Je m'occupe de tout pour l'inhumation.

L'inhumation, en revanche, je ne m'en fous pas. Pauvre papa qui va retrouver dans sa dernière demeure celle qui a transformé en purgatoire quinze années de sa vie : Irène. Marié à Sainte-Odile, côté catholique, la main du bon Dieu a rattrapé Joseph et l'a condamné à partager à jamais le silence de maman Chut.

Mes larmes se mêlent au kouglof.

L'oiseau qui vole si doucement
C'est ton cœur, jolie enfant,
ton cœur qui bat de l'aile si tristement.

Cet après-midi-là, lorsque j'étais rentrée de l'école, toute fière de ma bonne note en récitation – Prévert –, il y avait du monde chez nous. Du monde qui parlait bas autour de papa, les épaules raides et le regard lointain comme tout homme qui s'empêche de pleurer. C'était le père Bertrand qui nous avait annoncé à Étienne et à moi que maman était près du bon Dieu. Nous n'avions appris que plus tard qu'elle avait avalé un peu trop de comprimés pour dormir, avec un peu trop d'alcool pour les faire passer.

Notre mère était près du bon Dieu et quelque chose d'extraordinaire se produisait à la maison. Nous avions le droit de parler fort, et même de rire, et même de ramener des amis. Avec la mort de maman Chut, la vie revenait, une vie où, sans oser le dire tout haut, on se sentait bien plus « contents » qu'avant. Papa aussi.

– Est-ce que c'est trop tard ?

– Trop tard pour quoi, Charlotte ?

– Pour le faire incinérer.

Deux soupirs me donnent la réponse. Pourtant, papa aurait sûrement préféré ça. Il aimait le bois et une bonne flambée. Et après, nous aurions pu, Étienne et moi, semer ses cendres au pied d'un de ces arbres à jouets dont il assurait qu'ils ne mouraient jamais.

10.

À ma droite, Frédéric. À ma gauche, Millie. Nicolas se tient près d'Étienne, Julie voisine avec Odette. Toutes les deux sont certainement les plus élégantes de l'assistance.

Un peu de famille est venue du côté de Joseph, personne du côté d'Irène. Sur le cercueil, une branche de cerisier en fleurs. Cerisier rose et pommier blanc.

L'église est pleine. Le curé, en chasuble claire, célèbre la messe avec le pasteur vêtu de sa robe noire à rabat. Marguerite s'est chargée de la musique. Elle connaît les goûts de papa : du classique, rien que du classique. Pour l'heure, un *Ave Maria* déchirant.

Millie a glissé sa main dans la mienne. Le regard de Nicolas revient sans cesse vers moi, inquiet. Il y a les enfants devant qui on peut se permettre de craquer et les autres. Pour Nicolas, je dois me montrer forte. Frédéric est un modèle trop élevé, trop parfait. Mon fils a choisi de regarder plus bas : moi.

Durant l'homélie au cours de laquelle le père Bertrand a fait avec émotion l'éloge de son ami Joseph Muller, Julie est restée toute raide, les mâchoires serrées. Cuirassée. Le Joseph dont il était question ne connaîtra jamais son Fabrice. Il faudra que nous en parlions toutes les deux afin qu'elle ne garde pas au cœur le remords de n'avoir pas osé présenter l'« imprésentable ». Ton grand-père aurait été le premier à te comprendre, ma chérie ! Mais cela, je me garderai bien de te le dire.

Pas de cuirasse pour Étienne, secoué de gros sanglots. C'est surtout de lui dont je devrai m'occuper. En perdant Joseph, il a tout perdu : le père, mais aussi le maître, et encore celui qui lui servait de rempart contre sa femme. Après la mort de maman Chut, le nom de celle-ci n'a plus jamais passé ses lèvres. Si je ne l'oblige pas à parler de temps en temps de Joseph, il risque de perdre complètement la parole.

En entrant dans l'église, j'ai aperçu Martin Hutter. Il a eu au moins la pudeur de rester au fond. Éprouve-t-il du remords ? Du regret ? Qu'on ne me demande pas de serrer sa main s'il me la tend.

Beaucoup sont allés communier. L'office se termine. Le père Bertrand présente le micro au pasteur qui a souhaité dire quelques mots. D'une voix émue, il vante la générosité, l'amour de la vie de son ami. Banal. Si j'étais lui, c'est de parties d'échecs que je parlerais : ces parties féroces qu'ils se livraient, où les mots « huguenot » et « papiste » volaient, avant une réconciliation autour d'un péché mignon de gourmandise. La tolérance l'emportait toujours.

C'est par ses petits côtés que l'on apprend le mieux son prochain, pas par les grands effets de manche. D'ailleurs, des manches, Joseph n'en avait pas à son tablier.

Lorsque Virginia s'avance d'un pas décidé vers le chœur et réclame à son tour le micro, un remous se fait dans l'église. Nul ne s'attendait à ce qu'elle prenne la parole. Apparemment, le père Bertrand pas plus que moi. De famille catholique, Virginia ne croit plus ni à Dieu ni à diable, ce qui ne l'empêche pas de fréquenter les églises, les offices, tous les lieux où les gens se rassemblent pour parler de fraternité et d'amour.

Elle porte un tailleur gris, un pull noir qui fait ressortir la blondeur de ses cheveux très courts. « Un sacré morceau de femme », admirait papa. Pour preuve ? Pointure 42 ! La tendresse gonfle ma poitrine. Qui prétend que l'on ne se fait d'amis que d'enfance ? Lors de notre première rencontre, nous avions toutes deux largement dépassé la trentaine. Sur le toit de la maisonnette qu'elle venait d'acheter en plein cœur du village, elle recensait les tuiles à remplacer : tuiles anciennes à queue de castor. Sa voix m'était tombée de là-haut.

– Bonjour ! Ça vous dirait de visiter ?

– À condition qu'on commence par le bas, avais-je répondu en montrant mon ventre où, au vu de tous, Millie croissait et prospérait.

Virginia était descendue de son perchoir pour m'ouvrir la porte. D'une certaine façon, je ne suis jamais ressortie de son amitié. Quant à Millie, ce jour-là, elle avait fait la connaissance de sa future marraine.

Mon amie est homosexuelle. Elle avait sept ans lorsqu'un oncle chéri avait commencé à la câliner de trop près. Elle n'avait compris la nature de son affection que lorsqu'il avait guidé sa menotte vers la preuve tangible de son émotion.

La petite fille avait eu le courage de crier bien fort sa déception et son dégoût, brouillant la famille – elle étant déjà définitivement brouillée avec le sexe masculin. Elle assume sa différence mais n'emmène jamais d'amie à Saint-Florentin. Sa « cabane » est celle de l'enfance, de l'innocence : interdite aux adultes. À ma connaissance, nul, ici, n'est au courant de ses « mauvais penchants » comme on aurait dit autrefois. Certains se demandent seulement pourquoi une si belle fille n'a pas trouvé preneur.

Voyons, Charlotte ! Cela se fait-il de penser à l'homosexualité de son amie pendant l'enterrement de son père ? Mais Joseph avait parfois sur Virginia un regard à la fois étonné et indulgent qui laissait à penser qu'il avait deviné. Et accepté.

En attendant, elle empoigne le micro comme elle empoigne la vie, le porte à ses lèvres, fixe le cercueil d'un air vengeur.

– Joseph, l'interpelle-t-elle. Joseph l'artisan, Joseph l'artiste, toi qui avais voué ta vie au vrai, à l'authentique, maire d'un village qui te ressemblait, père de Saint-Florentin, on t'aimait. On t'aimait parce que tu étais un brave homme, c'est-à-dire que tu avais plus de cœur que de malice et qu'en chacun tu t'efforçais de ne chercher que le meilleur. Et tu étais aussi un homme brave, toujours prêt à te battre pour défendre ces valeurs qui nous permettent de tenir debout : l'idéal, la loyauté, la fidélité, la responsabilité. Mais aussi l'attachement à un sol et à des racines. Nous as-tu assez bassinés avec l'importance de tes foutues racines !

La voix fléchit. Les larmes sont dans tous les yeux, les mouchoirs sortent, Nicolas vibre, Millie serre fort ma main. Elle porte déjà sa marraine aux nues ; voici qui ne l'en fera pas redescendre.

Le regard de mon amie se détache du cercueil et parcourt l'assemblée.

– Celui qui se trouve là n'avait qu'une seule faiblesse, reprend-elle d'une voix à présent résolue. Il faisait confiance. Il ne se croyait pas d'ennemis. Sans doute ignorait-il que la Bible, comme l'Évangile, comme la vie, est pleine d'histoires de confiance trahie.

Un silence de plomb s'est abattu sur l'église. Plus un souffle. Une attente. La peur ? Père et pasteur échangent un regard affolé. Mon cœur cogne à grands coups sourds dans ma poitrine. Elle a osé ! Virginia a osé ! Son regard revient vers le cercueil.

– Si tu es là-haut et que tu nous vois, sache que tu vas nous manquer, Joseph Muller. Sans toi, l'air est déjà un peu moins pur à respirer.

Elle a rendu le micro au père Bertrand qui semblait ne plus savoir qu'en faire et elle est revenue dans nos rangs. Au fond de l'église, Martin avait disparu.

Il avait été décidé qu'il n'y aurait pas de défilé. Résultat, il a eu lieu quand même, dans le plus grand désordre ; au cimetière, après que Joseph eut rejoint Irène.

Personne ne se résignait à s'en aller comme ça. Le moyen de refuser d'embrasser la joue humide qui se tend ? De se priver de dire merci, merci d'être venu, de l'avoir aimé et, par avance, de ne pas l'oublier.

Cruel, le soleil en pleine gloire. Inflexible, le bleu ineffable du ciel marié au vert des pins. Sans pitié les parfums d'été qui vagabondaient dans l'air. Une symphonie parfaite qui se jouerait désormais sans celui qui avait vécu à son écoute.

Je luttais contre les larmes, tentant de me barricader comme Julie à mes côtés, lorsque deux mains se sont emparées des miennes, un regard chaleureux m'a enveloppée et une voix à l'accent italien, enrouée par l'émotion, a déclaré.

– *Signora mia,* si vous avez besoin de moi, *prego. Prego !*

C'est alors que j'ai craqué. Sur la poitrine de Gianni Lupis, peintre fameux dans son pays, installé à Saint-Florentin pour fuir les paparazzi et tenter de mettre sur ses toiles cette symphonie dont il était, lui aussi, tombé amoureux.

Il venait souvent voir travailler Joseph. Il l'appelait son frère : Gepetto n'était-il pas le père de Pinocchio ? Lupis veut dire « loup » ; papa l'appelait son « loup des vignes ». Lorsque dans sa superbe propriété ce grand seigneur donnait des fêtes où se pressaient *baroni* et *contessa*, tombés tout exprès du ciel d'Italie, devine, Julie, qui était toujours l'invité d'honneur, l'homme à présenter ?

Ton grand-père : Joseph Muller.

J'ai craqué sur la poitrine du loup des vignes sans me douter que très bientôt, en effet, j'aurais besoin de lui.

Prego.

11.

Odette a attaqué très vite : dès dimanche.

Avant leur départ pour Strasbourg, j'avais servi aux miens, dans le verger, un goûter-dîner afin qu'en arrivant ils n'aient plus qu'à se reposer de l'éprouvant week-end. Frédéric n'avait pas vu d'inconvénient à ce que je prolonge mon séjour à Saint-Florentin pour régler les affaires familiales. On continuerait à se débrouiller sans moi à la maison.

– Sans toi, elle paraît vide. Ne tarde pas trop, ma chérie...

Il était un peu plus de six heures. Après leur départ, Étienne – que Millie avait réussi à convaincre de partager notre pique-nique – et moi traînions autour de la table non desservie. Aucune envie de nous presser. Avec la venue du soir, la paix tombait, une douceur au parfum d'arbres en fleurs, comme une rémission. Mon frère dégustait un morceau de fromage, pris au bout du couteau – ce qu'Odette lui interdisait. Lorsqu'elle a débarqué, il a vite posé son couteau comme un enfant coupable.

– On dirait qu'on t'a gâtée, Charlotte, a-t-elle remarqué en désignant la Must que Frédéric avait eu la bonne idée, la tendre idée, de m'apporter et qui, appuyée contre le tronc du vieux pommier, avait pris la place de ma vieille bécane d'autrefois.

Même les arbres ont leurs habitudes...

– N'est-ce pas ? ai-je répondu. Veux-tu t'asseoir ?

Ma belle-sœur s'est posée sur le bout d'une chaise. Pantalon blanc et bustier marine, élégante en toutes circonstances.

– N'aurais-tu pas trouvé le trousseau de clés de ton père, par hasard ? a-t-elle demandé.

– Si. Il était resté dans sa voiture. Je l'ai pris.

– Quand tu nous quitteras, tu penseras à nous le laisser ?

– Je ne vous ai pas encore quittés.

Mon père ne se séparait jamais de ses clés. L'idée de confier ce trousseau à Odette m'était désagréable. L'a-t-elle senti ? Il y a eu un bref silence. Puis sa voix, trop détachée :

– Ce rendez-vous chez le notaire, c'est bien mardi, n'est-ce pas ?

– C'est en effet après-demain que Me Robin nous attend, Étienne et moi, ai-je répondu en insistant sur nos deux noms : pas question qu'elle nous accompagne.

La succession ne devait pas poser trop de problèmes. Gepetto avait été mis en société dont je partageais les parts avec Étienne.

Quant à la maison, mon père nous l'avait déjà donnée, en gardant l'usufruit. « Comme ça, vous ne pourrez pas me mettre à la porte », nous avertissait-il avec son rire de brave homme généreux et sans malice – n'est-ce pas, Virginia ?

Odette a eu un petit soupir.

– Il ne sera pas facile de trouver un acheteur !

Mon cœur a bondi dans ma poitrine.

– Un acheteur ? Mais de quoi veux-tu parler ?

– De l'atelier, évidemment ! Tu ne penses quand même pas qu'Étienne va pouvoir continuer tout seul ?

Bien entendu, je m'étais posé la question mais j'avais refusé de m'y attarder. On verrait ça plus tard. Un malaise m'a saisie. Et une certitude : si Odette nous avait rejoints ici ce soir, c'était pour aborder le sujet. Et, en ce qui la concernait, il n'y avait pas de doute à avoir : la vente d'une entreprise qui l'avait empêchée de mener la vie citadine dont elle rêvait aurait sa bénédiction.

J'ai cherché le regard de mon frère. Lui en avait-elle parlé ? Lui avait-elle présenté la chose comme inéluctable ? Il semblait soudain fasciné par la Must. Il y a des jours où je le plains et d'autres où je ne supporte pas sa lâcheté.

– Et si Étienne ne continue pas, de quoi vivrez-vous en attendant sa grasse retraite d'artisan ?

Elle a eu un rire.

– Mon père lui trouvera du travail dans l'un de ses garages à Lille. Et en attendant la retraite, les fiches de paie seront autrement grasses que celles de Gepetto, je peux te le garantir.

Le malaise s'est accentué : elle avait mijoté son coup. Elle en avait déjà parlé à son père. Quand ? Après la mort du nôtre ? Avant ? « L'entreprise ne marche pas fort... » Bravement, Étienne s'est levé, il a empilé trois assiettes, quelques couverts et il s'est apprêté à nous fausser compagnie. Je l'ai arrêté.

– Attends, Étienne. Reste ! Il me semble que ce qui se dit te concerne. À moins que je ne me trompe, tu préfères l'odeur de ton atelier à celle de l'essence, avec ou sans plomb, non ?

– L'essence sentira toujours moins mauvais qu'une entreprise en faillite, a lancé Odette, furieuse.

La faillite maintenant ? Comme elle y allait ! Et qu'en savait-elle ? Ce n'était pas elle qui faisait marcher l'entreprise, que je sache.

– Tu permettras qu'avant de décider quoi que ce soit, on regarde les comptes.

Dans les beaux yeux verts de ma belle-sœur, un éclair est passé. La haine ? Je me suis levée. J'ai pris les assiettes des mains de mon frère et je les ai reposées sur la table. Tu ne t'en tireras pas comme ça, mon vieux. Ton travail, c'est ta vie, ton espace de liberté, tes seules joies. Tu crèveras dans un garage. Et, pour moi, c'est assez avec la mort de papa : pas question que je te perde.

Je l'ai regardé dans les yeux.

– Étienne, ne me dis pas que tu es prêt à abandonner Gepetto ?

En entendant le nom de son maître, Maigret, qui somnolait sur la pelouse, s'est levé, la queue battante, pour venir se frotter à mes jambes. Avait-il retrouvé un peu de son célèbre flair pour sentir que si Étienne s'en allait vivre en ville, il ne serait pas du voyage ? Odette n'aime que les petits chiens à rubans et, disgrâce supplémentaire, ce gros-là était compagnon de Joseph.

– Donnons-nous quelques semaines. Pour lui. Pour papa !

– Mais c'est du chantage ! s'est-elle indignée.

Je lui ai fait face.

– Exactement ! Et même le pire des chantages : celui aux sentiments. L'amour d'un fils pour l'œuvre de son père.

Alors, enfin, on a entendu la voix du fils.

– C'est... c'est d'accord, a-t-il répondu sans regarder sa femme. Quel... quelques semaines.

12.

Au premier, la voix de ma belle-sœur s'est enfin tue. Pauvre Étienne ! Et le pire reste sans doute à venir : la douceur. Il en a tant manqué, il est incapable d'y résister. Le don du corps de la déesse ? Les grands moyens d'Odette pour arriver à ses fins lorsque son mari et esclave lui résiste.

J'étouffe. C'est trop d'un coup. Mon père m'a été volé avant l'heure, va-t-on à présent m'arracher à mes racines ? C'est grâce à l'atelier, à Gepetto, que mon enfance a été heureuse malgré maman Chut. Si Odette dit vrai, si l'entreprise n'est pas viable et qu'Étienne se résigne à la suivre à Lille, il faudra nous séparer de l'atelier, comme de la maison. Jamais je ne pourrai les garder et les entretenir toute seule : je n'ai pas un sou à moi. Et Frédéric ne se plaît pas assez ici pour m'y aider.

La vaisselle attendra ! J'escalade la fenêtre de ma chambre pour chercher, au fond de mon sac, le trousseau de clés de papa. Celle-là, plus petite et ouvragée, est celle de « l'armoire aux comptes », dans son bureau, à l'atelier. Lorsqu'il l'ouvrait, il soupirait autant que la porte grinçait. Les comptes, il n'aimait pas trop ça, Joseph. « Quand tu fabriques un jouet pour un petiot, tu penses à l'amour qu'il lui portera, pas aux sous que tu en tireras. »

Nul autre que lui n'avait le droit de mettre son nez dans la fameuse armoire. Quand Odette m'a réclamé le trousseau, était-ce cette petite clé-là qui l'intéressait ou ne suis-je qu'une affabulatrice qui me fait de vilaines idées ?

En faillite... Gepetto aurait-il trop négligé les comptes ? Commis des erreurs de gestion ?

« Ce sont les commandes qui n'arrivent plus », a avoué Étienne mercredi.

Pour moi, la pire des hypothèses serait que la marchandise – comme papa détesterait ce mot – laisse à désirer. L'arthrose dans les doigts, le stress dans les veines l'auraient-ils rendu moins performant ? Ce mot-là, c'est moi qui le déteste. Mon père ne cherchait pas la performance, il visait la perfection.

Allons, Charlotte, courage ! On va voir ça. Le trousseau laissé dans la voiture et non découvert par Odette n'est-il pas un signe du Ciel ?

Maigret sur les talons, je traverse la cour. Le bon bouvier a-t-il enfin compris que son maître ne reviendrait plus ? En attendant, c'est moi l'élue de son cœur... et de son estomac. Gamelle et matelas de monsieur se trouvent dans ma part d'habitation.

La lumière est magique dans l'atelier exposé au sud-ouest. Elle semble sourdre de ce qui se trouve ici et qui s'appelle création. Il s'en dégage une secrète puissance. Les yeux me brûlent. C'était là qu'après l'école Étienne et moi venions dévorer notre goûter. En nous faisant encore plus petits que nous ne l'étions pour ne pas gêner.

Et Odette voudrait arracher mon frère à cet endroit que, somme toute, il n'a jamais quitté ?

On ne peut pas dire que l'ordre règne dans le bureau. Un vieux chandail troué sur le dossier d'une chaise, un reliquat de café au fond d'une tasse, plusieurs bouteilles vides. Pas très soigneux, le patron ! Mais, dans l'armoire que j'ouvre avec un sentiment de profanation, tout est impeccablement rangé. Les dossiers, datés, s'empilent les uns sur les autres. Je sors celui de l'année en cours et l'ouvre sur la table : commandes, factures, TVA, fiches de paie... Du chinois pour moi qui n'ai jamais eu à gérer que le budget de la maison.

Et soudain, l'idée me vient. Pas l'idée, l'évidence : Virginia ! Elle travaille dans la comptabilité, elle saura me démêler tout ça. Je consulte ma montre : huit heures. Pourvu qu'elle ne soit pas déjà repartie pour Mulhouse où, elle ne me l'a pas caché, elle aura du travail à rattraper. Depuis jeudi, l'appel de l'hôpital, je l'ai mobilisée à temps complet. Mon Dieu, faites qu'elle soit encore là.

Le téléphone date de Mathusalem. On n'a pas idée de garder un vieux machin comme ça. On n'a pas idée de refuser un supermarché, son parking, ses odeurs, ses joyeuses pubs dans les haut-parleurs. Je forme le numéro. Bonheur ! Virginia répond aussitôt. Et que me dit-elle, mon amie ?

– Enfin ! Tu as mis du temps à m'appeler. Il y a bien une heure que j'ai vu passer ta petite famille en route pour le bercail. Ça va, Charlie ?

Une boule de reconnaissance m'étouffe. Et puis j'aime qu'elle m'appelle Charlie.

– Non, ça ne va pas ! J'ai besoin de toi, Virginia. Est-ce que tu peux venir ?

Elle a son bon rire : son rire... musclé.

– Je suis ton homme.

Alors que je sortais de l'armoire les dossiers les plus récents, une photo s'est échappée de l'un d'eux et a voleté jusqu'au sol. Elle représentait une jolie jeune femme, plutôt ronde, à la longue natte blonde, qui souriait de toutes ses dents à un homme contre l'épaule duquel elle s'appuyait tendrement. Celui-ci la regardait avec des yeux que je ne lui avais connus que lorsque je le demandais en mariage et qu'il répondait : « On verra ça quand tu auras l'âge. »

Cet homme était mon père. La femme, Kathy ?

13.

À neuf heures trente, ce lundi matin, un car s'est arrêté à grand bruit sur le terre-plein, près de notre porche. Des enfants en sont descendus, au moins vingt-cinq moineaux piailleurs d'une dizaine d'années qui ont envahi la cour, contrôlés à grand-peine par quatre adultes.

Ils ont commencé par faire le siège du puits, déçus de ne pas trouver l'eau sous les géraniums. Si on leur en avait laissé le temps, nul doute que, pour y voir de plus près, ils auraient réussi à soulever la planche qui l'avait condamné au silence.

Il s'agissait d'une « classe de découverte » avec à son programme la visite d'une entreprise artisanale. Chaque année, Gepetto en accueillait ainsi plusieurs. Celle-là tombait de la région parisienne et de nombreux nez s'étaient offert un coup de soleil.

Étienne est apparu à la porte de l'atelier et le puits a été abandonné pour l'artisan. Il faut dire qu'il avait fière allure dans son tablier de cuir, son rabot à la main. Les moniteurs sont allés le saluer. Allait-il leur annoncer que la visite était annulée en raison de la mort du patron ?

Eh bien non ! Il a ouvert grand la porte et s'est effacé pour laisser entrer la troupe. Maigret a profité de l'occasion.

J'aurais volontiers suivi mais ma présence risquait de troubler l'orateur, aussi suis-je restée près du puits à remettre de l'ordre dans les fleurs malmenées par les curieux, en croisant les doigts pour qu'il s'en tire avec les honneurs.

Entre les dessins ex-voto affichés aux murs, mon frère allait leur raconter la belle histoire d'un métier exercé en complicité avec une forêt.

Tout commençait par une idée : celle d'un jouet, tirée du souvenir et embellie par l'imagination. L'idée mise sur papier, on allait choisir l'arbre le plus digne de la représenter. Il arrivait que pour un même jouet, pas forcément de grande taille, on emploie le bois d'arbres différents, d'essence différente, disait-on, l'essence étant le caractère profond, initial, de chaque espèce, son âme en quelque sorte.

À cet instant, racontait mon père, on était assuré d'entendre des rires. L'essence, ça servait donc à autre chose qu'à faire rouler les voitures et pétarader les motos ? Eh bien oui, les ignorants ! C'est aussi ce qui fait tourner le moteur du monde.

L'arbre, poursuivait Joseph – poursuivrait Étienne ce matin –, était ensuite découpé en planches auxquelles il faudrait de longs mois, parfois même des années de séchage avant d'être utilisables. À nouveau les yeux s'arrondiraient : tant de temps pour un simple jouet ? Oui, car le bois est vivant, il faut qu'il s'assagisse. Ainsi, les pressés apprendraient-ils un peu, un tout petit peu, ce que patience veut dire.

Sur une planche prête à l'emploi posée sur son établi, Étienne dessinerait ensuite la forme du jouet avant de le découper à la scie, attention, sans se trancher un doigt par la même occasion, c'est vite fait ! Scie circulaire, scie à ruban, scie à chantourner pour aller dans les coins, il les leur présenterait une à une. Il leur montrerait également la ponceuse et le rabot qui évitent aux futurs utilisateurs du jouet les douloureuses échardes. Et enfin la perceuse. Pour terminer, les finitions, la cire d'abeille, mmm, ça sent bon ! puis le vernis ou la peinture, pas trop non plus pour que le jouet reste le plus naturel possible, que l'on sente l'arbre dedans.

Qui sait, rêvait mon père une fois la visite terminée, si cette histoire n'aurait pas allumé dans la tête d'un des explorateurs la petite flamme d'un enthousiasme qui le ferait rêver un jour : pourquoi pas moi ?

Il était dix heures et demie et ils n'avaient pas encore quitté l'atelier quand Martin Hutter a débarqué.

Je m'étais promis de l'appeler à l'heure du déjeuner. Comment repartir pour Strasbourg sans m'être expliquée avec lui ? Cela n'aurait-il pas été le comble de la lâcheté ? Et les mêmes questions sans réponse continuaient à me hanter. Que s'était-il passé chez Martin qui avait propulsé papa à Strasbourg ? Comment, fils du meilleur ami de Joseph, avait-il pu envisager une seule seconde un supermarché sur le grand champ ? Enfin, après ce qui était arrivé, avait-il l'intention de persévérer dans son projet ? C'était moi que cela concernait à présent, mon entreprise à moi qui était menacée.

Je me tiens toujours près du puits où j'attends, pleine de curiosité, la sortie des enfants lorsque je le découvre.

Il se dresse à l'entrée de la cour, totalement immobile. Nos regards se croisent et, tandis qu'il vient vers moi, un frisson me parcourt ; c'est la première fois que nous nous retrouvons en tête à tête depuis la fameuse nuit : fête et rupture.

De beau garçon, Martin est devenu bel homme. Ses cheveux, autrefois flamboyants, sont mêlés de blanc, ses épaules se sont encore élargies. À l'âge où tant d'hommes prennent du ventre, lui est resté mince.

– Voilà bien longtemps, dit-il.

Vingt-cinq ans ! Nous pensons tous deux à une même nuit, un même moment : lui, le plaisir, moi, la déchirure. Vingt-cinq ans que son regard sur moi annule pour revenir au point de départ.

Il n'a rien oublié.

Il prend une profonde inspiration.

– Je suis désolé pour ton père.

Et au lieu de crier la phrase que je ne cesse de me répéter : « Il est mort à cause de toi », je m'entends demander :

– Que s'est-il passé mardi dernier ?

– Le jour de ton anniversaire, précise-t-il.

Non ! Il n'a rien oublié.

– Peu importe mon anniversaire. Réponds-moi, Martin.

– Joseph est monté à la maison. Le projet de supermarché devait être voté cette semaine, il connaissait l'issue du vote et ne voulait pas l'accepter. Il m'a insulté.

– Il te croyait son ami.

Le regard de Martin se durcit.

– N'essaie pas de me culpabiliser comme ta Virginia. Qu'est-ce que vous connaissez, vous, les résidences secondaires, aux problèmes du village ? Il y a l'amitié et il y a le bien de Saint-Florentin. Ce supermarché y ramènera la vie.

– J'ignorais qu'elle l'avait quitté. Et l'emplacement de ton supermarché sous les fenêtres de Gepetto, cela ne t'a pas gêné ?

– Les intérêts particuliers doivent s'effacer devant l'intérêt général.

– Cela veut-il dire que tu persistes ?

– La décision est entre les mains du conseil. La majorité est pour.

Sous ma main, je sens la pierre chaude et rugueuse du puits. Un étau me serre la poitrine. Au moins me voilà avertie : la mort de mon père n'a rien changé aux projets de Martin.

Son regard s'est tourné vers la maison. Je le suis, juste à temps pour voir retomber le rideau de la chambre d'Odette. Qu'attend-elle pour venir aux nouvelles ? Ce n'est pas son genre de se montrer si discrète.

– Est-ce qu'on peut parler sans se mettre en colère ? interroge Martin.

– Tu m'as vue me mettre en colère, toi ? Je t'écoute.

Il désigne l'atelier.

– Que comptez-vous en faire, Étienne et toi ?

Odette hier, lui aujourd'hui. Même malaise. Même certitude que c'est pour parler de l'atelier qu'il est là. Ma belle-sœur et lui, complices ? Elle n'a jamais caché son admiration pour la réussite de Martin Hutter. Pour elle, réussite égale fric et elle ne se prive pas de le donner en exemple à mon pauvre frère.

Martin a eu raison de parler de colère. Elle monte. Une vague sombre que j'ai peine à maîtriser.

– Papa travaillait encore ici la semaine dernière. Ne trouves-tu pas que ta question est prématurée ?

– Je voulais seulement te dire que si vous étiez amenés à vendre, je serais preneur. Je vous en offrirais davantage que tout ce que vous pourriez espérer.

Lui ? Lui, acheter Gepetto ? Après ce qu'il a fait ? En moi l'horreur a remplacé la colère. Comment ose-t-il ? J'entends ma voix, glacée :

– Mon seul espoir est que l'entreprise continue.

– Étienne ne pourra jamais la faire marcher tout seul.

– Il n'est pas tout seul, je suis là.

Martin a un rire incrédule.

– Mais pour qui te prends-tu, Charlotte ?

– Pour la fille de Gepetto.

– Toujours la même alors ! Une foutue tête de mule comme ton père.

– Merci.

Il se détourne. Je demande :

– La maison, tu la veux aussi ?

– Si un jour elle était à vendre, pourquoi pas ?

C'est assez. Je me détache du puits. Les doigts me brûlent tant je les ai crispés sur la pierre. J'approche mon visage de celui du traître.

– Sache une chose, Martin Hutter. Si un jour Étienne et moi étions obligés de vendre, ce ne serait certainement pas à toi. Je préférerais tout donner. Tu m'entends ? Jamais ! Jamais !

Il a un geste vers mon bras. Je ne recule pas. Je ne fuirai pas. La jeune fille ignorante qui se laissait écraser par celui que des adultes inconscients lui avaient imposé comme amoureux n'existe plus.

Et soudain, sa main retombe. De l'atelier jaillit la horde d'écoliers qui se répand dans la cour avec des cris joyeux. Étienne suit, le visage éclairé. Ça a marché, mon frère ?

Découvrant Martin près de moi, son sourire s'éteint. Il se fige.

– Allons, les enfants, ordonnent les moniteurs en frappant dans leurs mains. On dit au revoir et merci à M. Muller.

De partout, fusent les « merci, Gepetto ». Maigret n'en peut plus de bonheur. Je me tourne à nouveau vers Martin.

– Et comme tu peux le voir, Gepetto n'est pas encore mort.

14.

Me Robin s'occupait depuis toujours de la famille. Il nous a reçus, Étienne et moi, dans son étude à Saint-Louis.

Saint-Louis est la ville aux trois frontières. La France y côtoie la Suisse et l'Allemagne. Vous pouvez vous rendre à pied d'un pays à l'autre, le paysage est le même, seules les habitations changent. Nous trouvons les nôtres plus belles et nos balcons mieux fleuris.

Saint-Louis de notre enfance avait la saveur sucrée des mennelés, ces petits pains au lait en forme de bonshommes pourvus de tête, de bras et de jambes. Le grand dilemme : par où commencer la dégustation ? Pour faire crier mon frère qui trouvait ça cruel, il m'arrivait, d'un bon coup de dent, de trancher la tête en premier.

Ces agapes concluaient automatiquement les visites à la « Petite Camargue », une réserve naturelle tout près de la ville où aimait à nous mener papa. Entre les pelouses à orchidées, les étangs à nénuphars, les mares à rainettes, les bleus martins-pêcheurs et tous leurs copains à poil ou à plumes, nous ne savions où donner de la joie. Partout cela rampait, courait, volait, chantait. Étienne avait une prédilection pour les hérons : évidemment, avec ses longues pattes... J'avais un faible pour les fées libellules aux transparentes ailes vert-bleu.

« Et moi, devinez qui je préfère ? » nous interrogeait notre père. « Un crapaud et une grenouille dévoreurs de mennelés. »

Me Robin nous a exprimé des condoléances enrouées avant de nous faire asseoir à ses côtés comme des amis. La pipe au bec, les grosses lunettes et même les brins de tabac sur le veston en faisaient pour moi, allez savoir pourquoi, l'image du philosophe.

Ne l'est-on pas forcément lorsque votre métier vous conduit à prévoir le pire – l'accident, la brouille, la rupture, la mort – et à les mettre sur contrat ?

Il a dressé pour nous un état des lieux. À sa connaissance, la seule fortune de notre père était ses maisons... qu'il nous avait déjà données.

– Prenez le temps de réfléchir à ce que vous allez en faire, nous a-t-il recommandé. La douleur n'est pas toujours bonne conseillère. J'en ai trop vu prendre des décisions hâtives qu'ils ont, par la suite, amèrement regrettées. Laissez à vos sentiments le temps de s'apaiser. Cela me donnera à moi celui de travailler sur votre dossier.

Très exactement les mots que nous avions besoin d'entendre.

Puis il a posé sur la mienne sa main constellée de fleurs de cimetière et m'a souri.

– Et vous, Charlotte ? Ne passez-vous pas toujours juillet en famille à Saint-Florentin ? Cela nous donnera l'occasion de nous revoir.

Cette année, mon père ne serait pas là pour nous accueillir. Le regard d'Étienne a volé vers moi. J'y ai lu une prière.

– Toujours ! ai-je répondu.

Il était midi lorsque nous avons quitté l'étude. Le soleil ne désarmait pas. Nous nous sommes installés à une terrasse de café dans la grand-rue. Tout village a sa ville, la nôtre est Saint-Louis. On y descend pour les achats importants, on s'y habille, on s'y rend au marché le samedi, on y fréquente les librairies et Nicolas la médiathèque, côté musique bien entendu.

Ce n'était pas la saison des mennelés mais celle des tartelettes aux quetsches et à la rhubarbe. Elles nous ont tenu lieu de déjeuner. Tout en les savourant, accompagnées d'un verre de muscat, j'ai appris à Étienne que j'avais demandé à Virginia de jeter un coup d'œil sur les comptes de Gepetto.

– Pa... papa lui faisait confiance, a-t-il simplement constaté.

En attendant de voir où en était l'entreprise et en espérant que les commandes reviendraient, il avait suffisamment de travail pour continuer quelque temps.

– Et je pourrai toujours m'avancer, a-t-il remarqué comme un enfant pour ses devoirs à l'école, ce qui m'a emplie de tendresse.

Sur le chemin du retour, il m'a demandé ce que me voulait Martin, hier. Je n'ai pas eu le cœur de lui faire part de sa honteuse proposition.

– Il m'a dit qu'il était désolé pour papa. Et que le projet de supermarché était maintenu.

Étienne est le plus grand des pacifiques. Ce que j'ai vu passer dans son regard m'a stupéfiée : un éclair de haine.

15.

Il est trois heures, la maison est silencieuse, Odette est partie je ne sais où au volant de sa petite voiture. Et si j'étrennais ma Must ? Il est temps : demain, je rentre à la maison.

Bermuda, T-shirt, chaussures de tennis et bob sur la tête, je prends le chemin de la colline d'où l'on peut embrasser – le mot est de papa – tout Saint-Florentin. « La promenade du propriétaire », l'appelait-il, sa préférée. Devinez qui était le propriétaire ?

– Ici, disait-il, tu es chez toi. Nul ne pourra jamais t'enlever ça. Ne l'oublie pas.

Mon flamboyant vélo me donne l'impression de rouler carrosse. Me permettra-t-il d'arriver au sommet sans mettre pied à terre ? Eh non ! Les onze vitesses n'ont pas amélioré mon souffle. Et ce n'est pas la meilleure heure pour l'effort, surtout après avoir goûté au muscat.

Nous y voilà quand même ! En nage, j'abandonne ma Must et retire mon T-shirt avant de prendre place sur le carré d'herbe qui pousse là, tout exprès pour le repos du grimpeur. Rassemblé autour de son église, Saint-Florentin, rose et ocre, frit sous le soleil. Procédons au recensement.

Là, c'est le toit de la confortable maison du pasteur. Ici, celui plus modeste du père Bertrand : lui n'a pas eu quatre fils. Voilà le toit de Virginia, celui, chamarré, de la mairie, et, au bout du village, les deux nôtres, à côté du grand champ. Passons vite sur le grand champ, filons à l'opposé : le cimetière, bordé de cyprès. En ville, on vit loin de ses morts, dans un village, on les côtoie chaque jour. Plus loin, dans la campagne, on aperçoit la ferme de Marguerite. Son mari René, agriculteur, est conseiller municipal. Ils nous attendent ce soir, Virginia et moi. Grande réunion de tous les amis de Joseph.

– Viens un peu plus tôt, m'a recommandé mon institutrice. J'ai à te parler.

Ne me l'avait-elle pas déjà dit à la maison le jour de mon arrivée ? Parler... il s'est passé tant de choses depuis, que nous avons surtout eu l'occasion de pleurer ; par exemple la mort de papa.

Un jour, sur cette colline, il m'avait prise contre lui et m'avait annoncé une extraordinaire nouvelle.

– Sais-tu, Charlotte, que lorsqu'on possède un morceau de terre, on possède aussi le carré de ciel qui le recouvre ?

D'un seul coup, j'étais devenue la petite fille la plus riche du monde.

Je renverse la tête et plonge dans ma bleue propriété. Il n'est pas né celui qui m'obligera à abandonner mon arpent de ciel.

– J'en connais une qui va déguster, ce soir ! annonce la voix de Virginia au-dessus de ma tête.

J'ouvre les yeux : je me suis assoupie. Il faut reconnaître que ces derniers jours, le sommeil et moi... Moulée dans une tenue de coureur cycliste, guidon à la main, Virginia désigne le haut dénudé de ma personne.

– Je parle du coup de soleil, bien sûr.

Je me redresse et remets mon T-shirt. Elle pose son vélo à côté du mien. Je m'étonne :

– Mais qu'est-ce que tu fais là ? Comment m'as-tu trouvée ?

– Il ne faut pas croire que parce qu'Étienne perd ses mots, il perd aussi la tête. « Si elle n'est pas dans le verger, tu la trouveras là-haut. Là-haut sur la colline. »

– Et toi, tu n'es pas au boulot ?

– J'ai pris mon après-midi. Tu te pousses un peu ?

Elle s'assoit à côté de moi, étend ses longues et fortes jambes joliment parsemées d'un duvet blond très fin. Même sans « mauvais penchants », on a envie de caresser.

– Pas d'autres nouvelles de Martin ? demande-t-elle avec ironie.

– Il n'est pas près de revenir !

Virginia sait tout. La visite de Martin, mais aussi l'ultime message de mon père, que je lui ai révélé dimanche lorsqu'elle m'a rejoint à l'atelier. Ne le lui devais-je pas après son intervention à l'église ?

« Attention ! », pour elle, cela concerne bien sûr la menace sur Gepetto. Kathy ? Elle n'en connaît pas. Lorsque je lui ai montré la photo, elle a ri :

– Eh bien la voilà, c'est clair ! Ton papa avait une petite amie. Tant mieux pour lui. Tu n'aurais pas voulu qu'il vive en ermite pendant un quart de siècle quand même ! Plutôt appétissante, la coquine. Ne me dis pas que tu es jalouse ?

Si ! Jalouse, triste, blessée. Et même en colère. Papa aurait pu m'en parler avant, de sa Kathy.

La seule chose que j'ai cachée à mon amie, comme à tous sauf à Frédéric, c'est ce qui s'est passé autrefois entre Martin et moi. Et si je lui dévoilais cet unique secret entre nous ?

Elle ne m'en laisse pas le temps.

– J'ai vu les comptes, annonce-t-elle. Prépare-toi à avoir un choc !

Son visage est sévère : on ne plaisante plus.

– C'est bien les commandes qui manquent. Notamment celles des deux principaux clients de Gepetto : un grand magasin à Strasbourg, l'autre à Metz. Pas de nouvelles depuis des mois.

Elle s'interrompt quelques secondes. Je tends le dos. Va-t-elle me dire que le patron ne donnait plus satisfaction ? Sur les toits, en bas, mon ciel s'est obscurci.

– J'ai appelé pour savoir ce qui se passait : les commandes, ils les avaient bel et bien envoyées, lâche-t-elle, et le bleu revient à mon cœur. Et même des commandes importantes en vue des fêtes de Noël. En réponse, un coup de fil : Gepetto ne donnerait pas suite. Un point c'est tout. Aucune autre explication.

– Mais ce n'est pas possible, jamais papa...

– Laisse-moi terminer, me coupe Virginia. Ce n'est pas ton père qui avait appelé, ni Étienne. Mes interlocuteurs ont été catégoriques. C'était une femme. Et des fameuses commandes, il n'y a pas trace dans les dossiers.

16.

Il est dix-sept heures trente. Sur la table de la salle de ferme autour de laquelle Marguerite affirme qu'elle peut réunir sans difficulté ses quatre couples et ses douze petits-enfants, les verres sont alignés, et des assiettes que l'on remplira plus tard. Tous les bancs et chaises de la maison ont été déployés.

Mon instit s'est fait belle : robe fleurie, sandalettes à petits talons, mise en plis du jour, rose aux joues. Virginia et moi avons troqué nos tenues de cyclistes pour une jupe et un corsage. Quant au maquillage, en ce qui me concerne, le soleil s'en est chargé. Ça cuit.

– Si je n'ai pas demandé à ton frère de venir, c'est qu'Odette aurait suivi. Tu la connais ! explique Marguerite. Asseyez-vous, on n'a pas beaucoup de temps. Vous verrez qu'il y en aura pour venir en avance.

Elle m'adresse un bon sourire :

– Qu'est-ce qu'ils ne feraient pas pour ton père !

Cette phrase, dans un instant, j'en comprendrai toute la signification.

Nous prenons place à la table. Marguerite n'a pas vu d'inconvénient à ce que Virginia entende ce qu'elle avait à me dire. Elle a eu la même réaction qu'Étienne ce matin : « Joseph lui faisait confiance. »

Et il pouvait ! N'en a-t-on pas eu la preuve éclatante à l'église ?

– Mardi dernier, commence-t-elle, ton père est passé nous voir, René et moi. Il était dans tous ses états.

– Mardi ? Le jour où il est monté à Strasbourg ?

Elle acquiesce.

– Il venait de recevoir une visite qui ne lui avait pas fait plaisir, tu peux me croire. Celle du promoteur qui vise le grand champ, le compère de Martin. Vous ne devinerez jamais ce qu'il lui voulait : lui racheter Gepetto.

Un rire glacé monte en moi. Si ! J'aurais pu deviner. Le compère de Martin, venu hier me faire la même proposition.

– Et savez-vous ce qu'il avait l'intention d'en faire ? Un « fast-food », comme on dit. En complément de son supermarché.

– Et pourquoi pas une boîte de nuit dans la maison ? explose Virginia.

Pourquoi pas en effet ? Martin n'a pas écarté l'idée de l'acquérir elle aussi.

– Il lui en proposait beaucoup, beaucoup d'argent, remarque Marguerite avec colère. Comme si Joseph était homme à vendre son âme.

Et Odette ? Femme à provoquer la ruine de l'entreprise familiale en subtilisant les commandes ? Il y a un instant, je me refusais à croire à une telle vilenie. Mais beaucoup, beaucoup d'argent... En plus du retour en ville.

Mon regard croise celui de Virginia. De la tête, elle acquiesce. Le promoteur, Martin, Odette : complices. ATTENTION ! Mon père l'avait-il découvert ?

– C'est après m'avoir raconté ça que Joseph est monté voir Martin, conclut Marguerite. Et ensuite toi, à Strasbourg. Mais, si j'ai bien compris, il ne t'a rien dit.

– Nous avions du monde pour mon anniversaire. Cela s'est terminé tard. Le matin, il avait filé sans prévenir : « Je ne vais pas t'ennuyer avec mes petites histoires. »

Ses petites histoires...

– C'est tout à fait lui, constate Marguerite. Il aura eu une autre idée.

J'ai soif, la bouche pleine de poussière. Je revois le regard de haine de mon frère il y a quelques heures lorsque nous avons parlé de Martin. Martin-Odette ? Que sait Étienne exactement ? Trop de lâcheté peut devenir criminel. J'attrape un verre sur la table et vais le remplir à l'évier.

– Bonsoir, mesdames !

Le maître de maison, René. Douché de frais, le cheveu encore humide, la raie tirée au cordeau, les plis du repassage marqués sur la chemise à carreaux. Il vient m'embrasser sur chaque joue, profond pour me dire qu'il partage ma peine. Ce n'est plus de la peine, c'est révolte et impuissance. Comme la mèche d'une bombe qui s'allume en moi. Je m'accroche à son bras.

– René, s'il te plaît, explique-moi. Comment avez-vous pu accepter ce traître de Martin au conseil ?

Son visage s'assombrit.

– Son père venait de mourir quand les élections ont eu lieu. Martin s'est présenté à sa place. Joseph a voulu l'aider. Jamais on n'aurait pu imaginer...

Il aimait à dire, mon père, que chez lui – la mairie – il n'y avait qu'un seul parti : celui de Saint-Florentin. Si l'on se bagarrait, c'était pour des broutilles, cela n'allait jamais bien loin.

Comme je reviens vers la table, une idée me poignarde le cœur. Papa avait toujours cru que ma rupture avec Martin était due à ma rencontre avec Frédéric. Si je lui en avais révélé les vraies raisons, peut-être se serait-il méfié davantage. Mon silence n'est-il pas en partie responsable de ce qui lui est arrivé ?

– Qu'est-ce que je vous disais ! s'exclame Marguerite en se levant. Les voilà déjà : dix minutes d'avance.

Une voiture vient d'entrer dans la cour, une autre. Très vite, je demande à René :

– Et maintenant, qu'est-ce qu'on fait ?

Il a un sourire fatigué.

– C'est pour en parler qu'ils ont tous répondu à l'appel.

17.

Ce matin, nous étions allés, Étienne et moi, chez Me Robin parler de la succession de mon père. Ce soir, c'était de celle du maire dont il s'agissait.

Avaient répondu à l'appel les six conseillers partisans de Joseph, c'est-à-dire hostiles au supermarché : René, bien sûr, le père Bertrand et le pasteur Reubell, Albert, patron de la scierie voisine, ainsi que le propriétaire du bazar, « M. Marchand-de-tout » comme lui-même se surnommait. Vous souhaitez quelque chose qu'il n'a pas en magasin, il vous l'obtient dans les quarante-huit heures, essence à votre charge. Et enfin le docteur Mathias, le jeunot de la bande, adjoint à l'environnement, « le vert » comme certains l'appelaient avec affection. Trente-six ans, généraliste, installé à Saint-Florentin au sortir de ses études, il circulait essentiellement à vélo, son portable à la ceinture, toujours partant pour toucher un front, palper un ventre ou simplement prendre une main et rassurer.

Épouses et amis étaient également présents : une bonne vingtaine de personnes au total. Marguerite avait dit vrai : on était un peu serrés mais tout le monde tenait autour de la table.

Pour commencer, elle a offert à boire : muscat, liqueurs, jus de fruits. Sur les assiettes sont apparus kouglof, sablés et pains d'épice, mais l'entrain manquait, les visages restaient graves et les voix feutrées. Des regards entendus s'échangeaient. Virginia et moi étions-nous les seules à ignorer ce qui se tramait ?

Le docteur Mathias a pris la parole pour faire le point sur la situation. Le ciel m'est tombé sur la tête.

Le conseil nommerait incessamment en son sein celui qui remplacerait Joseph Muller au fauteuil de maire. Martin Hutter, premier adjoint, avait toutes les chances d'être celui-là. Dans la foulée, le projet de supermarché serait probablement voté.

Martin Hutter succédant à papa ? Martin, maire de Saint-Florentin ? Comment croire à une telle horreur ? Mes oreilles se sont mises à bourdonner, mon cœur battait follement, j'avais envie de me lever pour crier « non ». La main de Virginia m'a retenue :

– Mais écoute, écoute donc, Charlie...

Il y avait une façon de faire obstacle à la nomination de Martin Hutter, expliquait à présent le docteur Mathias : c'était que les six membres du conseil ici présents donnent leur démission afin que de nouvelles élections aient lieu, auxquelles participeraient, cette fois, les habitants de la commune.

Le décès du maire et les circonstances tragiques dans lesquelles celui-ci s'était produit avaient fortement secoué les consciences. Le projet de supermarché agitait les langues depuis des semaines, il était temps de donner la parole aux premiers concernés : les Florentinois. Maître de la décision, le préfet en serait certainement d'accord.

Des applaudissements ont éclaté. « Que ne feraient-ils pour ton père ? » avait dit Marguerite. Démissionner. Remettre en jeu un mandat auquel tous étaient attachés. C'était à présent la reconnaissance qui faisait battre mon cœur. J'ai cherché du regard mes deux « pères » de rechange. J'aurais voulu leur demander pardon : comment avais-je pu être si dure avec eux ?

– Bien entendu, nous nous représenterons tous, a repris le médecin d'une voix vibrante. Pas question de baisser les bras. Mais, outre l'appel aux Florentinois, l'avantage de ces élections serait la nomination d'un nouveau conseiller à la place laissée vacante par Joseph : une voix supplémentaire qui, si elle était de notre côté, pourrait faire obstacle aux projets de Hutter.

À nouveau, certains ont applaudi. Il les a arrêtés de la main.

– Nous avons un problème, a-t-il annoncé.

Le manque de candidat.

Depuis l'accident de Joseph, ils se renseignaient discrètement autour d'eux, sans résultat. Toutes les personnes pressenties trouvaient de bons prétextes pour se dérober. Juillet, la date probable des élections, était période de gros travaux. Une campagne prend du temps et de l'argent... Mais la véritable raison, tout le monde la connaissait : nul n'était chaud pour affronter Martin.

En cas d'élections, il présenterait son propre candidat et on pouvait compter sur lui pour ne pas lésiner sur les moyens permettant de le faire passer. Martin était riche, il avait de l'influence, de l'autorité. N'avait-il pas réussi à rallier une majorité autour d'un projet auquel, au départ, la plupart étaient hostiles ?

– Si nous ne trouvons pas à lui opposer quelqu'un de disponible et de motivé, mieux vaut en rester là, a conclu le docteur Mathias. Nous ne risquerions, en démissionnant, que de donner une voix de plus à l'adversaire.

Il a repris place sur son siège. Tout le monde s'est mis à parler à la fois. Quelques personnes s'étaient levées et discutaient par petits groupes. Des noms étaient lancés. Il y a eu un rire. Marguerite resservait à boire. Virginia était allée prendre l'air dans la cour. Elle aussi devait avoir du mal à respirer : Martin à la place de papa...

« J'en connais une qui va déguster »,

m'avait-elle lancé cet après-midi. Elle ne s'était pas trompée.

Je me suis revue avec mon père sur la colline. J'ai senti son bras autour de mes épaules. Je l'ai entendu : « Ici, tu es chez toi, nul ne pourra jamais t'enlever ça. Ne l'oublie pas. »

Martin pouvait. Martin s'apprêtait à le faire.

Comme une bourrasque s'est levée en moi : je me suis retrouvée debout.

– En cas de nouvelles élections, qui a le droit de se présenter ?

Ma voix m'a étonnée. « Mais qu'est-ce qui te prend, maman ? T'es malade ? » aurait demandé Millie. Il est rare que je tempête. Les conversations se sont interrompues et tous les regards, eux aussi étonnés, ont convergé dans ma direction.

– Toute personne majeure, inscrite sur les listes électorales de la commune et payant la taxe d'habitation, a énuméré Marguerite, habituée. Pourquoi me demandes-tu ça, Charlotte ? Tu as une idée ?

– Oui, moi !

Le silence s'abat sur la salle de ferme. Un à un, chacun reprend sa place. Virginia est revenue ; elle respire fort. Vingt regards incrédules vont du docteur Mathias à moi, seuls restés debout. Ces visages, je les connais tous. Et depuis si longtemps ! « Alors, Charlotte, ça va, la famille ? » « Et ton époux, le travail ? » « Ça fait plaisir de voir que tu ne nous oublies pas complètement. »

– Vous, Charlotte ? répète le médecin comme s'il n'était pas sûr d'avoir bien entendu.

– Moi !

Il n'a fallu que ce seul mot pour que, dans ma poitrine, le calme succède à la tempête. Un calme tant attendu. Ça y est, j'arrive ! J'accoste. Je sais enfin où je vais.

– Je suis disponible et motivée. Je ne veux pas de ce foutu supermarché. Martin Hutter ne me fait pas peur.

Au moins, ça, ils le savent. Martin et Charlotte : « les amoureux »... Ils ignorent seulement que l'amour s'est transformé en haine.

– Mais... mais tu es une femme ! se décide à intervenir M. Marchand-de-tout d'une voix consternée. Et tu sais bien qu'il n'y a jamais eu de femme au conseil.

– Et depuis quand, toi, tu renonces à obtenir ce qu'on ne trouve pas à Saint-Florentin ? interroge Virginia d'une voix frémissante.

Quelques rires timides se font entendre.

Virginia à mes côtés ?

– C'est que tu n'as jamais rien fait, seulement élevé tes enfants, objecte à son tour Antoinette, la boulangère.

Le « maman ne fait rien » de Julie... Je la toise.

– Et pour toi, Antoinette, c'est un handicap d'élever trois enfants ?

– Ce n'est pas ce que je voulais dire... mais tu habites Strasbourg, ta vie est là-bas, pas chez nous.

Cette fois, les « résidences secondaires » de Martin.

– Chez vous, c'est aussi chez moi. Je suis née ici comme toi. J'ai grandi ici comme vous tous. J'y ai ma maison. Et mon cœur.

Comme il est douloureux, le désir de convaincre. Aussi douloureux que l'espoir. Et soudain, la phrase du ministre, le jour de mon anniversaire, me revient : « Cela veut dire que vous avez gardé la flamme. » J'avais demandé : « Quelle flamme ? »

Elle brûle dans ma poitrine, orange et bleue comme le ciel lors de l'enterrement de mon père.

– Puis-je poser une question ? demande le pasteur en levant sa longue main blanche.

À Saint-Florentin, on respecte l'Église et les apartés cessent. Reubell se tourne vers Marguerite.

– À en croire mon épouse, et ce malgré nos quatre fils, les femmes seraient majoritaires dans la commune, expose-t-il avec humour. Est-ce exact, madame la secrétaire de mairie ?

– C'est exact, acquiesce Marguerite. Si vous le voulez, monsieur le pasteur, je vous donnerai les chiffres demain.

– Ce sera inutile, merci.

Il tourne maintenant vers l'assemblée son sourire de joueur d'échecs : mi-colombe, mi-renard.

– Ne pensez-vous pas qu'il serait équitable que siège au conseil une représentante de la majorité des Florentinois ?

L'œil brillant, le père Bertrand approuve vigoureusement.

Mes « pères » à mes côtés ?

À nouveau, tous parlent à la fois. À voix plus feutrée que tout à l'heure : c'est de ma personne qu'il s'agit, de la fille du maire décédé. Où est passée Virginia ? Le docteur Mathias est très entouré. Nous avons peu eu l'occasion de nous rencontrer. Notre médecin de famille est à Strasbourg. Il ne circule pas à vélo, il est toujours pressé. C'est de papa dont le « vert » s'occupait. Est-ce lui qui lui avait prescrit ce régime sans sel que, finalement, il aurait mieux fait de suivre ?

Je suis retombée sur mon siège. La flamme vacille. Qu'est-ce que je me suis imaginé ? Qu'ils allaient m'applaudir ? Pour qui je me prends ? Antoinette a raison : mère de famille, je n'ai jamais été que ça. S'il m'est arrivé de me battre, c'était dans les conseils de classe. J'étais presque chaque année nommée déléguée des parents. Combative et organisée, disait-on de moi. Et surtout, j'avais du temps... puisque je ne faisais rien.

Virginia reprend place à mes côtés. Jamais elle ne m'a regardée si fort. Comme si j'étais une extraterrestre.

– Dis donc, toi, quand tu y vas, tu y vas ! Et je ne suis pas prête de te pardonner de m'avoir coupé l'herbe sous le pied. La première femme... J'aurais dû y penser avant.

Elle pousse un gros soupir : « Seulement, moi... »

Dans ces deux mots, sa différence. Une femme, certes, mais une qui aime les femmes. Ça vous ferme des portes. Imaginez que ça se sache !

– Bon, oublions, décrète-t-elle.

Elle a un sourire malicieux :

– Ton Frédéric est au courant, je suppose.

Comment pourrait-il l'être ? Je ne l'étais pas moi-même il y a seulement quelques minutes. J'entends sa voix, dimanche, avant le départ de ma famille : « Sans toi, la maison est vide. Ne tarde pas trop. » En postulant, je n'ai pas pensé une seconde à lui, aux miens. Disparu, Strasbourg. Il n'y a plus eu que Saint-Florentin et le refus farouche de voir Martin s'installer dans le fauteuil de mon père.

La voix ferme du docteur Mathias me ramène sur mes terres.

– Charlotte... pourquoi pas après tout ? La fille de Joseph. Ça pourrait produire un électrochoc. Mais c'est une décision importante, tant pour vous que pour nous. Prenez le temps de réfléchir.

Je suis à nouveau debout.

– Depuis le départ de papa, je ne fais que ça : réfléchir. Au moyen de continuer pour lui. Et voilà que vous m'en offrez l'occasion.

Celle de répondre à une supplication muette, un appel.

Ce n'est plus une flamme que j'ai au cœur, c'est un brasier. Si seulement tu pouvais me voir. « Vas-y, petite », voilà ce que tu me dirais. Mes yeux me brûlent. C'est ça, pleure. Une candidate sans voix, le bouquet.

– Vous allez devoir faire campagne, reprend le médecin. Et une campagne n'est pas une partie de plaisir. Vous risquez d'en entendre des vertes et des pas mûres. D'autant plus qu'en effet jamais une autre femme ne s'est présentée dans le coin. Et quand je parle de « coin », ce n'est pas seulement de Saint-Florentin.

– Alléluia ! s'exclame Virginia en levant les bras au ciel et les rires sont cette fois plus francs, comme libérés, presque joyeux, et ils portent l'espoir, ils emportent mes larmes.

– Attendez !

Est-ce bien ma voix ? Est-ce ma main qui se lève avec autorité pour réclamer le silence ? Un silence qui se fait aussitôt. Pas question de commencer ma fameuse carrière de conseillère en trichant.

– Pour ma part, je suis décidée. Mais c'est vous qui allez devoir réfléchir. En sachant que mon père m'en a enseigné davantage sur la transformation d'un arbre en jouet que sur le fonctionnement d'une mairie.

Je me tourne vers Marguerite. Jusque-là, avouons-le, je n'ai pas trop osé regarder dans la direction de la secrétaire de mairie.

– Tu m’apprendras ?

– Comme si j’avais jamais fait autre chose avec toi, bougonne l’institutrice, et ce sont ses yeux qui rougissent.

C’est à ce moment-là que j’ai réalisé, entre exaltation et angoisse, entre peur et fierté, que je venais enfin de tirer la nappe.

Patatras !

DEUXIÈME PARTIE

MILLIE

18.

Quand, après huit jours d'absence, maman nous est enfin revenue, mercredi soir, en plein feuilleton américain, on a tous poussé un gros ouf.

L'amour, bien sûr, mais aussi, pour Julie dont c'était le tour de machines demain, le soulagement matériel; pour Nicolas, qui pourrait à nouveau passer voir si « môman » était là en rentrant de son école, même sans avoir rien de spécial à lui dire ; et pour papa, en overdose de surgelés. Afin de manifester sa joie, il s'était même décidé à sortir de son papier de Noël la cravate qu'elle lui avait offerte et qu'il n'osait pas porter vis-à-vis de ses clients à cause des éléphants.

À moi, ma mère a dit :

– Comment va ma reine des sondages ? et je me suis senti des ailes.

Elle avait le nez qui pelait.

– J'étais tellement grisée d'étrenner ma Must que j'en ai oublié le soleil, a-t-elle expliqué, et tout le monde a ri sans raison comme quand on est heureux.

Pour fêter les retrouvailles, papa a proposé qu'on se fasse une orgie d'asperges. Ce savoureux légume, spécialité de la région, se déguste aux mois de mai et juin dans les plus grands restaurants et les plus humbles bistrots. À la vinaigrette, on a le droit de le manger avec les doigts. Papa a été nommé membre de la fameuse confrérie des goûteurs d'asperges : un honneur qui ne se refuse pas.

– Suis-je autorisée à prendre un bain rapide avant de sortir ? a demandé maman, toute moite de son voyage.

Là encore, on a ri bêtement : le plaisir de retrouver sa voix et Julie lui a accordé jusqu'à la fin du feuilleton.

Personnellement, je me sentais bizarre : une petite gêne au coin du cœur. Ma mère avait changé. Elle n'était plus tout à fait pareille qu'avant. Moins comme une eau claire et sans rides qui vous fait du bien rien qu'à la regarder couler. Est-ce que c'était la mort de Gépé, parti sans avoir fini son espérance de vie qui nous l'avait changée ?

L'espérance de vie des femmes est de soixante-dix-neuf ans. Celle des hommes de soixante-quatorze – cigarette, alcool, stress. Les femmes qui s'y mettent les rattrapent sur la pente fatale. J'ai fait mes calculs. À moins d'accident imprévisible, nous pouvons espérer garder maman, qui ne fume pas et ne boit que lors des fêtes, encore au moins trente-sept ans. Ça m'a rassurée de vérifier.

– Mais arrête de compter tout haut, a râlé Nicolas que ça empêchait de suivre son feuilleton.

Elle est réapparue dans un sillage de fraîcheur, en jupe et le nez raccommodé à la crème teintée. On était tous prêts à prendre la route. Julie dans une de ses mille tenues glamour, Nicolas en tous les jours, c'est-à-dire un peu crade mais on ne peut pas se battre sur tous les fronts et déjà il y a son école de commerce qu'il déteste, papa avec sa belle cravate. Il m'a fait remarquer que je montrais mon nombril, et alors que d'habitude il râle, il m'a demandé :

– Qu'est-ce que tu attends pour y mettre un anneau ?

La preuve que le retour de l'épouse peut vous rendre à la fois plus cool et en contradiction avec vos opinions personnelles.

Il avait porté son choix sur la brasserie face à la cathédrale Notre-Dame, joyau de notre époque chanté par d'innombrables voix : sa chaire ciselée, son horloge astronomique, ses nombreux visiteurs qui s'imbibent de sa magie (entrée gratuite). La sœur d'une copine, étudiante, est guide. J'ambitionne de le devenir en attendant ma carte de journaliste et porte tout mon effort sur ma mémoire et sur mon style.

En cette soirée exceptionnelle, la terrasse était bondée. On s'est rabattus sur l'intérieur qui fleurait bon la bière et la choucroute. Le patron a serré la main de papa et il l'a félicité pour sa cravate : les éléphants, c'était original.

– N'est-ce pas ? a répondu l'heureux propriétaire en souriant du côté de maman.

Elle a choisi ses asperges en feuilleté, papa aux quatre sauces : mousseline, vinaigrette, mayonnaise et hollandaise (il lui arrive de toutes les mélanger pour le plaisir de faire enrager sa femme), moi avec un poussin rôti, Nicolas avec la saucisse bien dodue que Gépé appelait « la gloire de l'homme », ce qui faisait rire tout le monde sauf Julie qui n'aime pas la grivoiseté. Elle a commandé les plus chères, comme d'habitude : accompagnées d'une demi-langouste.

Pour patienter, papa a réclamé tout de suite une bouteille de sylvaner et un Coca pour moi.

Il a levé son verre.

– Au retour de la femme prodigue !

On a tous trinqué. Il a bu un peu puis il a posé sa question avec précaution, le deuil étant encore récent.

– Alors, comment ça s'est passé là-bas ? As-tu pu régler tes affaires avec ton frère ?

Maman a fermé les yeux, elle a inspiré profondément et elle a dit :

– J'ai décidé de me présenter aux élections.

Tout s'est arrêté comme dans un film.

– Les élections ? Quelles élections ? a demandé papa.

– Le conseil municipal a démissionné pour qu'il y en ait de nouvelles. Je me présente à la place laissée vacante par mon père.

– Tu veux être maire ? a chevroté Nicolas, bluffé.

Maman a ri.

– Je n'irai pas jusque-là. Conseiller me suffira. D'autant que figurez-vous, je serai la PREMIÈRE femme à postuler.

Papa a bu une gorgée de sylvaner qui a fait un drôle de bruit dans sa gorge.

– Ne me dis pas que tu parles sérieusement, Charlotte. Qu'est-ce que c'est que cette histoire ?

– C'est celle de Martin Hutter qui brigue le fauteuil de maire, qui l'aura si on ne lui fait pas barrage, et qui construira son supermarché.

Maman nous en avait parlé quand on était descendus pour l'enterrement. Elle avait même dit que sans le supermarché Gépé vivrait encore. Papa avait tenté de la raisonner avec son bon sens masculin : « Ne crois-tu pas que tu exagères un peu, ma chérie ? » Et elle avait pleuré encore plus fort sur son épaule.

– Ça veut dire que tu vas encore partir ? a demandé Nicolas l'inquiet.

– Et même avec toi ! Comme chaque année. À moins que tu n'aies d'autres projets, a répondu maman malicieusement. Il me semble que ce sont les vacances à la fin de la semaine.

Il me semblait aussi.

– Et ça fait quoi exactement, un conseiller ? ai-je demandé.

– D'abord, il n'est pas tout seul, a répondu maman. Il y en a quinze à Saint-Florentin. Les conseillers assistent le maire, ils discutent des décisions et votent pour ou contre.

– Assister le maire ? Mais comment tu sauras, tu n'as jamais rien fait ? a demandé Julie en parlant plus fort que d'habitude.

Maman n'a pas eu l'air contente.

– Voilà un refrain qu'il me semble avoir déjà entendu. Et je croyais que tu aurais souhaité une mère plus active, comme celles de tes amies.

– Plus active à Strasbourg, pas dans ton bled.

Les asperges sont arrivées à temps pour l'armistice. Elles étaient encore trop chaudes pour les prendre avec les doigts. Chacun a obtenu son choix.

– Tout le monde est satisfait ? a demandé le patron en regardant papa qui n'avait pas l'air dans son assiette.

C'est drôle, les mots. À une minute près, ça se casse la gueule. Plus personne ici n'était satisfait.

– Il me semble que tu aurais pu m'en parler avant de prendre ta décision, a râlé papa dès qu'on s'est retrouvés seuls.

On voyait qu'il regrettait d'avoir mis sa cravate aux éléphants. Il n'arrêtait pas de glisser son doigt entre le nœud et son cou comme s'il était prisonnier de sa bonne intention.

– Si je t'avouais que cette décision date seulement d'hier, a répondu maman en posant sa main sur celle de son mari avec un sourire plein de tendresse.

– Et elle est irrévocable ?

– Ma candidature est partie ce matin à la préfecture.

Papa a retiré sa main et on a attaqué les asperges. Quand Nicolas a percé sa saucisse, ça a fait un jet et j'ai été la seule à rire. On ne pouvait pas dire que l'ambiance y était.

– Puis-je savoir quand ces élections auront lieu ? a demandé papa.

– Dès que le préfet aura donné son accord. Début août, je suppose.

Là, il s'est complètement étouffé et j'ai eu peur qu'il jette les éléphants dans ses sauces que, ce soir, il se privait de mélanger pour punir sa femme.

– N'aurais-tu pas oublié un détail en posant ta candidature ?

Maman a baissé la tête avec un soupir.

– Je sais. Pardon.

Début août, et même le vendredi 3 août, les personnes ici présentes avaient prévu de s'envoler pour la Grèce.

On a tous été privés de dessert.

19.

Le seul défaut de ma chambre est le mur de la penderie : un vrai mur de papier qui donne sur la salle de bains de mes parents. Résultat, quand vous oubliez de tirer la porte coulissante, vous entendez involontairement tout ce qui se passe de l'autre côté.

Un journaliste est-il autorisé à écouter aux portes et à regarder par les trous de serrure ? Problème d'éthique. Je l'ai posé à mon père qui prend ma vocation au sérieux : il lui arrive même de consulter mon tiroir à sondages. J'ai un dossier spécial Europe à son intention.

– Il me semble qu'un journaliste doit savoir distinguer entre vie publique et vie privée, a-t-il répondu. Et bien que ce soit le mélange des deux qui attire le chaland, il doit mettre son point d'honneur à respecter l'intimité de chacun.

Point d'honneur... Il n'y a que mon père pour parler comme ça, j'adore !

On venait de rentrer du dîner raté, je sortais ma tenue de gym de la penderie pour demain – dernier cours avant les vacances – quand l'eau s'est mise à couler dans la salle de bains. Une élection municipale, c'est pile-poil la vie publique, j'ai donc laissé la porte ouverte. À présent c'était le bruit significatif d'une brosse à dents en action.

– Te rends-tu seulement compte dans quelle galère tu t'es lancée ? a demandé une voix masculine. Saint-Florentin n'est pas Strasbourg. La parité, ils n'en ont rien à faire, ça ne les concerne pas. En étant la première femme à te présenter, qui plus est tête de liste, si j'ai bien compris, tu vas t'exposer à toutes sortes d'avanies. On se moquera de toi. On cherchera à te ridiculiser.

– Marguerite m'a avertie, a coupé la voix féminine enrobée de dentifrice. Elle m'aidera.

– Elle t'aidera ! Mais que sais-tu de la marche d'une mairie ? Julie n'a pas tout à fait tort : à part la marche d'une maison, tu n'as pas vécu grand-chose.

– Excellente occasion pour m'y mettre avant qu'il soit trop tard.

L'eau a coulé plus fort, comme une protestation, puis elle s'est arrêtée.

– Réfléchis encore, je t'en supplie, a repris la voix masculine. Il y a sûrement un moyen de faire marche arrière. Et ne crois pas que c'est pour moi que je parle mais, ma pauvre chérie, tu n'as pas la moindre chance.

Le verre à dents a claqué sur la tablette. Cette fois la voix a été nette.

– J'aimerais tellement, tellement, que mon mari me fasse un tout petit peu confiance. Je perdrai peut-être en effet, mais au moins j'aurai essayé. Je me serai battue pour que Martin ne détruise pas l'œuvre de mon père.

– Martin... Martin Hutter, évidemment ! a répondu l'homme d'une vilaine voix grinçante. Est-ce vraiment pour ton père que tu as décidé d'agir ? Ne serait-ce pas plutôt CONTRE Martin ?

Il n'y a pas eu de réponse, une porte s'est refermée, silence dans la salle de bains. Qu'est-ce que papa avait voulu dire avec Martin de cette drôle de voix ?

J'étais à peine sortie de la penderie que Nicolas et Julie ont débarqué sans frapper. Julie attend que j'aie mes règles pour frapper.

– Papa vient de ressortir, m'a appris Nico. Je lui ai demandé où il allait, il a répondu « prendre l'air ».

– Qu'est-ce qui prend à maman, elle est folle ou quoi ? m'a attaquée Julie.

Tout à coup, elle a eu une idée : elle a montré la penderie.

– Dis donc, toi. Tu n'aurais rien entendu par hasard ?

Quand on était jeunes et qu'elle n'était pas si bêcheuse, il nous arrivait de faire le coup ensemble. Nous avions été bien attrapées le jour où nos parents avaient fait l'amour dans la baignoire.

J'ai décidé de garder provisoirement mes informations pour moi.

– Nique dalle.

– Quand je pense qu'hier je me suis acheté un bustier en strass pour la Grèce, a gémi ma sœur.

– Pourvu que ça se raccommode, a soupiré Nicolas.

À en croire les spécialistes, une petite dispute de temps en temps apporte au couple une saine bouffée d'air. Le tout est de ne pas en abuser, de ne jamais oublier que si on s'est marié, c'est qu'on avait une bonne raison. Sinon, la saine bouffée d'air se transforme en tempête et bonjour le divorce.

J'ai eu du mal à m'endormir. En Alsace, la guerre des asperges fait rage entre Saint-Louis et Strasbourg, chacun affirmant que les siennes sont les meilleures. Ce soir, hélas, les asperges n'étaient pas les seules à diviser le nord du sud.

20.

Hier, on a fini le cerisier, un delfinguen : les meilleures cerises du canton, foi de Gépé. Ce qui est bien à Saint-Florentin, c'est qu'on peut prendre son dessert à l'arbre sans besoin de faire tiédir. Ce qui est moins bien, c'est les guêpes, surtout une qui s'appelle Odette.

Déjà trois semaines qu'on est là. Maman m'a confié deux missions : le courrier et oncle Étienne. Pour le courrier, je dois guetter le passage du facteur et lui remettre en mains propres toutes les lettres marquées Gepetto. Pour oncle Étienne, il s'agit de l'entourer d'affection, de lui montrer qu'on tient à lui afin qu'il résiste à sa femme qui veut absolument l'enfermer dans un garage à Lille. Si elle réussit, on devra vendre l'atelier.

Quand Odette a appris que maman se présentait aux élections, elle est devenue toute rouge et, pour une fois, c'est elle qui a perdu la parole. Le préfet a donné son accord. La campagne commence dans deux jours.

Soixante pour cent des Français prennent leurs vacances entre le 14 juillet (pont et fête nationale), et le 15 août (pont et fête religieuse). Presque huit jours grattés en plus. Virginia, qui pourtant n'aime pas faire comme les moutons, les a prises aux mêmes dates que tout le monde cette année pour pouvoir aider maman dans sa campagne. Nicolas a décidé de l'aider lui aussi en la faisant profiter de l'enseignement de son école commerciale. Jamais il n'en a autant parlé que depuis qu'il est en vacances.

Il dit que toute publicité demande une idée forte, une idée canon, qui s'imprime dans la tête du client. Ou de l'électeur si c'est une campagne municipale. L'idée forte devra tourner autour de notre cible : les femmes.

– Je n'aime pas du tout ce langage guerrier, soupire maman.

– Il faudra pourtant t'y faire si tu veux qu'on gagne, répond Virginia, qui roule à fond avec Nicolas. Ouvre ton dictionnaire et tu verras qu'à campagne, ils mettent « expédition militaire », pas seulement les petits oiseaux.

En attendant l'idée canon, on a très vite été d'accord sur le nom de la liste :

« Aider la vie à Saint-Florentin. »

Martin a choisi : « Saint-Florentin d'abord. » Sans être partiale, il y en a un franchement nul : « d'abord » quoi ?

Le candidat de la liste adverse pour le poste de conseiller qui remplacera Gépé est

Roland Lapôtre, un ami de Martin. Il fabrique du munster. Sur une tartine chaude avec du cumin, je meurs... S'il y a un supermarché, il y écoulera son produit, comme Martin ses alcools. Côté porte-monnaie, ils sont faits pour s'entendre, ces deux-là. Mais si je veux être claire avec moi-même, un supermarché ne me déplairait pas. On aurait à la fois les petits oiseaux et un parfum de ville. Seulement, ce parfum serait la mort de Gepetto alors j'ai décidé de faire une croix dessus : le cœur avant les goûts personnels.

Mon seul vrai copain ici, c'est Jacquot, le fils de M. Marchand-de-tout, le bazar, qui a mis gratos à la disposition de la liste sa photocopieuse, mais pas le papier : le papier, on paie. Jacquot a treize ans, un an et une tête de plus que moi, mais pas pour la maturité. Les garçons mûrissent sur le tard et pas autant que les filles. Nous, à la puberté, on laisse tomber nos Barbie, eux gardent leur ballon. Ils continuent à préférer la bagarre à la discussion, surtout au volant, et à attacher une grande importance à la taille de leur sexe. C'est comme ça, c'est leur fierté.

Papa est resté à Strasbourg avec Julie qui fait un stage chez un avocat et voit Fabrice tous les soirs en tout bien tout honneur. Maman monte deux fois par semaine faire tourner les machines, remplir le frigo et passer la nuit avec son mari. Elle est toujours un peu triste quand elle revient mais l'actualité la reprend vite en main.

Ce dernier week-end, surprise ! C'est le mari qui est descendu. Hier, dimanche, il m'a proposé une petite balade rien que nous deux avec une glace au bout pour la grande reportrice. J'ai accepté mais j'aime mieux « reporter », ça fait plus vrai. On a pris la voiture où il y a la climatisation, ce qui n'est pas à négliger en cette saison.

– Tu n'ignores pas qu'avec cette campagne ta mère va entrer en zone de turbulences, m'a confié mon père avec un soupir. Je crains pour elle une grosse déception et compte sur toi pour l'aider à la surmonter.

Puis il a parlé plus bas comme s'il y avait une autre personne dans la voiture ; à moins que ce soit sa conscience.

– Ne le lui répète pas, mais je me suis renseigné pour la Grèce. À deux jours près, c'est rattrapable. Si ça se passe mal, elle n'aura pas tout perdu.

Et si c'était lui qui perdait tout ? La Grèce et son espoir de déception pour maman ? J'ai essayé de l'y préparer.

– Tu sais que Virginia a fait un sondage discret ? Elle affirme que la liste a vraiment sa chance auprès des femmes.

Papa a eu un petit rire de gorge plein de sous-entendus sexuels.

– Virginia, bien sûr !

Personne ne sait que je suis au courant. Virginia est gay. G.A.Y., pas l'autre qu'elle est aussi. Je l'ai appris l'été dernier dans le verger. Le tilleul est l'arbre idéal pour lire tranquillement. Le nôtre est si fourni que nul ne peut soupçonner la présence du lecteur. Virginia était venue bronzer chez Gépé, qui vivait encore, sans soutien-gorge, ce qu'elle ne peut pas faire à domicile faute de jardin. Ça me faisait drôle de voir ses poitrines. Ça donnait envie d'en avoir soi-même. Ça donnait l'impression que le soleil les caressait.

– C'est vraiment un beau morceau, ton amie, avait remarqué papa quand Virginia nous avait quittés, trop tôt à mon goût.

Maman avait éclaté de rire.

– Un si beau morceau que si je n'avais pas eu le bonheur de rencontrer L'HOOOMME, je serais peut-être bien passée à la casserole.

L'HOOOMME s'était alors jeté sur elle en poussant des cris de loup et ils avaient couru se cacher dans leur chambre.

Ce jour-là, j'avais compris pourquoi Virginia disait tout le temps que le mariage et les enfants, ce n'était pas pour elle mais que, oh bonheur ! elle m'avait et que dans « filleule », il y a « fille », tu ne t'en es jamais aperçue, la Furette ? MA fille, mon poussin, mon trésor à moi.

Question : comment deux femmes sans équipement peuvent-elles se faire passer mutuellement à la casserole ?

Pour plus de renseignements, je suis allée me promener du côté du centre Éros à Strasbourg. Mais crac, le vendeur, ayant décelé la présence d'une mineure au rayon « Divers et Accessoires », m'a reconduite illico à la porte. J'ai toujours pu lui expliquer que j'étais là pour mon exposé sur Lesbos, il n'a rien voulu entendre. Lesbos, il connaissait même pas. Bizarre, avec son métier !

En attendant, avec papa, on était arrivés à la glace dans une ferme-auberge comme il en fleurit partout dans notre belle région. J'ai choisi vanille-framboise. Papa a commandé une eau minérale gazeuse. Ça n'avait pas l'air d'aller fort pour lui. On voyait qu'il avait encore quelque chose à me demander. Il a toussé et c'est venu.

– Et Martin ? Martin Hutter ? Ta maman t'en a parlé ?

– Elle en parle tout le temps vu que c'est lui qui guigne le fauteuil de grand-père.

– Sais-tu comment il a pris sa candidature ?

– Marguerite a dit qu'il avait ri si fort que tout Saint-Florentin en avait tremblé.

Brusquement papa a eu l'air d'aller mieux. Il a rappelé le garçon et remplacé son eau minérale par un « colonel ». Un colonel, c'est un sorbet poire avec de la vodka.

21.

Sur le tabouret où maman regardait travailler Gépé quand elle était jeune, moi je regarde oncle Étienne. Opération peinture sur wagons de petit train. Ça chante !

Quand il est ici, son visage est différent de celui d'à la maison. Il y a du bonheur dessus. Le jour où il en aura terminé avec la campagne, Nicolas a promis de l'aider à trouver de nouveaux clients : les nouveaux clients, ça fait aussi partie du programme de son école et il paraît qu'Étienne en manque.

« Si c'est comme ça, on divorce. » La grande menace de tante Odette quand oncle Étienne ne fait pas ses quatre volontés. J'ai un plan pour lui : la prochaine fois qu'elle lui envoie ça, qu'il réponde par un petit mot, un petit mot de rien du tout, sans bégayer. Pas « merde », ce serait trop lui demander. Un bien plus beau : « OUI. » Oui, c'est d'accord, on divorce.

La maîtresse dit qu'il est important de savoir dire non : tabac, alcool, drogue, amour sans préservatif. Un oui bien envoyé, ça peut être du courage aussi. Mais les hommes manquent parfois de courage parce qu'ils ont horreur des crises et ne supportent pas nos larmes. Alors ils filent doux jusqu'à la dernière goutte qui fait déborder le vase et ils se tirent avec une plus jeune qui est toujours ravie de les accueillir et les vieilles crient qu'ils sont tous des lâches et des obsédés.

En attendant, maman m'a confié son frère et je n'ai pas commencé le travail. Procédons par paliers.

– Oncle Étienne, sais-tu ce que veut dire une « union de façade » ?

Le nez se relève un peu.

– Une... une union de façade ? Non. C'est... c'est quoi ?

– C'est quand un homme et une femme ne se supportent plus mais qu'ils continuent quand même à vivre ensemble.

Cette fois, le nez se rapproche tellement du wagon qu'on pourrait croire qu'il va y entrer.

– Évidemment, quand il y a des enfants au foyer, ça peut causer un problème. Mais quand ils ne sont que deux à se faire souffrir mutuellement, tu ne trouves pas que c'est trop bête de rester ?

Silence et nuages sur le train. Éclaircissons un peu l'horizon.

– En tout cas, tu n'as pas à t'en faire. Si jamais tante Odette décidait d'aller vivre à Lille sans toi, on ne te laisserait pas tomber. Tu prendrais tous tes repas avec nous et tu aurais le droit de manger ton fromage au couteau. À part Julie, nous on s'en fout. À propos, tu sais ce qu'on a eu hier pour dîner ?

– Une... une tourte à l'oignon avec des lardons frits, répond oncle Étienne presque sans bégayer.

L'odeur du lard et de l'oignon est montée à l'étage. Tante Odette s'en est plainte ce matin à maman : « On se serait cru chez les ploucs. »

– Tu oublies la béchamel, oncle Étienne. Lard, oignon et béchamel. C'est Virginia qui l'avait faite. On a bien pensé à toi, surtout qu'il en restait une part.

Oncle Étienne pousse un soupir gros comme la part. Le couple de façade suit le même régime : celui de l'épouse qui surveille sa ligne.

Il paraît qu'en Allemagne des clubs de défense des enrobés s'ouvrent un peu partout. Ils réclament le droit à la gourmandise et aux kilos. Pauvre oncle Étienne : il n'est pas près d'en faire partie.

22.

Depuis ce matin, ouverture officielle de la campagne, j'ai le droit de l'annoncer : la grande idée, l'idée canon que réclamait Nicolas, c'est maman qui l'a eue.

Construire sur le grand champ.

70 % des femmes d'aujourd'hui souhaitent travailler. Primo, pour les sous, secundo, pour l'indépendance. Après, c'est le ras-le-bol des casseroles, surtout quand il n'y a rien de fameux à mettre dedans et, loin derrière, l'égalité avec les hommes. Pour l'égalité, Virginia dit que c'est normal. Elle n'existera jamais : on est les meilleures.

Bref, à Saint-Florentin aussi il y avait des femmes qui aspiraient à travailler, mais comment faire quand c'est en ville que les bras manquent et qu'on a des enfants en bas âge sans mamie pour les garder ?

C'est là que maman a lancé sa bombe.

Construire sur le grand champ une garderie qui permettrait aux femmes de réaliser leur souhait.

Une garderie pleine de futurs clients pour Gepetto.

Qui porterait le nom magique de « Clos de Pinocchio ».

Quelle mère nous avons !

Et quelle gifle pour Martin, pris à son propre piège, roulé dans la farine.

Sur son tract, il se plaignait que le grand champ ne serve à rien. Il libérerait les bras des femmes ! Il vantait les emplois que créerait son supermarché ? On en créerait nous aussi pour s'occuper des enfants, les nourrir, les distraire, les faire dormir. Ça consomme de tout, un enfant, des biberons comme de la tendresse. Et les petits commerçants de Saint-Florentin verraient disparaître cette épée de Damoclès au-dessus de leur tête.

Ce n'était pas la seule chose écrite sur le programme. Virginia avait eu l'idée d'une navette pour transporter les femmes sur leur lieu de travail et Marguerite voulait un bibliobus pour les lectrices. Travail et loisir, qui dit mieux ? Certainement pas Martin dont toutes les idées sentent le gazole et menacent notre authenticité.

715 habitants, 270 votants dont 150 femmes... Dès l'aube, ce mercredi, toute l'équipe a pris la route et, à cinq heures seulement, la plupart des enveloppes avaient été déposées dans les boîtes ou remises en mains propres, assorties d'un brin de causette aux ménagères.

Le père Bertrand et le pasteur Reubell avaient tenu à apporter leur concours en collant les affiches. Sur toutes il y a la photo de la tête de liste. Pas confortable, même si on l'aime, de se retrouver nez à nez avec sa mère à tous les coins de rue.

Il est six heures. Réunion-bilan dans le verger : Marguerite, Virginia, maman, Nico et moi. Sur les rotules mais HEUREUX ! On commence à servir les jus de fruits quand on sonne à la porte. Virginia fronce les sourcils.

– Personne ne bouge, j'y vais.

Le silence tombe dans le verger : ami ? ennemi ? En voyant qui elle nous ramène, j'éprouve un petit malaise : Gianni Lupis, le peintre italien, le loup des vignes de Gépé, vêtu de blanc de la tête aux souliers de cuir, encore plus beau que ce matin quand je l'ai surpris en pyjama de soie à ramages, pour lui remettre l'enveloppe en mains propres.

– Je me suis permis de venir fêter avec vous *questo primo giorno di* campagne.

Il pose sa bouteille de champagne sur la table et baise les mains des femmes. Marguerite, qui n'a pas l'habitude, la lui reprend comme s'il allait la mordre. Il serre la pince de Nicolas qui regarde avec méfiance cet homme magnifique s'approcher de sa mère. À moi, Gianni m'adresse un clin d'œil qui ne me dit rien qui vaille. Pourvu qu'il n'ait pas oublié sa promesse : black-out sur la visite que je lui ai faite ce matin.

Virginia applaudit au champagne, Nicolas fait sauter le bouchon sans éborgner personne, j'ai droit à une gorgée dans mon jus d'orange, on trinque à la victoire.

Pour l'instant, ça va.

– La France m'a fait *il grand'onore* de me permettre de voter aux élections municipales, déclare Gianni d'une voix vibrante. *S'è permesso*, je souhaiterais *tanto* apporter *un pocco di più* qu'un simple bulletin dans l'urne.

Le *grand'onore*, c'est beau et tout le monde est fier pour la France. Il m'adresse un nouveau clin d'œil.

– J'ai entendu dire que c'étaient les thunes qui manquaient.

Aïe aïe aïe ! Maman me foudroie, Virginia s'empêche de rire, les « thunes » m'ont trahie. OK, OK, j'ai parlé gros sous à Gianni mais je n'ai dit que la vérité : on n'a pas un rond pour la campagne.

Ma mère refuse de puiser dans le compte commun avec son mari puisqu'il n'approuve pas sa candidature. Elle a recalé aussi mon livret d'épargne : 5 % nets d'impôts – « Je ne vais quand même pas ruiner ma fille ! » Comme fortune personnelle, elle n'a que les allocations familiales qui disparaissent quand l'enfant grandit alors que l'étudiant coûte dix fois plus cher que l'écolier. Ça me fait mal au cœur de la voir penchée sur ses calculs de rien du tout, puiser dans ses misérables réserves.

D'accord, j'aime l'argent ! mais ceux qui prétendent qu'il ne fait pas le bonheur sont des riches ou des menteurs. Il n'y a qu'à voir ceux qui en manquent : ils râlent tout le temps, dorment dans des cartons ou font des grèves qui paralysent l'usager. Plus tard, j'espère en gagner beaucoup et j'aurai le bonheur en plus parce que j'en distribuerai sans compter autour de moi.

– Pour les *thunes*, a répondu maman en m'assassinant du regard, nous nous débrouillons très bien. Chacun met la main à la pâte.

Gianni la regarde comme s'il allait se mettre à genoux.

– *Prego*. Je serais si content de mettre la main moi aussi. Pouis-je vous dire *un'idèa* que j'ai eue ?

– Ouais, on est tout ouïe, on t'écoute, vas-y ! crie Virginia et c'est elle que maman foudroie.

– *Una granda festa a casa mia.*

Génial ! Les « festa » sont notre point noir. Trop chères. Martin en a plusieurs à son programme, des meetings avec débat et buffet. Les gens viennent d'abord pour le buffet et quand ils ont bien bu et bien mangé, ils se trouvent dans des dispositions favorables vis-à-vis de l'orateur. Pour les dispositions favorables, on peut compter sur Martin et Roland Lapôtre, tous les deux riches comme Crésus.

Nous, on n'a prévu qu'un pique-nique minable dans le champ de Marguerite où seule la boisson sera fournie et ne comptez pas sur du champagne ! Quel intérêt de venir à une fête en apportant son sandwich ? Seuls les amis feront l'effort et leurs voix on les a déjà.

Sans compter qu'une *festa* chez Gianni, tout le monde voudra y aller pour admirer son cadre unique, sa maison en verre dans les pins, sa grille à œil électronique, ses tableaux dont on ne sait pas ce qu'ils racontent, ses meubles pas comme chez nous, toutes ces choses très chères mais spéciales. Il faut aimer. Quand il m'a fait visiter ce matin, j'avais l'impression de me promener dans un film. Il m'a même offert un croissant dans une gondole d'argent au bord de sa piscine autonettoyante.

– Une fête ! Exactement ce qui nous manquait, applaudit Virginia avec un sourire qui me montre qu'elle approuve mon action.

Maman fait comme si elle n'avait pas entendu. Gianni s'est placé de façon à attirer son regard mais elle se tourne de l'autre côté. Carrément. Ça me rend triste pour notre bienfaiteur. Heureusement, ce n'est pas ça qui le décourage.

– Et j'ai eu *un'altra idèa* : vendre une toile aux enchères. Comme ça plus de problème pour aller jusqu'au bout.

Tant pis pour ma mère, j'applaudis moi aussi. Le bout, un second tour : notre cauchemar. Pour passer du premier coup, il faut avoir la majorité absolue, ne rêvons pas. On sera déjà bien contents si Martin ne l'a pas. Mais comment tout recommencer, les tracts, les affiches, les boissons, sans blé ?

– On ira *piano piano*...

Si on va piano, tout le monde voudra avoir la toile pour faire une bonne affaire et nous, on sera tirés d'affaire.

Maintenant c'est Virginia qui ne se gêne plus pour foudroyer maman. Un tableau, ce n'est pas de la charité, c'est de l'art. Et on ne va pas laisser passer une occasion pareille. Qu'est-ce qu'elle attend pour dire oui et merci ? Même Nicolas a retrouvé le sourire. Marguerite...

Marguerite a l'air bizarre. Ça doit être le champagne à six heures du soir. C'est sûrement pas l'usage chez elle, sauf pour les mariages, et elle en est à sa deuxième coupe : sitôt remplie, sitôt vidée, la coquine !

Finalement, c'est Gianni qui prend les choses en main en posant les siennes par-derrière sur les épaules de maman. Il se penche tout près d'elle, comme s'il avait l'intention de l'embrasser. Ouf ! Il voulait seulement lui parler à l'oreille.

– De toute façon, *Carlotta mia*, tou n'as pas le droit de dire non !

Il l'a bel et bien tutoyée. Maman relève la tête et on entend enfin le son de sa voix : toute fluette.

– Et pourquoi je n'ai pas le droit ?

– *Tuo papa*, il disait toujours « oui ». Et Pinocchio est *cugino mio*.

Quand maman fond, elle devient toute rouge, ses yeux se brument, sa lèvre du dessous tremble et j'ai envie de quitter la pièce parce que ça me fait peur. Là, c'était le verger.

– C'est d'accord, Gianni, a-t-elle répondu. Et elle a dit aussi : *Grazie*.

La première fois que je l'entendais parler italien.

Virginia s'est jetée dans les bras de tout le monde en criant : « On a gagné ! On a gagné ! » Marguerite n'a pas dit non à une troisième coupe. Nicolas avait à nouveau perdu le sourire à cause du « Carlotta mia ». Gianni s'est tourné vers lui avec un sourire d'ami.

– J'ai entendu parler que tou faisais de la musique. *D'accordo* pour t'occuper de l'animation ?

Dans « animation », il y a âme, et Nicolas a fondu lui aussi.

On a fixé tout de suite la date de la fête, la meilleure : le vendredi 3 août, le dernier soir avant la clôture de la campagne, tiens, le jour du départ prévu pour la Grèce, pauvre papa ! Dès demain, Gianni ferait graver les invitations. Nous nous chargerions avec joie d'une nouvelle tournée des boîtes.

Tout le monde serait invité, même les adversaires. SUR-TOUT les adversaires.

Tête de Martin !

23.

« Gianni Lupis serait heureux de votre présence à la fête qu'il donnera le vendredi 3 août à partir de 18 heures. À cette occasion, la toile : *Coucher de soleil sur les vignes* sera vendue aux enchères au profit de "Aider la vie à Saint-Florentin". Tenue décontractée. »

La toile est représentée sur l'invitation : du vert, du rouge, du feu. On n'est pas sûr pour le coucher de soleil mais c'est joli quand même. Le tour des boîtes à lettres a été fait en express par l'équipe. Les gens étaient intimidés d'avoir à répondre de leur main. Gianni avait prévu le coup. Il est fin. Pas de réponse, ça voudrait dire : « Je viens. » Comme ça, on les aura tous.

Après réflexion avec maman et Nico, on a envoyé une invitation à nos travailleurs strasbourgeois. J'ai appelé papa sur son portable pour lui dire que, suite à notre conversation-glace de dimanche, ce serait bien qu'il accepte, maman n'attendait que ça. Parfois, elle se tait et elle regarde au loin, alors je sais qu'elle se fait du souci pour lui. Et s'il restait dimanche après le dépouillement, il serait là en cas de grosse déception et pourrait la consoler avec la Grèce.

J'ai appelé Julie séparément et je lui ai signalé qu'elle avait une occasion unique d'étrenner son bustier à paillettes. Chez Gianni, c'était tout paillettes. Elle pourrait même emmener Fabrice, les yeux fermés. Je lui laisserais ma chambre pour la nuit puisqu'ils attendent le mariage bien que la fiancée vierge ait disparu des sondages, ce qui ne veut pas dire que les jeunes filles de l'an 2000, tout en croquant l'aventure à belles dents, ne rêvent plus à l'amour. On peut ne pas avoir froid aux yeux et chaud au cœur.

Ça a eu l'air de l'énerver.

– Pour Fabrice, c'est hors de question. Moi, ça dépendra de papa.

Dans toutes les familles, il y en a qui dépendent de papa, et d'autres de maman, ça crée des jalousies et à l'héritage on se bagarre sur les objets de valeur pour se rattraper de l'amour en moins.

Avant de raccrocher, ma sœur m'a dit d'une voix différente de d'habitude :

– Si tu crois qu'on n'en bave pas ici !

Malgré ses grands airs, on dirait que sainte Julie tient à nous. Ça m'a fait plaisir.

Il n'y avait qu'une seule boîte à lettres où ni la circulaire ni l'invitation n'avaient été déposées : celle du château du Malgré-nous, la ruine cachée dans la forêt, sur la colline.

Tout le monde connaissait l'histoire de la vieille dame qui l'habitait, une histoire qui n'avait pas l'air vrai bien que la réalité dépasse très souvent la fiction.

Elle s'appelait Élisabeth de Langsk, c'était une comtesse et, autrefois, sa famille couvrait le village de ses bienfaits. Il y avait même à Sainte-Odile une rangée de prie-Dieu en velours rouge avec des plaques dorées gravées au nom de Langsk. Les prie-Dieu avaient disparu chez les brocanteurs et Élisabeth s'était brouillée avec Saint-Florentin à cause de la guerre.

Quand elle avait éclaté, Élisabeth venait de se marier. Et voilà que son mari, Ernest, sans avoir eu le temps de lui donner des enfants, est emmené de force par les Allemands pour se battre contre la France. Et quand il revient enfin, des mauvaises langues, jalouses de son château et des prie-Dieu, furieuses qu'il soit comte et pas elles, le dénoncent comme collaborateur.

On l'avait mis en prison alors qu'il en sortait et il était mort de ses blessures, de chagrin et d'injustice.

– C'est vraiment dégueulasse, ai-je dit à Marguerite qui avait connu Élisabeth dans son enfance.

– Ça s'appelle l'envie, ma petiote. Figure-toi que c'est le sentiment le plus répandu au monde.

– Et pourquoi il y en a qui l'appellent la sorcière ?

– Ça les dispense de se soucier d'elle. Ils

prétendent qu'elle jette des sorts à ceux qui s'approchent du château.

– Et toi, tu te soucies d'elle ?

– J'ai fait ce que j'ai pu mais elle ne répond ni aux lettres ni au téléphone.

– Parce qu'elle a le téléphone, la sorcière ?

Marguerite a ri.

– Et même un répondeur. Mais elle ne rappelle pas.

– Et elle a le droit de voter ?

– Je vais te raconter quelque chose, a dit Marguerite et je me suis réjouie. Quand de Gaulle nous a donné le droit de vote, à nous, les femmes, Élisabeth a été la première à venir s'inscrire. Conduite par le chauffeur du château, casquette et gants blancs. Je devais avoir ton âge. Je n'oublierai jamais ce que mon père m'a dit : « Tu vois, Margot, jusqu'à ce jour, le chauffeur avait le droit de voter mais pas la maîtresse. » Ça m'est resté là.

Marguerite montrait sa tête, moi, c'est plutôt dans mon cœur que ça a vibré.

– Seulement, son droit de vote, elle ne l'a jamais exercé, la pauvre. Ernest est rentré quelques semaines plus tard. Il y a eu cette dénonciation, et on ne l'a plus jamais revue.

– J'ai décidé d'aller lui porter l'enveloppe en mains propres.

– Mon Dieu, ne fais surtout pas ça. Qui sait ce qui t'attendra là-haut. De toute façon, elle n'ouvre qu'au facteur. Et encore.

Est-ce que Marguerite aussi avait peur de la sorcière ?

24.

Jacquot n'était pas chaud quand je suis passée le chercher. Son père disait qu'Élisabeth de Langsk vivait comme au Moyen Âge, qu'elle n'avait ni l'eau ni l'électricité. Jamais il ne serait d'accord pour qu'il monte au château... Il trouverait ça dangereux.

Comme si j'avais demandé la permission à ma mère ! Une voix est une voix, il a fini par me suivre pour ne pas perdre mon amitié.

Lui sur son VTT – cadeau de Noël –, moi sur la Must – cadeau d'anniversaire –, nous grimpons les huit kilomètres qui mènent au domaine de l'électrice. C'est plus un chemin qu'une route et Jacquot souffle comme un bœuf parce qu'il est trop gourmand. Avec un oncle comme le mien, ce n'est pas moi qui le lui reprocherai... qui sait si la vie ne lui a pas mis de côté une tante Odette ?

– Pourquoi tu ris comme ça ? me demande-t-il avec méfiance.

Ce ne serait pas gentil de lui répondre.

Ça fait longtemps qu'on a mis pied à terre quand on arrive à la grille : ni boîte à lettres ni sonnette.

– Je te l'avais bien dit : demi-tour, toute ! claironne Jacquot en réenfourchant son vélo, direction la descente.

Je couche le mien par terre. Si la sorcière n'a pas mangé le facteur, elle ne mangera pas deux enfants innocents, même un bien dodu comme lui, voilà ce que je lui explique tout en passant par le trou du mur.

Papa dit que la curiosité me perdra. C'est parce qu'elle l'emporte sur la peur, mais je suis quand même soulagée en entendant Jacquot grogner derrière mon épaule.

C'est la jungle. L'allée est pleine d'ornières et le toit du château est troué. Dans la cour, il y a un tracteur rouillé. Personne. Silence, sauf les corbeaux. J'ai sorti les enveloppes pour montrer qu'on vient dans une intention pacifique mais je ne suis plus tellement sûre de vouloir les remettre en mains propres. On pourra toujours les laisser devant la porte.

Quand cette porte s'ouvre et que deux gros bergers d'Alsace se précipitent sur nous en hurlant, Jacquot crie et se cache derrière moi : lui est plus peureux que curieux.

– Castor... Pollux... au pied !

Il était temps. Les bergers s'arrêtent sur nos baskets. La dame qui tient le fusil est forcément la sorcière bien qu'elle n'en ait pas l'air. Ni d'une comtesse non plus. Elle a des cheveux blancs en brosse, une grosse paire de lunettes et elle est habillée en homme.

– Qui vous a permis d'entrer ? Qu'est-ce que vous voulez ?

Sa voix aussi est celle d'un homme mais ça arrive aux femmes âgées qui perdent leurs hormones et voient pousser leur moustache. Le cœur à cent à l'heure, je lui tends les enveloppes.

– On vient pour les élections, madame. Ma mère se présente. C'est très important à cause du supermarché.

Elle baisse son fusil, c'est déjà ça. Castor et Pollux ne bougent pas.

– Et comment s'appelle ta mère ?

– Charlotte Brenner. C'est la fille de Joseph Muller.

Le souvenir passe sur son visage.

– Un gentil petit garçon, Joseph ! Son père fabriquait des jouets.

– Joseph aussi. Et même des beaux ! Il vient de mourir à l'âge de soixante-huit ans.

– J'ai appris ça.

Elle se penche pour dénicher Jacquot qui a sorti le nez de sa cachette.

– Et celui-là, il s'appelle comment ?

– C'est Jacquot. Son père tient le bazar à Saint-Florentin. On l'appelle M. Marchand-de-tout mais en vérité, il s'appelle Fuchs.

– Fuchs ?

La vieille dame descend dans sa mémoire, son front se plisse, elle a fermé les yeux.

Elle les rouvre.

– Fuchs ? Connais pas. Ça doit être un nouveau.

Ça ne plaît pas du tout à Jacquot que son père soit un nouveau et Joseph un gentil petit garçon. Ça lui donne du courage. Il sort complètement et montre le château.

– Mon père dit que vous avez pas l'électricité ni rien. Si vous voulez, il pourra vous arranger ça.

– Ne sais-tu pas que les sorcières se fournissent directement en enfer ? répond la vieille dame.

J'en connais deux qui sont dans leurs petits souliers, qui ne savent pas quoi répondre ni même quoi penser. Je continue à tendre mes enveloppes, bonjour la crampe. Elle les regarde enfin.

– Entrez si ça vous chante. Allez, les chiens !

Les bergers foncent comme des obus, elle les suit dans son château sans même regarder si on vient. Ça n'a pas l'air de chanter à Jacquot. Moi, j'hésite. Et si elle nous gardait prisonniers ? Personne ne sait qu'on est montés. Maman ne serait sûrement pas d'accord pour qu'on entre. C'est pourtant pour elle que je me décide.

On traverse d'abord un grand hall où tombe un escalier. On étouffait, voilà qu'on a presque froid. On entre dans un salon immense plein de pendules dorées, de tapisseries, de commodes et de tableaux comme dans un musée. C'est presque aussi beau que chez Gianni. En vieux. Il y a QUATRE immenses fenêtres et DEUX gigantesques cheminées, tout ça pour une seule pièce, je ne savais pas que ça existait. Près d'une cheminée, un lit. À côté de l'autre, la preuve qu'il y a l'électricité : une télévision avec un écran géant. Jacquot en reste paralysé.

– Même les sorcières aiment regarder le monde, dit la vieille dame. Si tu fais un tour à la cuisine, tu verras qu'il y a aussi l'eau courante. Quant au chauffage, tu pourras dire à ton père que je préfère l'odeur du bois.

– Exactement comme mon grand-père, dis-je. Il ne voyait pas plus haut que son poêle en terre vernissée.

Elle me regarde et sa peau se plisse autour des yeux. Je crois qu'elle sourit.

– Assieds-toi, fillette.

Mon fauteuil est si haut qu'une fois au fond, mes pieds ne touchent pas le parquet. Elle non plus, mais elle a son tabouret. Castor et Pollux se couchent près de nous. Bien que gros, ils ont l'air doux. Les plus hargneux, c'est les petits qui compensent leur taille par l'agressivité, comme Napoléon. Je me demande comment ils s'entendraient avec Maigret. Maigret est plutôt bon bougre à condition que vous ne menaciez pas sa pâtée. Je me demande aussi ce que dirait Marguerite en me voyant dans le château. C'est difficile à expliquer, mais il me semble que la vieille dame nous attendait.

– Et toi, comment t'appelles-tu ? demande-t-elle.

– Émilie. Mais on dit plutôt Millie. Et aussi la Furette parce que je mets mon nez partout.

À nouveau sa peau se plisse.

– Et tu habites le village ?

Elle n'a pas dit « Saint-Florentin ». Il y a des saints qui vous écorchent le cœur.

– Non, madame, mais je viens ici pour les vacances. Mon père est ingénieur et on habite Strasbourg.

D'un coup, son visage tombe. Elle fait très vieux : plus de quatre-vingts ans, a dit Marguerite.

– Strasbourg... le Parlement européen.

Elle se tourne vers les fenêtres mais on a du mal à voir le jour à cause de la poussière.

– Qu'ils se hâtent de la faire, leur Europe...

– Papa est pour, lui aussi. Il dit que ça empêchera les guerres. Mais de toute façon, vous pouvez revenir à Saint-Florentin, vous savez. Tous ceux qui vous ont fait des misères sont morts et enterrés.

Son regard revient vers moi. Ses lunettes agrandissent ses yeux. Elles agrandissent sa peine.

– Comment pourrais-tu comprendre ? dit-elle tout bas. Tu es une enfant de la paix.

En attendant, ça mitraille du côté de la télé que Jacquot a allumée sans permission. Je lui dirais bien d'éteindre mais ça nous empêcherait de discuter tranquillement entre femmes. Élisabeth tend la main.

– Allez, donne tes papiers, petite.

Je lui tends les enveloppes.

– C'est plus que des papiers. Ma marraine dit que c'est l'avenir. Il vaut mieux que vous commenciez par la beige.

La beige, c'est maman : une enveloppe à trois sous. La blanche, c'est l'invitation de Gianni, doublée gris clair. Elle ouvre la beige et lit en prenant son temps et en remuant les lèvres. Je n'ai plus peur du tout, au contraire. Je me sens bien avec elle. Elle me donne envie d'avoir une grand-mère, peut-être même une arrière.

Quand elle a fini, elle relève les yeux derrière ses doubles foyers, comme Gépé qui disait qu'on pouvait tout faire avec, de loin comme de près, mais que c'était aussi long à s'habituer que de piloter le Concorde.

– Je vois que ta mère est la première femme à se présenter au village ? Tête de liste, en plus ?

– Oui, madame. Et vous, Marguerite a dit que vous aviez été la première à vous inscrire. Ça fait un point partout.

– Si tu me racontais ça ?

Là, pas besoin de m'encourager. Je raconte tout depuis l'anniversaire de maman et la venue de Gépé à Strasbourg avant sa mort précoce. Je lui parle de Martin et de son supermarché. Et aussi de Virginia, de tante Odette et d'oncle Étienne. Tante Odette est contre nous, son mari est pour, ça n'arrange pas l'atmosphère à la maison. Je lui dis aussi que maman est devenue encore plus jolie depuis qu'elle a décidé de se lancer dans la bagarre. Ses joues sont plus roses, ses yeux brillent tout le temps, elle a la voix essoufflée, c'est la fièvre. On est plus beau quand on a la fièvre mais tout blanc quand elle retombe. Je n'ai pas envie qu'elle retombe. Je fais tout pour qu'elle gagne mais, en même temps, je suis triste pour papa qui préférerait qu'elle se prenne une gamelle. Voilà que votre femme qui ne vivait que pour la famille déserte le foyer sans même vous consulter, flanque la Grèce à l'eau et embellit sans vous ! Mon frère Nicolas, lui, n'a jamais eu l'air aussi content de sa vie. Ma sœur Julie en bave à Strasbourg. Comment s'y retrouver ? Parfois, je ne sais plus ce que je veux. Alors j'ouvre mon tiroir à sondages et je les apprends par cœur. Ce qu'il y a de bien dans un sondage, c'est qu'on n'y est jamais tout seul. On fait forcément partie d'une catégorie qui vous ressemble. Par exemple, un sondage béton pour moi en ce moment : la France compte plus de deux millions de jeunes de mon âge et 34 % ne voient pas clair dans leur avenir. Près de six cent mille jeunes... qui galèrent comme moi, c'est réconfortant quand on y pense. Si un jour elle a besoin, mon tiroir est à sa disposition, même papa le consulte et quand je serai grand reporter, je serai honorée qu'elle m'accorde une interview.

Peut-être bien qu'elle a dormi un peu, je ne sais pas, mais elle a attendu que j'aie fini pour ouvrir l'enveloppe blanche. Elle a levé le *Coucher de soleil sur les vignes* devant ses yeux pour mieux voir. Ça n'allait pas du tout avec ses tableaux à elle qui disaient tous la vérité.

– Ce n'est pas mal, a-t-elle constaté.

Et j'ai été contente pour Gianni qu'il ait aussi sa génération.

C'est Jacquot qui nous a rappelé l'heure. Chez lui, on déjeune et, si on est en retard, privé de dessert. Élisabeth nous a raccompagnés jusqu'à la grille. Jacquot courait de faim devant. Elle ne disait plus rien et je respectais son silence. Un silence est riche quand il contient de la pensée. Le mien m'a dit de l'embrasser avant de nous quitter. Ses joues étaient comme de la flanelle et quand je me suis retournée une dernière fois, elle était toujours là, Castor et Pollux à ses pieds.

25.

Une rumeur est un petit vent de rien du tout qui, de messe basse en messe basse, se transforme en tempête.

Il est rare que les rumeurs soient bonnes parce que les gens préfèrent le mauvais au bon comme les enfants qui choisissent avec entrain les films où il y a des méchants, moi la première.

La rumeur qui disait qu'Élisabeth de Langsk était une sorcière était fausse. Celle qui a couru sur Virginia était vraie et il n'a pas fallu une nuit pour que la tempête s'abatte sur tous les toits de Saint-Florentin. Inutile de deviner d'où elle était partie : le premier meeting-buffet de nos adversaires avait eu lieu hier, vendredi, dans la salle des fêtes réservée par Martin.

Elle disait, la rumeur, que le bras droit de Charlotte Brenner, Virginia Delivelle, qui avait pris les femmes pour cibles, connaissait bien le terrain. Elle le connaissait même par cœur pour l'avoir beaucoup labouré. Ah oui, elle aimait les femmes, Virginia ! Elle les aimait de tout près. À Mulhouse, nul ne l'ignorait. À Saint-Florentin, elle avait réussi jusque-là à cacher son jeu avec la complicité de sa meilleure amie, candidate au poste de conseiller, pardon, « conseillère », ah ah ! Une dissimulatrice, une mystificatrice, une hypocrite. Est-il possible, je vous pose simplement la question, de donner votre voix à une telle personne ?

Jacquot m'a réveillée dès l'aube pour tout me raconter au téléphone. Hier, son père avait enregistré le meeting et, sitôt rentré à la maison, de colère, il avait passé plusieurs fois la cassette à sa femme sans se douter que le fils était embusqué.

– Elle est gouine, ta marraine, elle est gouine, elle est gouine !

Il riait si fort qu'en plus du cœur ça m'a percé le tympan. Son père avait dit qu'on était mal partis et que s'il avait pu se douter pour Virginia, il n'aurait jamais prêté sa photocopieuse gratis; d'autant que c'était elle qui l'avait fait marcher de ses mains.

Quand Jacquot en a eu assez de rigoler tout seul, je lui ai répondu que puisque le sexe l'intéressait tellement, il ferait mieux d'y aller mollo avec son beau vélo de Noël, une selle trop rigide étant l'ennemie numéro un de la virilité des hommes qui l'enfourchent deux fois par jour et cinq jours par semaine. Ça lui a cloué le bec. Pas difficile de deviner dans quelle direction il regardait.

Après, j'ai rompu. Qu'il raconte partout qu'il m'avait sauvé la vie en se jetant entre le fusil de la sorcière et moi, bon, tant pis, c'était un garçon, c'était normal. Mais pour la « gouine », je n'admettais pas, il avait dépassé les bornes, salut ! Et clac, j'ai raccroché.

Huit heures sonnaient déjà à la pendule de Gépé, je n'avais pas intérêt à traîner pour annoncer l'affreuse nouvelle à maman avant qu'elle l'apprenne par une langue de vipère trop heureuse de verser des larmes de crocodile sur son sort. J'ai couru dans le verger où le ciel était tout gris et le vent mauvais. La pluie allait peut-être se décider à tomber ; depuis le temps que tout le monde la réclamait.

Les volets de ma mère étaient encore fermés, rien d'étonnant ! Elle avait passé une partie de la nuit à discuter avec Virginia sur les désirs des femmes et les moyens de les satisfaire. J'avais peur que le téléphone resonne, cette fois pour elle, je suis vite allée à la cuisine où j'ai fait chauffer du café en poudre. Bol, cuillère, plateau, ni sucre ni lait mais pomme. Toc toc à sa porte.

– Entrez ! a répondu une voix ensommeillée.

Ça sentait le tiède et l'intimité. Elle s'est redressée sur son oreiller pour accueillir son plateau : petit déjeuner au lit, elle adore. Pas mon père qui en met partout. Elle a bâillé avec bien-être.

– C'était qui, le téléphone ?

– C'était Jacquot.

– Pourrais-tu lui demander d'appeler un tout petit peu plus tard, s'il te plaît ? Je comprends que vous ayez des choses urgentissimes à vous dire, mais ça peut peut-être attendre huit heures.

Justement non ! je ne pouvais pas le lui dire comme ça, alors je lui ai simplement signalé que quand j'aurais mon portable, la sonnerie ne la réveillerait plus.

Le portable est un sujet de friction avec maman qui me le refuse tant que je ne pourrai pas tout payer : achat, abonnement et communications. Elle a soupiré et je n'ai pas eu la cruauté d'insister vu ce qui l'attendait. De toute façon, ce n'était pas le sujet. Le sujet était celui, si délicat, de la sexualité féminine.

On prétend que les mères n'osent pas en parler à leurs filles, qu'elles manquent à leur devoir. Et c'est comme ça que les mineures se retrouvent à l'infirmerie de leur collège à demander en cachette la pilule après l'amour.

C'EST FAUX !

Les mères ne demandent pas mieux que de parler sexe avec leurs filles. C'est les filles qui n'en ont pas envie : ça les gêne et c'est plus cool d'en discuter avec les copines.

Ce matin, ce n'était heureusement pas de ma sexualité qu'il s'agissait mais de celle de sa meilleure amie. J'ai décidé de procéder par paliers comme avec oncle Étienne. Sans le savoir, maman m'a tendu la perche.

– Que raconte de beau aujourd'hui, ma reine des sondages ? a-t-elle demandé joyeusement.

J'en avais justement un tout frais sur le sujet. Il m'avait même tellement intéressée que je l'avais appris par cœur.

– Tu ne le croiras jamais, maman ! Figure-toi qu'il y a en France de sept à dix pour cent de gays, tu vois de quoi je parle, bien sûr. Sept à dix pour cent, c'est ÉNORME.

Maman a relevé des yeux tout ronds de sa pomme.

– Mais...

– C'est un marché rose qui en fait rêver plus d'un. Tu dois savoir que le corps du gay est sa carte de visite et que l'épilation du torse est un impératif pour lui.

– Mon Dieu, a dit maman en levant les yeux au plafond et en se retenant de rire à cause du torse, mais d'où sort-elle tout ça !

Il était temps de passer au vif du sujet.

– En tout cas, pour ma marraine, depuis hier, tout le monde est au courant.

J'avais dit « ma marraine » exprès, pour que maman comprenne tout de suite que je ne reniais pas Virginia.

– Au courant de quoi, ma chérie ? a-t-elle demandé d'une voix minuscule.

– Qu'elle est gay. À la réunion de Martin hier, ils ont dit qu'elle avait plein de petites amies à Mulhouse ; je me demande comment ils l'ont su.

– Mais c'est faux, archi-faux ! a crié maman. Et d'abord, on ne dit pas « gay » pour une femme. Et elle n'a pas plein de petites amies mais UNE SEULE.

Elle a compris trop tard qu'elle s'était trahie. Elle m'a regardée comme une ennemie puis elle a jailli de son lit sans finir son café.

– Laisse-moi ! On parlera de ça toutes les deux plus tard.

Autrefois, on coupait les têtes des messagers de malheur. J'ai été contente de vivre à notre époque.

26.

Réunion de crise chez Gépé. Bien qu'il soit mort, on appelle toujours de son nom la salle où il faisait tout, même piquer du nez sur son journal ou devant la télé et y passer la nuit.

Défense de ranger le jeu d'échecs déployé sur la table et qu'il adorait caresser du regard car c'était son œuvre. Il avait choisi le bois du roi des arbres, le chêne. Sa pièce préférée ? Le cavalier. Moi ? Eh bien non, pas le fou, la tour : La Tour, prends garde.

Il est midi, les commères sont aux fourneaux, c'est le bon moment pour arriver avec prudence, chacun de son côté. Toute la liste est là, moins M. Albert, de la scierie, en proie à une livraison urgente. Plus Marguerite, armée d'un parapluie au cas où ça dégringolerait. Le ciel ne s'est pas arrangé depuis huit heures.

Maman a refusé ma présence à cause de Virginia qui serait gênée en tant que marraine. Virginia sait que je sais mais ne sait pas que je savais depuis longtemps. C'est compliqué. À la première occasion, il faudra que je dissipe cette zone d'ombre entre nous.

Je suis chargée de veiller à ce qu'aucune oreille ennemie n'approche. Si c'est tante Odette, descendue comme par hasard nous emprunter un instrument, je dois lui répondre : « plus tard », sans autre explication.

À la cuisine, il y a une ouverture dans le mur qui permettait autrefois de passer les plats dans la salle pour qu'ils ne perdent pas leur chaleur en faisant le tour par le couloir. D'ailleurs, ça s'appelle un « passe-plat ». Quand j'étais petite, j'arrivais juste à m'y glisser et avec Nicolas on s'amusait bien. Il criait : « Monsieur est servi. » Gépé empoignait son couteau et sa fourchette : « J'espère que la poulette est cuite à point », disait-il d'une voix d'ogre. Ça me faisait des zigouillis partout.

On a abandonné le passe-plat depuis que la cuisine est devenue la salle à manger. Les gonds sont rouillés et il ne ferme qu'à moitié. Résultat, c'est encore mieux que la penderie à Strasbourg. Non seulement on entend, mais on VOIT aussi.

Virginia est arrivée la dernière, la tête aussi haute que d'habitude, et j'ai été soulagée de voir que tout le monde l'embrassait, même le bazar, M. Marchand-de-ragots... Tout le monde a pris place, maman dans le fauteuil de Gépé, le pasteur Reubell près du jeu d'échecs à cause des souvenirs et le père Bertrand comme toujours à côté du pasteur. Virginia est restée debout. C'est elle qui a commencé avec une voix basse et forte à la fois.

– Vous devez d'abord savoir que ce que ces salauds ont dit est exact. Je ne les aime pas ! Et quand je vois comment ils se conduisent, c'est sans regret.

Tous les hommes présents ont baissé la tête par solidarité féminine, même ceux d'Église.

– Maintenant que c'est dit, je ne vois qu'une solution : je dégage ! Je disparais jusqu'à la fin de cette campagne pourrie et après j'invite ici mes nombreuses, variées et multiples petites amies. Au moins, ça sera ça de gagné. Elles pourront respirer elles aussi l'air si pur de Saint-Florentin.

Maman s'est levée comme un ressort. Elle avait mis son bermuda kaki. J'aime pas trop : ça fait guerre.

– Tu as fini ? a-t-elle demandé avec colère.

– Pour l'instant, oui, a répondu Virginia en s'asseyant.

– Tu as donc l'intention de céder au chantage ? De leur donner raison ?

– Mais ils ONT raison, mon trésor. Ta meilleure amie et bras droit est homosexuelle, ou gouine, ou lesbienne, au choix. J'ai choisi gay.

– Ils ont tort de penser que leur paquet de boue pourrait nous faire renoncer, a dit maman en se tournant vers les autres.

– Quand même ! a protesté le père de Jacquot.

– QUAND MÊME QUOI ?

On a été deux à le dire en même temps : maman et moi. Maman fort, moi, tout bas. Elle s'est tournée vers le passe-plat comme si elle avait entendu un écho. Je me suis planquée.

– Quand même rien, a reculé précipitamment M. Fuchs et soudain il a ressemblé à oncle Étienne.

Le docteur Mathias s'est levé. C'est lui qui soignait mon grand-père. Il essayait même de lui supprimer le sel : mission impossible.

– Si vous voulez mon avis, tout cela est d'excellent augure, a-t-il annoncé.

Ça a coupé le souffle de la liste. Il n'a pas eu l'air mécontent de son petit effet. En tant que vert, il prend souvent la parole dans les réunions.

– Nous avons là la preuve que l'adversaire prend peur, et même qu'il panique. Parce que, si vous me permettez l'expression, son pétard est un pétard mouillé.

Juste à ce moment-là, le ciel a explosé, la pluie s'est mise à tomber en trombe, on aurait dit des applaudissements. Tout le monde s'est précipité aux fenêtres, maman pour les fermer. Dehors, c'était le grand ouf, ça buvait sans modération, un régal pour les yeux.

– Merci, la pluie ! a dit le docteur Mathias. On peut continuer maintenant ?

La pluie n'a pas dit non, chacun a regagné sa place et il a expliqué pour le pétard.

– Nos rivaux, qui se targuent d'être modernes, ont tout simplement oublié que nous avions changé de siècle et qu'aujourd'hui ce n'étaient plus les sorcières qu'on brûlait mais l'intolérance.

– Merci pour les sorcières, a dit Virginia et il y a eu des rires parce qu'on la retrouvait comme avant.

– Voilà pourquoi je propose de traiter par le mépris le paquet de boue dont parlait à l'instant notre candidate. Et de continuer la campagne comme si de rien n'était.

René, le mari de Marguerite, a levé le doigt. Lui aussi devait être content pour la pluie à cause de son maïs qui était lamentable.

– Mais si on nous interroge ? a-t-il demandé d'un ton inquiet. Si on nous demande ce qu'on en pense ? Qu'est-ce qu'on répond ?

René n'est pas parleur et Marguerite le remplace, mais pas méchamment comme une que je connais. Elle lui a souri.

– Si on t'interroge, mon René ? Eh bien tu réponds : « C'est comme ça. C'est la vie de Virginia. Ça vous gêne, vous ? »

Elle l'avait dit comme une actrice. On voyait qu'elle avait enseigné. Je n'ai pu m'empêcher d'applaudir et on m'a découverte dans le passe-plat.

– Millie, quand même ! a crié maman.

« Viens », m'ont dit les yeux de Virginia.

J'ai fait le tour pour me jeter dans ses bras. Il y a eu de la gêne. Tout le monde se taisait en nous regardant, elle m'a un peu lâchée. Le père Bertrand a toussé avant de prendre la parole. On la lui a laissée pour avoir l'opinion de l'Église.

– Je suis entièrement d'accord pour continuer comme si de rien n'était, a-t-il dit. Mais si je peux me permettre de te donner un conseil, ma fille, c'est de ne RIEN changer à tes habitudes.

Le RIEN très fort, c'était pour les petites amies variées et multiples que Virginia voulait emmener à Saint-Florentin respirer notre air pur, même si maman disait qu'elle n'en avait qu'une seule. Tout le monde l'a compris, Virginia aussi.

– Si c'est vous qui me le demandez, mon père.

Et cette fois, même M. Fuchs a ri.

Le pasteur Reubell a levé la main pour donner l'opinion du Temple.

– Puis-je toujours compter sur ta présence demain au mariage ? a-t-il demandé à Virginia. N'oublie pas que tu m'as promis de t'occuper des bouquets : un de chaque côté de l'autel et un en bas des marches.

– Je ne vois pas qui pourrait m'en empêcher, a répondu l'accusée.

C'était le mariage protestant de Madeleine, la fille de M. Mozart, le boulanger, qu'on appelle comme ça à cause de l'opéra *La Flûte enchantée*, et d'un gendarme de Saint-Louis.

Après la messe, tout le monde était convié à un vin d'honneur avec zakouskis faits maison. Ça faisait bien trois jours qu'on avait l'eau à la bouche en passant près des soupiraux de Mozart. J'avais repéré l'odeur des gougères au fromage et averti en cachette oncle Étienne qui en est friand.

L'église était aussi pleine que pour l'enterrement de Gépé quand son cercueil était à la place d'honneur et pas les mariés, elle en blanc et lui en uniforme. Dans son sermon, le pasteur Reubell a déclaré qu'il avait aujourd'hui le bonheur d'unir un homme et une femme qui avaient choisi la voie royale du mariage et auxquels il souhaitait de nombreux et beaux enfants.

Hélas, a-t-il continué, plutôt que cette voie royale, certains, ou certaines, se retrouvaient dans des chemins de traverse beaucoup moins confortables. C'étaient là les desseins impénétrables du Seigneur et nul n'était en droit de les juger. Et si chacun faisait un brin de ménage du côté de sa conscience, il verrait qu'elle n'était pas si blanche qu'il voulait le faire croire et il attendrait avant de montrer son prochain du doigt.

Les mariés n'avaient pas l'air de comprendre pourquoi le pasteur se mettait en colère comme ça et dans l'église le silence était aussi serré que quand Virginia avait dit au revoir à Gépé.

Mme Reubell a été prise d'une quinte de toux. Le pasteur s'est arrêté net et il a béni les mariés.

– Ma parole, Sainte-Odile serait-elle devenue le dernier salon où l'on cause ? a demandé Virginia à maman avec une drôle de voix.

Le ciel s'étant raccommodé, le vin d'honneur a pu avoir lieu sur le parvis à la joie de tous et au soulagement de M. Mozart. Le buffet a tenu les promesses de ses parfums. Oncle Étienne, débarrassé de tante Odette qui avait disparu tout de suite après le sermon, s'est nourri de gougères pour la semaine. Il y avait des gendarmes partout. J'aime beaucoup l'uniforme. C'est comme le passe-plat quand Nicolas me changeait en poulette pour Gépé. Ça me fait des zigouillis partout.

De nombreuses personnes sont venues féliciter Virginia pour ses bouquets. Quelques-unes en ont profité pour lui glisser des mots à l'oreille avant de s'éloigner, toutes fières de leur audace.

Ça m'a fait drôle de voir ma marraine pleurer. Sans doute parce que c'était la première fois.

27.

De mère à fille, maman m'a raconté le secret de Virginia : l'oncle qui l'avait dégoûtée des hommes. Comme si oncle Étienne s'attaquait à moi : pouah ! Elle aurait préféré que je l'avertisse dès que j'avais été au courant.

– Mais d'abord, comment tu l'as appris ?

– Je t'ai entendue en parler avec papa un jour où Virginia était venue bronzer dans le verger.

Elle m'a regardée d'un sale œil : elle devait se souvenir du loup. Comme si c'était ma faute si papa avait remarqué que Virginia était un beau morceau et que ça lui avait donné l'idée de croquer maman.

– Et quand tu as appris, qu'est-ce que tu as pensé ?

– Je me suis demandé comment deux femmes ensemble arrivaient à se faire passer à la casserole.

Là, elle a eu l'air carrément choquée.

– C'est tout ? Rien d'autre ?

– Mais tu as dit toi-même à Virginia que c'était pas grave ! Et puis on n'arrête pas d'en parler à la télé. Et, à Strasbourg, quand il y a eu la Gay Pride, tu y es allée. Même que papa n'était pas chaud.

Maman a levé les yeux au ciel comme chaque fois qu'on n'est pas d'accord sur le fond.

– Écoute-moi, Millie, écoute-moi bien. Tu connais mon amitié pour Virginia. Tu sais aussi que JAMAIS je ne me permettrais de la juger. Mais tu dois comprendre que si on veut avoir une vie... plus normale, avec des enfants par exemple – je suppose que tu veux des enfants, n'est-ce pas ? –, son choix n'est pas forcément l'idéal.

Voilà qu'elle avait peur que je prenne moi aussi les chemins de traverse du pasteur Reubell ! Je me suis écrasée. J'ai le regret de dire que depuis mon équipée au château et mon apparition dans le passe-plat, j'ai perdu la confiance de ma mère.

Qui a donné Virginia ? Tout le monde se creuse la tête. Une collègue de bureau jalouse qu'elle soit sa chef ? Un amoureux éconduit ? Ou tout simplement tante Odette ? Ce serait le pire : une trahison familiale. Gépé se doutait, il faisait des allusions sans penser aux conséquences de sa mort prochaine, ça a pu lui mettre la puce à l'oreille. Martin est allé vérifier à Mulhouse et voilà !

Il paraît qu'en politique tous les coups sont permis. Je déteste la politique.

Heureusement que le pétard n'a pas explosé. Il y en a même qui sont encore plus gentils avec Virginia qu'avant. Au début, ça l'a touchée, maintenant ça l'énerve puisque son but est d'être PA-REILLE.

Martin a enfourché un nouveau cheval de bataille contre la candidate. « Voilà une femme qui n'a jamais travaillé, qui est toujours restée à la maison à la grande satisfaction de sa petite famille. Et que fait-elle chez nous ? Elle pousse nos épouses à déserter le foyer pour aller chercher la "débauche" en ville, j'ai bien dit la "débauche", pas l'embauche, ah ah ! En confiant les enfants à des mains étrangères alors qu'on voit ce que ça donne partout. Qu'elle retourne donc à Strasbourg, à ses voitures brûlées et à son polytechnicien. »

C'est la première fois que Martin met papa dans le même sac que maman. Pourtant, papa ne lui a rien fait, il est même d'accord avec lui pour récupérer sa femme. Oui, je hais la politique.

LES FEMMES VOTERONT-ELLES COMME LEURS MARIS ?

La grande question selon Marguerite.

Jusqu'à maintenant, elles l'avaient toujours fait puisqu'il n'y avait que des hommes à réclamer leur suffrage et que ce soit Zigoto ou Zigoti qui passe, ça ne changerait rien à leur existence.

Mais voilà que vous leur proposez une femme magnifique, à l'écoute de ses sœurs, qui leur donne la parole, souhaite leur faciliter le quotidien et leur permettre de réaliser leurs vœux... Nul doute que les bulletins de vote seraient regardés d'un autre œil par certaines.

– Ça va chauffer dans les alcôves, prédit Virginia avec un sourire qui n'a pas pardonné la rumeur.

Une chance que le vote ait lieu à bulletins secrets !

Papa et Julie, Julie sans Fabrice, viendront pour la fête de Gianni. Pile le jour où papa commence ses vacances. Il a promis de rester jusqu'à l'annonce des résultats. Maman a l'air contente. C'est moi qui galère. Entre les deux personnes que j'aime le plus au monde, dimanche soir, il y aura forcément un perdant.

– Ne t'en fais pas, ma choupinette, quand on s'aime, on finit toujours par se raccommoder, m'a dit Virginia pour me rassurer.

Ça m'a inquiétée encore plus. Pour se raccommoder, il faut s'être déchiré avant. Si mes parents divorcent, je refuse la garde alternée. C'est peut-être bien pour les adultes mais c'est nul pour l'enfant qui, un peu de l'un, un peu de l'autre, mais jamais les deux à la fois, se paie un cœur en girouette et n'arrête pas de transporter son cartable.

Je demanderai au juge d'habiter avec ma marraine.

« La comtesse Élisabeth de Langsk sera heureuse que vous veniez prendre le thé chez elle le mardi 31 juillet à seize heures. »

Quelle surprise quand l'invitation est tombée dans la boîte !

Mardi 31 juillet, c'est demain. « Vous », c'est maman toute seule puisque mon nom n'est pas inscrit sur l'enveloppe.

– Quand comprendras-tu que ta présence n'est pas forcément indispensable toujours et partout ?

Je veux bien. N'empêche que ça fait mal, quand on a ouvert la voie, d'être écartée de la consécration. Elle a décidé d'y aller. Je l'ai avertie que deux molosses l'attendraient là-haut et je lui ai déconseillé d'emmener Maigret au cas où il aurait la mauvaise idée de la défendre. Quand je lui ai dit le nom des bergers : Castor et Pollux, elle m'a montré le ciel, toute joyeuse : « C'est les gémeaux : deux frères chez les Grecs qui s'aimaient plus que tout. »

Qu'est-ce que ne vont pas chercher les mères pour rassurer les filles et détourner la conversation...

28.

On s'étonnait du silence de tante Odette ; elle reculait pour mieux sauter. Démonstration éclatante ce soir.

Il est sept heures et Nicolas répète avec son groupe à la maison pour la fête de Gianni. Quatre garçons en tout : deux de Saint-Louis et deux d'ici. Trois barbus et un sans barbe. Trois guitares et une batterie. Tous qui chantent, même Nico.

La chanson traditionnelle a le vent en poupe. C'est le retour aux racines. Ils chantent du Goethe. J'aime mieux que le rap.

L'enfant vit une rose, une rose sur le pré.
Elle était belle le matin, on la regardait avec joie.

On frappe à la porte et la tête d'oncle Étienne apparaît. Tout le monde s'arrête.

– Ta... ta tante demande si vous en avez encore pour longtemps. Elle a mal à la tête.

Ah ! Ah ! Pas difficile de deviner ce qui lui fait mal. Sûrement pas Goethe mais la *festa* de vendredi. Même si elle est pour la défaite de maman, elle doit brûler d'envie d'y mettre son grand nez de pipelette. D'après Virginia qui pointe, elle n'a pas répondu.

– On n'en a plus pour longtemps, promet Nicolas à l'oncle Étienne.

– Me... merci.

Un mot qu'on ne doit pas entendre souvent là-haut, prononcé par une voix féminine.

L'enfant dit : « Je te casse, petite rose. »
La rose dit : « Je te pique pour que tu penses toujours à moi. »
Et le vilain garçon cassa la rose.
La rose le piqua mais en ne lui faisant pas mal.

Ils viennent juste de plier bagage, direction une bonne bouffe à Saint-Louis financée par Gianni qui a ouvert un compte illimité à mon frère, quand maman rentre enfin à la maison. Elle n'a pas encore jeté ses baskets en l'air que tante Odette tombe comme un Scud dans le salon.

– Sais-tu seulement qui tu reçois ici ?

– Eh bien, des musiciens, il me semble.

Tante Odette ricane.

– Des musiciens ? De la racaille, oui. Ils chantent dans des boîtes louches, quand ce n'est pas dans les rues. La drogue ne doit pas être loin. On se demande où ton fils les a ramassés.

Maman fait semblant de s'étonner.

– Tu t'intéresses à la musique, maintenant ?

– Figure-toi que j'aime savoir qui je reçois chez moi.

Là, maman ne fait plus semblant. Elle se fige et ses joues s'enflamment.

– « Chez toi », Odette ? Es-tu sûre de pouvoir encore appeler cette maison « chez toi » après ce que tu as fait ?

– Que veux-tu dire ?

– Que si Gepetto existe encore, ce n'est certainement pas grâce à tes loyaux services.

Tante Odette avale de travers : ça s'entend.

– Je ne vois pas de quoi tu veux parler.

– Vraiment ? Les commandes subtilisées, ça ne te dit rien ? À propos, mon frère est-il au courant ?

Cette fois, c'est tante Odette qui s'enflamme.

– Avant d'accuser, encore faudrait-il pouvoir prouver ! crie-t-elle.

– Si nécessaire, je n'y manquerai pas, rétorque maman. Tu pourras le dire de ma part à ton cher Martin.

Elles se défient du regard. On est loin de la rose de Goethe, on est dans le rap dur. Tante Odette abandonne la première. Elle sort en laissant la porte grande ouverte, ce qui veut dire qu'elle la claque dans son cœur. C'est pire. Je cours la fermer en douceur pour maman.

Elle est tombée dans un fauteuil. C'est le contrecoup. Pour que maman attaque, il faut vraiment qu'on l'ait cherchée. De la racaille, les nouveaux amis de Nicolas ? Et qu'est-ce qu'elle ne manquera pas de prouver si nécessaire ? Et pourquoi « ton cher Martin » ? J'aimerais bien savoir, moi.

Je m'approche d'elle pour discuter tranquillement de tout ça quand elle se redresse et me tue du regard.

– Toi, tu te tais s'il te plaît ! Pas un mot, tu m'entends ? Pas la moindre petite question. Laisse-moi !

29.

Je crois aux clins d'œil du destin, aux coïncidences, au hasard qui n'en est pas un, à la loi des séries, aux étoiles, tout ça.

Ça fait rire papa. Il dit que c'est du vent, des planches de salut auxquelles se raccrochent les pauvres humains qui souffrent de ne pas savoir ce qui les attend après la vie et espèrent bien ne pas faire chou blanc là-haut. Il dit aussi que ça ne colle pas, mais alors pas du tout, ma chérie, avec ta boulimie de sondages. Un sondage, c'est du concret, tous tes trucs sont du vent.

N'empêche qu'on dit « sonder le ciel ». Moi, je sonde les astres.

En tout cas, ce n'est sûrement pas par hasard que j'ai décidé, mardi, de me réconcilier avec Jacquot pour aller pique-niquer sur la route des alpages. Et c'est forcément la loi des séries si je me suis à nouveau retrouvée nez à nez avec tante Odette (deux fois en même pas vingt-quatre heures) sauf que cette fois-là, c'était à des kilomètres de la maison et qu'elle ne m'a pas vue.

L'ennui avec les pique-niques, c'est que tu passes une heure à tout préparer avec ardeur : le bon pain, le fromage qui s'étale bien, le chorizo fort en retirant les bords, l'œuf dur et son sel qui se fait la malle, les fruits dans leur emballage spécial. Plus une autre heure sur ton vélo à chercher l'endroit idéal, ni trop au soleil, ni trop à l'ombre, loin du bruit et des mauvaises odeurs de la civilisation. Ça y est, tu l'as, tu déballes joyeusement, tu t'installes...

Et en cinq minutes tout est avalé, il ne reste plus que du papier gras en boule, de l'herbe qui pique, pas de dossier et des mirabelles en compote. Tu te demandes pourquoi tu t'es donné tout ce mal, tu n'as plus rien à te dire.

Pour compléter le tableau, Jacquot, qui s'était chargé des boissons, n'avait apporté qu'une canette par personne. Avec le chorizo fort, on avait la gorge en feu et lui autre chose en plus parce qu'il avait fait pipi sans se laver les mains avant. Bref, on a décidé de rentrer.

On croisait plein de voitures car c'était l'été, les vacances et le tourisme de masse. Jacquot se consolait en me donnant la marque, les chevaux et le nombre d'airbags de tout ce qui roulait. Ça commençait à me gonfler la tête en plus du ventre qui l'était déjà, quand c'est moi qui en ai reconnu une : une petite rouge où le pauvre oncle Étienne ne pouvait entrer sa grande carcasse que lorsqu'on ouvrait le toit. La voiture de tante Odette !

Je m'arrête net, imitée par Jacquot. Elle est garée dans la cour de l'Empereur Roux, une ferme-auberge spécialisée dans le munster, produit de la région vanté par tous les guides.

Ce fromage à pâte molle et à croûte lavée, connu pour sa grande personnalité et son odeur violente, peut se déguster de plusieurs manières : sur du pain avec une pincée de cumin, en compagnie de pommes de terre en robe de chambre, mais aussi, si on le prend dans sa jeunesse, arrosé de crème fraîche et de kirsch.

– Eh, regarde ! s'exclame Jacquot. C'est la Jeep de Martin à côté de la minable de ta tante.

Là, c'est mon cœur qui s'arrête. La minable de tante Odette, la Jeep de Martin, sans compter le munster, fabrication de notre adversaire, Roland Lapôtre... Un hasard ?

On gare les vélos pour aller y voir de plus près. Ce qui branche Jacquot, c'est une troisième voiture près de celle de Martin, un long espadon gris, scintillant, avec des ailerons et des yeux en amande. Jacquot y va de son couplet : 231 chevaux, 250 à l'heure, conduite assistée, airbags partout. On s'approche pour voir dedans : téléphone, bar, télévision. Le top du top.

Je crois à la télépathie, aux prémonitions, à ce qui vous réveille brusquement la nuit, glacé, dans votre lit, comme si vous aviez entendu un cri, et le lendemain, vous apprenez avec effroi que votre mère et votre sœur, par exemple, ont eu un grave accident à des kilomètres de là. Elles luttent contre la mort. Elles vous appellent sans le savoir.

C'est la même chose que le rat qui sent la tempête à distance et quitte le navire juste à temps.

Ma prémonition m'a dit que quelque chose d'important allait arriver ici. Et pile à ce moment-là, comme par télépathie, tante Odette apparaît à la porte de l'auberge. J'attrape le bras de Jacquot et on s'aplatit.

Elle porte une jupe plissée qui danse autour de ses jambes, un body tout près du corps et des talons hauts. Pardon, mais ça fait pute. Avec elle, il y a Martin et un monsieur que je n'ai jamais vu. Jacquot me pince le bras en me montrant le poisson gris : sa prémonition à lui.

Le monsieur est habillé comme papa quand il va visiter un client important : costume-cravate et souliers de cuir à trou-trous. Ils viennent vers nous, ou plutôt vers leur voiture. Mon cœur fait du 250 à l'heure comme l'espadon. À la fois, j'ai envie de rester et je brûle de m'enfuir. Entre curiosité et peur, pour une fois, je suis perdue.

Le monsieur sort son instrument, il nous vise, les portes du poisson s'ouvrent et Jacquot me pince à nouveau pour me montrer qu'il avait bien deviné.

L'heureux propriétaire n'a pas l'air de bonne humeur. Il dit à Martin :

– Pourtant, vous m'aviez promis...

– Il nous reste quatre jours, répond Martin. Le vent peut encore tourner.

Lui, il a l'air carrément furieux. Et qu'est-ce que fait tante Odette ? Elle glisse son bras sous le sien comme maman pour calmer papa quand il s'énerve, par exemple vis-à-vis de l'Europe qui ferait mieux de moins s'occuper des sous et plus de l'espérance des peuples. Et j'ai honte parce qu'à ce moment-là, tante Odette a plus l'air d'être la femme de Martin que l'épouse légitime d'oncle Étienne et Jacquot m'enfonce avec un pinçon supplémentaire. Je le déteste.

– Vous savez que vous pouvez compter sur nous, Francis ! dit tante Odette d'une voix tout miel.

Au moins, on aura eu son prénom. Ils se serrent les mains et Francis embarque. L'espadon fend silencieusement l'espace pour rejoindre la haute mer. Jacquot en bave d'admiration. Je vois le moment où il va se lever et applaudir. Je le raplatis à temps.

Le couple est seul maintenant. Ça ne me plaît pas. On ne sait jamais ce qui peut arriver après un déjeuner bien arrosé. Ils se parlent tout bas, enfin l'homme monte dans la Jeep...

Mais il est écrit que je n'ai pas fini de souffrir : avant que Martin démarre, tante Odette embrasse le bout de ses propres doigts et lui envoie un baiser volant.

Quand on est arrivés à la maison, la minable était de retour dans la cour et les rideaux de sa fenêtre tirés. Madame se reposait de ses émotions, et des nôtres par la même occasion. Jacquot était déçu que le pique-nique soit déjà terminé. Il aurait bien voulu entrer, j'ai refusé. Pour se venger, avant de remonter sur sa selle, ce fêlé a embrassé le bout de ses doigts crasseux pour m'envoyer, lui aussi, un baiser volant.

Je n'ai jamais su garder un secret. Un secret qu'on garde pour soi est un secret mort. Un secret qu'on s'apprête à partager est un trésor très excitant.

Le meilleur moment, c'est quand tu es au bord de le dévoiler. La personne est en face de toi, elle ne se doute de rien, elle va être superintéressée, elle va te regarder autrement.

À peine tu l'as dit, le secret se dégonfle. Tu te sens vide, tu regrettes de ne pas l'avoir gardé un peu plus longtemps. Mais le pire, c'est si la personne choisie t'envoie dans les gencives : « Je le savais déjà. » Là, c'est carrément horrible, tu n'es plus qu'un double zéro.

Le secret du parking de l'Empereur Roux était empoisonné. Il sentait le complot. Je n'avais pas le droit de le garder. Mais sur qui m'en débarrasser ?

Ma mère prenait actuellement le thé chez Élisabeth de Langsk et de toute façon, hier, elle m'avait défendu de parler de tante Odette. Nico répétait Goethe chez Gianni avec ses amis racaille. Me restait Virginia.

J'ai commencé par boire un grand verre d'eau qui ne m'a rien fait du tout puis je l'ai cherchée. Elle était sur répondeur : téléphone et portable. On ne confie pas un secret à un répondeur : il le répète au premier venu.

Maintenant, j'avais mal au ventre : le chorizo fort et tante Odette par-dessus. Ce silence autour de moi me donnait le cafard. Je me suis assise devant le jeu d'échecs pour réfléchir avec Gépé. Les noirs, c'est Martin et Roland Lapôtre. Les blancs, c'est maman et moi. Elle est la reine, je suis la tour. J'observe, je scrute en vain l'horizon. Que faire ?

On me reproche souvent d'agir sans réfléchir et de parler sans avoir tourné ma langue dans ma bouche. Si j'avais réfléchi, j'aurais compris que la dernière personne à qui dévoiler le secret était oncle Étienne. Et si j'avais tourné ma langue, je me serais peut-être arrêtée à temps.

J'ai agi comme une sale égoïste. Je ne suis pas prête de me le pardonner.

30.

Il peignait les ailes d'une cigogne. Le succès de la cigogne ne se dément pas en Alsace bien que ce soit l'oiseau le plus poussiéreux du monde. On dirait qu'il se plaît dans sa crasse, il ramasse tout. Heureusement, ses admirateurs, qui le voient d'en bas, ne s'en doutent pas.

Autrefois, on avait un couple sur le toit de la mairie. Le nid est toujours là, on le retape même de temps en temps. « Tu verras, un jour elles reviendront », me promettait Gépé. Malheureusement, ce jour-là, il ne sera plus sur terre pour en profiter.

Quand il m'a vue entrer dans l'atelier, oncle Étienne a eu l'air content. Il apprécie ma présence et ce n'est pas lui qui me reprochera de trop parler alors qu'il doit tourner cent fois sa langue dans sa bouche avant de sortir un mot. J'ai pris place sur mon tabouret. Pour ses ailes, il utilisait du blanc mêlé de gris. Il faut savoir que le blanc-blanc n'existe pas dans la nature et qu'il y a des peintures qui peuvent empoisonner les enfants qui sucent leur jouet car c'est d'abord par la bouche qu'ils font connaissance avec l'univers.

– Tu... tu n'es pas dehors par ce... ce beau temps ?

– Si ! On a même pique-niqué avec Jacquot et on a rencontré tante Odette.

– Ah bon ?

Ça ne lui fait ni chaud ni froid. C'est vrai qu'on aurait pu la rencontrer n'importe où de pas grave, même à la maison ou faisant sa mijaurée dans les rues de Saint-Florentin.

– On revenait du pique-nique à vélo et on a repéré sa voiture dans la cour de l'Empereur Roux, tu vois où c'est ?

Il voit très bien et c'est parti : le voilà intéressé. L'Empereur Roux n'est pas la porte à côté, au moins quinze kilomètres, il faut les faire. Constatant au passage qu'il n'était pas au courant, je continue sur ma lancée.

– Même qu'il y avait aussi la Jeep de Martin, à côté de la voiture de tante Odette.

Le nom de l'ennemi déclenche l'alerte rouge et déjà je me repens. Oncle Étienne a laissé tomber son pinceau. Il a retiré ses lunettes. Sans elles, il a l'air désarmé. J'ai hâte qu'il les remette.

– Ma... Martin Hutter ?

Trop tard pour reculer.

– Sa Jeep. Mais ne t'en fais pas, oncle Étienne. Il y avait aussi une troisième voiture : une très belle qui peut faire du 250 à l'heure.

Eh bien si ! Il s'en fait ! Il prend mon poignet et serre très fort sans tenir compte de mon âge.

– Tu... tu les as vus ?

– Quand ils sont sortis de l'auberge après le déjeuner. Mais ils n'étaient pas tout seuls, il y avait l'autre monsieur avec eux.

– Quel... quel autre monsieur ?

– Celui à la belle voiture. Je ne l'avais ja... jamais vu.

Voilà que je bégaie moi aussi. Oncle Étienne c'est parce qu'il a trop de choses à dire, moi, parce que j'en ai trop à cacher : la tenue de pute de tante Odette, son bras sous celui de Martin, le baiser volant... Ça, même sous la torture, on ne me l'arrachera pas : c'est du secret tueur.

– Co... comment était le monsieur ?

Tant qu'on parle de lui, on ne parle pas du couple, j'y vais !

– Bien habillé, chauve sur les côtés, lunettes, grand comme papa, moyennement vieux. Ah oui, j'allais oublier : il s'appelle Francis.

Là, oncle Étienne lâche mon poignet, le même que Jacquot n'arrêtait pas de pincer. Il me cuit et il est tout rouge. J'aurai de la chance si je le garde.

– Millie... je... je sais qui c'est. C'est le... le promoteur.

Le choc ! Le promoteur qui veut le grand champ pour son supermarché et mangerait bien Gepetto en prime. Notre ennemi ! Je ne me suis pas trompée, il y a complot contre ma mère. Que tante Odette en fasse partie me tue.

Ça tue aussi oncle Étienne. Il transpire à grosses gouttes. Il sort un mouchoir pour s'essuyer. Et moi, j'ai trop peur, je déballe tout sans précaution : le « Vous m'aviez promis », de Francis. Les « quatre jours qui restent et le vent qui peut tourner », de Martin. Le « Vous pouvez compter sur nous » de tante Odette. C'est même elle qui nous a donné le prénom.

Oncle Étienne écoute sans bouger mais en respirant très fort. Et quand j'ai terminé, la foudre tombe deux fois dans l'atelier. La première, c'est quand il attrape son pot de peinture et le balance contre le mur. L'autre, c'est la pire : quand une grosse larme d'homme tombe sur la cigogne.

Quand maman est rentrée du château, j'étais dans ma chambre, mal, très mal ! Par ma faute, oncle Étienne avait pleuré, il s'était même attaqué à son outil de travail. Pourtant, je lui avais épargné le pire. Qu'est-ce qu'il allait faire maintenant ?

Il y a eu le bruit de la familiale dans la cour, la portière claquée, la porte d'entrée, son pas reconnaissable sur le carrelage, ses chaussures qu'elle balançait, clic, clac. Ça m'a brisé le cœur. Clic, clac... avant j'adorais ça mais c'était devenu du passé.

– Millie ?

Elle avait repéré la Must et savait que j'étais rentrée. Elle m'a cherchée partout avant d'atterrir dans ma chambre.

Elle était magnifique dans sa jupe bleu marine et son chemisier en soie sauvage. Mille fois plus classe que tante Odette. Elle avait l'air superexcitée mais elle s'est rembrunie en me voyant au lit.

– Tu es malade ?

J'ai fait non. Elle a eu son sourire entendu de mère.

– Je t'avais pourtant dit de ne pas faire TOUS tes sandwiches au chorizo. Tu aurais pu varier, quand même ! Tu sais bien que le chorizo pimenté ne te réussit pas. Surtout mélangé avec du fromage blanc.

Je n'ai pas nié et elle s'est assise au bord de mon lit. Son sourire était de retour.

– Sais-tu que je viens de rencontrer une femme merveilleuse ? Que grâce à ma Furette, j'ai passé un moment fabuleux ? Je voulais t'en remercier.

Le coup de grâce ! J'ai fondu en larmes et le sourire s'est éteint.

– Mais qu'est-ce qui t'arrive, ma chérie ? Qu'est-ce qui se passe ? C'est parce que je ne t'ai pas emmenée ?

J'ai dit :

– Finalement, je préfère aller en Grèce. Ici, c'est trop compliqué.

Elle m'a prise dans ses bras en riant.

– Mais non, voyons ! Tout va très bien se passer, tu verras. Et, à propos de notre chère comtesse, on pourrait bien avoir une sacrée surprise en fin de semaine. Mais c'est un secret, n'en parle à personne.

Encore un secret ! J'en avais ma claque des secrets. Et c'est à ce moment-là que la porte de la maison s'est ouverte à nouveau, oncle Étienne forcément. Il allait revenir m'interroger et après il liquiderait tante Odette.

– Maman... si on frappe chez nous, surtout n'ouvre pas !

Elle m'a écartée.

– Mais qu'est-ce qui se passe encore ici ?

On n'a pas frappé, le pas est monté, j'ai dit tout bas :

– J'ai fait quelque chose de nul.

Je n'avoue jamais. Il faut vraiment me prendre la main dans le sac. J'ai senti frémir maman. Pour ne pas la laisser dans l'attente, j'ai tout raconté, même le baiser volant et la larme d'oncle Étienne. Elle se tenait toute raide, les mains croisées sur sa jupe de fête qui ne servait plus qu'à vous donner un blues d'enfer. Quand elle a appris pour le promoteur, elle a eu le même choc que moi.

– Qu'est-ce qu'ils peuvent bien encore nous mijoter ? s'est-elle interrogée tout bas.

Puis elle a eu un gros soupir vers moi.

– Ce n'est pas ta faute si tu les as surpris, Millie. Mais tu n'aurais pas dû en parler à ton oncle avant de me consulter. Il se sent déjà bien assez coupable comme ça.

Je n'ai pas osé lui demander pourquoi oncle Étienne se sentait coupable. Elle s'est levée.

– M'autorises-tu à en parler à Virginia ?

J'ai recommencé à pleurer. Ma mère, elle, demandait la permission avant de dévoiler les secrets, c'est tout ! Je la lui ai donnée.

Elle m'a caressé la joue puis elle est repartie. Souliers, porte, voiture.

Je ne sais plus si je crois aux prémonitions. Quand j'ai trouvé la lettre dans la boîte, le lendemain du pique-nique-catastrophe, je n'ai rien senti. Juste le plaisir d'avoir du courrier et la peur, quand je serais grande, que personne ne m'écrive sauf la pub et les impôts.

Sur l'enveloppe, il y avait marqué Charlotte Brenner, sans madame devant. Pas de timbre. Déposée. En tâtant, j'ai senti du dur dedans.

J'ai couru la porter à maman, elle l'a ouverte et tout a explosé.

TROISIÈME PARTIE

LA MYSTERIOSA

31.

Dans l'enveloppe, il y avait une photo. Millie s'est dressée sur la pointe des pieds.

– Mais c'est Gépé, maman ! Et c'est qui la dame avec lui ?

Je n'ai pas répondu. Je ne pouvais pas. Je me suis contentée de retourner la photo ; inutilement puisque la Furette l'avait vue.

Une feuille de papier l'accompagnait : deux lignes tapées à la machine, en majuscules : « TRENTE ANS DE MENSONGE. SAINT-FLORENTIN N'A-T-IL PAS LE DROIT DE SAVOIR ? » Le texte n'était pas signé. Instinctivement, j'ai froissé le papier. Une main glacée me serrait le ventre.

– Qu'est-ce que ça dit ? m'a interrogée Millie. C'est grave, maman ?

Ses yeux verts étaient pleins d'inquiétude. J'ai posé la main sur son épaule et réussi à articuler :

– Va me chercher Virginia, s'il te plaît. Demande-lui de venir tout de suite.

Huit heures trente. Elle devait être encore chez elle. Millie a hésité puis elle s'est envolée.

Je suis allée dans ma chambre et j'ai récupéré, au fond d'un tiroir, la photo que j'avais trouvée dans l'armoire aux comptes. Je l'ai posée sur mon lit à côté de celle que je venais de recevoir : la même femme sur chacune, le même geste protecteur de l'homme autour de ses épaules et, sur les deux visages, un sourire, un amour semblables.

Avec une différence de taille : un bon quart de siècle séparait les deux clichés. La dernière semblait avoir été prise... hier.

Mon père y portait la veste et la cravate qu'il avait choisies pour venir me voir à Strasbourg. Son épaisse tignasse, brune sur la première photo, était toute blanche sur celle-ci. Il avait pris du poids et son visage des couleurs. Près du sien, le visage de la femme s'était également rempli, la natte blonde avait laissé place à une coiffure courte plus banale et des cheveux teints. Cependant, on la reconnaissait parfaitement.

KATHY. KATHY QUI ?

J'ai défroissé le papier et relu le message : « Trente ans de mensonge. » Les trente ans étaient sous mes yeux. « Saint-Florentin n'a-t-il pas le droit de savoir ? » Le point d'interrogation signait le chantage.

La chaleur m'est montée au visage, j'étouffais, Virginia, vite ! J'ai relevé les pans de mon peignoir et enjambé ma fenêtre pour sortir dans le verger, me heurtant douloureusement un genou au passage.

Pas besoin de me tirer le portrait pour me faire savoir que la svelte jeune fille d'autrefois n'était plus.

Dehors, l'air était encore léger et la couleur du ciel tendre sur les fruitiers. Il n'y avait pas une heure, regardant ces prunes mordorées, ces pêches pourpres bientôt bonnes à déguster, je m'étais sentie moi aussi fruit, moi aussi pleine de suc, vivante, si bien vivante ! J'avais même eu envie que Frédéric soit là pour m'ouvrir à lui, ajouter le plaisir au plaisir, la vie à la vie.

ET ÇA !

J'ai posé la photo sur la table de jardin encore humide de rosée et je me suis laissée tomber dans un fauteuil. Réfléchir !

Martin, bien sûr ! Après ce que m'avait raconté Millie hier, l'expéditeur de cet ignoble envoi ne pouvait être que lui. « Le vent peut encore tourner »... Nous avions passé la soirée, Virginia et moi, à nous demander comment il le ferait tourner, ce vent. La réponse était entre mes mains : une nouvelle dénonciation. Après l'amie homosexuelle, le père dissimulateur.

Les larmes ont afflué d'un coup. Trente ans ! Trente ans et je ne m'étais doutée de rien ! Pourquoi ne m'as-tu pas dit, papa ? Il n'y a pas de mal à aimer, j'aurais compris, nous l'aurions accueillie, ta Kathy.

Maigret a fait son entrée dans le verger, tout ébouriffé, tout bâillant, tout chaloupant. Il est venu poser sa tête sur mes genoux. Je lui ai mis la photo sous la truffe :

« Kathy... Kathy... » Il a remué la queue. Joseph la lui avait-il présentée à lui ? À son chien et pas à sa fille ?

Mon cœur a battu plus fort. Comment Martin s'était-il procuré cette photo ? Instinctivement, j'ai levé les yeux vers le premier étage de la maison : « Comptez sur nous », avait dit Odette au promoteur. Nous ! Odette et Martin ? Le « baiser volant »... Sur le moment, la trouvaille de Millie m'avait fait sourire. Se pouvait-il qu'ils soient amants ? Se pouvait-il qu'Odette ait fourni l'arme du chantage à l'ennemi de mon père ? Mais comment se la serait-elle procurée ? Avant de remettre à Étienne les clés de l'armoire aux comptes, je m'étais assurée qu'elle ne contenait aucun autre secret.

Étienne... Depuis ma décision de me présenter aux élections, il me fuyait. Je savais bien pourquoi : le pauvre était pris en tenaille entre sa femme et moi. Si, hier, après la larme sur la cigogne, je n'étais pas allée le trouver, c'était pour ne pas ajouter à son malheur.

Lorsque j'avais fait allusion aux commandes manquantes et lui avais demandé de m'avertir au cas où cela se reproduirait, il était tombé des nues. Pas un instant, de toute évidence, il n'avait soupçonné quoi que ce soit. Et, pour la photo, il en était certainement de même. Gepetto était la vie de mon frère et il avait aimé Joseph plus que tout. Comment pouvais-je imaginer qu'il puisse être au courant... voire complice ? Voilà donc où j'en étais.

J'ai entendu la voix de Millie : « Finalement, j'aime mieux aller en Grèce. Ici, c'est trop compliqué. »

La Grèce m'est apparue, la beauté, le passé, la mer, la découverte : ce voyage dont j'avais, sans états d'âme, privé les miens.

La Grèce, oui !

Je me suis levée. J'allais appeler Frédéric, faire amende honorable : « Tu avais raison, c'est trop dur. Voilà qu'à cause de moi ils veulent salir la mémoire de mon père, le tuer une seconde fois, dans le souvenir de ceux qui l'ont aimé. J'arrête. »

Il comprendrait. Loin de triompher, il trouverait les mots apaisants. Dans deux jours, le temps de boucler les bagages, nous nous envolerions vers l'oubli.

Je me préparais à enjamber ma fenêtre quand ils ont débarqué dans le verger.

32.

Virginia et le père Bertrand.

Le père Bertrand ?

Je resserre autour de moi les pans de mon peignoir. Dessous, je ne porte qu'un court T-shirt. Virginia s'approche, m'enveloppe de ses bras comme si elle s'apprêtait à m'annoncer que j'ai un cancer.

– J'ai laissé la Furette à la maison, explique-t-elle d'une voix brouillée. Elle s'occupe du téléphone. Elle a promis de ne rien dire.

– RIEN QUOI ?

Elle désigne la photo sur la table.

– Pour Kathy et ton père.

Le père Bertrand prend mes mains dans les siennes avec des mines d'enterrement.

– Je vais tout t'expliquer.

– TOUT QUOI ?

– Kathy était la maîtresse de Joseph depuis des années, lâche Virginia.

– Pas la maîtresse, rectifie le curé, la compagne. Celle avec qui on partage le pain de la vie et du cœur.

Je gronde :

– Arrêtez avec vos sermons. Trente ans, je sais. C'est qui ? Où se cache-t-elle ? Pourquoi êtes-vous au courant et pas moi ? Le secret de la confession ?

Le père Bertrand garde le silence : pas le genre de papa d'aller à confesse, il le sait bien. D'ailleurs, pas mon genre non plus.

– Il ne voulait pas qu'on t'en parle. Mais il l'aurait sûrement fait un de ces jours, tente de me réconforter Virginia.

– C'est ça... un de ces jours. Et vous l'avez vue, cette Kathy ? Il vous l'a présentée ? Vous avez fait la fête ensemble ?

– Jamais !

Tout juste s'ils n'ont pas mis, en même temps, la main sur le cœur.

– T'aurais pas un petit café ? demande Virginia.

Sans attendre ma réponse, elle file à la cuisine. Elle n'aime pas me voir pleurer. Je retombe dans mon fauteuil. Le père Bertrand en tire un à côté. Il y a un long silence.

– Elle s'appelle Kathy Guillaume, se décide-t-il. Elle est infirmière et habite Colmar. Ils se sont connus... il y a très longtemps. À l'époque, elle exerçait par ici. Elle venait faire les piqûres de ta mère.

– Quel âge ?

– Vingt ans.

– Il les prenait jeunes, papa !

– Tais-toi, ordonne le curé. C'était un bel amour.

– S'il était si beau, pourquoi nous l'a-t-il caché ?

Un nuage passe dans les yeux clairs de celui qu'il m'arrive de nommer mon « père de rechange ». Revoilà déjà Virginia avec bols et cafetière fumante. Ma soi-disant amie. Je ne peux m'empêcher de lui en vouloir. Quand je lui ai montré la photo trouvée dans l'armoire aux comptes, que je lui ai révélé la dernière parole de mon père, quelle comédie elle m'a jouée !

– Lorsque ta mère a mis fin à ses jours – tu sais de quelle façon –, des sales bruits ont couru, reprend le père Bertrand. Certains ont laissé entendre que la liaison de ton père avec Kathy était la cause de cette mort. Vous étiez jeunes, Étienne et toi, ils ont voulu vous protéger. Kathy est retournée dans sa famille à Colmar. Elle y est restée. Ça ne les a pas empêchés de s'aimer...

Il disait, mon père : « Je vais faire un tour, soyez sages, les enfants. » Je me suspendais à sa veste : « Emmène-moi, papa. » Il trouvait toujours une bonne excuse. Ou il répondait : « Une autre fois » et il n'y avait pas d'autre fois. Le soir, quand il rentrait, il avait un air différent : doux, apaisé. Millie dirait « l'air content ». Parfois, il nous rapportait un petit cadeau, une friandise. Pour se faire pardonner ?

Je demande :

– Les sales bruits, c'était vrai ? C'est à cause d'eux que maman s'est tuée ?

– Bien sûr que non ! Des calomnies.

– Mais alors, s'ils avaient l'âme si pure, pourquoi ne nous l'ont-ils pas dit, au moins à nous, les enfants, plus tard ?

– Plus tard, c'est souvent trop tard, soupire le père Bertrand. Et je pense qu'ils s'étaient habitués comme ça. Colmar n'est pas loin. N'oublie pas non plus ta belle-sœur. Si elle avait su, qu'est-ce qu'elle n'aurait pas été raconter !

Pas de risque que je l'oublie. Qu'est-ce qu'elle ne ferait pas...

Virginia sert le café, ses yeux demandent pardon d'avance, sa voix hésite.

– Millie a dit qu'il y avait un papier avec la photo...

Je le sors de ma poche. Ils le lisent tour à tour. C'est vite fait.

– Eh bien voilà, un chantage en bonne et due forme : « Tu te retires de la course ou on déballe tout », s'indigne Virginia. Non signé, bien sûr. Quels pourris !

Elle hausse les épaules.

– Après tout, qui se soucie encore de cette vieille histoire ? Qu'ils racontent ce qu'ils veulent, on s'en fout. Y a prescription.

– Peut-être que toi tu t'en fous, pas moi ! dis-je avec colère. Même si c'est une calomnie, je ne me fous pas que Martin raconte que mon père a tué ma mère. Et tu es bien placée pour savoir qu'il n'y a jamais prescription pour les saloperies.

Je me tourne vers le père Bertrand. Le front plissé, il lit et relit le message.

– Trente ans ! Comment ils ont su ça ? Qui leur en a parlé ?

Il hésite. Il a son idée, je le devine. L'ennui avec les hommes de Dieu, c'est qu'ils ne se sentent pas le droit d'accuser.

– Je ne vois que Justin, finit-il par lâcher.
– Justin ?
– Justin Lapôtre.

Le père de Roland, le candidat de la liste adverse, mon adversaire au poste de conseiller. Tout le monde ici connaît Justin Lapôtre. Un petit vieux sec et méchant qui dirige la marcairerie – et son fils par la même occasion – d'une main de fer. Ceux qui n'aiment pas le munster disent qu'il est aussi irrespirable que son fromage.

– Il a toujours brigué la mairie, explique le père Bertrand. Et ton père la lui a régulièrement ravie. C'est peu dire que Justin ne le portait pas dans son cœur.

Papa non plus ne le portait pas dans son cœur. D'habitude bienveillant, il n'hésitait pas à le traiter de fourbe et de menteur. Son seul nom le mettait en colère.

La lumière se fait dans ma tête.

– Les sales bruits sur la mort de maman, c'était Justin Lapôtre ?

– À l'époque, certains l'ont pensé, répond prudemment le curé.

– Et le fils nous resservirait les plats ? constate Virginia, soufflée. Poussée par son père, peut-être ?

– Les haines peuvent être tenaces dans le petit monde d'un village, soupire le curé.

Virginia termine son café, s'en ressert une tasse.

– Bon ! Au moins, maintenant, on sait d'où ça vient, déclare-t-elle. Mais ça ne nous dit pas comment ils ont eu la photo. Une récente, en plus.

Son regard monte vers le premier étage de la maison. Vite, je pose la question qui me brûle le cœur.

– Est-ce qu'Étienne est au courant pour Kathy et papa ?

– Tu n'y penses pas ! tranche-t-elle. Joseph se méfiait trop de sa chère belle-fille pour lui en parler. Mais depuis le temps, Étienne et sa femme devaient bien se douter qu'il avait quelqu'un. Tu penses qu'Odette...

– Je ne sais pas ce que je pense, mais je ne vois pas mon père et Kathy prenant la pose pour elle.

Nous parvenons à rire. Même le curé. Moi, c'est le soulagement : mon frère est hors de cause, hors du coup. Que suis-je allée imaginer ?

– Alors on fait quoi ? demande mon amie en montrant le papier. On méprise ?

J'interroge :

– Si je me retire de la course, qu'est-ce qui se passe ?

Les yeux de Virginia s'agrandissent. Elle n'en croit pas ses oreilles.

– Tu te retires ? Mais tu n'y penses pas, Charlie ! À trois jours des élections, en plus ?

Je ne réponds pas. J'ai à nouveau envie de tout laisser tomber. Le père Bertrand s'est levé, il marche entre les fruitiers, mains croisées dans le dos.

– Moi, je vais te dire ce qui se passera si tu cèdes à ces salauds, explose Virginia. La liste est décapitée, les électeurs en état de choc, tu ne peux même pas t'expliquer, et pour cause. On se ramasse une gamelle. Adieu le Clos de Pinocchio, bonjour le supermarché. C'est ce que tu veux ?

Le curé rapplique. Il tape du poing sur la table, une première ! Dommage que son ami le pasteur ne soit pas là pour apprécier. À propos, a-t-il été mis lui aussi au parfum, le pasteur ? Il faudra que je me renseigne.

– Arrête, Virginia. Tu n'as pas le droit d'influencer Charlotte. C'est à elle seule de décider. Il en va de l'honneur de son père.

33.

L'honneur de mon père.

Ils ont promis de ne mettre personne au courant tant que je n'aurais pas pris ma décision. Virginia m'a proposé de garder Millie pour la journée. Elle s'est engagée à ne rien lui dire de notre conversation. Rien sur son grand-père, rien sur le chantage. S'il fallait raconter à mes enfants les folles amours de leur aïeul et leurs conséquences, je tenais à le faire moi-même. Imaginant la réaction de Julie, j'ai réprimé un sourire triste : voilà qui ne remonterait pas Joseph dans son estime.

Ils ont vidé la cafetière et sont partis avec des mines de condamnés.

Je me suis longuement douchée, comme si l'eau pouvait me laver de ce nouveau paquet de boue.

L'honneur de mon père.

Aujourd'hui où les « grands mots » ne sont plus à la mode, on préfère parler de dignité. Mais à force d'être mise à toutes les sauces, cette pauvre dignité a perdu une partie de son sens. L'honneur c'est plus net, cela vole plus haut. Certains préfèrent mourir plutôt que de le perdre.

Joseph y avait-il failli ?

L'homme droit et sans malice qu'avait vanté Virginia à l'église, le maire dévoué à son village dont je me réclamais sur nos tracts, avait bel et bien trompé ses administrés durant ses trente années de mandat. Il leur avait caché une partie importante de sa vie. Circonstance aggravante : sa vie avec celle dont il avait été dit qu'elle avait causé la mort de sa femme, ma mère.

Cela ne pouvait-il apparaître comme un aveu ? Ce serait certainement ainsi que le présenteraient nos adversaires.

J'ai enfilé machinalement jean et T-shirt. Mes pensées étaient obscurcies comme par la poussière d'une explosion. Dans la cour, la voiture d'Odette a démarré. Où allait-elle ? Je ne voyais que complots partout. Dix heures trente. Étienne travaillait à l'atelier. Étienne ne savait rien, Virginia l'avait affirmé. C'était déjà ça.

Il n'y avait aucun bruit dans la chambre de Nicolas. Il devait encore dormir. En vacances, il se couche à l'aube et traîne parfois au lit jusqu'à midi, ce qui enrage son père. À propos, que penserait son père des frasques du mien ? Tel que je connaissais Frédéric, ce ne serait pas tant la liaison qui le choquerait que le fait qu'il nous l'ait cachée.

Voilà que je n'avais plus du tout envie d'appeler mon mari.

Qu'allais-je faire ?

« Retirer ta candidature, tu n'y penses pas ! » avait crié Virginia.

« C'est à toi seule de décider », avait affirmé le père Bertrand.

Pouvais-je lâcher ceux qui travaillaient si ardemment avec et pour moi depuis des semaines ? Abandonner toutes ces femmes qui avaient mis leurs espoirs dans notre liste ?

« Madame, on est pour vous. Allez-y ! Merci. »

« Charlotte, on compte sur toi. Hardi ! »

J'en avais découvert de la misère derrière les portes ! Cette femme-là, « parent isolé », comme on dit, qui ne gagnait de quoi nourrir ses enfants qu'en saison, en travaillant pour les résidences secondaires et, le reste du temps, n'avait pour survivre que l'aide de la mairie.

Celle-ci que son mari battait en la traitant de feignante alors qu'elle élevait deux petiots. « Il verra quand, grâce au Clos de Pinocchio, je pourrai les faire garder... »

Et tant d'autres à qui nous avions promis de donner la parole, que nous avions convaincues que nous pourrions améliorer leur sort.

Pas seulement des femmes, des hommes aussi, effrayés par les méthodes brutales de Martin et de Roland Lapôtre. Des anciens qui se sentaient gardiens de la beauté de leur village.

Pas seulement des anciens, des jeunes qui, comme le docteur Mathias, plaçaient l'art de vivre avant les gros sous.

Je suis revenue dans le verger. Le soleil frappait fort à présent. Il y avait du bourdonnement dans l'air, de la danse autour des odeurs sucrées. J'ai rassemblé bols, cuillers, cafetière. Les gestes n'ont pas le même poids dans son village et en ville. Dans son village, ils sont reliés à ceux de toujours, plus lourds, plus vrais. J'ai débarrassé la table comme mon père le faisait pour Étienne et pour moi. Comme la mère de mon père l'avait fait pour lui. D'une maison voisine, comme en écho, m'est parvenu un bruit de vaisselle heurtée. Débarrasser la table sous son arpent de ciel...

Si je cédais à Martin, je perdrais aussi cela, mes racines tout juste retrouvées. Car comment pourrais-je revenir à Saint-Florentin après avoir laissé tomber mes amis sans leur fournir d'explication ?

Alors que c'était moi qui avais décidé d'être candidate...

Je reprendrais à Strasbourg ma vie dorée d'avant : les enfants, la belle maison, les réceptions, la table bien dressée – argenterie, cristal et porcelaine.

Un grand vide s'est creusé en moi. Tout haut, j'ai dit : « Non ! »

J'avais tiré la nappe pour que mon père ne soit pas mort pour rien. Aujourd'hui, c'était pour ne plus vivre pour rien que je ne pouvais envisager de la remettre.

Vivre pour rien ? C'est Frédéric qui serait content !

Et alors que je reprends le papier sur la table, un éclair me traverse. Mais bien sûr !

Je comprends tout, enfin. J'y aurai mis le temps.

ATTENTION ! KATHY.

Mon père a été soumis au même chantage que moi : « Arrête de t'opposer à mes projets ou je déballe tout. » C'est pour ça qu'il est monté à Strasbourg, pour me révéler l'existence de Kathy et m'appeler à l'aide.

Qu'avais-tu décidé, Joseph Muller ?

34.

Il était midi lorsque j'ai laissé la voiture à la grille du château Hutter. Autrefois, la bande l'ouvrait à la roue de vélo, provoquant un long frisson rouillé qui, d'une certaine façon, était notre sésame. Aujourd'hui, le sésame était un interphone sur une grille neuve munie d'un œil électronique.

J'ai pressé le bouton.

– Qui est là ? a demandé une voix féminine sans douceur.

– Charlotte Brenner. Je voudrais voir Martin.

Un long silence m'a répondu. Je ne doutais pas qu'il soit là. On apercevait sa Jeep au loin. La petite porte adjacente à la grille s'est enfin ouverte et c'est dans mon corps qu'est passé le frisson lorsqu'elle s'est refermée automatiquement derrière moi.

Je n'étais pas revenue ici depuis la nuit de la cabane. Bien qu'invitée, je n'avais pas assisté au somptueux mariage de Martin. Pas plus qu'aux réceptions qu'il aimait à donner depuis celui-ci, comme pour clamer son bonheur et sa réussite.

Il m'était arrivé de croiser Brigitte, sa femme, au village. Plutôt jolie, l'air décidé, un peu hautain. Quant à Catherine, leur petite fille, je ne l'avais jamais vue.

Et à présent, dans l'imposante bâtisse à tourelles qui se dressait au bout de l'allée, Martin et sa mère se retrouvaient seuls. Le père, terrassé par une crise cardiaque, Brigitte partie avec sa fille pour ne plus revenir.

J'ai pris l'allée. Le soleil écrasait le parc, réduisant les oiseaux au silence. « Qui est là ? » La voix méfiante de Rolande Hutter continuait à résonner à mon oreille. Enfant, puis adolescente, j'avais toujours été accueillie ici à bras ouverts. « Ça fait du bien à la maison d'entendre des rires de fille », disait la mère de Martin. Elle n'avait pas eu d'autre enfant que lui.

Après ma fuite et mon mariage avec Frédéric, elle ne m'avait plus adressé la parole. « Que veux-tu, tu étais sa belle-fille préférée », plaisantait papa. Rolande Hutter connaissait-elle la cause de ma rupture avec son fils ? Il me paraissait peu probable que Martin lui en ait parlé. Se vante-t-on de ce genre d'exploit ? Moi-même, je n'avais mis que Frédéric au courant, ni mon père ni Virginia. Pour Rolande Hutter, comme pour les Florentinois, j'avais donc préféré un brillant ingénieur strasbourgeois à mon amoureux d'enfance. Elle ne me l'avait pas pardonné.

À mi-chemin, je me suis arrêtée. Sur ma droite, au creux du petit bois de pins, se trouvait autrefois notre cabane. Nous avions à peu près l'âge de Millie et de son Jacquot. Les garçons avaient aidé M. Hutter à la construire, les filles s'étaient chargées de la décoration. Nous y organisions des soirées « patates sous la cendre », nous y écoutions de la musique, nous y préparions nos excursions, Martin le chef, moi sa seconde.

La cabane n'existait plus. Désossée, rasée. Quand ? C'était mieux. Tous les moments magiques que nous y avions passés avaient été anéantis lors de cette dernière soirée où je m'y étais laissé entraîner par Martin. Ce jour-là, d'une certaine façon, avait été mon adieu à toutes les cabanes enchantées de l'enfance.

J'ai repris ma marche, oppressée par le silence. Qu'avais-je imaginé ? Que Martin viendrait à ma rencontre ? En débarquant à l'improviste chez lui je voulais le prendre au piège. C'était moi qui l'étais, aux mirages du passé.

Un peu avant d'arriver à la maison, j'ai ramassé une poupée au bord de l'allée. Elle ouvrait et fermait les yeux et lorsqu'on la retournait une sorte de miaulement plaintif sortait de son ventre. Un jouet de luxe, apparemment neuf. Appartenait-il à la petite Catherine ? Contrairement à ce que l'on prétendait, la fillette revenait-elle parfois ici ? Et quel âge pouvait-elle avoir maintenant ? Trois, quatre ans ?

Levant les yeux, il m'a semblé voir un rideau tomber au premier étage. Toujours le mirage ?

J'étais à présent au pied du perron. Près de la première marche, sous cette pierre, on cachait autrefois la clé de la maison. J'étais la seule à le savoir, la seule à avoir le droit de m'en servir.

– Qu'est-ce que tu attends pour regarder ? Tu verras bien si elle y est encore, a dit la voix railleuse de Martin au-dessus de moi, me faisant sursauter.

Devant la porte, jambes écartées, il me toisait d'un air ironique. Je l'ai rejoint, le cœur battant. Nous ne nous sommes pas serré la main.

– On peut parler ?

– Pourquoi pas ? a-t-il répondu. Entre.

Il a seulement remarqué la poupée que je tenais serrée contre ma poitrine et son visage s'est crispé.

– Où as-tu trouvé ça ?

– Dans l'allée. Elle est à ta fille ?

Je la lui tendais ; il l'a prise d'un geste brusque.

– Qu'est-ce que tu ne vas pas inventer...

Le hall avait gardé ses odeurs de pierre, de marbre, de bois. Et aussi celle, indéfinissable, à la fois chaude et poussiéreuse, des nombreux trophées de chasse aux murs : des têtes de cerf. À l'époque, je n'aimais pas. Je n'aime toujours pas.

Cet escalier à la rampe en fer forgé, que de fois l'avions-nous gravi pour monter dans la chambre de notre ami, cavalcades joyeuses qui résonnaient encore dans mon souvenir. Martin a jeté la poupée sur un coffre.

– Tu viens ?

Je l'ai suivi dans le salon et je suis restée pétrifiée.

Sur le sol, autrefois dallé, que nous ne craignions pas de salir avec nos baskets, s'étalaient des tapis anciens. Des meubles de style avaient remplacé le mobilier rustique, les fenêtres étaient ornées de lourds rideaux moirés. Un salon de magazine, un décor sans vie. Pour qui ? Pour quoi ?

– Alors, les changements, ça vous plaît, madame Brenner ? a-t-il demandé d'une voix ironique.

Le « madame Brenner » m'a rappelée à la réalité.

– J'aimais mieux avant.

– Moi aussi, figure-toi, j'aimais mieux avant.

Il s'est détourné brusquement et a désigné un bar en acajou :

– Veux-tu boire quelque chose ?

Papa n'aimait pas la couleur rougeâtre de l'acajou. Il disait que c'était un arbre d'épate, sans intérêt. Bien sûr, nous n'en avions pas dans nos forêts.

– Je ne suis pas venue pour boire, Martin.

J'ai sorti le papier de ma poche et le lui ai tendu.

– Tu aurais pu signer, tu ne crois pas ? Ç'aurait été plus courageux.

À peine s'il l'a regardé. Il a eu un rire.

– Ton père ne signait pas ses escapades, que je sache. Est-ce notre faute s'il a mené Saint-Florentin en bateau durant toutes ces années ?

À nouveau, l'étau m'a serré la poitrine. C'était donc bien lui ! Durant la traversée du parc, la traversée de l'enfance, j'avais un instant espéré que seul Roland Lapôtre, fils de Justin, était coupable. Comme s'il avait pu envoyer sa bombe sans l'accord de Martin.

– Papa n'a mené personne en bateau. Il a bien travaillé, avec et pour les Florentinois.

– En leur dissimulant la moitié de sa vie ?

– Et après ? Ça ne leur a rien enlevé. Pas plus qu'à moi qui l'ignorais.

Les sourcils de Martin se sont relevés.

– Allons ! Tu ne me feras pas croire que tu ne te doutais de rien.

– De rien, Martin. De rien... jusqu'à la photo.

La première, celle où Joseph était encore jeune, beau, heureux, vivant. Ma gorge s'est obstruée. J'ai senti monter les larmes. C'était bien le moment ! Dans le regard de Martin, une lueur de triomphe est passée. Magnanime, il a désigné un fauteuil.

– Tu ne veux vraiment pas t'asseoir ?

Je n'ai pas bougé. Je m'étais promis de faire la lumière. J'ai demandé :

– Cette photo, c'est Odette qui te l'a donnée ? Elle est ta maîtresse ?

Son rire, immense, m'a libérée. Il a libéré aussi, sans qu'il le sache, mon frère Étienne.

– Odette, ma maîtresse ? Qu'est-ce qu'elle ne va pas inventer, cette fille ? Crois-tu que j'aurais fait ça à nos délicieux souvenirs d'enfance ?

Son rire s'est cassé net :

– Quant à la photo, c'est à toi de choisir. Elle peut rester dans la malle aux vilains secrets de famille.

– Ce qui veut dire ?

Il me fallait entendre le chantage de sa voix, la voix de celui que mon père avait, en toute innocence, nommé son premier adjoint.

– C'est tout simple. Tu renonces à mener ta foutue liste.

– Elle te fait donc si peur, cette liste ? Là, les souvenirs d'enfance ne comptent plus ?

Son visage s'est durci.

– Les bonnes femmes croient apparemment à vos salades. Si elles veulent tellement travailler, on les emploiera au supermarché. Ça leur évitera les trajets. Tu vois, tout peut s'arranger.

Les « bonnes femmes ». Le chagrin s'est dissipé. Bienvenue, la colère ! J'ai remis le papier dans ma poche.

– Dis-moi, Martin, quand mon père est monté te voir, ici même, juste avant sa mort, lui as-tu mis le même marché en main ? Arrête de t'opposer à mes projets ou je dis tout, je réveille la calomnie, je casse ta vie ?

Le changement de ton l'a figé. Il avait cru avoir gagné. J'étais venue, pauvre orpheline, le supplier de laisser la mémoire de mon père en paix.

J'ai continué.

– Combien t'a offert Francis Ritter pour que tu lui obtiennes son permis de construire sur le grand champ ? Combien as-tu reversé à ma belle-sœur pour qu'elle sabote l'entreprise afin de l'offrir, en bouquet de mariée, à ton promoteur ?

Son visage s'est empourpré. Cette fois, le rire a refusé de sortir.

– Eh bien, quelle imagination ! Ça s'arrose...

Il s'est dirigé vers le bar. La suite l'a arrêté.

– C'était de l'imagination, peut-être, ton rendez-vous d'hier à l'Empereur Roux ? De l'imagination quand tu as dit à Ritter : « Le vent peut encore tourner » ? Et quand cette salope d'Odette a ajouté : « Vous pouvez compter sur nous », votre sale petite enveloppe était-elle déjà prête ?

Tourné vers moi, il me regardait comme un fantôme. J'ai éprouvé un sentiment de victoire. Merci, Millie !

Au-dessus de nos têtes, la chute d'un objet sur le plancher a rompu le silence. Martin a sursauté. On entendait à présent des bruits de pas. Des petits pas ? Il a couru dans le hall :

– La ferme, là-haut ! a-t-il hurlé.

Puis il est revenu et il a attrapé mon poignet.

– Fous le camp. Retourne à Strasbourg et à ton Brenner. Tu n'es plus d'ici. On ne te veut plus. Barre-toi, ou tu verras !

Je me suis dégagée. À présent, le dégoût l'emportait.

– Mais j'ai vu, Martin. Je vois. Et c'est toi qui es aveugle. Tu n'as pas compris qu'aujourd'hui, quand je dis « la maison », c'est de Saint-Florentin que je parle ? Pas de Strasbourg ?

Une douceur inattendue a gonflé ma poitrine : la maison, ici ! Jamais encore je ne me l'étais exprimé si clairement, si fièrement.

– Ta maison, c'était celle-ci ! a hurlé Martin. Et tu as tout bousillé pour rien.

C'était un cri de rage et de souffrance, presque un cri de fou. Je lui ai tourné le dos et j'ai quitté son beau salon. Il m'a rattrapée dans le hall.

– Réfléchis, Charlotte, a-t-il grondé. Réfléchis bien. Sinon demain...

J'arrivais à la porte. Je me suis retournée.

– L'honneur, Martin, ça te dit quelque chose ? L'honneur de Virginia. L'honneur de mon père. C'est à cela que je vais réfléchir.

– Ah ! ah !

Le rire avait éclaté dans l'escalier. Rolande Hutter s'y tenait sur une marche. Dans sa robe noire, avec ses longs cheveux blancs et son rictus de haine, elle avait l'air d'une sorcière. À la main, elle tenait la poupée.

– L'honneur, ça te va bien d'en parler, ma fille ! Toi par qui le malheur est entré dans cette maison.

35.

– Mais maman, pourquoi il nous l'a pas dit, Gépé ? proteste Millie. Elle a l'air vraiment gentille, la dame. Et Kathy, j'aime bien. Kathy... Kathy... ça fait chat angora.

– Chat angora... Si tu arrêtais un peu ton cirque, râle Nicolas. Tu ne laisses même pas maman finir de nous expliquer.

Je souris à ma fille.

– Quand ton grand-père a rencontré cette jeune infirmière, ta grand-mère vivait encore. Ça aurait fait scandale, tu comprends ? Et plus tard, c'est Étienne et moi qu'il a eu peur de choquer. Et après, ça a été vous.

– Nous, on aurait été d'accord. Irène, c'était une sale vache. Même Marguerite le dit.

– MILLIE !

Le frère foudroie la sœur. Un jour, c'est sûr, il me l'étranglera. Ce sera pendant les vacances où il n'y a pas d'école pour prendre le relais et où nous sommes soumis, sans récréations, à la mémoire phénoménale de la Furette, ses grains de sel ou de poivre, son hyperactivité de la parole.

– Marguerite a eu tort de dire ça. Ta grand-mère n'était pas facile à vivre mais elle avait des excuses. Elle était malade. Ses migraines ne lui laissaient pas de répit.

– Quatre et demi pour cent de la population... commence Millie doctement.

– NON ! l'arrête Nicolas.

Elle se rabat sur sa crème glacée. Quand, en guise de dîner, j'ai rapporté de chez Mozart trois pizzas faites sur mesure aux goûts de chacun, elle a demandé en se léchant les babines : « Qu'est-ce qu'on fête ? »

On ne fêterait pas. On se consolerait.

Sitôt les pizzas dégustées, j'ai posé la photo et le papier sur la table et je leur ai raconté les amours de leur grand-père et le chantage auquel j'étais soumise. Ils avaient participé à ma campagne, ils avaient le droit de savoir. Tout !

Cette photo, Nicolas répugne visiblement à la regarder alors que Millie n'arrête pas d'y coller son nez. Au moins, ils ont là une preuve éclatante que l'amour peut durer.

Huit heures trente et la nuit plane déjà sur le verger. Je n'aime pas voir les jours raccourcir ; ils sont déjà assez noirs comme ça.

– Ça fera un pétard mouillé, comme pour Virginia, décrète Millie en haussant les épaules.

Si cela se pouvait ! Mais l'affaire est

autrement plus grave que pour sa marraine et le moment est venu de révéler à mes enfants ce que, jusque-là, je n'avais pas jugé nécessaire de leur dire : les circonstances de la mort de leur grand-mère. Inenvisageable qu'ils l'apprennent par quelqu'un d'autre que moi. Comment vont-ils réagir ? J'ai soigneusement préparé mes mots pour amortir le choc.

– Avant tout, il y a quelque chose que vous devez apprendre, mes chéris. Votre grand-mère n'est pas morte... naturellement. Elle a...

– Elle s'est suicidée, te fatigue pas, maman, on sait, me coupe Millie. Ça fait longtemps qu'oncle Étienne me l'a dit. Il m'a même raconté qu'après on avait ouvert toutes les fenêtres et que vous aviez eu le droit de parler fort et même de rire.

J'en reste sans voix. Étienne a dévoilé le secret de famille à Millie ! Méfiez-vous des handicapés de la parole. Gageons qu'elle a soumis son oncle à la question avant de courir tout répéter à Nicolas. Millie et les secrets ! Telle que je la connais, elle a dû passer un plutôt agréable moment. Dois-je le lui reprocher ? Elle n'a connu sa grand-mère que par des on-dit peu reluisants : la « sale vache » de Marguerite, par exemple. Quand même, Marguerite !

– On ne t'en avait pas parlé avant parce qu'on ne voulait pas te faire de la peine, avoue mon fils, confus. Ça a dû être dur pour toi.

J'acquiesce. Le plus dur avait été lorsqu'on avait bouché le puits après que maman Chut avait menacé de s'y jeter. Durant des nuits et des nuits, j'avais rêvé qu'elle m'appelait du fond. Je n'avais pas assez de force pour l'en tirer.

Pour le puits, je ne dirai rien à mes enfants. Ils en sont fiers. Il arrive que des touristes demandent à le photographier. Si je leur apprends ce que recouvrent les fleurs et pourquoi on l'a réduit au silence, ils seront comme moi. Ils ne pourront plus le regarder sans penser à la mort.

Et soudain une idée me vient, qui éclaire cette sale journée. Si les choses s'arrangent et que nous gardons maison et atelier, je rouvre ce puits, je lui redonne la vie, promis ! Rien que pour ce beau projet, cela ne vaut-il pas la peine d'espérer ?

En attendant, reprenons.

– Quand votre grand-mère a mis fin à ses jours, de mauvaises langues ont laissé entendre que c'était à cause de la liaison de son mari avec Kathy.

Je montre le papier :

– C'est cela dont on nous menace : de réveiller ces affreux bruits.

Millie a pris la photo pour mieux dévorer des yeux le couple au sourire innocent.

– Et c'est vrai, maman ? C'est à cause de la liaison que grand-mère a avalé tout son flacon de médicaments en les faisant descendre avec du whisky ? interroge-t-elle.

Je vois que mon cher frère ne lui a pas épargné les détails.

– Je ne le pense pas. Elle menaçait d'en finir depuis longtemps. Bien avant l'arrivée de Kathy.

Si seulement je pouvais en être sûre, ça m'arrangerait quand même ! Sûre que Kathy et Joseph n'ont été pour rien dans la mort de ma mère. « Calomnie », a dit le père Bertrand. Il faudra que nous en reparlions.

– Est-ce qu'oncle Étienne est au courant ? demande Nicolas.

– Certainement pas, dis-je fermement. Il ne sait ni pour Kathy ni pour le chantage, bien sûr.

Je me tourne vers ma fille et plante mes yeux dans les siens.

– Et je t'interdis de lui en parler, Millie. C'est MOI qui m'en chargerai. D'accord ?

– D'accord, d'accord, répond la Furette avec un regard noir. Mais je te préviens, maman. Ça va être encore pire que pour Odette et Martin à l'Empereur Roux. Là, c'est l'image du père qui va en prendre un coup. Bonjour le napalm ! Chez 74 % des garçons...

– NON ! l'arrête à nouveau Nicolas.

Il tourne vers moi un regard inquiet.

– On ne dira rien, promis ! Mais toi, maman, qu'est-ce que tu vas faire ? Tu as décidé ?

Il montre le papier. Je m'efforce de sourire :

– Pas encore. Je me donne la nuit pour réfléchir. Si je renonce à me présenter, Martin a promis d'enterrer l'affaire.

– Et la fête chez Gianni, enterrée elle aussi ? demande Millie.

– Bien sûr que non ! Quelle que soit ma décision, tout continuera comme avant. Et grâce au travail que nous avons tous fait, et vous aussi, mes chéris, j'espère que nous l'emporterons. Il n'y a pas que moi sur la liste.

– Mais si tu renonces, tu ne seras plus la première femme conseillère ?

– Évidemment pas.

– Alors là, c'est vraiment dégueulasse, râle Millie. Trop injuste. Des p'tits mecs, les « Saint-Florentin d'abord ! ».

Et soudain, elle a une illumination. Un grand sourire éclaire son visage.

– Faut que tu restes, maman, je vais t'expliquer. Ça fera comme pour Clinton et Monica. Au début, les gens ont été furieux, le cigare et tout. Mais après, ils l'ont aimé autant qu'avant, parce que c'était un bon président. Gépé a été un bon maire, n'est-ce pas ?

– Le meilleur des meilleurs !

Je n'y peux rien, le rire me gagne. Cette abominable crevette a l'art de détendre les atmosphères les plus glauques. Nicolas garde son sérieux. Lui, que souhaite-t-il que je fasse ?

– Si tu renonces, comment tu l'expliqueras ? s'enquiert-il.

– Il existe une expression consacrée : « Pour convenance personnelle. »

Millie grimace.

– Consacrée ou non, j'aime pas : ça fait cancer.

Vers neuf heures, le téléphone a sonné : l'heure de Frédéric. Chaque jour, l'un de nous deux appelait. Ce soir, c'était son tour.

– Tu vas lui dire ? m'a interrogée précipitamment Nicolas à voix basse comme s'il craignait qu'on l'entende de là-bas.

– Pas avant d'avoir décidé.

Frédéric m'a confirmé sa venue avec Julie vendredi après le travail. Ils resteraient tout le week-end et seraient là dimanche soir pour les résultats.

– Alors ? Quelles nouvelles ? s'est-il enquis d'une voix crispée.

– Rien de particulier, ai-je menti. Martin tient son dernier meeting demain. Ça risque de barder.

Je m'en suis tenue là. Je tournais le dos aux enfants. J'avais honte de l'exemple que je leur donnais. L'amour, la confiance n'auraient-ils pas été de tout révéler à leur père et même, pourquoi pas, lui demander conseil ? Mais la réponse de Frédéric, je la connaissais d'avance. Et le père Bertrand avait raison : j'étais la seule à pouvoir décider. Virginia elle-même ne l'avait-elle pas accepté ?

J'ai été soulagée qu'il ne demande pas à parler à Millie – à Nicolas, c'était plus rare –, cela aurait entraîné ma fille dans mon mensonge. Il m'a avertie que je ne pourrais pas le joindre demain soir. Il avait une réunion de travail, suivie d'un dîner qui se terminerait tard. Nous sommes convenus de nous retrouver vendredi chez Gianni. Il s'y rendrait directement avec Julie.

Chez Gianni, vendredi, où en serais-je ? Y serais-je ?

Avant de le quitter, j'ai dit : « Je t'aime », comme on s'accroche à une bouée. Il a répondu : « Moi aussi. » Je me suis sentie coupable de tricherie. Je n'osais plus regarder mes enfants. Heureusement, ils avaient allumé la télévision.

J'ai pris quelque chose pour dormir. Le regard de haine et de souffrance de Martin, les paroles de sa mère me poursuivaient. « Toi par qui le malheur est entré dans cette maison. » De quoi m'accusait-elle ? Je n'avais jamais rien promis à son fils.

J'allais éteindre quand on a gratté à ma porte. Millie ? Eh bien non : Nicolas !

Il s'est planté au bout de mon lit dont il a serré le montant de bois entre ses mains.

– Ce n'est pas à toi de décider, maman, a-t-il déclaré d'une voix ferme. Tu n'as pas le droit.

Je me suis redressée, totalement abasourdie. Quelle mouche piquait mon fils ?

– C'est à elle, à Kathy Guillaume, a-t-il expliqué. Tu ne peux pas laisser Martin tout déballer sans l'avertir. Si grand-père est accusé, elle le sera aussi et elle, elle est encore vivante. Tu vois, ça m'étonnerait que Gépé soit d'accord.

Comment n'y avais-je pas pensé avant – et

ni le charitable curé ni ma féministe amie non plus ? C'était pourtant l'évidence. En laissant éclater le scandale, je mettrais en première ligne la compagne de mon père, celle par qui, dirait-on, la mort d'Irène était arrivée. Il en allait aussi de son honneur à elle.

– On ira la voir demain, a décidé Nicolas. Je viendrai avec toi.

Les larmes me sont montées aux yeux. Son visage s'est défait.

– Ne pleure pas, maman, a-t-il supplié.

Je lui ai souri.

– Je pleure de joie. Parce que j'ai un fils formidable.

36.

Il n'a pas été difficile de trouver les coordonnées de Kathy Guillaume à Colmar. Il a suffi d'interroger les renseignements. Elle habitait rue des Tanneurs. Nous connaissions ! Colmar – la ville la plus alsacienne d'Alsace – était l'un de nos buts favoris de promenade et cette rue bordée de maisons à colombages, longeant la rivière, l'un de ses plus charmants fleurons.

Pour ta demeure clandestine, tu n'avais pas si mal choisi, mon cachottier de père !

Il a été plus difficile de former le numéro de celle qui chamboulait nos vies, nos cœurs et nos plans, et de dire :

– Je suis Charlotte, la fille de Joseph, j'ai besoin de vous parler. Le plus vite sera le mieux.

Elle a répondu :

– Venez.

Virginia passait la journée chez Gianni à peaufiner la fête du lendemain. La fête ? Je lui ai demandé de garder à nouveau Millie. Elle est accourue, espérant que ma décision était prise. Elle avait une mine épouvantable et, en même temps, on la sentait chargée à bloc. Ne rien pouvoir dire de la bombe qui risquait d'exploser ce soir même à ceux qui nous avaient si activement aidés depuis des semaines devait lui poser un sacré cas de conscience.

– Alors ? n'a-t-elle pu s'empêcher de demander.

– J'ai besoin d'encore un peu de temps.

Je n'avais pas l'intention de lui apprendre où j'irais avec mon fils dès qu'elle aurait tourné le dos. Je ne me sentais pas d'humeur à lui en parler ni à recevoir ses conseils. À mon tour de garder mes secrets.

– Puis-je te rappeler que la réunion de Martin a lieu ce soir ? a-t-elle protesté.

– Je ne l'ai pas oublié. Je t'appellerai dans quelques heures. Et veille à ce que Millie tienne sa langue, s'il te plaît. Elle sait tout.

– Millie sait tout et pas ton camp, a-t-elle relevé avec un rire crispé.

– C'est ma fille.

Toute à son plaisir de passer la journée dans le palais de Gianni, la Furette a suivi sa marraine sans poser de questions. Ce matin, à sa façon, elle m'avait fait part de son choix.

– Finalement, j'aime mieux ici que la Grèce !

Nous avons très vite pris la route, Nicolas et moi. Il s'est installé d'autorité au volant :

l'homme, c'était lui. En passant par le chemin le plus court, nous devrions être à Colmar vers onze heures.

J'avais remplacé mes habituels bermudas par un tailleur léger. Nicolas avait fait, lui aussi, un effort vestimentaire : pantalon de toile et chemisette.

– Ça te fait peur de la rencontrer ? a-t-il demandé.

– À la vérité, ça me fait plutôt bizarre. On a beau détenir les preuves, j'ai encore du mal à y croire. Ce qui me fait peur, c'est de lui balancer ce qui est en train de se tramer, de lui dire : « Dans quelques heures, votre grand amour risque d'être mis sur la place publique. Sans compter le reste... À vous de décider. »

J'ai souri à mon fils :

– On peut dire qu'elle est vraiment géniale, ton idée.

Nous avons roulé un moment en silence. Le ciel était glorieux. Pas un nuage. On parlait d'été exceptionnel. De brefs orages éclataient qui ne duraient jamais. Les fruits seraient sucrés à point, les cuvées promettaient, les cultivateurs se frottaient les mains. Serais-je là pour en profiter ?

– Est-ce que tu lui en veux ? a encore demandé Nicolas.

Mon premier mouvement avait été de jalousie. Mais comment en vouloir à celle dont tout indiquait qu'elle avait rendu mon père heureux ? Il me semblait simplement qu'elle s'était débarrassée bien facilement de nous. « Ils s'étaient habitués comme ça », avait dit le père Bertrand. Pardi ! C'est lourd et encombrant les enfants. Nous mettre de côté avait dû l'arranger.

– J'aurais préféré qu'elle demande à nous connaître, ai-je répondu. On aurait su garder le secret.

– Moi, je pense que grand-père avait le droit de vivre sa vie, a rétorqué Nicolas. Et puis, on ne venait pas si souvent.

Je lui ai donné une bourrade.

– Arrête d'avoir toujours raison. Tu vas finir par m'énerver.

Nous avons partagé un rire. Oui, partagé. Conscients de vivre un moment de complicité exceptionnel. Il était rare que nous soyons seuls tous les deux. Plus rare encore que nous évoquions de si graves sujets, des sujets vitaux. Fallait-il une épreuve pour se rapprocher de ses plus proches ? Et découvrir que son fils avait changé, que des responsabilités nouvelles, une lutte à mener lui avaient donné l'occasion de grandir ? Jamais je ne l'avais vu si sûr de lui.

– C'est quelqu'un, *il raggazzo tuo* ! admirait Gianni. Et il a du soleil dans les mains.

Depuis peu, il en avait aussi dans les yeux. Quelle déception pour lui si tout se terminait par un échec. À propos, il ne m'avait toujours pas exprimé clairement son choix.

Il l'a fait à sa façon alors que nous arrivions à Colmar et, à la vérité, je m'en serais bien passée.

Il venait de réussir un superbe créneau pour garer notre familiale, j'avais déjà un pied sur le trottoir quand il m'a arrêtée.

– Maman, une minute s'il te plaît.

Sa voix était tendue. Étonnée, j'ai repris place sur mon siège. Il aurait aussi pu me dire de remettre ma ceinture.

– Voilà, j'ai décidé d'arrêter mon école de commerce, je reste à Saint-Florentin. Je vais travailler avec oncle Étienne, a-t-il débité d'un trait. Il a besoin de quelqu'un. Il dit que grâce à la guitare, je suis beaucoup plus adroit de mes doigts que lui quand grand-père l'avait fait débuter. Peindre ou coller, ce n'est pas sorcier, je commencerai par là. Je m'occuperai aussi de la promo, je lui trouverai de nouveaux clients. Ça, je sais !

Je suis restée groggy : le coup de massue ! C'était bien le moment de m'annoncer ça alors que j'avais besoin de toutes mes forces pour rencontrer Kathy Guillaume. N'aurais-tu pas pu attendre un peu, mon fils ? Et ce que moi je savais parfaitement, c'est ce qu'aurait dit Millie si elle avait entendu le scoop.

« PAPA VA TE TUER. »

Et j'avais envie de le lui crier moi aussi.

Mais le ton de kamikaze avec lequel Nicolas avait parlé, son regard farouche planté droit sur l'horizon indiquaient qu'il ne l'ignorait pas et qu'il était prêt à mourir pour ne pas retourner dans une école qu'il détestait.

Alors que mon cœur faisait de la voltige, j'ai réussi par je ne sais quel miracle à prononcer d'une voix calme et unie :

– As-tu pensé que si la liste de Martin l'emportait et que le supermarché se construisait, Étienne ne pourrait sans doute pas continuer ? Et même que Gepetto risquait de disparaître ?

Il s'est tourné vers moi.

– Mais Gepetto ne disparaîtra pas, maman ! C'est impossible. On ne laissera pas Martin faire ça.

Son choix à lui était clair : continuer, se battre.

– D'ailleurs, tu verras. Kathy sera d'accord avec nous, a-t-il ajouté.

Et dans son regard j'ai lu que même s'il avait grandi, il restait un enfant plein de feu, de défis et d'illusions.

37.

C'est une rue de carte postale. Ne choisit-on pas le plus beau pour les cartes postales ? Le plus significatif, le plus propre à faire rêver les amis restés chez eux ?

Toutes les couleurs de la palette s'y mêlent sans jurer : jaune et ocre des murs, brun des colombages, vert d'un store, rose-rouge vernissé des toits. Sans compter la Lauch qui paresse le long des maisons et, coiffant le tout, le bleu vif d'un ciel orné de quelques nuages légers naïvement dessinés par le Petit Prince.

Rue des Tanneurs.

La Furette vous raconterait qu'autrefois on trempait dans cette rivière les peaux de pauvres animaux avant de les mettre à sécher sur ces toits. Les géraniums ont remplacé les dépouilles, les touristes se promènent, nez en l'air, cherchant le bon angle pour leur photo. Cela fleure bon l'été et le plaisir.

La maison de Kathy Guillaume est la dernière. Alors que nous y arrivons, Nicolas me devance et appuie sur la sonnette d'un doigt impérieux, comme s'il voulait m'aider à franchir cette dernière étape.

– On vient !

Mon cœur bat à l'unisson du pas qui descend l'escalier. La porte s'ouvre.

Cette femme d'une cinquantaine d'années, au large sourire, au visage épanoui, au regard clair, est bien celle de la photo. Découvrant mon fils, ses yeux s'agrandissent.

– Mon Dieu, Nicolas, comme tu as grandi ! s'exclame-t-elle.

Puis elle se tourne vers moi :

– Est-ce que je peux t'embrasser, Charlotte ?... avant de s'exécuter sans attendre ma réponse. Entrez.

Complètement sonnés, nous grimpons à sa suite les deux étages qui mènent sous le toit. C'est là qu'elle habite, nous explique-t-elle en chemin. Trois petites pièces que lui cède un vieux monsieur en échange de ses soins.

Je soupçonnais Kathy Guillaume d'égoïsme, je l'accusais de nous avoir trop facilement rayés de sa vie.

Nous sommes partout.

Sur le buffet, le coffre, la commode, et même sur certains murs, dans de jolis cadres en bois peint, la famille au complet, à tous âges et en toutes occasions. Quand j'offrais des photos à papa, j'ignorais qu'il les partageait avec sa compagne : photos d'anniversaire, de fête, de Noël, de ski. Photos de classe où une croix indique les miens. Les nôtres ?

Comme si mon père était homme à aimer une femme qui nous aurait écartés.

N'en croyant pas ses yeux, Nicolas va d'un meuble à l'autre, d'un portrait à l'autre. Kathy a un petit rire d'excuse.

– Que veux-tu, vous avez tous été un peu mes petits. Comme ça je pouvais vous suivre.

Dans sa voix, une nuance de nostalgie : ce grand amour s'est-il privé volontairement de descendance pour protéger son secret ? Nous protéger ?

Nicolas s'est figé. Je le rejoins. À une place d'honneur, trône la photo du chantage, celle-là même que j'ai dans mon sac pour la montrer à Kathy. Mon Dieu !

– Vous devez avoir soif, dit celle-ci.

Elle a préparé des boissons sur la table, de jolis verres, des tasses. Elle désigne malicieusement à Nicolas la bouteille de Coca-Cola.

– Tu vois que je connais tes goûts ! Et pour toi, Charlotte, un jus de fruits ? Un café ?

J'opte pour le café. Il m'aidera à revenir sur terre. Kathy passe à la cuisine. Elle aussi s'est faite belle pour la rencontre : robe fleurie, sandalettes à petits talons. Plutôt qu'une belle-mère, ce serait une grande sœur. Huit ans seulement de plus que moi. Le regard de Nicolas croise le mien : une bonne surprise, Kathy, n'est-ce pas ? Rien à dire sur le choix de son grand-père.

La revoilà. Après avoir servi le café, elle constate d'une voix intimidée :

– Je pense que c'est le père Bertrand qui vous a appris pour nous deux, n'est-ce pas ?

J'acquiesce. Puis-je lui répondre que c'est ce salaud de Martin ? Elle semble tellement heureuse de nous voir.

– Vous devez être bien tristes. C'est venu si brutalement.

Elle raconte. Le dimanche avant sa... – non, elle ne peut toujours pas prononcer le mot – le dimanche avant son départ, elle avait vu Joseph. Il était venu comme d'habitude passer la journée à Colmar. Pour la tension, elle était au courant, bien entendu. Elle essayait de le raisonner, mais de là à imaginer... Ils avaient fait un bon dîner.

C'était également le père Bertrand qui lui avait annoncé l'affreuse nouvelle. Savoir que j'étais arrivée à temps pour être auprès de mon père durant ses derniers instants l'avait un peu soulagée. Mais ne pouvoir assister avec nous aux funérailles lui avait été un déchirement.

Les larmes coulent sur ses joues. Elle sort un mouchoir pour les essuyer.

– C'est de pouvoir enfin parler, murmure-t-elle. Je suis toute seule maintenant.

Je pose la main sur la sienne.

– Maintenant, vous nous avez, Kathy.

Un sourire tremble à travers les larmes et elle murmure « merci ». Ému, Nicolas s'est détourné. Dans la rue passent des touristes, des rires. Elle tend l'oreille pour en profiter.

– Vous savez, finalement, on aura eu une belle vie, constate-t-elle.

Joseph venait le plus souvent possible. Parfois, ils s'offraient même une nuit ensemble. Et, comme ça, ils n'auront fait souffrir personne.

J'ai envie de dire « merci » moi aussi. Merci pour l'exemple. Cela existe donc encore, aujourd'hui où l'éphémère, la facilité, le jetable sont de règle, des personnes comme celle-là ? Et si sa vie avait été plus riche que celle de ceux qui s'imaginent tout avoir en se dispersant ?

– Mais on ne parle que de moi, se reproche-t-elle. Et vous ?

Le moment est venu. Je ne peux continuer à la laisser se confier sans lui révéler la raison de ma visite. Allez, courage ! À côté de moi, il me semble que Nicolas ne respire plus.

– Kathy, mon père vous avait-il parlé de ses ennuis avec Martin Hutter, son adjoint à la mairie ?

– Ah, ça oui ! répond-elle sans hésiter. Et même, les derniers temps, il ne parlait plus que de ça : ce supermarché qu'on voulait lui construire sous ses fenêtres. Il disait que ce serait la fin de Gepetto. Ça le rendait malade. Il ne comprenait pas pourquoi Martin le haïssait tellement.

Mon cœur se glace. Et si je savais, moi, la raison de cette haine ? Si j'en étais la cause : « Ta maison, c'était celle-ci »...

– Que va-t-il se passer à présent qu'il n'est plus là pour se défendre ? s'interroge Kathy avec inquiétude.

Nicolas prend le relais. A-t-il senti mon trouble ?

– Il va y avoir des élections. Maman se présente comme conseillère.

Elle en reste bouche bée.

– Conseillère, toi, Charlotte ? C'est Joseph qui serait fier.

– Et même tête de liste, ajoute Nicolas. Si nous gagnons, Martin pourra aller se rhabiller avec son supermarché.

Et Gepetto vivra, c'est ça ? Et tu pourras travailler avec ton oncle. Et ton père te tuera.

Kathy applaudit.

– Ce n'est pas si simple, dis-je.

Un dernier regard sur cette pièce à la fois coquette et gaie. Dans quelques secondes, mes paroles auront fait éclater la bulle de paix, d'harmonie, créée ici par le couple qui s'y est aimé. Le cœur battant, je me penche vers Kathy et lui prends les mains. Elle porte une bague, une seule, ornée d'un cœur en brillants : Joseph ?

– Martin Hutter tente de nous mettre des bâtons dans les roues. Il veut m'obliger à retirer ma candidature. Si je la maintiens, il menace de tout révéler sur papa et vous. TOUT, Kathy.

C'est dit. Son visage se décompose. Elle met la main devant sa bouche comme pour retenir un cri, ses yeux incrédules m'interrogent : est-ce possible ? Elle a compris ce que TOUT signifiait. J'ajoute très vite, en évitant de regarder du côté de Nicolas :

– Si je renonce à me présenter, ils ne parleront de rien. C'est à vous de choisir, Kathy. Ce sera comme vous voudrez.

Il y a un long silence. Puis elle se lève, lentement, lourdement. Où est l'accorte infirmière, la séductrice, la voleuse de mari que nos adversaires s'apprêtent à jeter aux chiens ? Il n'y a là qu'une femme vieillissante, qui a mené sa vie de façon à ne blesser personne et se retrouve seule et sans défense face à des salauds qui menacent de détruire le peu qui lui reste : ses souvenirs.

Elle se penche sur les photos : ces instants de joie qui font le bonheur, ces moments d'amour qui font le fleuve. Nicolas ne la quitte pas des yeux. Il souffre pour elle. Il espère pour lui ? À cet instant, mon choix est fait : je ne laisserai pas salir tout ça. Je me retirerai.

Puis elle se redresse et revient vers nous.

– Ce n'est pas à moi de décider, dit-elle gravement. Ce n'est pas « comme je voudrai »... C'est comme il voudrait, LUI.

Elle a un pâle sourire.

– On étouffe ici, vous ne trouvez pas ? Si on allait marcher un peu ? J'ai pris ma matinée pour la famille.

38.

Nous marchions dans les pas de Joseph, là où il s'était tant de fois promené avec Kathy, et depuis tant d'années que cette ville était devenue aussi la sienne.

Dans ce quartier, toutes les rues portent des noms de petits métiers : rue du Commerce, des Clés, des Serruriers, des Boulangers. Mon père faisait semblant de s'étonner : « Eh bien, eh bien, où je suis, moi, dans tout ça ? M'aurait-on oublié ? » Kathy répondait : « Toi, ta rue est plus haut. On y marche sur la tête et avec le cœur : c'est la rue du Magicien. »

Ils aimaient aussi flâner du côté de la Petite Venise, s'arrêtant sur le pont Saint-Pierre pour admirer les maisons roses barrées de brun, les pieds dans l'eau. Les touristes qui, dans les barques, prenaient des mines romantiques de gondoliers faisaient rire Joseph. Et c'était sur ce pont que, par le plus grand des hasards, ils avaient, au printemps dernier, croisé Gianni Lupis en balade avec des compatriotes.

– D'abord, Joseph ne savait plus où se mettre. Après, il avait été tout heureux de me présenter à son peintre. Ils s'estimaient l'un l'autre.

Kathy n'oublierait pas de sitôt les folles heures qu'ils avaient passées, courant de chapelle en musée, de pont en cave et taverne, derrière Joseph, improvisé guide. Qu'ils étaient enthousiastes et joyeux, les Italiens ! Et galants en plus.

Avant de la quitter, Gianni lui avait baisé la main : « Un jour, je ferai ton portrait, lui avait-il promis. Je l'appellerai : *La Mysteriosa.* »

– Il soutient notre liste, n'a pu s'empêcher d'annoncer triomphalement Nicolas. On va faire une garderie à la place du supermarché. On l'appellera Le Clos de Pinocchio. Gianni dit que Pinocchio est son cousin... Demain, il a organisé une grande fête où il vendra une toile aux enchères pour nous aider. Je suis chargé de la musique.

Ma parole ! Après avoir déclaré que ce serait à Kathy, et à elle seule, de décider, mon fils n'était-il pas en train de chercher à l'influencer ?

– Je parie qu'il y aura de la guitare, a embrayé malicieusement Kathy.

Dans l'exposition de photos, plusieurs représentaient l'artiste avec son instrument.

Midi sonnait à l'église Saint-Matthieu.

– Vous devez avoir faim.

À la Taverne de l'Ami Fritz, on pouvait déguster, de l'avis de Joseph – Joseph...

Joseph... décidément, elle n'avait que ce nom à la bouche –, la meilleure tarte flambée d'Alsace. À la vérité, il faut dire tarte au feu : flammekuche. De la pâte à pain cuite au feu de bois, garnie d'oignons hachés, lardons, crème et fromage blanc. Un délice pas du tout régime.

« Depuis quand la tradition peut-elle vous faire du mal ? » plaisantait mon père lorsque Kathy tentait de le freiner.

Le patron lui a serré la main avec chaleur avant de nous mener à la « table des amoureux », un coin tranquille au fond de la salle.

– Il ne sait pas encore, a chuchoté Kathy à mon oreille. Il faudra quand même que je me décide...

On aurait dit l'intérieur d'un chalet de montagne : murs, sièges, tables, rien que du bois roux que faisait chanter la lumière des bougies. Nous avons commandé des flammekuche, de la salade et de la bière. La bière nous a été servie tout de suite. Après avoir bu quelques gorgées en silence, Kathy a croisé les mains sur la table et levé des yeux graves vers moi. J'ai compris qu'elle avait choisi la « table des amoureux » pour nous donner sa réponse.

– Explique-moi mieux ce qui se passe, Charlotte.

J'ai sorti le papier et la photo de mon sac et les ai posés devant elle.

– Voilà ce que j'ai reçu hier.

Elle a lu les lignes assassines, puis elle a regardé longuement la photo, comme si elle la découvrait, et son visage s'est assombri.

– C'est Étienne qui l'avait prise.

– Oh non, non, non, a gémi Nicolas.

– Vous connaissez Étienne ? ai-je bredouillé.

– Joseph me l'avait amené à Noël. Le plus beau cadeau qu'il m'ait jamais fait. Il disait qu'il était temps. Ton frère avait promis de ne rien dire.

– C'est cette salope d'Odette qui l'a obligé à parler, a grondé Nicolas. Et elle lui a volé la photo, j'en suis sûr.

– Cette photo m'a été envoyée par Martin Hutter, ai-je expliqué. Odette est dans son camp.

– Joseph savait qu'elle ne l'aimait pas, mais quand même... a protesté Kathy.

– Étienne déteste Martin. Ça ne peut pas être lui qui la lui a donnée, a insisté désespérément Nicolas.

Kathy l'a regardé. Durant la promenade, il lui avait confié son intention de travailler un jour avec son oncle. Elle a compris son désarroi : Kathy la généreuse.

– Évidemment que ce n'est pas lui qui la lui a donnée, il ne manquerait plus que ça ! Et s'il a eu tort de la montrer à ta tante, il ne pouvait pas prévoir ce qui se passerait aujourd'hui : Noël, c'est loin. Plus d'une moitié d'année.

Moitié d'année ou non, qu'est-ce que cela changeait ? Étienne le faible, Étienne le lâche, avait trahi Joseph. La colère m'a emplie. Et nous, il nous avait bien eues ! Virginia persuadée qu'il n'était au courant de rien. Moi, qui pour le protéger ne lui avais pas parlé de la première photo, ni du prénom prononcé par notre père avant sa mort. Pour le protéger... Avait-il protégé Joseph, lui ? Hilarant, vraiment. Hilarant !

J'ai bu un peu de bière. Ma bouche était pleine de poussière. Nicolas levait des yeux implorants vers Kathy comme s'il lui demandait de pardonner à Étienne. Mais qu'il le veuille ou non, en révélant à Odette le nom de Kathy et en lui montrant la photo, son oncle s'était rendu complice de nos adversaires. Étienne se doutait-il de l'usage qu'ils faisaient aujourd'hui de son cadeau ?

« Tu le sauras ce soir », me suis-je promis.

Un groupe de touristes est entré. Ils ont réuni des tables pour rester proches. Ah, le plaisir de mon père lorsque aux beaux jours il les voyait affluer en Alsace. Il était fier comme s'ils étaient venus admirer sa maison. Il leur pardonnait tout. « Tu comprends, disait-il. C'est qu'ils n'ont pas si beau chez eux, les pauvres ! »

– Maintenant, écoutez-moi, a ordonné Kathy.

Sa voix était ferme. La décision prise, son visage avait retrouvé sa sérénité.

– Tout d'abord, il faut que vous sachiez que tant qu'Irène a été là, il ne s'est rien passé entre Joseph et moi. RIEN. Tout ce que les gens ont raconté n'était que de l'invention et de la méchanceté.

Une bouffée d'air, presque d'allégresse, a empli ma poitrine. Ma mère ne s'était pas donné la mort à cause de la liaison de son mari avec Kathy. Elle était morte comme je l'avais toujours pensé : de son « chut » à la vie.

Avec une moue de dégoût, Kathy a désigné le papier.

– Ne leur cède pas, Charlotte. Joseph ne le voudrait pas. Laisse-les dire.

Il m'a semblé que c'étaient les mots que je souhaitais entendre. Quant à Nicolas, son visage rayonnait. J'ai revu celui, haineux, de Martin. J'ai regardé Kathy au fond des yeux : Joseph... Joseph... c'était bien beau de ne penser qu'à lui. Mais elle ?

– C'est ce soir, Kathy ! CE SOIR qu'ils vont tout déballer. Ils vous saliront vous aussi. Et imaginez qu'ils aient votre adresse...

Elle a eu un geste d'indifférence.

– On s'est assez tus comme ça, Charlotte. Et je n'ai pas peur qu'on dise que nous nous sommes aimés.

Elle a levé la photo devant ses yeux, tout près : « N'est-ce pas, Joseph ? »

– De toute façon, a-t-elle repris d'une voix frémissante, maintenant qu'ils l'ont, crois-tu qu'ils ne s'en serviront pas ? La prochaine fois, ce sera pour t'obliger à vendre Gepetto. Pourquoi pas la maison ? Tu vivras dans la peur que ça sorte. On l'a connue, cette peur, avec ton père ! Ça doit finir et le plus tôt sera le mieux.

– Messieurs-dames, pardon, pardon...

Les tartes arrivaient, fleurant bon la pâte chaude, le lard fumé, la muscade, nos alpages, nos maisons rayées : la tradition, Joseph avait raison.

– Et qu'on se régale ! a ordonné le patron avant de s'éloigner.

D'un geste de défi, Nicolas a pris le papier et il l'a passé à la flamme d'une bougie. Nous l'avons regardé noircir et se tordre jusqu'à n'être plus qu'un peu de cendre grise.

– Putain, voilà une bonne chose de faite ! a constaté élégamment mon fils.

– Putain, oui ! a renchéri Kathy.

Puis elle a montré les assiettes.

– On attaque ?

39.

J'ai attaqué.

Rentrée de Colmar, après avoir pris une douche rapide, j'ai appelé Virginia.

On méprisait.

D'une voix pleine d'allégresse, elle a crié : « Si tu avais renoncé, c'était la déception de ma vie ! » Je ne lui ai pas dit que c'était mon père qui avait décidé : trop long à expliquer. On verrait ça plus tard.

Pouvaient-ils, elle et le père Bertrand, tous deux experts en la matière, révéler en douceur à la liste ainsi qu'à nos amis et compagnons de route la vie aventureuse de leur ancien maire et les avertir que celle-ci serait balancée dès ce soir sur la place publique, pimentée de mensonges et autres calomnies, par Martin et ses comparses à l'occasion de leur dernier meeting ?

Je ne voulais ni trémolos dans la voix ni airs peinés et surtout pas de tentatives de justification. Joseph avait eu une compagne durant de très nombreuses années. Cela ne l'avait pas empêché de bien faire son boulot d'élu et d'artisan. S'il avait préféré tenir sa liaison secrète, c'était son affaire.

Point !

Il ne me semblait pas nécessaire d'organiser à la hâte une réunion de crise chez moi ou ailleurs. Je ne tenais pas non plus à recevoir de visites de soutien ou de condoléances. Et qu'elle fasse savoir à mes « pères de rechange » que tout sermon ou prêche à Sainte-Odile, dimanche, étaient à exclure. En revanche, leurs prières seraient les bienvenues.

La seule et unique consigne était : ON LAISSE DIRE. La tête haute et nos projets au cœur.

– Et la fête chez Gianni ? a bafouillé Virginia.

Maintenue, évidemment ! Je mettrais un peu plus tard notre mécène au courant de la situation. Je tenais à le faire moi-même. Quant à Martin, pas question de l'appeler, qu'il mijote dans son jus nauséabond jusqu'au bout. Et si certains des nôtres allaient faire un tour à sa petite réception, qu'ils se contentent d'écouter et de flairer les réactions du public sans intervenir. Oui. On méprisait.

– Eh bien, eh bien... a bredouillé Virginia pour la dixième fois.

Je n'ai pu réprimer un sourire. Étendue sur mon lit, en peignoir, mon portable à l'oreille, je me sentais à la fois épuisée comme après une course de fond, et légère dans ma tête, de savoir enfin où nous allions.

– Et pour Millie, qu'est-ce que je fais ? a demandé mon amie lorsque j'ai eu terminé. Je te la ramène ?

– Surtout pas ! Tu la gardes encore un peu, s'il te plaît. Dis-lui qu'on continue, ça devrait lui faire plaisir. Ajoute qu'elle avait raison : Kathy Guillaume est une femme formidable. Son prénom fait peut-être « chat angora », mais sous la fourrure il y a de l'or et de l'acier. À propos, Kathy lui envoie plein de bisous.

Cette fois, il n'y a même pas eu de « Eh bien » au bout du fil : un silence sidéré, sidéral. J'avais oublié de dire à Virginia qui j'avais rencontré. J'ai raccroché avec une grande satisfaction : pour une fois, c'était Charlie qui avais mis son amie KO.

Il était cinq heures et demie quand je suis entrée dans l'atelier où Étienne travaillait. M'entendant tirer le verrou, il a levé le nez, étonné. Ce verrou ne se ferme que de l'intérieur. Papa l'utilisait lorsqu'il ne voulait être dérangé sous aucun prétexte : mon cas ce soir.

La lumière déclinante jouait sa tendre partition sur les dessins d'enfants affichés aux murs : petits trains, marionnettes, chevaux de bois et l'arche de Noé au grand complet. Évidemment que Nicolas avait raison : cela ne POUVAIT pas disparaître.

Maigret est venu me lécher la main. « Je l'ai vue », lui ai-je confié. Mon frère était attablé devant une rangée de cigognes auxquelles il donnait couleur. Je me suis approchée.

– As-tu l'intention de te rendre à la réunion de Martin, ce soir ?

Il m'a lancé un regard de reproche.

– Co... comment peux-tu me demander ça ? Tu... tu sais bien que non.

J'ai posé la chère photo au milieu des volatiles. On ne pourrait pas dire qu'elle n'avait pas fait de l'usage. Et son petit effet à chaque fois : Étienne a blêmi.

– C'est toi qui l'as prise, n'est-ce pas ? ai-je demandé.

Cette fois, une expression de panique est passée sur son visage.

– Co... comment tu l'as eue ?

– Un cadeau de Martin Hutter, assorti d'un joli chantage : je renonce à me présenter ou il dit tout sur les folles amours de papa. C'est toi qui lui as donné cette photo ?

– NON !

Son cri a fait sursauter Maigret. Réprobateur, le berger est allé poursuivre sa sieste plus loin. Étienne s'était pris la tête dans les mains. Il a répété plusieurs fois « non, non ». Il était bien temps !

– En te présentant à sa compagne, papa t'avait fait un cadeau et un honneur. Tu vois, j'aurais bien voulu qu'il me les fasse à moi. Tu avais promis le secret. En parlant à Odette, tu l'as trahi.

Il a relevé la tête. Il pleurait.

– Elle... elle se doutait. Elle nous... nous avait vus partir avec papa. Elle a vou... voulu savoir où on était allés.

– Et tu lui as cédé, comme d'habitude.

Il a ployé la nuque. Pauvre pantin dont la femme avait toujours tiré les ficelles ! L'avait-elle menacé de son fameux : « Si c'est comme ça, on divorce. » Ou, à la menace, avait-elle préféré l'arme de la séduction ? Pour moi, une seule consolation : Étienne avait trahi dès Noël, il n'avait pas attendu la mort de papa pour le faire.

– Nicolas et moi, nous avons rencontré Kathy Guillaume ce matin à Colmar. Nous savons tout, lui ai-je appris. Je voulais avoir son avis avant de répondre à ces salauds. Nous avons décidé que je ne céderais pas au chantage.

J'ai regardé la pendule : un coucou suisse. Le compte à rebours avait commencé dans la Taverne de l'Ami Fritz au moment où Kathy avait ordonné : « Ne leur cède pas. » Depuis, les aiguilles ne cessaient de tourner dans ma tête. Impossible de les arrêter.

– Dans un peu plus de deux heures, tout le monde saura ici que je suis la fille du plus fieffé menteur de Saint-Florentin. Pourquoi pas celle d'un assassin dont les amours coupables ont poussé maman au suicide ? Ils pourraient ajouter : « la sœur d'un lâche ».

Étienne a eu un gémissement. Cruelle, oui, je l'étais ! Mais si nous devions continuer ensemble, il fallait que les choses soient dites. J'avais trop longtemps cherché à protéger mon frère. D'une certaine façon, je lui passais tout. C'est que la cause de sa faiblesse avec Odette, je n'en connaissais que trop l'origine : maman Chut. Elle l'avait privé de regard et de parole. Odette avait été la première femme – et belle par-dessus le marché – à le regarder comme un homme. Elle lui avait laissé croire qu'il l'était avant de le transformer en toutou.

Il s'est arraché à son établi et il est allé coller son front, sa tignasse grise de grand petit garçon, à l'un des murs à ex-voto. Je l'ai suivi.

– Tu n'as donc pas encore compris que ta femme était prête à tout pour t'emmener loin d'ici ? lui ai-je demandé d'une voix plus douce. Même à promettre cet atelier au promoteur ? Même à pactiser avec Martin ?

Il s'est détaché du mur et, d'une voix à peine audible tant elle était chargée de souffrance, peut-être aussi de haine, il a bredouillé :

– Est-ce que tu crois que Martin et Odette... ?

– Alors là, certainement pas ! Tu peux être rassuré sur ce point.

Afin de le rassurer tout à fait, j'aurais voulu pouvoir rire comme Martin, hier. Mais j'avais plutôt envie de pleurer. Après tout ce qu'elle lui avait fait, était-il possible qu'il aime encore sa femme ? Et comment pourrions-nous, lui, moi, continuer à vivre sous le même toit que cette salope ?

– Peux... peux-tu me laisser, s'il te plaît ? a-t-il demandé.

J'ai récupéré la photo – au cas où, n'est-ce pas ? – et je me suis dirigée vers la porte. Bien entendu, Maigret s'était mis en travers. Les chiens adorent vous barrer le passage. Avec une prédilection pour la porte de la cuisine au moment où vous débarrassez la table et passez avec de la vaisselle fragile plein les bras.

Avant de sortir, je me suis tournée vers mon frère. Toujours à la même place, il attendait. Il portait l'un des tabliers en cuir de papa, à la fois trop court – Étienne dépassant Joseph de dix bons centimètres – et trop large – Joseph rattrapant la différence sur le bedon.

Sans doute est-ce cela qui m'a fait craquer : l'inusable tablier.

– Nicolas m'a raconté qu'il travaillerait peut-être un jour ici avec toi. Qui sait ?

Son visage s'est décrispé. C'était déjà comme ça quand on était petits. Après la dispute, où j'avais toujours le dessus car je savais mieux que lui aligner les mots et parfois les vacheries, je ne pouvais pas m'empêcher de terminer sur le petit clin d'œil de la réconciliation.

À peine avais-je fait trois pas dans la cour que j'ai entendu le bruit sec du verrou qu'il refermait.

40.

Il me prend les mains et il me dit :

– *Grazie. Grazie, Carlotta mia*, de m'avoir appelé. J'étais *tanto preocupato*.

Il sait tout. Ce n'est pas Virginia qui l'a mis au parfum mais Nicolas. J'aurais dû y penser : il y avait en fin d'après-midi ultime répétition des musiciens chez Gianni. Mon fils est allé le trouver et il lui a dit : « Ma mère a besoin de vous. Pas sûr qu'elle sera là demain. »

Ses mains sont chaudes, fortes, rassurantes. Il explique qu'il a essayé de me joindre sans succès : il ne vivait plus. Et puis enfin, *finalmente*, son portable avait sonné. Moi.

Je lui avais dit : « J'ai besoin de te parler. » Il avait répondu : « Ne bouge pas, j'arrive. » Quelques minutes plus tard, sa longue voiture crème s'arrêtait devant le portail. Je l'y attendais. Il m'avait ouvert la portière : « Où veux-tu aller ? » J'avais répondu : « Loin. »

Loin de la bombe qui, dans moins d'une heure, éclaterait dans la salle des fêtes de la mairie. Loin de la trahison d'Odette, des larmes d'Étienne, des interrogatoires de la Furette, de Nicolas et de ses bombinettes à lui.

Pourquoi pas loin de moi ?

Nous avons passé la frontière et atterri à Bâle, à la porte d'un restaurant plein de lumière d'où sortaient des effluves de musique. Je ne voulais pas entrer : bien trop chic pour moi ! J'aurais l'air de quoi avec mon T-shirt-jean-baskets ? Il avait fait mine de s'étonner : « Mais tou ne le sais pas ? Tou es à la dernière mode. On ne s'habille plus, on se déshabille. » Et pour me le prouver, il avait retiré sa cravate et, hop ! dans la poche.

C'est le jour des bougies. À midi dans des verres de couleur, ce soir, dans des candélabres. Nous avons quitté Saint-Florentin vers sept heures, il en est huit. La salle des fêtes doit se remplir, d'un instant à l'autre, Martin prendra le micro...

Gianni s'empare de mon poignet et retire ma montre qui va rejoindre sa cravate dans sa poche.

– Il n'y a plus d'heure, *cara*. L'heure, on l'oublie.

Le maître d'hôtel fait sauter le bouchon d'une bouteille de champagne. Je n'ai pas entendu Gianni la commander. Aurait-il ses habitudes ici ? Il lève sa coupe :

– À ta victoire !

Ses yeux pétillent. Comment peut-il y croire encore ?

Ah, *La Mysteriosa* ! rêve-t-il. *Una grande donna.* Il suppliait Joseph de la sortir de sa cachette. Et pourquoi ne l'épouserait-il pas puisqu'elle était sa femme ? Cela faisait rire *tuo padre.* « Trop tard, disait-il. Et d'abord pourquoi, toi, le *lupis*, tu ne te maries pas ? – Moi, je n'ai pas trouvé la *donna* de ma vie », répondait Gianni.

Dans nos assiettes, une ronde de langoustines agrémentées d'une sauce aurore : un tableau. Il dit qu'un peintre ne peint pas seulement avec un pinceau et des couleurs : ce ne sont là que les instruments. Il peint avec les sentiments. Avec l'émotion, la colère, la tristesse, la joie. Sans eux, pas de vie sur la toile.

Le cœur de l'homme est un paysage. Celui de Joseph et de sa *Mysteriosa* était printanier, il faisait bon s'y promener. Le paysage de Martin est aride et désolé, comme brûlé par un feu intérieur.

Il lève les yeux de ses langoustines qu'il décortique avec une précision de chirurgien, alors que j'aurais plutôt tendance à en mettre partout et il constate gravement :

– Martin te hait parce qu'il t'aime.

Au lieu de m'insurger, je m'entends répondre sans hésiter, comme si l'aveu était au bord de mes lèvres, impossible à retenir davantage.

– C'est ma faute. Tout ce qui est arrivé est ma faute.

Il a abandonné ses langoustines, ses yeux ne sourient plus, il attend, il m'attend. Je commence par l'enfance, l'amitié qui liait Joseph au père de Martin, et nous, les petits, les amoureux. Je raconte la bande, la cabane, les couleurs contrastées de l'adolescence. Irai-je jusqu'au bout ? Jusqu'à ce que je n'ai confié qu'à Frédéric, pour qu'il m'aide à me réconcilier avec un corps meurtri ?

À voix plus basse, je raconte la nuit de la cabane.

« Joseph ne comprenait pas pourquoi Martin le haïssait tellement », a remarqué Kathy ce matin même.

À cause de moi. Je l'ai compris ces derniers jours. Et si j'avais raconté à mon père ce qui s'était passé cette nuit-là, il se serait méfié. Jamais il n'aurait aidé l'ennemi à entrer dans son équipe à la mairie.

Étienne a tué mon père en parlant trop. Je l'ai tué en me taisant.

– *Prego*, supplie Gianni. *Prego, cara. Non è vero*.

Comment aurions-nous pu deviner le désir de vengeance de Martin ? Il s'était marié, il avait eu un enfant, il étalait son bonheur, sa réussite. Et Joseph, lui, ne m'avait-il pas dissimulé encore plus important ? L'existence de Kathy ?

La seule coupable était la vie.

Si je n'avais pas caché à mon père la nuit de la cabane. S'il ne m'avait pas caché Kathy. S'il n'avait pas décidé de la présenter à Étienne... Nous sommes tous, sans le savoir, les artisans de nos malheurs.

Et de nos guérisons ?

Si ce soir je n'avais pas appelé Gianni à l'aide, si je ne lui avais pas parlé du plus intime, du plus profondément enfoui, aurais-je continué à boiter toute ma vie ?

Alors que soudain je vole ! Eh bien voilà, c'est tout simple, je n'ai pas tué papa. Qu'on se le dise.

– *Domani*, tu viendras ? demande Gianni d'une voix inquiète.

– Mais bien sûr !

Comment Nicolas a-t-il pu penser une seule seconde que j'allais déserter, lâcher mes amis ?

– Il faudra que tu te fasses belle, lance Gianni avec feu. Une robe ! *Carlotta*, je ne t'ai jamais vue en robe !

Son air indigné me fait rire.

– En robe ou non, je serai la bête curieuse. Les gens viendront voir la fille du dissimulateur. Et quand je dis ça, je suis gentille.

– Ils verront *una regina* !

Nous avions à présent dans nos assiettes des médaillons d'agneau aux herbes. La salle s'était remplie sans que j'y prenne garde. Dehors, nuit noire. Et puis, à la table voisine, un portable a sonné. Une femme a sorti l'appareil de son sac : « Allô ? Allô ? Je ne vous entends pas. » L'angoisse a fondu sur moi. Qu'est-ce que je faisais là ? Quelle heure était-il ? À Saint-Florentin, on me cherchait sûrement. Et j'étais partie sans dire à personne où j'allais.

Je me suis levée.

– Gianni, ramène-moi à la maison.

Déjà, il jetait sa serviette sur la table. Le maître d'hôtel accourait.

– Tout de suite, *cara*. N'aie pas peur.

Nous avons repassé la frontière. On distinguait au loin la masse sombre des sapins et des pins, mon paysage. Il y avait peu de monde sur la route et Gianni roulait vite. La tête sur l'appui, j'essayais de me reprendre. C'était bien qu'il ait mis cette musique-là, une musique classique qui, comme la peinture, s'était faite avec les sentiments.

Soudain, j'ai eu envie qu'il me prenne dans ses bras, envie de sa chaleur, toi contre moi, toi en moi. Ce n'était pas parce qu'il était beau, artiste, séduisant. C'était parce qu'il était mon refuge. J'ai posé la tête sur son épaule. Il l'a creusée pour moi.

Saint-Florentin dormait. Pas une âme dans les rues, quelques loupiotes çà et là. Gianni a attendu d'être arrivé pour remettre la montre à mon poignet. J'avais, à nouveau, oublié l'heure.

Il était plus de minuit. Nous étions vendredi.

Le portail était grand ouvert : lumière dans l'atelier, lumières dans la maison. On m'attendait.

41.

– Où t'étais, maman ?

Devant la porte de la maison, Millie. Plus loin, Virginia et Nicolas.

– Avec Gianni. Nous avons dîné ensemble à Bâle. On a parlé de la fête.

– À Bâle ? T'aurais pu prendre ton portable, au moins. On t'a cherchée partout.

– J'avais besoin de changer d'air. Je peux entrer, maintenant ? J'ai le droit ?

Millie s'écarte à regret. L'air est à nouveau lourd et menaçant. Je rejoins Virginia.

– Alors, comment ça s'est passé, raconte ?

– Viens d'abord t'asseoir. Tu as l'air d'une revenante.

Le regard de mon amie scrute mon visage. Y lit-elle d'où je reviens ? D'un dîner-aveu au champagne. D'un désir passager pour un homme-refuge.

Atmosphère de crise au salon : reliefs de victuailles, canettes et bouteilles vides. Plus l'odeur de ces cigarillos que Virginia réserve aux grandes occasions. Le cigare du condamné ? Je m'installe dans le fauteuil de mon père. Il aimait le loup des vignes. Il comprendrait.

– Martin a dit que tu étais au courant pour Joseph et Kathy, attaque Nicolas sitôt que je suis posée.

– Une minute, mon vieux, l'arrête Virginia. Si on veut que Charlotte comprenne la subtile tactique de l'adversaire, mieux vaut commencer par le début.

Elle tire un siège près du mien.

– Ils ont d'abord joué ça sur le mode « violons » : « Chers amis, nous sommes désolés d'avoir à vous annoncer une bien triste nouvelle : votre maire bien-aimé nous a tous fait cocus du début à la fin de ses mandats. Il menait une double vie. »

Elle reprend souffle. Je ne respire plus.

– Deuxième épisode : gros plan sur Kathy Guillaume, la jeune et jolie infirmière qui soignait la malheureuse épouse de Joseph. Nouveaux violons sur le sort cruel d'Irène apprenant que son mari avait une maîtresse.

– Ils ont dit qu'ils l'avaient tuée ?

– Tu n'y penses pas, trop gros à avaler. Mais tu sais bien qu'à Saint-Florentin nul n'ignore que ta mère n'est pas morte... naturellement. Ils ont lancé une hypothèse. Plus facile à digérer.

Je me tourne vers Nicolas. Ma gorge est sèche, ma bouche comme emplie de poussière. Pauvre papa !

– Peux-tu m'apporter un verre d'eau, s'il te plaît ?

Il s'élance.

– Et pour finir, gros plan sur la candidate, reprend Virginia. À qui allez-vous faire croire que la propre fille du maire n'était pas au courant d'une liaison qui a duré plus d'un quart de siècle ? Vous avez été trompés par le père comme par la fille. Nous, nous avons pensé que vous aviez le droit de savoir.

Nicolas me tend un verre. Je le vide d'un trait. « Il te hait parce qu'il t'aime »... Martin me hait bien plus qu'il ne m'a jamais aimée. Je suis sûre qu'il m'a crue lorsque je lui ai dit que j'ignorais tout de Kathy. Un instant, j'avais même pensé qu'il avait pitié. Quelle conne ! Je demande faiblement :

– Comment ont réagi les gens ?

– D'abord le choc, tu imagines. Stupeur et incrédulité. Ensuite, un vrai capharnaüm. Les vieux qui se souvenaient de Kathy Guillaume – eh eh, pas si vilaine, la petite ; les jeunes qui s'en foutaient – une maîtresse, et puis après ? Ce qui a le plus choqué, c'est que tu n'aies rien dit. Surtout les femmes, paraît-il. « Mon père, ce héros, cet homme intègre, tout dévoué à son village... » Tout à coup, ça ne passait plus. Et, pour conclure : « Allez-vous donner votre précieuse voix à quelqu'un qui vous ment depuis le début de sa campagne ? »

Millie pose brusquement une canette de jus de fruits sur la table. Étonnant que, jusque-là, elle n'ait pas mis son grain de sel dans la conversation. Cela me manquerait presque. Et pourquoi ne cesse-t-elle de naviguer de la fenêtre à nous ? Attendrait-elle quelqu'un ? À près de deux heures du matin ?

– Il y a quand même eu quelques protestations, m'apprend mon amie. Certains ont réclamé des preuves.

– C'est alors que Martin a sorti la photo ?

– Eh bien non, figure-toi ! C'est la première surprise. Il faut dire qu'il avait mieux. Tiens-toi bien et écoute. Il a proposé : « Adressez-vous à la candidate. Vous verrez ce qu'elle vous dira. »

Le pire. Le piège. Martin sait parfaitement que je ne nierai pas. Je ne le pourrais – il a la photo – ni ne le voudrais. Et c'est toute notre tactique qui s'effondre. « Adressez-vous à la candidate »... On ne peut plus mépriser. On ne peut plus laisser dire. Il va falloir monter au créneau, répondre, expliquer, se défendre. Et cela en deux jours. Mission impossible.

– Moi, je leur dirais tout ! explose (enfin ?) Millie. Je leur dirais que c'est pas vrai, que personne savait pour Kathy sauf Virginia et le père Bertrand qui t'ont rien dit parce que Gépé leur avait défendu.

– Toi, tu la fermes ! crie Nicolas.

Virginia glisse de sa chaise, s'agenouille à mes pieds, me regarde intensément.

– Ce n'est pas fichu, Charlie. Pendant le buffet, nos amis ont tendu l'oreille. Des tas de gens étaient écœurés de voir le linge sale déballé l'avant-veille du scrutin. Ils disaient :

« Alors, à Saint-Florentin, c'est pareil qu'à Paris ? » Tu vois, j'aurais vraiment voulu être là pour leur répondre, leur dire qui étaient les pourris dans l'affaire.

Ses yeux sont-ils vraiment humides ? Ah, non, ne flanche pas, toi. Sinon, que deviendra Charlie ?

Au-dessus de nos têtes, des volets claquent. Odette ? Je l'avais oubliée, celle-là. Est-ce le triomphe qui la tient éveillée ?

Je me tourne vers Virginia qui se mouche bruyamment.

– Est-ce qu'Odette est allée au meeting ?

– Eh non ! C'est la seconde surprise, annonce-t-elle. Ta chère belle-sœur n'est pas allée soutenir son copain. Il faut dire qu'elle avait trop à faire avec Étienne. Figure-toi qu'il s'est bouclé dans l'atelier. Impossible de l'en tirer. Elle a tout essayé, même le fameux...

– « ... si c'est comme ça, on divorce », enchaîne Millie, les yeux brillants.

Je comprends soudain la raison de ses voyages à la fenêtre. Elle guette la sortie de son oncle. Parfois, l'attitude de cette petite fille vis-à-vis de mon frère me donne l'impression qu'elle se prend pour sa mère ! Sans doute est-il sa priorité pour l'instant.

J'entends le bruit du verrou tiré dans l'atelier après mon départ. Une brise rafraîchissante dans nos malheurs. Ça vient, mon frère ? Nicolas me regarde d'un air soupçonneux.

– Tu as parlé à oncle Étienne, maman ? Tu lui as dit ?

– Tout. Tout ce que nous avions sur le cœur.

– Et comment il a réagi ? s'inquiète mon fils.

– Une bonne nouvelle. Tu peux être tout à fait rassuré. Ce n'est pas lui qui a donné la photo à Martin. Ce ne peut donc être qu'Odette.

– Odette ? crie Millie. Odette a donné la photo à Martin ? Alors c'est vrai qu'elle est sa maîtresse ?

Je tranche.

– Certainement pas ! Odette n'est pas la maîtresse de Martin. Mets-toi bien ça dans la tête.

– Et comment peux-tu en être si sûre ? attaque Nicolas.

– Parce que Martin me l'a affirmé. Et je sais quand on peut ou non croire cette ordure.

Je me lève.

– Maintenant, si vous voulez bien, je vous laisse. Je n'y vois plus clair.

– En tout cas, même si Odette n'est pas la maîtresse de Martin, j'espère que cette fois oncle Étienne va se décider, déclare Millie avec espoir.

– Se décider à quoi, mon trésor ? demande sa marraine en bâillant.

Ma fille me lance un regard vengeur.

– Si vous voulez bien, dit-elle, je vais me coucher. Je n'y vois plus clair.

On dit que les dames blanches hantent notre vallée. On ne sait si elles sont sorcières ou fées. Pour la petite fille qui leur demandait de guérir maman Chut, d'en faire une maman comme les autres, qui nous accueillerait, Étienne et moi, au retour de l'école, avec des tartines et des mots de tendresse, elles étaient fées bien sûr. Et devenaient sorcières pour punir ceux qui nous faisaient du mal.

Il y avait aussi les *kobolts*, ces nains qui guident les troupeaux vers les champs les mieux fleuris afin que leur lait soit le plus parfumé du monde. Eux étaient farceurs et joyeux. On pouvait les trouver cachés sous son lit ; il m'arrivait d'y regarder avant de m'endormir.

Cela faisait un bon bout de temps que je ne m'étais adressée à eux. Il est vrai que les villes n'ont pas leur visite. J'ai laissé grands ouverts volets et fenêtres de ma chambre et, édredon jusqu'au menton, j'ai demandé à mes anciens amis et confidents de m'aider à trouver la réponse à faire demain à Martin. Lorsqu'ils me l'ont soufflée, elle m'a parue évidente. Cette fois, je n'avais pas le choix.

Dehors, la nuit s'est tue et j'ai pu enfin m'endormir.

42.

D'abord, Kathy ! Je l'ai appelée dès sept heures. Pas le genre à traîner au lit, les infirmières. Elle m'a écoutée sans m'interrompre, puis elle a dit : « D'accord. » Elle aussi pensait que nous n'avions pas le choix.

Ensuite, Gianni : huit heures. Je n'ai pas osé avant. Le genre à se coucher à l'aube et à traîner au lit, les artistes ? Il prenait son petit déjeuner près de la piscine : « Tou veux venir ? » Il n'ignorait rien de ce qui s'était passé hier au meeting de Martin : « Moi aussi, j'ai mes espions. » Lorsque je lui ai fait part de mon idée et de l'accord de l'intéressée, il a applaudi : « Bravo, *Carlotta. Una meravigliosa sorpresa.* »

Je finirais par savoir parler italien.

Nous nous sommes donné rendez-vous plus tard pour mettre le programme au point.

Virginia préparait le café à la cuisine. Elle avait dormi ici, craignant que l'on vienne m'importuner, pourquoi pas me menacer, après les révélations de Martin. Sur la table, c'était l'abondance : kouglof, croissants et pâtisseries variées. Sans compter la boule de pain fraîche, c'est-à-dire tiède. Mon amie revenait de chez Mozart où tout le monde était sur les dents depuis potron-minet car le boulanger fournissait le sucré à la réception de Gianni, un traiteur de Saint-Louis se chargeant du salé.

Que ce soit en ville ou dans un village, la boulangerie est le lieu de passage obligé : chacun s'y rend au moins une fois dans la journée, et, lorsque Virginia était arrivée, Antoinette avait déjà vu beaucoup de monde, du monde plutôt bavard. D'après la boulangère, le scandale de la veille ne risquait pas de nous enlever des invités pour la fête. Au contraire ! Plusieurs clients lui avaient demandé en plaisantant si elle avait prévu assez large.

Profitant de l'absence de la Furette, qui devait rattraper une nuit trop courte, j'ai dévoilé à Virginia, devant un premier café – il y en aurait bien d'autres dans la journée –, la réponse que j'entendais donner au « Demandez à la candidate » empoisonné de Martin. Et, pour la seconde fois, elle a été bluffée.

La liste serait avertie de cette réponse et personne d'autre. Martin devait continuer à ignorer que j'avais rencontré Kathy. Il ne fallait pas lui laisser le temps de préparer un nouveau coup fourré.

– Un coup, cela risque d'en être un sacré pour les enfants ! a remarqué Virginia. Ils se font une joie de cette fête, ça pourrait bien la leur gâcher. Je pense que tu vas les avertir eux aussi !

– Pas question. Frédéric les accuserait d'avoir été dans le secret et de ne rien lui avoir dit.

– C'est vrai, Frédéric... Je n'arrête pas de l'oublier, a soupiré Virginia.

Moi, je n'arrêtais pas d'y penser.

Devais-je le prévenir de ce qui se passerait ce soir ? Il était encore temps. S'il le savait, sans doute renoncerait-il à venir, ce qui ne serait pas plus mal. Mais qu'entendrais-je, mon Dieu ! Il risquait de m'enlever toutes mes forces. Je n'ai pas eu celle de l'appeler.

À partir de neuf heures, le téléphone n'a pas cessé de sonner. Je laissais Virginia répondre. Je l'entendais dire à nos amis qu'ils étaient les bienvenus et qu'elle avait à leur parler très vite. La Furette n'était toujours pas apparue, ce qui commençait à m'intriguer. Je m'apprêtais à aller aux nouvelles quand Nicolas a fait son entrée.

Ni rasé, ni douché, ni coiffé, l'œil sombre à souhait.

– Millie n'a pas dormi ici, annonce-t-il. Son lit n'est pas défait.

– Doux Jésus, s'exclame Virginia. Ma filleule découche !

– Quant à l'oncle Étienne, il est toujours bouclé dans l'atelier, continue le porteur de bonnes nouvelles. Maigret pleure contre la porte. Vous ne croyez quand même pas...

– Qu'il s'est flingué pour les beaux yeux d'Odette ? Tu vois, ça m'étonnerait, s'efforce de plaisanter Virginia.

Dans la chambre de ma fille, les volets sont ouverts, la couette gonflée et, plié sous l'oreiller, mon T-shirt « La Must » reconverti en chemise de nuit.

Je n'ai pas le temps de m'inquiéter que des aboiements retentissent dans la cour. L'une des fenêtres de la cuisine y donne. Nous nous précipitons. Maigret galope vers son petit coin favori où il s'exécute longuement. Voici l'explication de ses gémissements. Nicolas respire. Je respire mieux moi-même lorsque à son tour ma fille franchit le seuil de l'atelier.

Regard vers le ciel, elle s'étire longuement. Oui, ma chérie, il fera beau pour la fête. Puis, d'un pas décidé, elle vient vers la maison où, telle mère telle fille, elle enjambe la fenêtre de la cuisine. Remarquons au passage qu'elle porte les mêmes vêtements que la veille et dégage un léger fumet de fauve. Nous avons dormi habillée.

Nicolas se précipite.

– Alors... oncle Étienne... raconte...

C'est bien la première fois que le frère supplie la sœur de parler. Et la première qu'elle ne répond pas. Avec un visage de sphinx, elle attrape un croissant sur la table et revient à la fenêtre, aux côtés de sa marraine qui, portable à l'oreille, continue à inviter la terre entière à la maison sans perdre une miette du suspense qui s'y joue.

Quelques minutes plus tard, c'est au tour d'Étienne d'apparaître. Nicolas enjambe déjà la fenêtre pour le rejoindre lorsque Millie s'agrippe à lui.

– Pas encore, s'il te plaît.

Le ton est si chargé d'angoisse qu'il renonce. Étienne est déjà dans la maison. Comme il monte l'escalier, Millie se précipite sur le kouglof, en coupe une grosse tranche qu'elle met de côté sur le buffet.

– Il va avoir faim, prédit-elle.

Le règlement de comptes a duré une bonne heure au-dessus de nos têtes. Les invités de Virginia ont eu tout le temps d'arriver : Marguerite et son René, le curé et son pasteur, quelques autres. Café et pâtisseries leur étaient proposés. Nous avons également gâté Maigret. Depuis que j'avais pris ma décision pour Kathy, un grand calme m'emplissait. À moins que ce ne soit l'abrutissement : cinq heures de sommeil seulement, moi qui en dévore huit chaque nuit. Millie continuait de se taire.

Le visage tendu, elle essayait d'entendre ce qui se disait là-haut. Au début, seule la voix perçante d'Odette nous était parvenue : quelques mots en « able », inacceptable, intolérable. Lorsque la voix masculine a pris le relais, dix tons en dessous, tout le monde s'est tu à la cuisine. La voix d'Étienne était sourde, rocailleuse. Comment dire ? Le genre barrage qui cède. D'abord la pierraille, puis les plus gros morceaux. Et, pour finir, un « OUI » en béton à la suite duquel une porte a claqué.

– Ça y est, a constaté Millie avec satisfaction.

Elle est allée puiser dans le buffet le vieux bol ébréché marqué au nom de son oncle et a dégagé un coin de table pour l'y poser. À côté du bol, elle a mis la part de kouglof réservée, la boule de pain, beurre, confiture plus un gros morceau de fromage.

– Et on le laisse le manger au couteau ! a-t-elle ordonné en plantant l'instrument dans la croûte.

Très vite, les talons d'Odette ont claqué dans l'escalier. Une douzaine de paires d'oreilles comptaient les marches.

– Tu n'as pas fini d'entendre parler de moi ! a-t-elle crié une fois arrivée en bas.

Avertissement destiné de toute évidence tant au premier qu'au rez-de-chaussée.

– D'ailleurs, c'est toi qui viendras me chercher, a-t-elle ajouté avant de quitter la place.

– Cours toujours, mon amour, a lâché Nicolas, ce qui a entraîné un rire nerveux général.

La même douzaine de paires d'yeux l'ont suivie tandis qu'elle traversait la cour, un sac de voyage à la main. Et alors que sa voiture quittait le garage, des applaudissements ont retenti. On lui a pardonné de ne pas respecter la consigne : refermer le portail après toute sortie pour protéger Maigret à qui il prend parfois de folles envies d'escapades : tel maître, tel chien ?

Lorsque nous nous sommes retournés, Millie dansait au milieu de la cuisine. Elle dansait de bonheur et c'était plutôt joli à voir.

Étienne nous est descendu très vite. Il était blanc comme sa chemise, ni rasé ni coiffé, mais il a eu un regard de héros quand il a annoncé :

– C'est... c'est fait !

Un grand OUI au divorce.

Puis il s'est attablé.

Nos amis se sont éclipsés sur la pointe des pieds pour laisser le bonheur en famille. Profitant de ce que mon frère avait bouche et mains pleines, je l'ai embrassé par surprise. Il a horreur de ça. Il faudra que tu t'y fasses, mon vieux. On peut embrasser sans mordre.

– Figure-toi que j'ai eu une idée, lui ai-je annoncé. Si on rouvrait le puits ?

43.

Entrée libre. Entrée fête. À son arrivée, chaque invité reçoit un T-shirt orné de Pinocchio dans un enclos fleuri. C'est tout. C'est gai. Est-ce Gianni qui a dessiné son *cugino* ? À en juger par le sourire malicieux de mes enfants, ils étaient au courant. Virginia également, bien entendu ! À chacun ses surprises. Celle-là me fait chaud au cœur.

Un certain nombre de personnes, surtout des jeunes, arborent déjà le cadeau sur leur poitrine.

– Ça veut dire que dimanche ils voteront pour toi, affirme Millie.

Plusieurs tentes de couleur, disséminées çà et là, abritent les buffets. Une plus grande, en toile blanche, est dressée devant la maison. Maison de plain-pied, tout en verre, plus Californie qu'Alsace. Au fond de la tente, une banderole affiche le nom de notre liste : « AIDER LA VIE À SAINT-FLORENTIN. » Au centre, près d'une table munie d'un micro, le *Coucher de soleil sur les vignes* est exposé.

– C'est là qu'aura lieu la vente aux enchères, m'indique Nicolas. Là aussi qu'on jouera avec mon groupe. Gianni a dit que si on arrivait à faire danser les gens, ce serait le top.

Mon cœur se serre. Le « top », j'ai bien peur que ce ne soit autre chose que de la danse et des chansons.

– Il faut reconnaître que ton peintre y a mis les moyens, remarque Frédéric, un peu à contrecœur.

Julie approuve, elle, franchement, impressionnée par tout ce luxe, finalement enchantée d'être là.

Ravissante, ma fille, dans son bustier à paillettes, son pantalon blanc moulant-moulant, ses fines espadrilles lacées. Ils sont arrivés à Saint-Florentin plus tôt que prévu. Nous n'avions pas encore quitté la maison. Dès que Frédéric y a eu mis le pied, l'énormité de mon erreur m'est apparue. Jamais je n'aurais dû le laisser dans l'ignorance de ce qui se passera ce soir. Et, cette fois, c'était vraiment trop tard.

Ne se doutant de rien, Millie manifeste son plaisir de voir toute la famille réunie. Même Julie a droit à quelques amabilités. Au bonheur de la Furette ne manque qu'Étienne qui a refusé de nous accompagner. On ne peut quand même pas trop lui demander d'un coup.

Il y a foule dans le parc et sous les tentes. Un personnel en uniforme blanc s'affaire le long des tables somptueusement garnies.

Gianni a tenu à honorer ses invités, à les traiter comme le seigneur qu'il est.

Parmi tout ce monde, se trouvent forcément bon nombre de nos adversaires. Tout Saint-Florentin n'a-t-il pas été convié ? Cela m'étonnerait quand même que Martin et Lapôtre aient le culot de venir. Cependant, en cas de questions malvenues ou, qui sait ? d'agression, mes amis montent discrètement la garde autour de moi, prêts à répondre... qu'il leur sera répondu plus tard.

Jusque-là, seuls les regards, plus appuyés ou, au contraire, fuyants, les poignées de main, franches ou hésitantes, parlent pour les Florentinois.

On reconnaît sans peine les quelques étrangers au village. Eux n'ont pas cherché à se faire beaux. Pour les hommes, costumes clairs, légers, et plutôt foulards que cravates. Du côté des femmes, jupes ou robes fluides qui en laissent voir un maximum. À propos, je suis en robe moi aussi, mais du genre sage. Ce qui n'a pas empêché Frédéric de siffler en voyant ma tenue.

– Ma femme en robe à Saint-Florentin ? Un événement !

J'ai éprouvé du remords. Ce n'était pas pour lui que je l'avais choisie.

Virginia désigne un groupe animé d'Italiens.

– Ils sont arrivés en avion ce matin, m'apprend-elle. C'est la vente aux enchères qui les intéresse. Tu vois ce gros bonhomme ? C'est un marchand de tableaux vénitien. Gianni est plutôt avare de ses toiles. Faut-il qu'il t'aime pour te faire ce cadeau.

– C'est mon père qu'il aimait ! Et c'est à nous tous que le cadeau est fait.

La chaleur m'est brusquement montée au visage. Occupé avec les enfants, Frédéric ne semble pas avoir entendu. Mais arrête donc de te sentir coupable, Charlotte !

Quand on pense au loup... Voici celui des vignes, se frayant un chemin vers nous, mains tendues et large sourire aux lèvres.

– *Finalmente !* La reine de la fête.

Il me baise la main, serre celle de Frédéric, s'incline cérémonieusement devant Julie, adresse un clin d'œil à Nicolas et à Millie.

– Mais vous n'avez rien à boire !

Lorsque Millie, imitant son aînée, prend d'autorité une coupe de champagne sur le plateau que nous présente un maître d'hôtel, je n'ai pas la force de protester : soirée exceptionnelle. Alors que je trempe mes lèvres dans ma coupe – décidément, nous vivons au champagne... – le regard de Gianni m'encourage : « Ça ira. » Les aiguilles du temps ont recommencé leur ronde infernale dans ma tête.

À sept heures, Nicolas et son groupe – la racaille ? –, armés de leurs guitares et vêtus du T-shirt Pinocchio, sont montés sur l'estrade et le concert a commencé. En entendant les vieilles chansons populaires qui avaient bercé leur enfance, les gens, ravis, se rapprochaient. Beaucoup tenaient une coupe pleine à la main.

L'enfant vit une rose, une rose sur le pré.
Elle était belle le matin, on la regardait avec joie.

– Ton fils chante, maintenant ? s'est étonné Frédéric.

Depuis notre arrivée, il semblait dérouté : le cadre grandiose, cette foule, la banderole portant le nom de notre liste et, à présent, la sympathie que déclenchaient Nicolas et son orchestre... Après n'avoir pas cru à notre chance, mon mari se disait-il que nous pourrions bien l'emporter ?

Alors que je n'en avais jamais été moins sûre ! Pourquoi m'as-tu rendu ma montre, Gianni ? Il est presque huit heures...

Après *La Rose*, tirée d'un poème de Goethe, les musiciens ont interprété la fameuse chanson de *Jean dans le trou à mouche*.

Ce qu'il veut, il ne l'a pas.
Ce qu'il a, il ne veut pas.
Ce qu'il dit, il ne le pense pas.
Ce qu'il pense, il ne le dit pas.

Ceux qui connaissaient les paroles les reprenaient en chœur, d'autres battaient des mains : la liesse. Nous avions souhaité la fête, elle était là.

44.

Puis l'orchestre a quitté l'estrade, laissant place à Gianni accompagné d'un couple de compatriotes. Des projecteurs ont été dirigés vers le tableau. L'heure de la vente aux enchères était venue. Tous les invités affluaient à présent vers la tente blanche pour assister au grand moment. Nicolas avait rejoint la famille dans les premiers rangs. La main de Virginia s'est posée brièvement sur mon épaule : « On est là. » Toute la liste venait de se grouper derrière moi.

Gianni a pris le micro.

– Soyez tranquilles, il n'y aura pas de discours, ce soir *fà troppo bello*, a-t-il commencé avec entrain. Et nous sommes tous heureux d'être ensemble, *non è vero* ?

Des « oui », des *è vero* amusés ont fusé. Pas un meeting, la fête : la consigne demeurait la même.

Il a désigné sa toile :

– Mais avant que le soleil ne nous quitte pour... aider la vie à Saint-Florentin, Charlotte Brenner a *qualque còsa* à vous dire.

Il m'a tendu la main. Frédéric et Millie m'ont interrogée du regard : « Était-ce prévu ? » Sans répondre, je suis montée sur l'estrade suivie par mes amis. J'avais proposé d'y aller seule, ils s'y étaient opposés.

Un grand silence s'était soudain abattu sur le parc. J'y ai entendu les saloperies d'hier ainsi qu'une immense interrogation : y répondra-t-elle ? J'ai pris le micro. Le sang battait à mes tempes, la chaleur enflammait mes joues, mon cou, descendait jusque sous mon corsage. Je tenais à peine debout. Bref, ça allait !

À Strasbourg, un conférencier m'avait expliqué que, plutôt que de disperser son regard, il valait mieux choisir dans l'assemblée une personne qui représenterait, en quelque sorte, tout le public tandis que l'on s'exprimerait. J'ai choisi une femme, une inconnue. Elle devait avoir la quarantaine, elle portait des lunettes et ressemblait à beaucoup de celles que nous avions visitées, Virginia et moi, et à qui nous avions donné espoir. Elle serait elles. Elles étaient moi.

– Je ne vous parlerai pas de ce que nous souhaitons accomplir pour Saint-Florentin, ai-je commencé. Vous connaissez notre programme et notre ambition. Ce soir, je vous dois autre chose : une réponse. Une réponse à ce qui a été dit hier. Mes amis et moi, nous avons pensé que le mieux était de vous la présenter.

À son tour, Kathy est montée sur l'estrade. Elle était arrivée une vingtaine de minutes auparavant. Le père Bertrand l'avait prise en charge. Nul n'avait certainement reconnu dans cette femme d'une cinquantaine d'années, à l'air et à la mise modestes, l'intrigante décrite par Martin à son meeting. Elle portait la même robe que la veille, sans doute sa plus belle. J'ai saisi sa main mais je ne suis pas parvenue à la serrer. La mienne tremblait trop.

– Voici Kathy Guillaume, ai-je annoncé. Voici celle qui a rendu mon père heureux durant de si longues années. Contrairement à ce que vous avez pu entendre, j'ignorais tout de son existence. Je sais que vous vous demandez pourquoi. Pourquoi votre maire, mon père, nous avait-il caché une part aussi importante de sa vie ? L'explication, nous l'avons eue hier : il y était obligé. Pour se protéger, pour protéger sa famille, de la calomnie.

Ma voix a fléchi. Je voulais tellement qu'ils me croient ! Je m'étais interdit de prononcer le nom de maman. À quoi bon puisque jamais je ne pourrais prouver que Kathy Guillaume n'était pas la maîtresse de Joseph Muller lorsque Irène avait absorbé des cachets, soigneusement mis de côté depuis des semaines. Ma seule arme était ce mot : calomnie. Mais pour qui voudrait l'entendre, il disait tout : le mensonge, la bassesse d'âme, les calculs sordides, l'ignominie. C'était ma parole contre celle de Martin.

J'ai fixé le visage plein d'attente de mon inconnue. J'ai fixé Saint-Florentin qui retenait son souffle.

– Je n'ai rien à ajouter sinon que je vous demande de continuer à me faire confiance.

À son tour, Kathy a pris le micro. Sa main tremblait tout autant que la mienne. Décidément, pas une pour racheter l'autre. Le silence s'était encore épaissi. Un immense remords m'empêchait de regarder du côté de Frédéric et des enfants. Il n'y avait pas qu'Étienne pour être lâche.

Kathy a dit :

– Bonsoir !

Puis plus rien. Plus rien durant une éternité. Plus rien que la souffrance et l'émotion qui débordaient de cette petite femme en robe de fête et parlaient pour elle, qui montaient à la gorge de tous, tendaient les visages vers le sien pour la supplier de s'exprimer, pour lui en insuffler la force. C'était vraiment le silence le plus assourdissant, le plus abominable que j'aie jamais subi. Et sans le sourire de Gianni, sans la muraille des cœurs battants de mes amis derrière moi, c'est bien simple, je tombais raide morte.

Lorsque Kathy s'est enfin décidée, sa voix timide, mal assurée, celle de quelqu'un désarmé face à l'épreuve, a tonné comme la sincérité.

– Voilà, a-t-elle dit. C'est vrai qu'avec Joseph on avait choisi de ne rien dire à personne. Et, pour finir, on s'était même habitués comme ça. C'est vrai que Charlotte ne me connaissait pas, ni vous. Mais moi, si ! Moi, je vous connais tous parce que Joseph n'arrêtait pas de me parler de Saint-Florentin. Et écoute donc qui se marie... et écoute donc qui vient d'avoir un petit, une peine, une joie, et écoute, écoute... Ça fait trente ans que vous venez tous chez moi avec lui.

Elle s'est interrompue quelques secondes. Mon inconnue avait retiré ses lunettes pour essuyer ses yeux.

– Ce que j'aimerais, c'est pouvoir mettre des visages sur vos noms, a-t-elle repris. Peut-être que vous voudrez bien m'aider à le faire, maintenant que Joseph n'est plus là. Je crois qu'il en serait heureux.

Puis elle s'est tournée vers la banderole, vers ma liste qui n'en menait pas large, surtout les pères, et elle les a désignés.

– En tout cas, c'est sûr que là où il est, il est fier de sa fille, a-t-elle conclu.

Cela a été tout. À nous deux, dix petites minutes de parole en comptant les silences éternels. Dix minutes sans injures, sans imprécations : dix minutes de vérité.

Les premiers applaudissements ont éclaté, timides, puis d'autres, et d'autres encore. Et tandis que nous descendions de l'estrade, ils étaient comme une pluie battante. Saint-Florentin se lavait de la calomnie.

La suite, je m'en souviens dans un brouillard. Frédéric et Julie avaient disparu. Nicolas m'a engueulée – j'aurais pu l'avertir quand même, lui qui avait tout fait – mais comme en même temps il riait, ce n'était pas grave. Millie ne lâchait pas la main de

Kathy. La Furette avait entrepris de l'aider à mettre les visages sur les noms ce qui, vu l'affluence, ne devait pas être une mince affaire.

Il paraît que la toile s'est magnifiquement vendue. Au-delà de toute espérance, m'a-t-on dit. C'est une galerie de Saint-Louis qui l'a emportée. Tant mieux ! L'Alsace ne perdrait pas son coucher de soleil. Les Florentinois n'en revenaient pas : une somme pareille pour des sarments qui ressemblaient à des vipères en folie, un ciel plus vert que bleu et, au fond, sur nos collines, des traînées de brume dont j'étais la seule à savoir que c'étaient les robes des dames blanches.

Il paraît qu'on a dansé et même que certains allumés se sont jetés dans la piscine. Je me souviens qu'à un moment Virginia m'a dit :

– Tu vois, Charlie, ce qui s'est passé ce soir dans notre village de rien du tout, ça ne se voit généralement que dans les films, façon Hollywood : suspense et sucre rose.

Pour le sucre rose, je n'étais pas d'accord : sur l'estrade, j'avais été à deux doigts de mourir. Pour Hollywood, je n'ai rien contre : en général, les histoires s'y terminent bien. Mais avant de connaître la fin de la nôtre, on avait encore à attendre.

Et pourquoi pas comme la toile : « au-delà de toute espérance » ? C'est une phrase qui ne me déplaît pas.

45.

– Depuis quand savais-tu ?

Froid, et même glacial, le regard de mon mari.

– Très peu de temps.

– Mais encore ?

– Mercredi. Mercredi dernier.

Frédéric réfléchit.

– Mercredi soir, il me semble t'avoir appelée, non ? Tu n'as pas songé à m'en parler ?

Bien sûr que si ! J'ai même failli lui demander de m'enlever, de m'emmener en Grèce. À quel moment y ai-je renoncé ? Ne serait-ce pas lorsque l'idée de reprendre à Strasbourg la vie d'avant m'a terrassée ?

Il est huit heures. Debout face à mon lit, face à moi, mal éveillée, Frédéric, lui habillé, rasé, impeccable, implacable, me fixe d'un air féroce. Dans quelle chambre a-t-il dormi ? Il n'était pas dans celle-ci lorsque je suis rentrée cette nuit, tard, très tard. J'en ai été soulagée.

– J'aurais dû t'avertir, c'est vrai, Frédéric. Mais j'étais en plein brouillard. Martin me faisait son ignoble chantage. Moi seule pouvais prendre la décision.

– Martin, encore lui. Tu n'as donc toujours pas tiré le trait ?

– C'est lui qui ne l'a pas tiré.

Il hausse les épaules, excédé. Comme il est loin, mon mari. Comme il était près, Gianni, jeudi, quand il a constaté : « Il te hait parce qu'il t'aime. »

Je me redresse sur mes oreillers. Durant le peu que j'ai dormi, la fête a tourné dans ma tête. Elle y tourne encore. Ah, une douche, un café et, tranquillement, tenter de me souvenir. Ont-ils vraiment existé, ces applaudissements ? Et ces larmes sur les joues de mon inconnue, qui me disaient que j'avais été crue ?

– Te rends-tu seulement compte, Charlotte, de ce que cela a été pour nous, pour Julie et moi, de découvrir, par toi en plus, au milieu de tous... ces étrangers à la famille, les égarements de ton père ?

– Ce n'étaient pas des égarements, c'était sa vie, le cœur de sa vie !

– Raison de plus pour nous en parler avant ! Et imagine que Fabrice ait été là ?

– Si Fabrice est un garçon bien, il n'aurait pas jugé.

Il lève les yeux au ciel, me tourne le dos et va ouvrir la fenêtre. Dans son berceau de bruissements, le verger s'éveille. Qu'y voit mon mari ? Des arbres fruitiers, un petit tas d'herbe à brûler, une table et des chaises de jardin sous un parasol. Moi, sans même regarder, je vois autour de cette table un homme appelé Joseph et ses deux enfants. J'entends des rires, des querelles sans importance. Bien que la mère soit morte, je vois une famille heureuse.

Je supplie.

– Essaie de me comprendre.

Il revient vers moi.

– Mais je n'arrête pas ! Je n'arrête pas de me demander pourquoi ma femme n'est plus la même, pourquoi elle s'éloigne de moi, ce que je lui ai fait, ce qui n'allait pas ?

– Tu ne m'as rien fait, Frédéric. Je ne m'éloigne pas.

– Tu n'étais pas heureuse à Strasbourg ? Tu n'avais pas tout ce que tu désirais ?

– J'avais beaucoup de choses, beaucoup de chance, mais ça ne me suffisait plus.

– Et qu'est-ce qui te manquait ?

– Agir... faire... je ne sais pas : me sentir vivre.

– Des phrases de magazines féminins, ironise-t-il. Et qu'est-ce qui t'empêchait d'agir à Strasbourg ? Tu y as toutes les possibilités : le sport, les études, le bénévolat...

– J'ai trouvé ce qui me convenait ici, chez moi.

– Chez toi, c'est avec nous, avec ta famille ! crie Frédéric.

« Chez toi, c'était ici, dans cette maison », a crié Martin.

Les paroles d'une chanson, interprétée hier par Nicolas et son groupe, me reviennent.

Tel, tel que je t'aime,
Telle, telle aime-moi...

Elles veulent dire : « Aime-moi telle que je suis puisque je t'aime tel que tu es. » Mais Frédéric sait-il qui je suis ? Moi-même, parfois, je ne me reconnais plus. Il me semble avoir davantage changé en quelques semaines qu'en des années.

– Imagine que ta liste passe, que tu sois élue... Tu as l'intention de t'installer ici ? demande-t-il d'une voix sourde.

J'éclate de rire.

– Mais tu es fou ! Il n'en est pas question. Je viendrai plus régulièrement à Saint-Florentin, c'est tout.

Je quitte mon lit et viens vers lui. Aurait-il peur de me perdre ? Soudain, je m'en veux. Bon mari, amant attentionné, et aussi bon père, quoique parfois rude avec Nicolas, je n'ai rien à lui reprocher. Ce n'est pas à cause de toi, Frédéric, que j'ai eu envie de tirer la nappe, c'est POUR moi.

Je pose la tête sur son épaule. Fais-moi l'amour, mon mari. Cela fait trop longtemps. Reviens-moi.

Hier, Gianni avait creusé son épaule. Frédéric se dégage et va vers la porte. Avant de sortir, il se retourne.

– Tu ne t'étonneras pas si nous rentrons, Julie et moi, dès ce matin. Je crois que nous nous sommes tout dit.

Non ! Tu ne m'as pas demandé si le secret de mon père m'avait fait souffrir. Tu n'as pas cherché à savoir qui était Kathy pour qu'il l'ait tant aimée. Tu ne t'es pas inquiété des réactions de Nicolas et de Millie, ni de mes sentiments à moi. Nous ne nous sommes vraiment rien dit.

Et puis, tant pis ! De toute façon, ça n'aurait pas été l'amour, pas même la trêve. Une prise de possession d'un corps par un autre, un rappel : « Tu es à moi. Tu es ma femme. » Comme si j'avais jamais cessé de l'être.

Et après tout, au diable !

Après m'être rapidement habillée et avant de prendre ce café tant désiré, je suis allée frapper à la porte de Julie. Elle faisait son sac. Les deux lits de sa chambre étaient défaits ; c'était donc ici que son père avait dormi. Mon cœur s'est serré : mes deux abandonnés ?

– On peut parler un peu, ma chérie ?

Elle s'est redressée brusquement pour me faire face. Elle avait pleuré.

– De quoi veux-tu qu'on parle, maman ? Tout était parfaitement clair, hier. Grand-père avait une maîtresse ; entre parenthèses, merci pour la surprise.

– Pas une maîtresse, Julie, une compagne. Une compagne qu'il a profondément aimée.

– Eh bien alors, que demande le peuple ? On est tous bien contents et on n'en parle plus.

Elle est revenue à son bagage, enveloppant dans du papier de soie les sandalettes de marque qu'elle portait la veille, avant de les placer au fond de son sac, ma soigneuse, ma scrupuleuse. Mon étrangère ?

Ce sentiment d'impuissance, ce cri dans le vide, seuls ceux que leur enfant refuse d'entendre peuvent le comprendre. « Qu'est-ce que je t'ai fait ? » J'avais envie de poser à Julie la même question que Frédéric à moi, un instant auparavant. Pourquoi t'éloignes-tu ?

Mon aînée avait toujours été plus proche de son père que de moi. Plus près du brillant ingénieur, de l'homme admiré, reconnu, que de la mère au foyer. Et, en cela, elle était différente de son frère et de sa sœur, si complices et tendres avec moi. Je ne l'en avais pas moins aimée. D'un amour mêlé de nuages, voilà tout.

Sur le dessus du sac, elle mettait à présent son joli bustier à paillettes. La culpabilité m'a mordu le cœur. Elle s'était réjouie de cette fête. Au début, elle n'avait pas caché son plaisir. Je l'avais attirée dans un piège.

– Si vous restiez au moins déjeuner, ai-je proposé faiblement.

– Tu te consoleras avec mon frère et ma sœur.

C'est ainsi que cet enfant vous reproche de préférer les autres, tout en faisant tout pour vous écarter.

En refermant la porte, c'était moi que j'avais envie d'envoyer au diable.

46.

Peu avant midi, Étienne a rapporté du marché un plein panier de quetsches. Elles étaient mûres à point, leur lèvre ouverte laissant entrevoir une chair mordorée, promesse de succulence.

– Fau... faudrait quand même pas oublier la con... confiture, a-t-il déclaré d'un ton inhabituel : un ton de pater familias, ma parole !

Chez nous, pas d'été sans confiture de quetsches. Les quelques souvenirs que je garde de ma grand-mère paternelle sont autour d'un chaudron de cuivre d'où s'échappent de chaudes odeurs de goûter. Papa avait pris le relais et, bon an, mal an, nous faisions notre cinquantaine de pots chaque été. Ils nous servaient aussi pour des cadeaux.

Si vous voulez réussir votre confiture, il convient de laisser macérer les fruits dans leur pesant de sucre au moins une dizaine d'heures. En rajoutant le jus d'un ou deux citrons, vous ferez dire aux amateurs :

« Mais qu'est-ce qu'elle a de plus que les autres ? »

Qu'Étienne ait choisi pour faire la confiture veille et jour d'élection était un message clair. Demain, le ciel pourrait nous tomber sur la tête, cela n'empêcherait pas la vie de continuer à la maison.

Nous avons fait cuisine ouverte. À tous ceux qui se présentaient, Millie, enchantée, montrait le chemin. Ils auraient pu le trouver à l'odeur. Qu'est-ce que ce serait plus tard, lors de la cuisson ! Toutes les bonnes volontés étaient mises à contribution pour équeutage et dénoyautage de fruits. Étienne aurait pu en prendre le double.

Le téléphone a beaucoup sonné. Les appels exprimaient un gros « ouf ». Non, chez nous, ce n'était pas comme à Paris (ou en Amérique aurait pu ajouter Millie), on ne se vautrait pas dans le linge sale. Et d'abord, quel linge sale ? Qui avait osé en parler ?

Sur un point, nous pouvions être tout à fait rassurés : grâce à la vente du tableau nous n'aurions aucun problème pour aborder, le cas échéant, un second tour.

Et Martin, des nouvelles ?

Aucune nouvelle.

– Ko ; le mec, a déclaré Virginia. Répondre à la haine par la fête, il ne savait pas que ça existait.

Nous avons rempli quatre saladiers.

À six heures, ivre d'odeur de fruits et de fatigue, j'ai quitté discrètement la maison. J'avais quelqu'un à visiter.

Nous avions choisi, Étienne et moi, une dalle toute simple. Sous le nom de Joseph et sa durée de vie, nous avions fait graver : « artisan et maire de Saint-Florentin ». Il n'en aurait pas souhaité davantage.

L'opulent rosier-buisson, fait de fleurs d'un rose tendre, ne pouvait venir que de Kathy : une espèce que l'on appelle Dames de cœur. À condition de bien les servir en eau, elles devraient durer longtemps.

Kathy était rentrée à Colmar cette nuit. Elle se tiendrait au courant par téléphone.

Alors que je posais mon bouquet champêtre à côté du rosier, Millie m'a rejointe.

– Quand je t'ai vue partir avec les fleurs, j'ai deviné où tu allais.

Elle a montré la tombe.

– Est-ce que tu te rends compte, maman, que tu fleuris aussi Irène puisqu'elle est là-dessous avec Gépé ? a-t-elle demandé.

Dans sa voix, une nette réprobation : Irène la « sale vache » ?

– Tu vois, plutôt que dessous, je pense que le meilleur d'eux est monté là-haut, ai-je répondu. Là où cela ne peut être que la grande réconciliation.

Millie a eu une moue de doute. Elle m'est apparue soudain fragile : une toute petite fille qui se haussait tant qu'elle pouvait vers la jeune fille sans en avoir encore l'enveloppe. J'ai pensé à Julie et mon cœur s'est serré.

– Si tu veux, un de ces jours, on pourra parler d'Irène. Je te raconterai mieux.

– Maman Chut ? a-t-elle demandé avec un clin d'œil.

– C'est cela.

– Toi, c'est maman Chouette, a-t-elle déclaré. Et ne t'en fais pas pour papa et ma sœur, ça s'arrangera.

Elle était en train de m'embrasser au nom de toute la famille quand le pasteur Reubell est passé par là. Lui aussi avait dénoyauté ; on le devinait à une tache roussâtre sur le poignet de sa chemise. Il nous avait bien fait rire en prétendant qu'il avait double mérite, n'aimant les quetsches qu'en eau-de-vie.

Il a d'abord regardé un moment son ami avec nous, ses lèvres formant une prière. Puis il a posé la main sur mon épaule.

– Tu verras, tout se passera bien demain.

– C'est une prédiction ? ai-je demandé.

– Une prémonition ? a demandé la Furette.

– Une intime conviction, a-t-il répondu.

Depuis quelques jours, je brûlais de lui poser une question. C'était le moment ou jamais.

– Pour Kathy, vous étiez au courant, vous aussi ?

Avec un soupir, il a levé les yeux vers le Seigneur.

– Tu sais, les parties d'échecs, et depuis si longtemps, ça peut mener à tout. Même à ouvrir son cœur.

– Vous m'apprendrez ? a demandé Millie. J'ai parfois des difficultés avec le mien.

47.

Il était huit heures trente lorsque accompagnée de Nicolas, tout marri de n'être pas électeur à Saint-Florentin, et de Millie sur son trente et un – jupette et paillettes sur nez et pommettes –, je suis allée remplir mon devoir de citoyenne.

Il n'y a pas grand-chose à dire de notre mairie sinon qu'elle se marie bien avec le village. À ses pieds, une jolie fontaine lui dédie son chant langoureux. Rien d'imposant dans son allure mais une certaine coquetterie. Ses colombages montent jusqu'à son toit où ne manque pas une tuile en queue de castor. Ses fenêtres sont fleuries grâce aux bons soins de Marguerite. Et, pour coiffer le tout, un nid de cigognes trône sur une ancienne cheminée. Mon père tenait à le garder en état.

« Vous verrez, un jour, elles reviendront », nous promettait-il.

Il y avait déjà du monde sur la place : certains ayant voté, d'autres s'apprêtant à le faire.

– Alors, Charlotte, c'est le grand jour ?
– Le grand jour pour Saint-Florentin, oui !
Le bureau de vote avait été installé dans la salle des fêtes. J'ai présenté mes cartes d'électeur et d'identité à un ancien qui, bien que m'ayant vue naître, a tenu à vérifier scrupuleusement le tout avant de me remettre l'enveloppe destinée à mon bulletin.
« Pourquoi ne votes-tu pas comme nous à Strasbourg ? me demandait régulièrement Frédéric. Ce serait plus pratique. » Et je répondais en riant : « Imagine que papa ait besoin d'une voix, une seule, pour faire la différence... »
Ce soir, il en faudrait beaucoup autour de la mienne pour que Gepetto continue à vivre.
Lorsque le rideau de l'isoloir est retombé sur moi, j'ai fermé un instant les yeux. Un soir, chez Marguerite – c'était hier – j'avais lancé sans y avoir vraiment réfléchi : « Et si je me présentais ? » Depuis, tant de choses m'étaient arrivées : l'amitié, l'enthousiasme, la découverte et un grand espoir. Mais aussi les coups bas, la trahison, le dégoût et parfois la peur. Bref, il m'était arrivé une aventure et même si celle-ci prenait fin dans quelques heures je ne regretterais jamais de l'avoir vécue.
– Tu en as mis du temps, a remarqué la Furette alors que je quittais l'isoloir. Et, malicieusement : – Peut-être que tu ne savais pas pour qui voter ?

Autour du docteur Mathias, notre président de bureau de vote, se tenaient les deux assesseurs, un homme et une femme, sérieux comme des papes. Le médecin a ouvert la targette en m'adressant un clin d'œil complice, j'ai laissé tomber mon enveloppe dans la fente, il a dit : « A voté », on m'a présenté le registre à signer. C'était déjà fini. Comme ils sont courts les moments où notre avenir se joue.

Mes enfants sont restés sur la place tandis que je faisais un tour du côté de Sainte-Odile où l'office de neuf heures quinze avait commencé. Des chants s'échappaient par le portail ouvert. Je suis entrée y joindre ma voix : une façon de rendre grâce à mes « pères » en même temps qu'à Celui qu'ils honoraient. Le sermon du curé a été bref et sans histoire : il a porté sur le pardon.

Et comme les fidèles se retrouvent sur le parvis, la messe terminée, au bout de la rue, côté campagne, monte un bruit de tracteur. Un tracteur le dimanche ? Un dimanche d'élection ? En voilà, une nouveauté ! Toutes les têtes se tournent dans la direction du grondement.

En fait de nouveauté, c'est plutôt une antiquité qui nous apparaît : un tas de rouille qui tousse, crache de la fumée et avance à allure d'escargot. Des gens s'esclaffent... jusqu'à ce que, l'engin arrivant devant l'église, ils en découvrent le conducteur, ou plutôt la conductrice : une vieille, très vieille dame, chapeautée et gantée, entourée de deux molosses qui aboient avec fureur.

Serait-ce...

En reconnaissant Élisabeth de Langsk, l'allégresse m'a emplie : bravo, Millie ! Je n'ai qu'un nom à prononcer pour que tous comprennent de qui il s'agit : « la comtesse ». C'est ainsi que l'appellent ceux qui ne préfèrent pas « la folle » ou « la sorcière ». Si très peu de Florentinois peuvent se vanter de l'avoir connue, aucun n'ignore son château. Il fait partie de notre paysage, avec sa tour en ruine qui perce, là-haut, le massif montagneux. Ceux qui savent l'histoire de la famille de Langsk l'appellent le château du Malgré-nous. Il date du XVIe siècle ; François Ier s'y serait arrêté... Lorsque des touristes demandent à le visiter, la réponse ne varie pas. Impossible, il est habité. On ne vous laissera pas entrer.

Ni folle ni sorcière, la châtelaine. Je suis rentrée émerveillée de son invitation. Le vœu de la jeune Élisabeth de ne plus jamais mettre les pieds dans un village qui avait accusé son mari de collaboration avec les Allemands ne l'avait pas empêchée de se tenir au courant de la marche du monde. Elle faisait ses courses ailleurs, voilà tout !

J'ai respecté ma promesse de ne parler d'elle qu'à Marguerite dont elle se souvenait. Et la voilà !

Avec un bel ensemble, tous les fidèles, auxquels se rajoutent d'autres curieux récoltés en chemin, sans compter les canidés qui se joignent allégrement au concert, suivent le tracteur jusqu'à la mairie où il s'arrête devant les marches dans un chapelet de hoquets.

La rumeur a fait son chemin plus vite que l'engin et ma Millie, entourée de Marguerite et du fidèle Jacquot, est au premier rang pour accueillir l'électrice.

Élisabeth de Langsk se tourne d'abord vers ses chiens qui, affolés par la foule, ont redoublé d'aboiements.

– Castor, Pollux, la ferme !

Puis, sans paraître remarquer le public, elle change tranquillement ses baskets contre des escarpins avant de se lever.

Elle porte une robe de soie fleurie à la pointe de la mode, celle des années trente étant revenue à l'honneur dans les collections de printemps. Aucun couturier n'aurait mieux réussi. La robe est authentique ainsi que le chapeau cloche sur le chignon blanc.

Resplendissante de bonheur et de fierté, Millie saute au cou de la vieille dame, manquant la renverser. Notre secrétaire de mairie lui tend la main.

– Heureuse de vous revoir, madame.

Si mes calculs sont bons, la dernière fois qu'elles se sont vues, Élisabeth avait vingt ans et Marguerite guère plus de dix.

– Alors, on ne se tutoie plus ? feint de s'étonner l'aînée dont l'humour, lors de ma visite, ne m'avait pas échappé.

Dans la salle des fêtes, l'ancien qui m'avait remis mon enveloppe est debout, tout tremblant d'émotion.

– Mon père travaillait au château pour M. le comte, bégaie-t-il lorsqu'elle s'arrête devant sa table.

Elle lui demande son nom, serre sa main, puis ouvre son sac (également 1930) et laisse tomber sur cette table une pluie de cartes d'électeur : toutes celles reçues par elle depuis que de Gaulle a permis aux femmes de voter – mais dont aucune ne porte de cachets puisque jusque-là la citoyenne n'a encore jamais usé de son droit.

Toujours aussi ému, le préposé aux enveloppes lui remet la sienne sans rien vérifier du tout. Élisabeth passe dans l'isoloir.

– Tu vois, maman, on a eu raison d'aller la voir avec Jacquot, remarque Millie.

Je la serre contre mon cœur, repérant au passage l'odeur de ma précieuse eau de toilette dont, pour le grand jour, elle a abusé. Oui, c'est bien grâce à cette petite fille, la mienne, que, ce matin, Élisabeth de Langsk est venue porter son pardon au village. En choisissant ce thème pour son sermon, le père Bertrand avait-il prévu le miracle ?

– Et nous revoilà à Hollywood, film série Z, ricane Virginia qui vient seulement d'arriver.

Tais-toi ou je t'étrangle !

La comtesse est restée longtemps dans l'isoloir. Si longtemps que certains ont commencé à s'inquiéter. Tous fixaient le bas de la jupe plissée et les escarpins, immobiles derrière le rideau. Plus tard, nous avons appris que Castor et Pollux ayant dévoré l'enveloppe contenant les bulletins, elle tentait, comme Kathy vendredi, de mettre des visages sur les noms.

– Ravi de faire votre connaissance, madame, a dit le docteur Mathias lorsqu'elle s'est présentée devant lui.

Un chef d'État déposant son bulletin dans l'urne n'aurait pas été plus admiré. Des flashes ont crépité.

– A voté !

Lorsqu'elle s'est retournée, elle avait les larmes aux yeux. Millie s'est emparée de sa main.

– Maintenant, tu viens à la maison. Il y a pique-nique et après on s'occupe des confitures.

Nous avons versé le contenu des saladiers dans le chaudron de cuivre sitôt le café pris. La cuisson, à petits bouillons, durerait de deux à trois heures. Il faudrait tourner régulièrement avec la cuillère en bois et écumer lorsque nécessaire.

Quand j'étais enfant, l'écumage était ma tâche favorite. Il me semblait recueillir sur ma palette l'ultime respiration du fruit, en quelque sorte son dernier soupir. Juchée, comme moi à l'époque, sur un tabouret, Millie s'en est chargée et, bien sûr, tout le monde n'a cessé de crier qu'elle allait tomber dans la confiture.

Pendant la cuisson, nous avons préparé pots et étiquettes. Sur celles-ci ont été simplement inscrits : *QUETSCHES* et la date. Pas de risque que l'on oublie cette cuvée-là. D'autant que l'écriture serait celle d'Élisabeth de Langsk.

Étienne n'était pas disponible : il s'occupait des chiens dans le verger. D'abord indigné que des étrangers se permettent de fouler son territoire, Maigret avait finalement accepté Castor et Pollux et c'était également la fête du côté des fruits frais.

Comme la veille, la porte de la maison est restée ouverte à tous mais l'atmosphère n'était plus la même. Elle était... tourbillonnante. Les navettes ne cessaient pas entre cuisine et mairie, l'information venait en continu, les présages allaient bon train.

Martin et Roland avaient voté en catimini à l'heure creuse du déjeuner. Discrétion inhabituelle chez ces deux grandes gueules.

Bon ou mauvais ?

Après que Gianni avait – pour la première fois lui aussi, grâce à l'Europe – déposé son bulletin dans l'urne, quelqu'un lui avait demandé s'il lui restait du champagne en réserve pour ce soir. Il avait répondu *Certamente*, en faisant le V de la victoire.

Bon ou mauvais ?

D'après le pointage, le vote était massif.

Bon ou mauvais ?

Élisabeth de Langsk nous a quittés vers quatre heures. Nicolas a décidé de l'escorter en voiture au cas où son tracteur, peu habitué aux voyages, rendrait l'âme en chemin. Une sorte de coup de foudre s'était produit entre ces deux-là. Ils avaient ardemment discuté musique et folklore local. Chacun avait pu entendre notre comtesse mettre à la disposition du guitariste ses 78-tours, son tourne-disque La Voix de son maître et son château.

Pour savoir si votre confiture est cuite, vous prélevez du sirop avec une cuillère et versez dans une soucoupe. Lorsque le sirop tombe en perles, c'est bon. Vous n'avez plus qu'à mettre en pot. Nous en avons rempli cinquante-trois.

Gianni n'est pas passé : la discrétion. Frédéric n'a pas appelé : la rancune ?

48.

Il est six heures. La clôture du scrutin vient d'être annoncée par le docteur Mathias. Le dépouillement va commencer. Il y a plus de volontaires que de travail à fournir.

La porte de la mairie est, comme il se doit, restée grande ouverte : entre qui veut. Il y a foule sur la place où un vent léger fait courir des odeurs sucrées. « On se demande bien d'où ça vient », plaisantent les gens. « As-tu prévu un pot pour nous, Charlotte ? »

Plutôt que de s'énerver à l'intérieur, nous avons préféré, Virginia et moi, nous ronger les sangs près du chant régulier de la fontaine. Quels que soient les résultats, elle continuera à couler. Bien qu'avec Martin...

Il est six heures vingt. Aux toutes premières nouvelles, ce serait bon pour nous. Surtout, n'y croyons pas trop, gare à la déception. Martin vient de quitter la mairie d'un pas pressé. Où est-il allé ? « Chercher le champagne », ricane Virginia. Alors que nous essayons de plaisanter – plutôt lamentablement – sur ce qu'on appelle la « torture suprême », celle de l'espoir, un « MAMAN ! » tonitruant fait sursauter la place et tout le monde se retourne pour voir Millie courir vers la fontaine, traînant à sa suite un jeune homme à queue de cheval et sac de cuir en bandoulière.

– Il te cherchait. C'est pour t'interviewer.

– Jérôme Masson, se présente l'inconnu en me tendant la main.

Je comprends mieux l'état de fébrilité de ma Furette en apprenant qu'il est journaliste aux *Dernières Nouvelles d'Alsace*. Il est monté de Saint-Louis pour poser quelques questions à la première femme qui se présente dans notre petit village. En vrac : comment l'idée m'est-elle venue ? De quelle façon les Florentinois ont-ils accueilli ma candidature ? Suis-je pour la parité ? Qu'est-ce que je ressens ce soir ? Est-il vrai que mon père, Joseph Muller, a été maire de Saint-Florentin durant plus de trente ans ?

Nous nous sommes éloignés de la foule. Devant une Furette en transe, Jérôme Masson sort son magnétophone.

Vous ne le savez donc pas, monsieur le journaliste ? Personne ne vous l'a dit ? Si j'ai décidé de me présenter, c'est parce qu'on a fait des misères à mon père, de grosses misères qui ont sans doute hâté sa mort... Mais c'est aussi parce que depuis quelque temps, sans me l'être formulé clairement, j'avais envie de tirer la nappe. Savez-vous ce que c'est que « tirer la nappe », jeune homme ? Cela vient comme une petite fièvre sans importance, du malaise, de la fatigue, une lassitude de faire jour après jour les mêmes gestes, de répéter les mêmes mots et de sourire dans le vide. L'envie d'aller voir vers d'autres horizons, même si le vôtre est bleu et sans nuages, au risque de vous exposer, d'en prendre plein la gueule, de semer la zizanie dans une famille qui, jusque-là, était votre principal univers. Il me semble que cela s'appelle : donner un nouveau sens à sa vie. La parité, avez-vous dit ? Il faudra que j'y réfléchisse. À première vue, je n'aime pas ce que l'on vous impose à grands coups de trompette. La parité a, pour moi, des accents guerriers. Je préférerais que soient donnés à chacune tous les moyens de mener sa vie à sa guise, aussi haut qu'elle le souhaite, tapis rouge déroulé. Mais si possible AVEC les hommes et non contre eux. C'est d'ailleurs dans notre programme. Il y en a qui sont d'accord. Je rêve ? C'est que, voyez-vous, la vie, sans rêves... Ce que je ressens ce soir, monsieur le journaliste ? À la vérité, c'est tout mélangé : la fierté d'appartenir à un groupe porté par une même ambition et l'espoir de pouvoir continuer à avancer ensemble. Mais, en même temps, la fatigue, l'angoisse et le doute. Sans compter le chagrin d'avoir mis pour la première année les quetsches en pot sans papa. D'autant qu'avec Odette *out*, ça a été doublement le pied.

Et comme, bien entendu, je ne peux rien dire de tout cela à Jérôme Masson, je déclare à son micro que, pour l'instant, désolée, je n'accorde aucune interview et, au désespoir scandalisé de ma fille, je le dirige vers Virginia, ma porte-parole, mon attachée de presse, mon amie.

À sept heures moins le quart, le docteur Mathias a annoncé les résultats. La participation avait été de 95 %. Abstentions et bulletins blancs : 5 %.

Avec deux cent trois voix, je passais du premier coup. Le père Bertrand, le pasteur Renbell et le docteur Mathias n'auraient pas, eux non plus, besoin d'un second tour. Avec seulement soixante voix, Martin devrait se représenter. Roland Lapôtre était éliminé.

La grande surprise de la soirée n'était pas ma brillante élection mais celle de Virginia. Bien qu'elle n'ait pas postulé, son nom avait été ajouté tant de fois à côté du mien qu'à la barbe de Saint-Florentin, elle était d'ores et déjà la seconde femme conseillère à la mairie.

Il fallait la voir, pour une fois muette, comme une petite fille qui aurait gagné le gros lot sans avoir acheté de billet. Et là, apparemment, pas question de plaisanter avec Hollywood. Dès qu'elle a eu retrouvé la parole, elle a demandé à recommencer le dépouillement, à tout recompter pour être bien sûre qu'il n'y avait pas erreur sur la personne.

Jérôme Masson nous a prises en photo dans les bras l'une de l'autre et honni soit qui mal y pense. Venu pour une, il en récoltait deux. Millie a promis de tout lui expliquer.

J'ai appelé Kathy à Colmar et Frédéric à Strasbourg. La première a pleuré, l'autre s'est tu. On a bu du champagne apporté devinez par qui ? Nicolas a été chercher sa guitare et on a dansé.

Plus tard, Marguerite m'a entraînée à l'écart. Je n'aimais pas du tout la tête qu'elle faisait. Qu'allait-elle m'annoncer comme nouvelle catastrophe ? Elle a dit avec un soupir :

– Mieux vaut que tu t'y prépares, ma Charlotte. Dimanche prochain, tu pourrais bien te retrouver maire de Saint-Florentin.

QUATRIÈME PARTIE

LA FURETTE D'ALSACE

49.

La Furette d'Alsace, 1er octobre

« Ce matin, à Saint-Florentin, madame le maire a célébré son premier mariage, entre Romain Ménès et Lorraine Simon, tous deux enfants du pays. La catastrophe a été évitée de justesse grâce à M. Mozart, témoin de la mariée, qui s'est avisé à temps – avant l'échange des consentements – que la porte de la salle des fêtes avait été fermée. Risque d'annulation au cas où quelqu'un aurait voulu s'opposer à l'union. Ouf !

Le couple de cigognes, offert généreusement par Gianni Lupis, semble se plaire sur le toit de la mairie. Qu'on se rassure : il ne nous quittera pas comme le faisaient ses ancêtres. Pour faire oublier au bel échassier son instinct migrateur, il suffit de garder le cigogneau sous un filet jusqu'à ses trois ans en le gavant de ses mets préférés : mulots, poissons, grenouilles. Remis en liberté, il n'a plus aucune envie de se crever pour aller chercher sa pitance en Afrique. Certains se plaignent que l'on a fait du symbole vénéré de l'Alsace un assisté de plus. Les mêmes remarquent que sa fiente abondante dénature la belle couleur de nos toits. Pourquoi ne pas la récolter pour en faire des sculptures ? L'art fécal se porte bien de nos jours : un buste de président de la République, réalisé à partir de différentes déjections d'oiseaux, s'est vendu récemment soixante-dix francs.

Une troisième poule a disparu du poulailler de Mme Saratino. Nul ne lui fera croire que c'est le fruit du hasard ou de la voracité du renard. Notre enquête se poursuit. »

La Furette d'Alsace, un feuillet recto-verso, paraît deux fois par mois. Jacquot m'accompagne dans mes enquêtes, j'écris les textes, Virginia les tape sur son ordinateur et M. Marchand-de-tout nous prête sa photocopieuse à condition que son nom soit cité. Le journal est glissé gratuitement dans les boîtes à lettres. Tout don est le bienvenu. Pour l'instant, zéro.

Maman a été élue maire par le conseil municipal à une écrasante majorité. Onze conseillers de son côté, seulement quatre pour Martin. Enfoncé, Martin ! Virginia est premier adjoint, le père Bertrand s'occupe des affaires sociales, le pasteur Reubell de la compta. Maman a droit à une indemnité de 7 000 francs par mois : les premiers sous qu'elle gagne. Virginia, c'est seulement

2 000 et elle y a renoncé car son autre travail lui rapporte bien et que ça fera ça de plus pour le budget minable de la mairie.

À part ça, elle a rompu avec sa petite amie de Mulhouse qui était jalouse qu'elle passe toutes ses nuits à Saint-Florentin avec maman. Une bonne chose de faite. Il paraît que de toute façon ça branlait dans le manche depuis la campagne.

Pour mes parents aussi, ça branle dans le manche. Si notre couple de cigognes s'adapte bien à leur nouveau mode de vie, eux, pas du tout !

Quand on est montées à Strasbourg, le lendemain des élections, pour annoncer à papa la mauvaise nouvelle du triomphe de maman, elle avait fait ses calculs. S'il descendait le week-end et qu'elle montait deux fois par semaine, ils seraient ensemble quatre jours. Autant qu'avant quand papa voyageait.

– Mais tu rêves, ma pauvre !

Maman avait tenu à ce que j'assiste à une conversation qui concernait toute la famille, aussi papa avait-il retenu sa voix. Ça ne m'a pas tellement plu qu'il l'appelle « ma pauvre » alors qu'elle n'avait jamais été aussi riche.

Comment avait-elle pu imaginer une seule seconde, lui a-t-il demandé, qu'il voudrait bien ajouter à ses déplacements épuisants deux jours chaque semaine dans un village qu'il ne pouvait plus voir en peinture depuis qu'il lui avait volé sa femme ? Et, en lui faisant cette superbe proposition, avait-elle pensé aux enfants ?

– Pour Julie, pas de problème, a répondu maman d'une petite voix. Elle se marie dans quelques mois. Quant à Nicolas...

Le moment superdélicat était arrivé. Elle a respiré à fond.

– Ton fils a décidé de rester à Saint-Florentin. Il va travailler avec Étienne.

– FOLIE FURIEUSE ! a crié papa. Jamais je ne permettrai ça. Ce petit con ira jusqu'au bout de son école de commerce, qu'il le veuille ou non.

– Je crains qu'il ne te demande pas ton avis, a soupiré sincèrement maman. Il est tout à fait décidé. Et il est majeur, tu sais.

Majeur ! L'impuissance a étranglé papa. Il est devenu tout rouge. Il ne pouvait ni aller chercher Nicolas par la peau du cou pour l'enfermer dans une pension, comme son père l'avait fait avec lui avant qu'il se décide à prendre enfin son avenir en main, ni fermer le robinet des sous. Pour le robinet, c'était déjà fait.

– Majeur et soutenu par sa mère à ce que je vois, a-t-il sifflé entre ses dents.

– Pas du tout ! s'est défendue maman. Tu te trompes. Moi aussi, j'ai eu un choc quand il m'a annoncé la nouvelle. Mais je dois reconnaître qu'il n'a jamais semblé aussi heureux, a-t-elle ajouté plus bas.

– Et tu crois qu'il le sera toujours quand Gepetto se sera cassé la gueule et qu'il se retrouvera dans un squatt sans le moindre petit bagage pour s'en sortir ?

Ça a été au tour de maman de devenir toute rouge.

– Ce que tu dis n'est pas très gentil pour mon frère qui se donne un mal fou pour redresser l'affaire.

– Redresser l'affaire, ah ! ah ! a ri cruellement papa. Je croyais qu'elle était dans le trou, l'affaire. Et Odette a donc renoncé à vendre ?

– Odette a renoncé à Étienne, elle est partie, ils divorcent, ai-je annoncé sans préciser que c'était mon œuvre.

Papa s'est brusquement souvenu de ma présence. Après la « folie furieuse », je m'étais planquée dans un coin et dans sa colère, il m'avait complètement oubliée. Il est venu près de moi et il a posé sa main sur ma tête. J'avais une grosse boule dans la gorge : la Grèce à l'eau, maman maire, Nicolas dans le jouet, c'était vraiment dur pour lui ! Et voilà qu'il me regardait comme si j'étais sa bouée de sauvetage, sa planche de salut, sans se douter que j'étais encore une mauvaise nouvelle : la dernière.

– Et Millie ? a-t-il demandé à maman. Que fais-tu de ta chère petite fille dans tes projets faramineux ? Millie quand elle rentrera du collège avec ses devoirs à faire, seule à un âge délicat (douze ans, le passage de l'enfant à la femme) et qu'elle ne trouvera pas sa mère ? Tu as pensé à elle ?

– Justement, a dit maman.

Le « justement » s'est baladé comme une grenade au-dessus de la tête de papa qui a lâché la mienne.

– Justement quoi ?

Maman n'arrivait pas à le dire. C'est moi qui avais eu l'idée, c'était à moi de dégoupiller.

– Je vais entrer au collège de Saint-Louis. La directrice a vu mon carnet et elle a dit à maman qu'elle aurait toujours de la place pour un bon élément. Comme ça, quand maman sera ici avec toi, j'aurai au moins Étienne et Nicolas.

Le pauvre papa est resté privé de parole. Il est sorti sur le balcon. En plus, il faisait beau ! Dire qu'on aurait dû être tous les cinq en Grèce en train d'admirer les ruines du Parthénon. Les ruines, elles étaient dans le salon et il valait mieux oublier la photo.

Enfin, c'était au moins terminé pour les mauvaises nouvelles. Maman s'est approchée timidement de son mari pour le réconforter avec la bonne.

– On a pensé que tu avais encore une dizaine de jours de vacances à prendre. Que dirais-tu d'une petite escapade tous ensemble en Italie ?

À nouveau, papa a ri et c'était encore plus triste.

– En Italie ? Mais voyons quelle bonne idée ! Ce ne serait pas ton peintre qui te l'aurait soufflée ? Ce... Lupis ? Eh bien sache que c'est râpé. Mes vacances, il y a beau temps que je les ai annulées. Et sache aussi que je ne remettrai plus jamais les pieds à Saint-Florentin.

Il est allé vers la porte. On était complètement détruites par le boomerang de la grenade. Il s'est retourné avant de sortir.

– Réfléchis, Charlotte. Réfléchis bien à ce que tu es en train de faire. Et je parle pour toute la famille.

En écoutant s'éloigner son pas, maman avait les larmes aux yeux. Moi aussi. Mais, les larmes, c'était plutôt bon. Virginia dit que le plus grave dans un ménage, c'est quand l'un des deux n'a plus le pouvoir de faire pleurer l'autre.

Depuis que la femme travaille – 72 % –, le couple a changé à une vitesse éclair. Avant, c'était le « fusionnel » qui dominait, celui où l'épouse vivait scotchée à son mari qui ne demandait pas mieux. Maintenant, c'est le couple à distance qui prospère, celui où les conjoints passent une partie de la semaine dans des villes différentes, quand ce ne sont pas des pays.

Sauf quand les enfants sont petits et vous font otite sur otite sans grand-mère pour les garder, le couple à distance se porte bien. Il a même ses avantages. L'homme apprend à laver ses chaussettes et ses caleçons, la femme a de bonnes petites soirées pépères, les pieds en éventail devant le film de son choix. Chaque retrouvaille est une fête : dîner aux chandelles, champagne et parfois bain moussant pris en commun alors que sur tout ça le couple fusionnel a tiré une croix depuis belle lurette.

Virginia dit que pour les parents c'est juste une crise et qu'avec le temps ils trouveront leur vitesse de croisière. Elle a conseillé à maman de monter ses deux jours par semaine comme si de rien n'était, mais de rien n'est pas et septembre est passé sans améliorer l'ambiance.

Quand Odette est revenue, un vent de panique a soufflé sur le toit de l'atelier. Mais c'était seulement pour récupérer ses affaires. Elle a pris un avocat et demande le divorce aux torts d'Étienne. Il s'en fout.

J'ai gagné pour l'union de façade. Il va falloir que je m'attaque au couple à distance.

Pas sûr que je me marierai plus tard.

50.

Le car scolaire passe nous prendre place de la Mairie à huit heures moins le quart. Gare à la panne d'oreiller : M. Neptune n'attend pas et il n'a pas que Saint-Florentin à ramasser.

Jacquot a redoublé sa cinquième ; résultat, on se retrouve dans la même classe. Il pompe sur moi un maximum. En échange, il porte mon cartable. Le prof de français est chouette : il a mis Agatha Christie au programme. J'aime mieux que Corneille et il y a moins de sang. À la cantine, c'est self-service. On fait des échanges : moi, le maïs transgénique, toi le poisson à la dioxine, lui le veau aux hormones... On se marre bien.

Dimanche dernier, grande cérémonie à la maison : réouverture du puits, fermé à cause d'Irène, ma grand-mère que je n'ai pas connue et qui menaçait de se jeter dedans. Chut, c'est un secret.

Sous les planches, c'était tout moisi, ça sentait l'égout, on a perdu des tonnes de fleurs qui ne demandaient qu'à vivre, tout ça pour un trou noir qui me fait peur. Je préférais avant.

Les travaux ont commencé sur le grand champ. Étienne, qui n'aime pas le bruit, est servi mais c'est pour la bonne cause. L'inauguration du Clos de Pinocchio est prévue au début de l'année prochaine. Le 1er janvier, ce serait chouette. De toute façon, on fera une grande fête.

Pour gagner du temps et des sous, on se sert d'un vieux bâtiment qui existait déjà. On a mis dans l'affaire le produit de la vente du *Coucher de soleil sur les vignes*, mais jusque-là, c'est plutôt le coucher de soleil sur les ruines.

C'est Théodore, avec qui Gépé allait pêcher la grenouille, qui est chef de chantier. Ceux qui l'aiment l'appellent Théo, les autres, « Pompette », car il est tombé dans la boisson quand sa femme a quitté le domicile et que du coup son entreprise a coulé. Sa cure l'a remis sur pied. Il était même devenu le chômeur le plus occupé du canton quand maman et Virginia lui ont proposé ce travail. Il sait tout faire : un as du bâtiment. Et comme ça, il coûtera moins cher au contribuable.

En plus, il a créé trois emplois à Saint-Florentin, plus un emploi-jeune, une fille, Estelle.

Nicolas est amoureux. Il a rencontré Asli dans la forêt un jour où il choisissait ses arbres sur pied avec oncle Étienne. Son père est bûcheron, turc et musulman. Sa mère se cache sous un foulard et a beaucoup d'enfants par religion. Asli a choisi la nationalité française. Elle connaît tous les arbres par leur nom parce qu'elle a grandi dedans.

C'est grâce à Nicolas qu'elle a réalisé son rêve : être embauchée à la scierie. Ça n'a pas été facile bien qu'on manque de bras dans la filière du bois depuis la tempête, mais c'est un domaine réservé aux hommes. Sauf dans les bureaux, jamais une femme ne s'y était risquée.

Virginia a tiré les oreilles d'Albert, le patron, qui est dans notre camp à la mairie. Avait-on oui ou non promis aux femmes de les aider à sortir de l'esclavage ? Elle sait trouver les mots. Il a cédé et il a mis Asli dans les planches pour bibliothèques. C'est moins lourd à soulever et comme ça elle allie tout ce qu'elle aime : l'arbre et la lecture.

Toujours à propos de Nicolas, ça roule fort pour lui.

Il se lève en même temps que tout le monde, ce qui est déjà une victoire, dit maman, et il apprend le métier avec oncle Étienne. Il a eu l'idée d'un jouet punchy pour petits et grands : des quilles. Vous me direz, les quilles, ce n'est pas très original. Les siennes, si ! Elles se vendront avec la peinture et les modèles. Tu pourras y dessiner les personnages de ton choix, tous ceux que tu rêves d'abattre, avec une grosse boule marquée MOI.

Il paraît qu'au Japon les employés boxent leur patron en faux dans les sous-sols de leur entreprise pour se défouler, que les Américains lancent des boules molles sur les têtes qui ne leur reviennent pas à la télé, et les Anglais des œufs pourris sur leurs ministres par Internet. C'est l'époque destroy qui veut ça. À mon avis, pour les quilles de Nicolas, c'est gagné.

J'ai revu Jérôme Masson.

Je suis tombée amoureuse de lui le soir du triomphe de maman, quand il était venu l'interviewer et qu'elle me l'avait confié. Il est beau, drôle et il exerce mon futur métier. Je ne me voile pas les yeux : il a quinze ans de plus que moi, mais j'ai toujours préféré les vieux.

Il travaille aux *Dernières Nouvelles d'Alsace* : les *DNA*. Son journal est à Saint-Louis, pas loin du marché où Nicolas loue un stand tous les samedis pour écouler la production de Gepetto en espérant trouver un mécène pour son invention.

Samedi dernier, je l'ai accompagné avec une idée derrière la tête.

– Est-ce que je peux faire un petit tour à la médiathèque ?

Extra, la médiathèque. On y va avec l'école. Nicolas, c'est plutôt les rayons musique qu'il fréquente.

– OK, mais ne reviens pas trop tard.

Je fonce aux *DNA* et qu'est-ce que je vois devant la porte ? Une moto reconnaissable entre toutes. J'hésite à entrer quand, dans le café tout contre, qui je repère ? Le propriétaire de la moto. Ni une ni deux, j'exécute mon plan : je sors le dernier numéro de *La Furette d'Alsace* et le colle sous son nez au carreau. Mon cœur bat très fort. Et s'il trouvait ça nul ?

Il se penche, regarde, me fait signe d'entrer.

– Si je ne me trompe pas, c'est ma petite amie de Saint-Florentin ?

Il m'a reconnue au premier coup d'œil. Ça me tue.

– Tu veux boire quelque chose ?

J'accepte un Coca. Pendant que je bois avec émotion, il lit ma prose. Il sourit tout le temps, ce qui peut vouloir dire aussi bien « ça me plaît » que « c'est débile ».

– C'est pas mal du tout, conclut-il. Mais si tu me permets de te faire une petite remarque, tu as mis « magnifique », « formidable » et « géant » une bonne trentaine de fois dans ta page.

– Dans mes dissert aussi. Le prof dit que c'est à cause de mon âge et que ça vaut mieux que glauque et destroy.

Il est d'accord.

– Et que dirait la Furette si je lui proposais de visiter les coulisses d'un journal ?

Tant pis pour Nicolas : une occasion pareille ne se refuse pas.

Au rez-de-chaussée, il y avait le commercial, au sous-sol, la rédaction. En comptant le directeur, ils étaient trois à y travailler mais, pour l'instant, on n'était que tous les deux.

Jérôme m'expliquait plein de trucs qui me passaient au-dessus de la tête parce que je faisais ce qu'il faut toujours éviter : mêler le travail à la vie privée. Et les sentiments de ma vie privée remplissaient tout le programme. Je me suis réveillée quand il m'a proposé :

– J'ai des photos à développer, tu veux voir comment ça marche ?

J'ai dit oui. J'étais prête à dire « oui » à tout.

On passe dans son labo, un placard à balais bourré d'instruments de torture : cuves, fils de fer, pinces à linge, ciseaux, couteaux, acides.

– Je vais ouvrir le film pour le mettre dans la spirale, explique-t-il. Je suis obligé d'éteindre. Prête ?

Et aussi sec, il éteint et nous voilà tous les deux dans le noir complet. J'entends des craquements, des grondements, il respire très fort dans mon cou comme à la télé dans les scènes d'amour.

Et s'il essayait de me violer ?

Maman conseille de crier pour attirer l'attention. Virginia, c'est : « Tu lui flanques un bon coup là où tu penses et ton bonhomme est puni par là où il a voulu pécher. » Julie dit que si ça lui arrive, elle capitulera en fermant les yeux pour avoir la vie sauve. Qu'est-ce que je fais ?

Jérôme rallume.

– Sais-tu que certains ne supportent pas l'obscurité ? remarque-t-il. Bravo !

– Qu'est-ce que tu as foutu pendant tout ce temps ? m'a demandé Nicolas qui était en train de remballer. Je commençais à croire qu'on t'avait enlevée.

– Presque, ai-je répondu.

Pour l'amour, je ne suis pas d'accord avec Julie qui n'a connu que Fabrice comme garçon et va se marier avec lui sans pouvoir faire de comparaisons. Je suis pour les comparaisons en se protégeant du sida et en utilisant le nouvel implant contraceptif qu'on vous enfile dans le bras avec un piston et qui vous procure trois ans de tranquillité en empêchant l'ascension des spermatozoïdes.

Avec des expériences, tu as plus de chances de trouver le bon partenaire. Et si tu t'es encore plantée et que tu décides de rester à cause des enfants, tu as moins de regrets parce que tu sais qu'avec les autres ça n'aurait pas été mieux.

– On en reparlera quand tu auras tes règles, l'asticoton, me dit Julie dans ses bons jours.

Je les attends avec impatience mais, jusqu'à présent, en haut comme en bas, c'est le désert des Tartares.

En Amérique, il paraît que certaines filles voient arriver tout ça dès l'âge de sept ans. C'est parce qu'elles jouent à la dame en volant le rouge à lèvres et à ongles de leur mère et qu'il y a plein d'hormones dedans.

Ça inquiète les spécialistes. Comment empêcher les petites filles de vouloir devenir des dames le plus vite possible avec tout ce qu'on montre à la télévision ?

51.

Samedi 7 octobre, anniversaire de papa, quarante-huit ans, six de plus que maman. Pas question de rater cette occasion de lui montrer que tout continue comme avant même si rien n'est plus pareil.

Fidèle à son serment, il n'a plus mis les pieds à Saint-Florentin. « Mais ton mari, qu'est-ce que tu en as fait, Charlotte ? demandent les vilaines curieuses.

– Vous savez, il voyage beaucoup », répond maman.

Moi, je vois bien que ça l'emmerde : la question, la réponse et le résultat.

Elle monte comme promis deux fois par semaine. Quand c'est le mercredi, je l'accompagne pour être la tierce personne qui détend l'atmosphère et je l'aide à réparer les dégâts. Le mâle moderne consacre aux travaux ménagers onze minutes de plus par semaine qu'il y a dix ans. Ça progresse. Maman s'arrange pour passer au moins une nuit avec son époux. Je me demande s'ils font encore l'amour.

Gare à ne pas rompre le lien charnel, il est très difficile à renouer. Ou tu n'oses plus te lancer, tu es intimidé. Ou carrément tu ne peux plus. Il faudrait recommencer toute la danse de la séduction à un âge où tu en es plutôt à rouiller. Et gare aussi aux jeunesses qui chassent le démon de midi et au Viagra qui brise les cœurs.

Le grand jour, on arrive donc à cinq heures pour préparer la fête. Surprise : tout est nickel ! Ça sent même la cire d'abeille. Mais ce n'est pas une abeille, c'est une sirène qui est à l'œuvre. Collant vert, cheveux jusqu'à la taille et cils d'huître. Elle nous explique que Frédéric est à la cave et Julie partie acheter le cadeau d'anniversaire.

– Mais vous, vous êtes qui ? demande maman, superagacée.

– Roxana.

Elle est roumaine, venue étudier le français à l'université. Julie lui a offert une chambre et la vie de famille en échange de travaux ménagers. Roxana est arrivée avant-hier et elle est ravie de commencer par un anniversaire.

– Et vous êtes dans quelle chambre ?

Question posée par Nicolas qui flaire tout de suite l'arnaque. En plus, il n'est pas venu de son plein gré : maman lui a fait un chantage aux sentiments.

– Celle de toi... Celle qui n'est plus occupée.

Bien qu'il ait juré de ne plus jamais y loger, Nicolas fait la gueule. C'est la complexité du cœur humain. Même ce qu'on n'aime plus on voudrait le garder parce qu'on l'a aimé un jour. Si ça pouvait arriver à papa pour Saint-Florentin.

Justement, voilà le héros avec trois bouteilles dans un filet. Je repère tout de suite le champagne : bon signe !

– Tiens, vous êtes déjà là ?

Il a l'air content quand même. On en est aux bisous quand cette fois c'est Julie qui débarque. L'entrée va finir par devenir trop petite. Surtout avec les paquets.

– Vous avez fait connaissance avec Roxana ? demande-t-elle en cachant le sien derrière son dos à cause de papa. Toute seule ici de mon âge, c'était vraiment trop glauque.

Pauvre maman qui cherche mais ne trouve rien à répondre.

On avait prévu une terrine de poisson sauce crapaudine, des grenadins de veau prémijotés à Saint-Florentin et, pour le dessert, le gâteau au chocolat qui rappelle à papa son enfance et que maman réussit presque aussi bien que sa mère à lui, mais quand même pas tout à fait.

Roxana traînait dans nos pattes pour apprendre la cuisine française, Nicolas pour éviter une conversation père-fils. On a mis un couvert de fête sur la terrasse : vraie nappe, bougies, fleurs et tout. Ça faisait triste.

Il y a des familles qui offrent les cadeaux au dessert. Chez nous, c'est à l'apéritif et là, ce qui a été triste, ça a été de réduire en charpie, en même pas trois secondes, le beau papier cadeau élu avec amour et employé avec difficulté.

J'ai offert une boîte de cigares, Nicolas un briquet, Julie une cravate de marque et maman un livre ancien. Papa adore les vieilles reliures qui font beau dans la bibliothèque. Celui-là venait de celle d'Élisabeth de Langsk. Pour remercier maman de l'inviter tous les dimanches à déjeuner, elle lui avait ordonné de se servir : de toute façon, c'était papa ou les rats, qui aiment aussi les vieilles reliures. Maman avait choisi : *Les Passions de l'âme*, de René Descartes, recouvertes en peau. Un peu osé, les « passions de l'âme », vu la situation actuelle, mais papa a eu l'air d'apprécier malgré tout.

– Tu as dû te ruiner, a-t-il remarqué.

Pour ne pas le décevoir, maman n'a pas dit non.

Pendant le dîner, Roxana n'a pas arrêté d'exercer son français. Et pourquoi maman n'habitait plus dans ce charmant appartement avec son mari ? Et quand on était maîtresse, qu'est-ce qu'on faisait exactement ? Et moi, est-ce que j'étais contente dans ma nouvelle école ? Et tous ces livres pleins de chiffres dans la chambre de Nicolas, à quoi ça lui servait maintenant qu'il travaillait de ses mains ?

Ne répondez pas tous à la fois.

J'ai recueilli Nicolas dans ma chambre. On a tiré les lits gigognes. Ça faisait drôle de se retrouver l'un contre l'autre, ça me rappelait quand on était petits et qu'on se cachait sous le bureau de papa pour voir ses jambes sauf qu'aujourd'hui on était grands, mais ça sentait toujours l'interdit.

Il m'a parlé d'Asli.

Il m'a dit qu'elle était douce, le contraire des filles de son école nulles qui voulaient être les meilleures et étaient dures et tendues comme des obus vers leur but. Pour venger leurs grand-mères, privées de liberté sexuelle, c'était elles qui décidaient qui et quand. Résultat, ça vous coupait tous vos moyens.

Asli ne voulait pas être « la meilleure » mais pareille. C'est pour ça qu'elle avait choisi la nationalité française. Malheureusement, elle avait un frère qui ne l'entendait pas de cette oreille. Il s'appelait Sélim ; pas question qu'il devienne français, il ne cherchait pas de travail, il critiquait tout et en plus il buvait. Ça le rendait fou furieux que sa sœur travaille au milieu d'hommes à la scierie. En plus, un jour, il les avait surpris ensemble dans la forêt.

– Oh là là, dans la forêt, c'est mauvais, ça ! Et qu'est-ce que vous faisiez ?

– On se tenait par la main, c'est tout. C'était encore trop pour lui.

J'ai été un peu déçue mais je ne le lui ai pas montré.

– Eh bien, vous n'avez qu'à vous marier, comme ça il vous laissera tranquilles pour vous tenir la main et tout.

Là, Nico s'est mis à rire trop fort, comme quelqu'un qui va dire : « Tu n'y penses pas », alors que lui, il y pense tout le temps.

– Nous marier ? Asli et moi ? Attends, tu ne crois pas que tu vas un peu vite, là ?

Et il a mis son oreiller sur sa tête pour rire encore plus fort. Heureusement, j'avais pensé à fermer la penderie à cause des parents.

J'ai juré de ne rien dire à personne.

Pour les mariages mixtes, les statistiques sont désastreuses à cause de Dieu qui ne parle pas pareil à chacun. Ça ne m'a pas empêchée d'être fière qu'il se soit confié à moi, même si je savais que ce n'était pas complètement lui qui avait parlé. Trois coupes de champagne à l'apéro, le cognac dans la sauce des grenadins, le filet de rhum dans le gâteau au chocolat, plus le vin, ça craint !

Quand demain il aurait quitté le stade euphorique pour la gueule de bois, j'avais peur qu'il regrette. En attendant, il m'a pollué la nuit en ronflant.

52.

Et, au petit déjeuner, voilà qu'on reparle mariage ! Dimanche : Roxana est à la messe, une chance. Elle aurait voulu tout savoir sur l'état actuel de celui de mes parents.

C'est Julie – thé citron, biscottes – qui attaque en direction de maman – café au lait, pain grillé.

– Je pense que tu n'as pas oublié que je me marie en juin prochain, après les examens ?

Les fiancés se destinent tous les deux au droit international : couple à distance en perspective.

– Comment peux-tu penser que j'ai oublié ? proteste maman. Seulement, juin, il me semble qu'il n'y a pas le feu.

– Eh bien si, il y a le feu ! répond Julie. Juin est le mois le plus pris pour les mariages. Si on veut avoir un bon traiteur, on doit le réserver dès maintenant. Sans compter l'église et la mairie.

La pauvre maman fait grise mine. Je me sens devenir méchante.

– Une bonne église, une bonne mairie et un bon M. Mozart... Pourquoi tu ne te maries pas à Saint-Florentin ? En plus, c'est maman qui recevrait vos consentements. Ce serait chouette, non ?

– Crétine !

Maman a failli rire, c'est déjà ça. Papa – café noir, brioche – et Nicolas – céréales, jus de pomme – se gardent bien d'intervenir dans cette querelle féminine. Les hommes ne se bagarrent pas comme nous. Eux, c'est la grosse artillerie ou rien.

– Tu sais que les parents de Fabrice ont un manoir à Saverne ? repart Julie. Comme tu es plutôt prise en ce moment, la mère de Fabrice propose de tout organiser là-bas. Si tu veux, elle t'appellera.

Dans une famille normale, la fiancée nous le répète tout le temps, c'est la mère de la mariée qui s'occupe de tout : tente, buffet, invitations, liste de cadeaux et chants à l'église. On partage les frais après la noce. La proposition de Mme de Wisk – c'est comme ça que Julie s'appellera, hum ! – veut dire qu'on n'est plus une famille normale. Papa n'a pas l'air mécontent de la preuve. Maman s'écrase. C'est vrai qu'avec Mme Saratino qui, en plus de ses poules, vient de voir disparaître son coq, M. Wagner qui en a marre d'être réveillé tous les matins en sursaut par le klaxon du car scolaire, plus les ordures qui sont ramassées avec retard et mauvaise volonté depuis l'élection, sans compter les mille et un tracas de la vie de maire, maman n'aura jamais le temps de s'occuper de réserver la tente et tout. En plus, on n'a pas de jardin où la mettre.

– Tu peux dire à Mme de Wisk de m'appeler si elle veut. Mais j'espère qu'au moins nous choisirons ta robe ensemble, soupire maman.

Le coup de la robe me brise le cœur. Et voilà que j'ai une idée encore plus méchante que le mariage à Saint-Florentin. Et si on faisait les deux en même temps à Saverne ? Celui de Julie et Fabrice et celui de Nico et d'Asli. Le catholique et le musulman. Elle serait toujours d'accord, Mme de Wisk, pour prêter son manoir ? Tête des invités. Ça me plaît tellement que je suis prise d'un fou rire, je m'étouffe dans ma serviette, j'en mets partout. L'œil consterné de la famille me contemple.

– Mais qu'est-ce qui lui prend, à celle-là ? Ça va pas ?

Devinez qui a posé la question ? Ça va si bien que je sors avant de craquer. J'ai promis le secret à Nicolas.

La conversation père-fils a eu lieu après le petit déjeuner, en pyjama, dans le salon. On a surtout entendu la voix du père mais quand ils sont sortis, ils avaient tous les deux l'air soulagé.

– Pourquoi tu n'as presque rien dit ? ai-je demandé à Nicolas.

– J'arrêtais pas de penser à mes quilles.

On s'est compris. À chacun sa méchanceté.

Pour le déjeuner, papa nous a offert le restaurant. On a filé en douce pour ne pas avoir à inviter Roxana.

– Sachez que demain votre père mangera avec des baguettes, nous a annoncé papa pendant la choucroute au faisan.

Il s'envolait dès l'aube pour le Japon et serait absent toute la semaine.

Maman a eu la délicatesse de ne pas lui rappeler qu'elle ne s'était jamais élevée contre ses voyages. Je lui ai juste fait remarquer que pour les Japonais, le soleil, astre suprême, roi du firmament... était une reine. Eh oui ! Amaterasus. Papa ne voulait pas me croire : le soleil, une femme ? Ah ! ah ! Je lui ai promis de lui montrer la page dans mon livre. La mythologie, j'adore : du thriller fantastique avec plein de *serial-killers*.

Par politesse vis-à-vis des voisins, maman évite d'emporter son portable dans les lieux publics. Sitôt rentré à la maison, Hermès (dieu du Courrier) a foncé pour vérifier si elle n'avait pas de message. Eh si, elle en avait : même deux. Virginia qui lui demandait de la rappeler d'urgence. Mauvais.

Maman est restée longtemps avec elle dans sa chambre et quand elle est revenue, son menton tremblait.

– Il y a eu un accident sur le chantier : Estelle Carenton, l'emploi-jeune de Théo. Elle est tombée d'un échafaudage.

– Mais qu'est-ce qu'elle allait fiche sur un échafaudage un dimanche ? a rigolé Nicolas qui n'avait pas repéré le menton.

– Elle est à l'hôpital, a continué maman qui avait beaucoup de mal à articuler. Dans le coma. On doit rentrer tout de suite.

Prisonnier de son serment d'effacer Saint-Florentin de sa mémoire, papa a seulement dit : « Allez vite », sans râler, ce qui était plutôt gentil. Julie était partie depuis longtemps direction son futur mariage.

– Le coma, qu'est-ce que c'est ? a demandé Roxana, qui l'avait remplacée.

– Toi, tu arrêtes de nous les briser, lui a répondu Nicolas.

– Vous briser quoi ?

On a filé en oubliant le moule à terrine de poisson et la cocotte des grenadins.

53.

– Laisse-moi là, s'il te plaît, demande maman à Nicolas.

C'est lui qui a conduit. Il pile devant le portail de la maison.

– Tu es sûre ?

– Sûre ! Ne t'en fais pas, ça ira.

Elle sort. Je la suis. C'est vrai que ça fait peur, tout ce monde sur la route, le long du grand champ. Il est cinq heures. On n'a pas mis deux heures. Amaterasus brille encore là-haut. J'aurais préféré que papa ne parte pas la retrouver au Japon, qu'il soit là avec nous.

On avance courageusement vers la foule assoiffée de sang. Ça y est, on est repérées, les fauves rappliquent. Je prends la main de maman.

– Est-ce qu'on a des nouvelles de la petite ? demande celui arrivé en pole position.

– Elle est en réanimation, répond maman. Ils ne peuvent rien dire pour l'instant.

C'est à elle que l'hôpital n'a rien voulu dire quand elle a appelé de la voiture, parce qu'elle n'était pas de la famille. Elle a aussi beaucoup parlé avec Virginia : craignos pour le forfait.

Nous voilà devant le grand champ. Depuis les travaux, on l'a entouré de grillage avec partout des écriteaux en fer « Défense d'entrer » qui claquent la nuit quand il y a du vent. « La chanson de l'espoir », dit maman. Tu parles ! Les gens nous entourent, ils racontent tous en même temps : les cris, le docteur Mathias, les gendarmes, l'ambulance, les gamins qui pleuraient et les parents qu'il fallait empêcher d'approcher.

– Ils sont à l'hôpital avec elle. Croyez-vous qu'ils auront le droit de rester la nuit ?

– Je n'en sais rien, répond maman. Je viens seulement d'arriver. Je vais me renseigner.

Le père d'Estelle travaille dans la boucherie. Il a des réductions pour la viande familiale. La mère d'Estelle est à la maison : trois enfants comme chez nous. Estelle est l'aînée, après il y a deux frères. Le plus grand était avec elle sur le chantier. Et aussi son petit ami. « Mais qu'est-ce qui lui a pris de les emmener là ? » Si on ne s'est pas posé cent fois la question. Visite guidée ?

Autour de la construction, il y a des rubans jaunes qui n'y étaient pas hier : le périmètre de sécurité. Plus personne n'a le droit d'entrer. Ça me fait mal de voir les mains de maman accrochées au grillage comme une prisonnière qui contemple son rêve envolé. Le Clos de Pinocchio était son plus beau rêve. À la mairie, elle a affiché le plan dans l'entrée pour que tout le monde puisse admirer. Il y aura une grande salle de jeux, un réfectoire et sa cuisine, un dortoir, des bureaux. Rien qu'en le regardant on entend les rires des enfants et on a envie de redevenir petit. Mais ça, moi, c'est souvent.

La roulotte, où les ouvriers se changent et réchauffent leur gamelle a droit aussi à son ruban. À midi, les bonnes odeurs qui montent jusqu'à l'atelier rappellent l'heure à oncle Étienne. Il faut dire qu'il est bien plus pressé de passer à table depuis qu'Odette n'est plus là.

– Me permettez-vous de vous enlever Mme le maire ? demande la voix de Virginia derrière moi, et je m'aperçois que je l'attendais avec impatience.

Elle montre le champ des dégâts.

– Vous savez, il n'y a plus rien à voir ici. Vous devriez rentrer chez vous. Pour la petite, on vous tiendra au courant. Le docteur Mathias ne la quitte pas.

À moi, elle adresse un clin d'œil qui me fait chaud. À maman, c'est la main sur l'épaule :

– On y va, Charlie ?

Demi-tour vers la maison. Et comme chaque fois que Virginia l'appelle Charlie, maman n'arrive plus à respirer.

Il y avait quatre mâles à la cuisine : Étienne, Théo, Nicolas et Maigret. Quand maman est entrée, Théo s'est levé. On aurait dit qu'on avait creusé sous ses yeux et versé de la terre dedans.

– C'est affreux, Charlotte. C'est affreux !

Maman a ouvert les bras et il y est tombé. Ce gros bonhomme contre sa poitrine de femme, ça m'a donné envie de sortir en courant.

– Je sais, Théo, je sais... Mais tu n'y es pour rien, a-t-elle dit d'une voix tremblante.

– C'est ce qu'on n'arrête pas de lui répéter, a grogné Virginia. Si seulement il voulait écouter.

Tout le monde s'est installé autour de la table et Étienne a vite cherché la cafetière pour maman. Je suis allée prendre une boisson dans le frigo.

Maman s'est tournée vers Théo.

– Comment sont-ils entrés sur le chantier ? Il n'était pas fermé à clé ?

– Bien sûr que si, il était fermé. Et la clé, on l'a retrouvée dans la poche de la petite. C'est celle qu'on laisse dans la roulotte. Elle a dû me la piquer vendredi en allant se changer.

– Mais pourquoi elle a fait ça, grands dieux ?

Oncle Étienne a levé le doigt pour qu'on lui laisse la parole.

– Le... le copain a dit qu'elle leur avait demandé de... de la prendre en photo pendant qu'elle travaillait.

– Tu veux dire qu'elle est allée là-bas pour travailler ? a interrogé maman, soufflée.

– Une vraie histoire de fou, a dit Virginia. Théo l'avait engueulée vendredi parce qu'elle ne foutait rien. On se demande ce qu'elle a voulu prouver.

Théo a relevé le nez de sa tasse.

– Ce n'est pas qu'elle est méchante, mais elle ne pense qu'à s'amuser. Elle retarde tout le monde. Mes gars l'appellent la « fofolle », c'est tout dire. Je l'ai menacée, si elle ne s'y mettait pas sérieusement, d'aller voir son père.

Oncle Étienne a encore levé le doigt. Un vrai perroquet, ma parole ! Il avait l'air d'avoir du remords.

– Je... j'étais à la maison. Je... je les ai pas vus entrer, sinon je... je les aurais arrêtés. C'est moi qui ai appelé le docteur Mathias.

– Tu as fait ce qu'il fallait, l'a rassuré maman.

– Les gendarmes reviennent demain pour l'enquête, a dit Virginia. Le chantier reste fermé jusqu'à nouvel ordre. Un expert va vérifier que tout était bien aux normes.

– Mais qu'est-ce qu'ils croient : que je ne connais pas mon métier ? a tempêté Théo en tapant du poing sur la table et Maigret a décollé sa truffe de mes genoux pour aller respirer dans un secteur plus calme.

– Arrête, Théo, l'a grondé Virginia. Tu sais bien qu'en cas d'accident l'enquête est automatique. Ils doivent définir dans quelles conditions Estelle est entrée sur le chantier et comment et pourquoi elle est tombée.

– Elle est tombée parce qu'elle faisait sa « fofolle » sur l'échafaudage, a tranché Nicolas.

Tout le monde s'est tu ; personne n'avait encore osé dire que c'était la faute d'Estelle si elle était dans le coma.

Dehors, il y a eu des cris. Les cris d'une femme qui appelait Théo, et même Théodore Lepape, son nom en entier, ce qui n'était pas bon signe.

Il nous a regardés puis il s'est levé et il est allé vers la porte.

– Qu'est-ce qui se passe encore ? a râlé Virginia en se levant aussi.

On les a tous suivis, même Maigret.

Personne n'était rentré chez lui. Maintenant, ils se tenaient tous devant le portail qu'on n'avait pas fermé. Au milieu, il y avait Mme Carenton, la mère d'Estelle. Quand elle a vu Théo, elle s'est jetée sur lui.

– C'est ta faute ! a-t-elle crié. C'est à cause de toi que ma petite va mourir. C'est parce que tu lui as dit qu'elle n'était qu'une bonne à rien. Toi, Pompette, tu as osé lui dire ça !

Théo n'a pas bougé. Il n'essayait même pas de se défendre, comme s'il était vraiment coupable. Virginia et maman se sont précipitées vers Mme Carenton pour la tirer en arrière. Elle se débattait en criant encore plus fort. Son corsage a craqué et on a vu ses grosses poitrines. Ça m'a fait honte pour elle.

– Voyons Solange, voyons, calmez-vous donc.

– LAISSEZ-LA !

Cette fois, c'était M. Carenton qui avait crié. Il avait les grandes épaules de ceux qui transportent les carcasses dans la boucherie avec des blouses blanches pleines de sang et un bonnet : son métier. Lui aussi avait l'air furieux. Il a désigné maman et Virginia du doigt.

– Vous allez payer, a-t-il menacé. Et de toute façon, votre chantier pourri, il est mort !

Il a soulevé sa femme comme une plume et l'a rentrée dans sa voiture. Pendant qu'il démarrait, elle a tendu le poing vers nous. Ça faisait cinéma. Plus personne n'osait parler après ce qu'il avait dit sur le chantier. J'ai repéré Martin plus loin et c'était bien le seul qui avait l'air content.

54.

Les gendarmes sont venus chercher maman à la maison en début d'après-midi. Par bonheur, elle n'était pas seule. Au contraire, même. En plus d'Étienne et de Nicolas, il y avait Gianni dans tous ses états, accouru proposer son aide, et Virginia qui avait pris sa matinée pour accompagner son amie à l'hôpital de Mulhouse où elles avaient aperçu Estelle derrière une vitre, tuyautée de partout, état stationnaire.

Quand les forces de l'ordre ont ordonné à maman de les suivre, Gianni a voulu faire barrage de son corps, mais comme ça ne risquait que d'empirer les choses, il a baissé les bras. Tout le village était là pour voir le maire monter dans la fourgonnette. Au moins, on ne lui avait pas passé les menottes.

Et pendant ce temps, moi, j'étais au collège, toute contente de mon 15 en français mais côté prémonition, zéro.

J'ai quand même flairé du louche quand j'ai trouvé Virginia à la sortie de cinq heures. Elle a chargé Jacquot de prévenir M. Neptune que je rentrerais par mes propres moyens. Jacquot voulait rentrer par les mêmes mais Virginia a refusé et il est parti fumasse.

– Allons, on se paie un bistro entre filles ! m'a-t-elle annoncé en prenant mon sac – une tonne. Ils devraient avoir honte de vous charger comme ça !

Elle avait l'air en colère mais pas vraiment contre les sacs.

D'habitude, elle adore regarder les gens passer. Quand elle a choisi un coin tout au fond du café, j'ai compris qu'on était vraiment dans la mouise. Elle m'a souri.

– Glace ou Coca ?

Pour me rassurer, j'ai répondu : « Whisky on the rocks » et elle a ri, mais pas comme d'habitude.

– Voilà, a-t-elle commencé tout doucement. Les Carenton ont porté plainte contre ta mère : coups et blessures involontaires et mise en danger de la vie d'autrui. Le juge a décidé de la mettre en garde à vue. Elle passera donc la nuit à la gendarmerie de Sierentz.

– Maman est en prison ?

Je me suis levée. La mer montait, elle allait bientôt m'engloutir.

– Je veux la voir.

Virginia s'est levée aussi et elle a appuyé sur mes épaules pour m'obliger à reprendre ma place sur la banquette. Elle a une poigne de fer et en plus elle fait du judo.

– Ce n'est pas possible, ma choupinette. D'ailleurs, on ne nous laisserait pas entrer.

Je me suis mise à pleurer. Ce n'était pas vrai, le provisoire. Virginia avait dit ça pour me préparer au pire. Maman resterait en prison toute sa vie. Et moi qui, ce matin, avais évité de l'embrasser parce que je n'aime pas quand elle sent la nuit et l'intimité. Et papa qui était au Japon...

Virginia a voulu m'entourer de son bras mais je me suis défendue. C'est les bras de ma mère que je voulais.

– Pourquoi c'est elle qu'on a emmenée ? Qu'est-ce que ça veut dire : « coups et blessures » ? Elle n'était même pas là. On était à Strasbourg pour l'anniversaire de papa. Tu ne l'as pas dit aux gendarmes ?

– On l'a emmenée parce qu'elle est responsable de tout ce qui se passe sur le chantier.

– C'est pas maman qui est responsable, c'est Théo. C'est lui, le chef.

– Il est le chef mais pas le maître d'œuvre. Le maître d'œuvre, c'est le maire, donc c'est Charlotte.

Maman m'en avait parlé. Maître d'œuvre, j'avais trouvé ça joli : ça faisait orchestre. Maintenant, je détestais : ça faisait taule.

La serveuse a posé nos boissons devant nous : Coca pour moi, riesling pour Virginia dans un verre à pied. Les cacahuètes et les bretzels, c'était pour elle ; ça allait avec l'apéritif. Elle a commencé à pousser la soucoupe vers moi mine de rien, comme on apprivoise un oiseau. Je n'en voulais pas de ses trucs salés, j'avais assez avec mes larmes. Et malheureusement je n'étais pas un oiseau sinon j'aurais déjà été perchée sur les barreaux de la cellule de maman.

– Explique-moi mieux, ai-je demandé. Coups et blessures, tout ça, je n'y comprends rien.

– C'est un peu notre faute, a-t-elle soupiré. Certains nous avaient mises en garde mais on ne les avait pas trop écoutés. En choisissant Théo qui n'était pas une entreprise, c'était automatiquement le maire qui se retrouvait responsable de tout. Seulement son devis était deux fois moins cher et comme ça, tous les emplois étaient créés chez nous. Tu comprends mieux ?

Je ne comprenais toujours pas pourquoi maman était l'accusée alors qu'Estelle s'était cassé la gueule en faisant sa fofolle sur l'échafaudage. Ça devait être la loi et même papa qui est pour l'ordre dit qu'il y a des lois trop cons.

Virginia a bu un peu de son riesling en prenant son temps et moi de mon Coca. Ça n'avait pas l'air d'être fini.

– Ce matin, les gendarmes ont interrogé le copain d'Estelle et son petit frère. Sais-tu ce qu'ils ont été raconter ? Que c'était Théo qui avait donné la clé à Estelle pour qu'elle rattrape son retard.

– Mais c'est pas vrai ! Théo a dit qu'elle l'avait piquée dans la roulotte.

– Évidemment que c'est pas vrai. Mais c'est probablement ce qu'elle a prétendu, parce qu'elle savait très bien qu'elle faisait un truc interdit. L'ennui, c'est qu'elle est la seule à pouvoir rétablir la vérité et qu'elle est dans le coma. Ou plutôt, je te rassure : un semi-coma.

– Semi, ça veut dire qu'elle va se réveiller bientôt ?

– Peut-être. On ne sait pas. Le docteur Mathias dit que c'est possible. Il faut attendre.

– Et maman va rester en prison jusqu'à ce qu'on sache pour la clé ?

Je pleurais à nouveau. Et si Estelle ne se réveillait pas ? Ce n'était même pas pour elle que je me tourmentais, c'était pour maman. Estelle n'avait qu'à ne pas être allée là-bas. Et en plus, ses parents avaient été horribles hier, même si c'était dû au choc.

Virginia m'a tirée contre son épaule et cette fois je n'ai pas résisté.

– Bien sûr que non, elle ne va pas rester en prison. Il se pourrait même qu'elle sorte dès demain. Gianni s'est renseigné. Ils n'ont aucune raison de la garder.

J'ai décidé :

– Alors, demain, je n'irai pas au collège !

– Bien sûr que si, tu iras. Parce que c'est ce que ta mère voudrait.

Je n'ai pas apprécié le chantage. Je me suis retirée de son épaule et je lui ai annoncé ma mauvaise nouvelle à moi.

– Hier, j'ai vu Martin. Il était là quand M. Carenton a dit que le chantier pourri était mort.

– Tu n'es pas la seule à l'avoir vu ! C'est ce salopard qui a poussé les Carenton à porter plainte. Il ne s'en cache même pas. Il a parlé avec les gendarmes et il a accablé ce pauvre Théo. Il a même dit qu'il méritait toujours de s'appeler Pompette mais qu'il faisait ça en cachette. Pendant qu'il y était, il a demandé au juge la fermeture du chantier. On peut dire qu'il est prêt à tout.

J'ai eu une illumination. Prêt à tout, Martin ? Et comment !

– C'est lui qui a donné la clé du chantier à Estelle, ai-je trouvé. Et il a secoué l'échafaudage par-derrière pour qu'elle tombe.

Virginia a éclaté de rire, un rire comme avant. J'ai senti que sans le faire exprès, je lui avais remis le cœur à l'endroit.

– Je vais te dire quelque chose, la Furette. Ce n'est pas journaliste que tu dois faire plus tard, c'est auteur de polars. Tu féliciteras ton prof de français de ma part. La greffe Agatha Christie a pris sur ta petite cervelle de ouistiti.

– Pas de ouistiti, de furette. Et tu savais, Virginia, que la furette est un putois ?

– Non, non, non ! Ça, je ne le croirai jamais, tu sens trop bon, a-t-elle crié en me respirant dans le cou et j'ai ri parce qu'elle me chatouillait.

On a acheté des pizzas en chemin. Moins chères que chez Mozart qui profite qu'on n'a pas le choix. Et pour trois, une quatrième gratos. On s'est partagé celle d'oncle

Étienne qui appelle ça de la nourriture américaine alors que c'est de l'italienne. Il faut dire que lui, c'est l'Alsace ou rien.

Le téléphone n'a pas arrêté de sonner. Ça recommençait comme avant les élections. En un sens, c'était bien. Nicolas m'a interdit d'appeler papa au Japon pour lui apprendre que sa femme était en détention provisoire. Comme je ne connaissais ni le code ni le sens du décalage horaire, j'ai laissé tomber.

Virginia a couché dans la chambre de Julie pour rester à ma disposition. Décidément, chez nous, ça valse, les chambres en ce moment ! Je n'arrivais pas à dormir, alors je suis allée la rejoindre sous sa couette. Sitôt dans ses bras, j'ai plongé.

55.

Les portables sont interdits aux prisonniers et aux collégiens. J'ai emprunté celui de maman dans sa table de nuit, je l'ai planqué au fond de mon sac et, à la récré de dix heures, j'ai appelé les *DNA*. C'est le directeur qui m'a répondu : « Jérôme Masson était en reportage toute la matinée. Est-ce que je voulais lui laisser un message ? »

– Non merci, madame, je rappellerai.

Madame... j'avais bien appelé « madame », le directeur des *DNA*, la honte ! Il fallait vraiment que j'aie la tête à l'envers. J'ai vite raccroché. Heureusement que je n'avais pas donné mon nom.

On pouvait compter sur Jacquot pour que tout le collège soit au courant de l'arrestation de maman avant la fin de la récré. Là, c'est la directrice qui m'a convoquée. Je ne l'ai pas appelée « monsieur ». Je lui ai tout raconté et elle a pris la défense des maires. Avant, c'était de l'honneur, maintenant, c'était de la honte. Je lui ai fait remarquer qu'en plus ils étaient mal payés. Elle m'a félicitée pour mon attitude digne et m'a dit qu'elle était fière d'avoir dans son établissement une élève aussi responsable que moi. C'est juste à ce moment que le portable a fait son cirque dans ma poche. Je l'ai éteint presto et elle a regardé ailleurs pour ne pas avoir à se contredire.

J'ai profité du départ des externes, à midi et demie, pour m'évader : facile ! Quand je suis arrivée devant le journal de Jérôme, sa moto n'était pas encore là. Je n'ai pas osé entrer à cause du directeur qui aurait pu reconnaître ma voix. J'avais un creux dans l'estomac : petit déjeuner à sept heures, et Virginia qui n'avait pas pensé à glisser ma boîte de gâteaux dans mon sac comme le fait une mère quand elle n'est pas en prison.

Je me suis assise contre le mur et j'ai appelé le secrétariat du collège pour avertir que ma marraine m'ayant fait à nouveau la surprise de venir me chercher, il était inutile de m'attendre avant après-demain puisque mercredi c'est congé. La secrétaire aussi était au courant pour maman. Elle m'a souhaité : « bon courage ». Ça m'a achevée.

Il y avait un message sur le portable. D'un côté, ça ne pouvait pas être pour moi. D'un autre, c'était peut-être en rapport avec la situation actuelle alors j'ai écouté.

« Ça te plaît que ton fils fréquente une musulmane ? T'as envie de ranimer les guerres de Religion ? Ah ah ! »

Rien d'autre ! Rien que cette horrible voix et un rire comme une morsure de serpent. Si maman avait capté le message, on l'aurait su. Il avait dû arriver dans sa table de nuit juste avant que les gendarmes l'emmènent.

Ah ! Ah !

Mon cœur en bat encore quand dans ma main, là, voilà que ça sonne. Je remets vite sur « messages ».

« Sale putain, tu n'as pas fini d'en baver. Ah ! ah ! »

La même voix, le même rire, une morsure encore pire. Tout tourne. Je me couche par terre pour me préparer à tomber dans les pommes quand l'odeur d'une moto qui s'arrête tout près me ranime et c'est Jérôme qui tombe à genoux à côté de moi.

– Mais qu'est-ce qui t'arrive ? Eh, ça ne va pas ? Dis quelque chose au moins.

Je bégaie pire qu'oncle Étienne.

– Ma... ma... maman est en prison. Quelqu'un vient de la traiter de « sale putain » et j'ai pas déjeuné.

Je voudrais bien pleurer, impossible. Il y a du fer et du feu dans ma gorge qui barrent le passage. Jérôme me relève, enchaîne sa moto ce qui me fait encore plus penser à maman, puis m'attrape par l'aile.

– Allez ! Tu vas me raconter tout ça. Moi non plus, je n'ai pas déjeuné, ça tombe bien.

Il me pousse dans le café sans me demander mon avis et commande deux plats du jour : spaghetti carbonara. Plus un Coca et une bière à déguster tout de suite. Dès que le garçon a tourné les baskets, il plonge ses yeux dans les miens. On ne rigole plus.

– Maintenant, je t'écoute.

Il n'a pas dit : « ma pauvre, ma choupinette, ma chérie »... Seulement « je t'écoute ». Ça me rend mes forces. C'est une interview : il s'agit d'être complète.

Je raconte tout depuis l'anniversaire loupé de papa jusqu'au message empoisonné. Le dernier seulement. Pour la musulmane, j'ai promis le secret à Nico. Pendant l'interview, les spaghetti carbonara sont arrivés. On fait des petites pauses-fourchette. Avec du ketchup c'est encore meilleur.

– Eh bien ! s'exclame-t-il quand j'ai fini. Tu ne risques pas d'être en panne pour le prochain numéro de *La Furette* !

Et ça aussi, ça me fait du bien.

Après le dessert – cône chocolat-pistache pour moi et café pour lui –, il a décidé de me raccompagner à Saint-Florentin. Il en profiterait pour examiner la situation de plus près. Je lui ai proposé de lui présenter le premier adjoint sans dire que c'était ma marraine pour faire plus sérieux.

Il est d'abord passé chercher un casque pour moi à son journal. J'ai refusé de l'accompagner, toujours à cause du directeur. Je l'ai attendu près de sa moto. Je tenais à peine sur mes jambes. À mon avis, ils mettent de l'alcool dans la sauce des pâtes pour les conserver plus longtemps.

Les grands malheurs, ça fait fleurir des petits bonheurs. C'est le coup du shaker qui mélange tout. Si ma mère n'avait pas été en prison, moi, je n'aurais pas fait une entrée triomphale à Saint-Florentin sur la moto des *DNA*. Dommage que c'était une heure creuse : la foule manquait pour apprécier.

La voiture de Virginia était garée devant sa porte. Elle a déménagé son travail à cause des événements et fonctionne grâce à Internet. Comme d'habitude, je suis entrée sans m'annoncer, direct dans le living, et sur qui je tombe ?

MAMAN !

– Mais tu n'es pas au collège ?

Voilà bien la réflexion d'une mère alors qu'on a le cœur qui explose, la tête en feu d'artifice, l'émotion de sa vie. Sans compter Jérôme derrière moi, qui devait me prendre pour une mythomane après son directeur qui m'avait prise pour une folledingue.

– Content de vous voir rentrée, a-t-il dit à maman quand on a eu fini de s'embrasser.

Virginia s'était jointe à la fête et tout le monde s'est installé comme d'habitude autour de la cafetière. Ce coup-ci, c'est elles qui ont raconté et Jérôme leur a demandé l'autorisation de les enregistrer.

Maman avait été libérée de sa garde à vue pour tomber dans la mise en examen avec interdiction de quitter le territoire. L'enquête se poursuivait. Les photos du copain d'Estelle avaient été développées : on la voyait faire le bouffon sur l'échafaudage mais pas tomber.

Le juge avait décidé d'attendre, au cas où l'accidentée se réveillerait et pourrait témoigner. Tout tournait autour de la foutue clé. Si c'était Théo qui l'avait donnée à Estelle comme le juraient le copain et le petit frère, c'était très mauvais pour maman. Si c'était Estelle qui l'avait piquée comme l'affirmait Théo, ce serait toujours mauvais, mais moins.

– Avez-vous une bonne assurance ? s'est inquiété Jérôme.

– Le top ! a répondu fièrement Virginia qui s'en était occupée personnellement.

Ils ont tous les trois hoché la tête avec soulagement même si papa dit que les assurances sont là pour ramasser les chèques mais jamais au moment d'honorer le contrat.

En tout cas, il y avait une très bonne nouvelle : l'expert avait trouvé le chantier irréprochable. Les travaux pouvaient reprendre.

– Martin peut se mettre sa demande de fermeture là où je pense, a dit Virginia. Théo est fou de bonheur. D'ailleurs, écoutez...

Elle a levé le doigt et, en le suivant, on a entendu le bruit de la pelleteuse sur les lieux. C'est Étienne qui devait être content.

Pendant qu'ils entraient dans les détails, je suis allée faire un tour aux toilettes pour effacer les messages empoisonnés sur le portable de maman. Il fallait voir sa mine de déterrée : inutile d'en rajouter. Mais à peine ai-je repris ma place dans mon fauteuil que le voilà qui carillonne dans ma poche. J'ai encore oublié de l'éteindre. J'oublie tout le temps.

Il paraît que c'est inconscient. C'est parce qu'au fond de moi je désire ardemment qu'on m'appelle et le plus souvent c'est le mieux. Ça te dit que tu n'es pas seule au monde, que tu comptes pour des gens, qu'il y a partout d'autres personnes qui galèrent comme toi. Et quand il y aura Internet dessus, ça sera encore plus chaud : on se verra.

En attendant, maman avait reconnu sa sonnerie et elle tendait la main sans commentaires pour que j'y remette la bête noire. Et ce que je désirais ardemment, c'était qu'elle ferme sa gueule avant que ma mère réponde mais c'était trop lui demander.

Elle l'a portée à son oreille. Je ne vivais plus : une autre morsure de serpent ?

– Allô ? a-t-elle dit.

Elle l'a répété deux fois. Et après : « Non, c'est trop ! » Et encore après : « Je ne peux pas accepter ça. » Elle a fini par dire : « Merci, je vous embrasse. »

C'était Élisabeth de Langsk qui lui avait trouvé un excellent avocat, spécialiste des causes désespérées, et qui tenait à le lui payer.

Après avoir remis la bête dans sa poche, elle s'est tournée vers moi. J'étais KO de soulagement.

– Pas de messages pendant mon absence, Millie ?

– Pas de messages.

Jérôme ne m'a pas trahie.

Je l'ai raccompagné à sa moto. Mme Mozart ouvrait sa boulangerie. Elle nous a vus. Je lui ai adressé un petit bonjour léger de loin.

– Ce charmant message sur le portable de ta mère tout à l'heure, tu n'as aucune idée de qui le lui envoyait ? a demandé Jérôme. Ça ne pourrait pas être ce Martin Hutter par hasard ? Tu n'as pas reconnu sa voix ?

– Ce n'était pas sa voix et, de toute façon, même s'il déteste maman, jamais Martin ne la traiterait de sale putain. Ce n'est pas son genre. Ce serait plutôt le genre des Lapôtre. Vous connaissez les Lapôtre ?

– Virginia m'en a parlé : l'Empereur Roux. Mais c'est bien Hutter qui a poussé les parents d'Estelle à porter plainte et qui a demandé la fermeture du chantier. Sais-tu pourquoi il en veut tellement à ta mère ?

– C'est parce qu'elle l'a empêché de construire son supermarché sur le grand champ. Ça lui aurait rapporté plein de sous.

Jérôme a hoché la tête.

– Le soir des élections, quelqu'un m'a raconté que ta mère et Martin étaient très amis autrefois. Certains pensaient même qu'ils allaient se marier. Cela pourrait expliquer son comportement. Du moins, en partie, tu ne crois pas ?

– Ça alors, c'est vraiment de la connerie pure. Je me demande bien qui a pu vous raconter ça.

Ça ne me plaisait pas du tout. Martin et maman : beurk ! Et pourquoi pas moi, la fille de Martin pendant qu'ils y étaient ?

– Pardonne-moi, Millie, a dit Jérôme. Je pensais que tu étais au courant. J'espère que je ne t'ai pas blessée.

Il a détaché son casque de la moto. Il a laissé le mien.

– Tu vois, le boulot du journaliste n'est pas seulement de raconter ce qu'il voit, ni de répéter ce qu'on lui dit, c'est de creuser le plus profond possible pour mieux comprendre les choses. Et les gens.

Il a mis son casque. Je n'avais pas envie qu'il s'en aille.

– Vous ne m'avez pas blessée. Et, si vous voulez, pour maman et Martin, je creuserai.

Il m'a fait un clin d'œil.

– Et réfléchis tout de même à ce message. Tu devrais peut-être la mettre au courant : une femme avertie en vaut deux.

– Si j'en parle, ça ne sera sûrement pas à elle. Je ne me vois pas traiter ma mère de « sale putain ».

Il a souri comme j'aime. Ça m'a fait mal quand il m'a embrassée à cause du casque. C'était merveilleux. J'avais le cœur en cerf-volant.

56.

– Mais où on va ? demande Jacquot.

– Dans la gueule du loup.

Il hausse les épaules :

– Et pourquoi on n'a pas pris de pique-nique, cette fois ?

– Le loup le mangerait aussi.

Dans les reportages, c'est le pique-nique qui intéresse le plus Jacquot. Si c'était lui qui écrivait les articles, sûr qu'il décrirait son saucisson préféré.

Je suis passée le prendre à dix heures. Jamais il ne m'aurait suivie s'il avait su où on allait.

« On les appelait les amoureux. » Quand Marguerite m'a sorti ça hier, je l'ai détestée. Elle m'a raconté que quand maman avait mon âge, ils étaient toute une bande à Saint-Florentin et que le père de Martin leur avait construit une super cabane dans son parc. « Quant à la mère de Martin, elle considérait Charlotte comme sa fille. »

C'est là que ça a fait tilt. J'irai voir Mme Hutter pour tirer « les amoureux » au clair. Au moins, maintenant, je comprenais pourquoi papa voyait rouge chaque fois que maman prononçait le nom de Martin : il était jaloux, voilà tout.

Ça y est ! Nous arrivons au carrefour. Je tends le bras à gauche pour couper la nationale et prendre la petite route spéciale château Hutter. Quand Jacquot voit ça, il s'arrête net.

– Ah non, c'est quand même pas chez Martin qu'on va !

– T'en fais pas, à cette heure-là, il y a longtemps qu'il est parti s'occuper de ses alcools. C'est sa mère qu'on interviewera.

La mère et le fils vivent tous les deux seuls ensemble. Elle est en dépression depuis que sa belle-fille est partie en emmenant leur enfant. On ne la voit presque jamais au village, c'est Martin qui fait les courses.

– Mais pourquoi tu veux interviewer la mère de Martin ? Qu'est-ce que tu vas lui demander ?

– Top secret !

Jacquot croise les bras pour montrer qu'il n'a pas l'intention de continuer. Je ne vais quand même pas lui révéler que j'enquête sur le passé sentimental de ma mère ! Dès ce soir, tout Saint-Florentin serait au parfum. Je lui fais remarquer :

– Au moins, c'est sûr qu'ici on ne sera pas accueillis avec un fusil.

Ça le décide. Jacquot raconte à tout le monde que si Élisabeth est descendue voter c'est parce qu'il est allé la chercher. Qui sait s'il n'y aura pas un petit bénéfice à tirer de cette visite là aussi ? Il n'est pas pour rien le fils de son père !

On réenfourche les vélos et on attaque la côte ; elle est moins rude que pour le château de la sorcière et surtout il fait moins chaud. Il y a une vilaine taie sur l'œil du soleil, c'est l'automne. En dix minutes même pas, nous voilà devant l'écriteau « CHIEN MÉCHANT ».

Là, rien à voir non plus avec Castor et Pollux. Le chien de Martin est dépressif lui aussi. Il ne veut pas se séparer de son maître qui le trimballe partout avec lui, attaché dans sa voiture sur le siège du mort. Et on dit que c'est le seul être que Martin traite bien.

L'interphone, à la grille, est une autre paire de manches. Si on s'annonce, guère de chance qu'on nous ouvre. Alors on laisse nos vélos dans des fourrés et en avant pour le tour de la « propriété privée, défense d'entrer ». Jacquot suit en râlant, mais il suit.

C'est beau, ces grands arbres dorés enfermés derrière les murs. On dirait des rois. On met bien un quart d'heure à trouver la brèche. Le père Bertrand dit que dans le cœur de chacun il y a toujours une petite brèche qui permet au Seigneur de s'y glisser en douce. J'aime bien.

– Si papa me voyait, il me tuerait, grogne Jacquot en passant derrière moi avec difficulté vu qu'il est deux fois plus épais.

– Et si Martin te voyait, il te tuerait aussi. Lequel tu préfères ?

Il ne répond pas. Il fait la gueule parce qu'il a fait un accroc à sa chemise neuve et que là, c'est sûr, c'est sa mère qui le tuera.

Le château Hutter est tout blanc, plus jeune et moins mystérieux que celui d'Élisabeth. On progresse par le sous-bois pour ne pas être repérés d'une fenêtre. La moitié ont leurs volets fermés. Ça fait départ. Je commence à avoir la tremblote. Qu'est-ce que je vais lui demander exactement, à Mme Hutter ? « C'est vrai qu'on appelait Martin et maman "les amoureux" ? » « C'est vrai que vous l'aimiez comme votre fille ? » « Est-ce que c'est pour ça que Martin la déteste tellement ? »

Pour me donner du courage, je pense à Jérôme : « Creuser le plus profond possible pour mieux comprendre les choses. » Quand j'aurai bien creusé, je pourrai peut-être en parler à maman sans qu'elle se mette en pétard et dise que je me mêle de ce qui ne me regarde pas.

On y est presque. Quelques mètres à faire dans l'allée de gravier, trois marches à grimper, la sonnette à appuyer... Une paille !

– Je crois que je vais rester faire le guet, décide Jacquot en tombant par terre. Si quelqu'un vient, je siffle.

Il est tout étonné que je ne le force pas à me suivre. Mais je ne tiens pas à ce qu'il assiste à l'interview et Jérôme m'a rendu mon courage.

– Jure que tu ne partiras pas sans moi.

Il jure en crachant comme font les garçons mais ses baskets sont déjà tournées vers la sortie. Avant que je m'élance, ce taré a le culot de me faire le V de la victoire.

La sonnette ne marchait pas. À tout hasard, j'ai tourné le bouton et la porte s'est ouverte.

J'étais dans un grand hall en pierre comme chez Élisabeth. Aux murs, des yeux me regardaient : les yeux de têtes de cerf. Il y en avait bien une demi-douzaine : un vrai film d'horreur.

Ce qui m'a un peu rassurée, c'est l'odeur du café. Elle disait que c'était quand même une maison normale. J'ai fait un pas à l'intérieur et j'ai essayé de crier : « Est-ce qu'il y a quelqu'un ? » mais ça n'est pas sorti. J'avais comme une alarme dans la tête, envie de faire demi-tour. Il y a eu un bruit. J'ai levé les yeux et je l'ai vue dans l'escalier.

Elle était en train de descendre : une toute petite fille en pyjama avec une couche dedans. Elle avait de longs cheveux blonds pas coiffés. Elle tenait une poupée à la main et de l'autre elle s'agrippait aux barreaux pour ne pas louper une marche.

Mon cœur s'est mis à battre à toute vitesse. C'était qui ? Marguerite m'avait dit que Mme Hutter vivait seule avec son fils. Elle avait même ajouté que c'était lugubre et qu'il aurait mieux fait de se remarier mais qu'avec son caractère ça ne se bousculait pas.

Quand la petite fille est arrivée en bas, elle a relevé la tête et elle m'a vue. Elle s'est arrêtée. Elle avait un regard bizarre, un peu comme celui des cerfs. Comme si elle n'était pas vraiment là avec son corps et tout.

J'ai dit :

– Salut !

Alors, elle s'est mise à crier : des petits cris plaintifs qui appelaient au secours. Tout de suite, une porte s'est ouverte au fond de l'entrée et une vieille dame s'est précipitée sur elle.

– Mais Catherinette, qu'est-ce qui t'arrive ?

Elle l'a prise dans ses bras. Ce n'était pas Élisabeth de Langsk la sorcière, c'était la mère de Martin. À part ses cheveux blancs, tout le reste était noir. Je reculais vers la porte pour me tirer quand elle s'est retournée et m'a découverte.

Sa bouche s'est ouverte toute grande, ses yeux ne voulaient pas y croire, elle avait l'air d'avoir encore plus peur que moi. Elle a fini par demander tout bas :

– Mais qui tu es, toi ? Qu'est-ce que tu fais ici ?

Je n'arrivais pas à répondre. J'avais froid, le cœur serré comme entre deux murs. Dans ce puits-là, il y avait la mère de Martin et la petite fille qui continuait à crier pour qu'on l'aide à en sortir. La sorcière a dit :

– Si tu parles, il nous tuera toutes les deux, et lui après. Tu peux comprendre ça ?

De la tête, j'ai dit « oui », oui, je comprends, madame, je ne dirai rien mais arrêtez de me regarder comme ça.

– Maintenant, va-t'en.

Je courais comme jamais de ma vie. Avec Jacquot derrière, qui croyait qu'on nous poursuivait et en un sens, pour moi, c'était vrai. Je m'écorchais à la brèche, je galopais vers mon vélo, je descendais la côte à me briser les os. Arrivée à la route, je suis tombée dans le fossé. Je ne pouvais plus respirer. Mon bras saignait.

– Mais qu'est-ce qu'il y a, Millie ? Qu'est-ce qu'on t'a fait ? Qui tu as vu ? Pourquoi tu as peur ?

Il m'a fallu un siècle pour pouvoir répondre. J'avais envie d'embrasser Jacquot seulement parce qu'il était là.

– On ne m'a rien fait. Il n'y avait personne. C'est les têtes de cerf qui m'ont fait peur.

Et en pensant à leurs yeux, je me suis mise à pleurer. C'était vrai qu'il n'y avait personne là-haut. Tout le monde était au fond du puits.

57.

Marguerite avait très peu de temps à m'accorder. Elle essayait de rassembler son monde pour une réunion au sujet du chantier et de la mise en examen de maman.

– Il y en a déjà certains qui chuchotent que c'est elle qui a mis le paquet pour qu'on embauche Théo parce qu'il était l'ami de Joseph, tu te rends compte ? Ils en profitent pour raconter qu'il n'est pas fiable, qu'il pourrait bien avoir menti pour la clé, que ça ne les étonnerait pas qu'il l'ait donnée à Estelle. Quand ça roule, les gens cachent leur méchanceté, sitôt que ça dérape, ils s'en donnent à cœur joie avec des « Je l'avais bien dit ». Ça leur donne de l'importance. En tout cas, l'atmosphère tourne au vinaigre, il faut arrêter ça tout de suite.

Elle avait l'air salement embêtée. Elle a raccroché son téléphone pour me regarder de plus près.

– Dis donc, tu as une petite mine, toi ! C'est ce qui arrive à ta mère ? T'en fais pas trop quand même, on a du monde derrière.

Tu sais que la comtesse lui a trouvé un avocat ? Sans compter son Italien qui est prêt à soulever des montagnes pour le Clos de Pinocchio. L'ennui, c'est que les montagnes, c'est moins lourd à soulever que changer le cœur des gens.

Elle m'a souri quand même :

– Alors, qu'est-ce que tu as encore à me demander ?

Le « encore », c'était à cause des « amoureux » qu'elle m'avait déjà expliqué hier. J'ai essayé de prendre l'air cool. Pas facile. Mon cœur à moi, il m'avait bien fallu trois heures pour le calmer.

– Je voulais seulement savoir comment s'appelait la fille de Martin et quel âge elle avait.

Elle s'est méfiée tout de suite.

– Dis donc, tu ne nous mijotes quand même pas un article sur ce triste personnage ?

– Certainement pas. C'est juste pour savoir.

Elle s'est gratté le front avec son crayon.

– Attends... La petite s'appelle Catherine, ça, c'est sûr. Ça doit lui faire dans les trois-quatre ans.

Même si je m'y attendais, j'ai reçu le coup en pleine poitrine : la petite s'appelait même Catherinette.

J'ai demandé.

– Et où elle est en ce moment ?

– Avec sa mère, pardi. À Pau, je crois. Chez les parents de Brigitte.

– C'est sûr, ça ?

– Figure-toi que je ne suis pas allée vérifier et qu'elle ne donne pas de ses nouvelles tous les jours. Mais c'est ce qu'on dit. Bon, t'as eu ce que tu voulais ? Tu peux me laisser maintenant ?

J'avais eu ce que je ne voulais pas mais je l'ai laissée et elle a tout de suite redécroché son téléphone pour sa réunion.

Au moins, c'était clair. Martin avait assassiné Brigitte parce qu'elle voulait le quitter. Il avait enfoui le corps dans le parc. C'était pour ça qu'il avait installé l'interphone et que tout le monde était dépressif, même le chien. Et Virginia pouvait bien se moquer de moi avec Agatha Christie, je n'avais pas inventé la petite fille ni la menace de la sorcière. Chaque fois que je me passais sa voix, je devais m'accrocher pour ne pas tomber moi aussi dans le puits et si j'en parlais à quelqu'un, Martin tuerait tout le monde. Et pourquoi pas moi en plus puisque j'avais percé son secret ?

Maman ne dînait pas là. Elle était invitée chez Gianni avec Virginia pour chercher comment soulever les montagnes. Nicolas était de sortie lui aussi. Étienne n'a fait que regarder le foot à la télé, je n'ai pas dormi de la nuit.

Au collège, ça a été horrible. Tout le monde me félicitait pour la libération de ma mère et il fallait que je dise merci alors que je vivais dans le cauchemar.

Quand je rentre à la maison le soir, je commence toujours par la cuisine. Maman me laisse ses petits mots sur la table. « Je ne serai pas là avant sept heures », ou bien « Mets le couvert pour quatre », ou « Travaille bien ». Et toujours : « bisous ».

Là, j'ai juste trouvé les *DNA*, ouvertes à l'article de Jérôme. Dessus, il y avait collé un petit papillon jaune avec l'écriture de Virginia : « Bravo, la Furette, c'est grâce à toi. »

Voir le nom de Jérôme m'a un peu réconfortée. Et si je lui racontais tout ? C'était quand même à cause de ses « amoureux » que je coulais. J'ai emporté le journal et une canette de jus d'orange sous mon tilleul pour réfléchir. Six heures, il faisait carrément frisquet. Bientôt, je ne pourrais même plus me réfugier à son abri. On le boirait en infusion et les infusions de tilleul, c'est à vomir : on n'a pas les fruits qu'on mérite.

« UNE JEUNE FILLE TOMBE D'UN ÉCHAFAUDAGE À SAINT-FLORENTIN. »

Ça, c'était le titre. Après, Jérôme parlait d'Estelle pour laquelle les médecins ne se prononçaient pas, du Clos de Pinocchio en construction, de Théodore Lepape, de la garde à vue de Mme le maire et de sa mise en examen : « Une enquête est ouverte pour déterminer les responsabilités. »

Je venais d'achever ma lecture quand Virginia a débarqué. Elle avait un nouveau bermuda vert pomme. Jambes à l'air. Elle, c'est une réchauffée perpétuelle.

– Je savais bien que je la trouverais là, cette petite ! Alors, qu'est-ce que tu en dis ?

Un quart de page rien que pour nous, tu te rends compte ?

J'ai balancé le journal le plus loin possible. J'avais envie de pleurer, mais ça, ça ne me changeait pas.

– C'est nul !

– Mais pourquoi tu dis ça, choupinette ?

D'abord, j'en avais marre qu'elle m'appelle choupinette.

– Il raconte, c'est tout. Gna gna gna gna gna... Il ne dit même pas que c'est injuste pour maman, ni qu'Estelle a volé la clé, ni qu'on essaie d'enfoncer Théo. On dirait qu'il s'en fiche.

Et moi, je mettais peut-être cent mille fois « formidable » ou « magnifique » dans mes articles mais ça valait mieux que cette tonne de glace sur son papier.

– Si j'avais su, je ne l'aurais pas amené ici. Je le déteste, ai-je ajouté.

– Et s'il faisait simplement son métier ?

Bermuda neuf ou non, Virginia s'est assise en tailleur dans l'herbe qui fait des taches indélébiles. Vues de la maison, on devait avoir l'air zen. Pour moi, c'était pas vraiment le cas.

– Un journaliste doit avant tout être objectif, m'a-t-elle expliqué. Il doit éviter de prendre parti.

– Et Zola ? Il a peut-être évité de prendre parti quand il a écrit *J'accuse* ?

On étudie aussi les classiques au collège, c'est dans le programme mais les chapitres sont interminables.

– Quand Zola a écrit *J'accuse*, c'était l'écrivain qui parlait, pas le journaliste.

– Alors, il ferait mieux d'être écrivain, Jérôme, parce que son truc objectif, les gens s'en ficheront complètement.

– Pas sûr, a dit Virginia. Est-ce que tu te souviens de notre chanteuse ?

Celle-là, je n'étais pas près de l'oublier. Chaque fois qu'on en parlait, c'était le fou rire garanti. Une diva qu'on avait été entendre à Bâle. Au dernier acte, elle chantait « Je meurs, je meurs » si longtemps qu'on avait envie qu'elle meure pour de vrai et qu'on en soit débarrassé. Un spectateur avait crié : « Vas-y », et ça avait fait scandale dans la presse.

– Juste pour te dire que ce ne sont pas forcément les grands cris qui convainquent le mieux, a expliqué Virginia. Fais confiance aux lecteurs de Jérôme Masson pour savoir lire entre les lignes.

Elle a sauté sur ses pieds. Il y avait des feuilles mortes et des brindilles collées à son bermuda.

– À propos de Zola, comment se porte notre chère Agatha Christie ?

– En ce moment, ce serait plutôt Stephen King, ai-je répondu.

Elle a ri et elle est partie sans lire entre les lignes de mon cœur.

Je remettais le journal dans l'ordre pour relire l'article d'un autre œil quand le pasteur Reubell a débarqué : un vrai moulin, ce tilleul !

Maman lui avait donné rendez-vous à la maison. Il était un peu en avance et serait heureux de l'attendre en ma compagnie. Lui aussi avait lu l'article.

– Un papier vraiment objectif, a-t-il constaté en hochant la tête avec approbation. Et tu sais qu'à Saint-Florentin nul n'ignore à qui nous le devons...

Le poids est devenu encore plus lourd dans ma poitrine. Toutes ces félicitations et moi qui ne pouvais pas m'en réjouir.

Le pasteur Reubell n'avait pas l'air d'avoir l'intention de s'asseoir dans l'herbe comme Virginia, alors je me suis levée par politesse. Et aussi parce que je préférais être debout pour poser ma question.

– Est-ce que par hasard vous avez connu Brigitte, la femme de Martin ?

– Brigitte ? Mais bien sûr ! C'est même moi qui les ai mariés. Hélas, ça s'est mal terminé. Tu sais certainement qu'elle l'a quitté. Il faut reconnaître qu'entre Martin et sa mère, la vie ne devait pas être bien gaie.

– Et Catherine, vous l'avez connue elle aussi ?

Je regardais au loin pour qu'il ne puisse pas lire dans mes pensées.

– La petite ? Pas vraiment. Elle n'avait que quelques mois quand sa mère l'a emmenée. C'est une bien triste histoire, tu sais. Cet enfant, ils le désiraient tellement. Et voilà qu'il arrive enfin... et Brigitte s'en va.

– Avec l'enfant ?

– Avec la petite fille, bien sûr.

J'ai recommencé à tomber dans le puits. Si ça avait été le père Bertrand qui avait eu rendez-vous avec maman, peut-être que je lui aurais tout dit sous le secret de la confession, mais il n'y a pas de confession chez les protestants, on fait son examen de conscience et la mienne était un vrai tas de boue qui n'arrêtait pas de me répéter que si je parlais, il y aurait des morts.

– Tu n'as pas froid, petite ? Tu as la chair de poule, a remarqué le pasteur Reubell. Pourquoi es-tu bras nus, aussi ? Aurais-tu oublié qu'on est en automne ?

Pas de danger que j'oublie : le pire automne de ma vie.

On est revenus vers la maison. J'aimais bien qu'il m'ait appelée « petite ». En ce moment, je manque de père. J'ai glissé ma main dans la sienne.

– Vous vous rappelez, monsieur le pasteur ? Vous m'avez promis de m'apprendre à jouer aux échecs. Est-ce qu'on ne pourrait pas commencer tout de suite ?

Il a ri.

– Tout de suite, je crains qu'on n'ait pas le temps. Mais pourquoi pas aux prochaines vacances ? C'est bientôt la Toussaint.

C'était même la fête des Morts.

Maman est arrivée au moment où on entrait chez Gépé. Elle avait les yeux qui brillaient. Le docteur Mathias venait de lui annoncer une merveilleuse nouvelle : on avait retiré ses tuyaux à Estelle. Elle respirait toute seule.

58.

Sélim, le frère d'Asli, a commencé son cirque vendredi matin en forçant la porte de la scierie pour récupérer sa sœur par la force. Il n'était même pas onze heures et il sentait déjà l'alcool.

Asli s'est réfugiée dans le bureau d'Albert. Elle a dit qu'elle préférait mourir plutôt que suivre cet intégriste. Elle est peut-être douce, mais elle sait ce qu'elle veut. Albert a menacé d'appeler les gendarmes et Sélim a dégagé en criant qu'on n'avait pas fini d'entendre parler de lui.

Après, il est passé à l'atelier. Nicolas n'était pas là. Il était parti avec maman faire le supermarché géant du vendredi ; le samedi il y a trop de monde et de toute façon, ce jour-là, c'est Nicolas qui vend ses jouets à Saint-Louis.

L'oncle Étienne a demandé à Sélim ce qu'il voulait. Celui-ci a crié que si Nicolas continuait à embêter sa sœur, ça irait mal. « Ils sont libres », a répondu oncle Étienne avec flamme : un mot qui a pris toute sa valeur pour lui depuis qu'il a foutu tante Odette à la porte. Comme Sélim ne bougeait pas, il l'a poussé vers la sortie avec sa scie égoïne, celle qui a un manche.

Ça s'est terminé à la mairie où, avertie par le téléphone arabe, Marguerite avait réuni quelques personnes pour accueillir le forcené. Il a disparu sur sa moto en hurlant qu'il reviendrait.

Le vendredi après-midi, on a sport : basket. Avant, j'adorais. Le car nous rapatrie direct du stade à chez nous, ce qui fait qu'on rentre plus tôt. Maman n'avait pas laissé de mot pour moi à la cuisine, je suis allée voir ce qui se passait du côté de l'atelier.

Étienne ponçait. Nicolas vernissait la crinière d'un cheval à bascule. Quand il m'a fait signe d'approcher, j'ai tout de suite compris qu'il s'était passé quelque chose. D'habitude, c'est « fous le camp ». Ça sentait bon près de lui : il y a des gens qui se shootent au vernis.

– Ça y est ! Maman est au courant pour Asli, m'a-t-il dit tout bas. Son frère, tu sais, Sélim, a fait un raffut du diable aujourd'hui parce qu'on l'avait embauchée à la scierie.

Ils avaient appris la tournée infernale en rentrant du marché. Tout Saint-Florentin en frémissait encore. Pour moi, ça faisait un secret de moins à garder. Pendant qu'il racontait, il continuait à vernir sa crinière : un beau noir orgueilleux comme la mèche de Lucky Luke. La selle était déjà finie :

rouge. La bascule était verte et jaune. C'était gai, toutes ces couleurs. Ça plairait sûrement aux enfants.

– Et qu'est-ce que maman t'a dit pour Asli ?

– Attention !

– Au sida ?

Il m'a foudroyée.

– Barre-toi, Millie. J'en ai ras le bol de toi.

– Pardon.

C'est terrible mais plus je suis triste et plus les questions débiles me viennent. C'est comme les clowns qui cachent leurs larmes sous un sourire peint.

Nicolas m'a tourné le dos, bon, j'avais encore tout gâché. Étienne continuait à poncer en nous jetant des regards impatients. Lui aussi avait envie que je dégage. Pour me racheter vis-à-vis de mon frère, je lui ai parlé du message sur le portable de maman : la musulmane et les guerres de Religion. Ça ne l'a pas calmé, au contraire.

– Et tu l'as effacé ? Mais tu es folle ! C'était une pièce à conviction. Et moi, j'aurais peut-être reconnu la voix.

– J'avais peur que maman entende la « sale putain » : « Tu n'as pas fini d'en baver, sale putain »...

Là, Nicolas a carrément jeté son pinceau en l'air et la patience d'oncle Étienne a été à bout.

– Tu... tu travailles avec moi ou tu... tu jongles avec tes instruments ?

Je les ai laissés : deux secrets de moins. Dire que j'avais adoré les secrets.

Quand maman est venue dans ma chambre avant le dîner et qu'elle s'est assise près de mon bureau où je n'arrivais à rien, j'ai compris que Nicolas avait cafté. Tant mieux ! En plus, elle n'avait pas l'air de m'en vouloir.

– Très jolie, cette nouvelle coiffure, a-t-elle commencé d'une voix fausse en tirant sur ma natte où je mélange des rubans de couleur.

Pas toujours les mêmes et aucun les jours de congé.

Je ne lui ai pas fait remarquer que la « nouvelle coiffure » datait de la rentrée. Un petit compliment, c'est la façon des parents d'introduire le sujet brûlant. Ça n'a pas tardé.

– Nicolas vient de m'apprendre pour les messages. Pourquoi ne m'en as-tu pas parlé tout de suite ? À quoi sert la famille si on ne lui confie pas ce qui vous pèse sur le cœur ?

Mon cœur était tellement écrabouillé que je n'ai pas pu lui répondre.

– Cette voix, a-t-elle continué, tu es bien sûre de ne pas l'avoir reconnue ?

– Ce n'était pas une voix turque. C'était une voix d'ici.

– Martin ?

– Non.

J'avais dit « non » trop vite et avec angoisse mais elle ne s'en est pas aperçue. Elle a eu un gros soupir.

– Tu sais, ce n'est pas le premier message de ce genre qu'on reçoit, hélas ! Depuis l'accident d'Estelle, il en arrive régulièrement à la mairie. Nos adversaires profitent de ce que nous sommes en situation de faiblesse pour nous enfoncer un peu plus.

La situation de faiblesse m'a marquée. Je l'étais aussi, mais personne ne le savait.

– Maman, je trouve que la vie est vraiment horrible...

– Ce n'est pas la vie, ma chérie, ce sont les gens. Pas tous, heureusement, il y en a d'épatants.

Je voyais bien qu'elle hésitait à me prendre dans ses bras. À mon âge, on n'aime plus trop ça parce qu'on est en train de devenir adulte et que ça nous retient. Aujourd'hui, j'aurais bien voulu qu'elle me retienne.

– Si tu décidais de me faire un peu plus confiance ? a-t-elle demandé.

La vague de fond est montée. Maman, il y a une petite fille chez Martin, il la cache. J'ai peur, j'ai peur. Et puis j'ai entendu la voix de la sorcière et je me suis tournée d'un autre côté.

Maman s'est levée. Avant de sortir, elle a encore montré ma natte.

– Un jour, tu m'apprendras ?

Chez les éléphants, la famille a une grande importance. C'est la mère qui est la mémoire du troupeau. Elle sait où se trouvent les points d'eau. Du premier coup d'œil, elle distingue les amis des ennemis. C'est les anciens qui s'occupent de l'éducation des éléphanteaux. Ils leur apprennent à marcher droit. Si vous les séparez, si vous privez les jeunes des vieux, ils n'ont plus de repères et deviennent des délinquants. Ils font n'importe quoi. On en a même vu qui essayaient de s'accoupler avec des rhinocéros. Les rhinocéros n'étaient pas d'accord.

C'est Virginia, qui a beaucoup voyagé en Afrique dans sa jeunesse, qui nous a raconté ça pendant le dîner : c'était extra.

Elle a dit qu'il y avait partout, en France et aussi dans les autres pays, des troupeaux d'éléphanteaux livrés à eux-mêmes qui devenaient enragés parce qu'ils avaient été coupés de leurs racines et n'avaient plus aucun respect pour les anciens.

Cet après-midi, elle était allée voir les Hyaglu, les parents de Sélim et d'Asli, qui habitent dans une caravane près de Saint-Florentin en compagnie d'autres familles turques.

Ils étaient dans tous leurs états. Ils ne contrôlaient plus du tout leur fils. Depuis tout petit, Sélim fréquentait une bande louche qui avait la plus mauvaise influence sur lui. Il n'avait pas voulu prendre la nationalité française comme sa sœur et il ne cherchait pas de travail. Ça le rendait fou qu'Asli ait été embauchée à la scierie. Surtout à cause des hommes.

– Quand je pense qu'il y a des chiens qui attisent ça ! a dit Virginia en colère. C'est criminel. S'ils continuent, ils auront affaire à moi.

– C'est qui, les chiens ? ai-je demandé.

– Tu ne t'en doutes vraiment pas ?

Son œil ironique me disait que maman lui avait déjà raconté pour le message. Elles se racontent tout, elles ont de la chance d'avoir le droit.

– Et qu'est-ce que tu vas leur faire, aux chiens ?

– Tu permets que je garde ma petite idée pour moi ?

Elle s'est tournée vers Nicolas qui n'en menait pas large parce que tout ça, c'était à cause de sa rencontre avec Asli en forêt.

– Quant à toi, que cette fille te plaise, je n'ai rien contre, mais pendant quelque temps, pédale douce, s'il te plaît.

– Si tu crois qu'on ne la met pas déjà, la pédale douce ! a râlé Nicolas avec un soupir d'homme.

– As-tu vu Sélim quand tu as rencontré ses parents ? a demandé maman à Virginia. Est-ce qu'il était là ?

– Il n'était pas rentré chez lui depuis le matin et je peux te dire que les parents n'étaient pas rassurés, a répondu Virginia. En ce qui concerne Asli, elle s'est réfugiée chez une tante pour le week-end. Mais elle a bien l'intention de retourner au travail lundi.

Avec maman, on se partage la salle de bains. J'ai profité du brossage de dents pour l'interroger en dehors de la présence de mon frère.

– Et toi, maman ? Tu es comme Virginia ? Tu n'as rien contre Nicolas et Asli ?

Elle a posé son verre si brusquement que la tablette a tremblé.

– Franchement, je me serais bien passée de cette histoire ! Comme si on avait besoin de ça en plus ! Et imagine la réaction de ton père.

J'ai laissé ma porte entrouverte. Moi non plus, je n'étais pas rassurée. Pour une fois, je sentais venir la tempête.

59.

Pour m'aider à m'endormir, j'essaie de penser à une chose gaie. Par exemple Estelle.

On la masse beaucoup, on lui parle tout le temps pour la stimuler. Elle fait des progrès chaque jour et ses parents reprennent espoir. Le docteur Mathias dit qu'elle se réveillera sans doute bientôt.

Quand elle pourra parler, le juge d'instruction l'interrogera sur la clé trouvée dans sa poche : la clé du mystère. Est-ce qu'elle l'a volée ou est-ce Théo qui la lui a donnée ? Marguerite dit que des gens malintentionnés espèrent secrètement que c'est Théo : ça fera du sport. Virginia a peur que les Carenton essaient d'influencer leur fille pour qu'elle dénonce « Pompette » afin de toucher le magot.

Et si Estelle se réveillait avec un trou noir dans la tête ? Comme Catherine...

Il me semble que je viens seulement de fermer l'œil quand le rodéo commence devant la maison : moteurs, klaxons et cris d'Indiens. Des motos. C'est si près qu'on a peur qu'elles défoncent le mur pour entrer dans la cour. J'allume. Il est presque deux heures du matin.

Du rez-de-chaussée, on ne voit pas la rue. Je grimpe en vitesse chez oncle Étienne qui regarde avec Nicolas en se cachant derrière le rideau. Il y a bien une dizaine de gros cubes qui tournent. Casque intégral pour toute la bande. Le temps que maman arrive en demandant : « Qu'est-ce qui se passe ? », ils sont partis.

– Des imbéciles qui sortent de boîte et s'amusent à réveiller le monde, répond Nicolas, mais on entend qu'il n'y croit pas vraiment. Est-ce qu'il pense à la même personne que moi ?

Téléphone ! Virginia ! Le rodéo se poursuit place de la Mairie. Doit-elle appeler les gendarmes ?

Maman se tourne vers oncle Étienne qui n'a pas l'air de savoir. Moi, je suis pour les appeler parce que, même si je ne l'ai pas connue, il y a un goût de guerre dans ma tête. C'est noir et blanc comme dans les vieux films et d'un seul coup on ne sait plus rien.

Avant que maman ait décidé, Virginia crie que c'est fini : ils sont partis.

Et si Nicolas avait raison ? Des imbéciles... Il veut sortir pour aller vérifier. Maman le lui interdit. Est-ce qu'elle pense à Sélim elle aussi ?

Retéléphone de Virginia.

– Ils ont laissé un petit message sur le mur de la mairie.

DEMITION

Avec un T, comme Turc.

Les lettres avaient été écrites à la bombe rouge. Ça n'en faisait jamais que huit mais elles salopaient tout : le mur, les colombages, et même la porte qu'on venait de retaper. Les cigognes étaient toujours là et ça consolait un peu.

Dès sept heures trente, Théo s'est mis au travail pour effacer le saccage. Ça laissait des traînées roses et on n'y couperait pas d'un coup de peinture. Comme on était samedi, les gens avaient du temps pour venir constater les dégâts et discuter. C'était qui, ces sauvages qui ne connaissaient même pas l'orthographe ? Qui nous réveillaient la nuit et saccageaient notre mairie ? Et pourquoi les gendarmes n'étaient-ils pas là ?

– Ils vont venir. Une plainte va être déposée, a dit Virginia.

DEMITION

Même si les vandales n'avaient pas écrit le nom de ma mère, c'était comme si elle était montrée du doigt. Et derrière les lettres rouges qui bavaient on pouvait lire aussi : Nicolas et Asli.

Tout le monde savait que c'était parce que Nicolas l'avait demandé qu'Asli Hyaglu avait été embauchée à la scierie ; d'ailleurs, ça n'avait pas été tout seul avec Albert.

Tout le monde était au courant du cirque que le frère, Sélim Hyaglu, avait fait hier. Partout, il avait crié que le fils du maire avait intérêt à lâcher sa sœur sinon on verrait.

Le fils du maire et Asli...

On avait vu et entendu cette nuit. On voyait ce matin.

Heureusement qu'oncle Étienne avait emmené de force Nicolas à Saint-Louis : « Tu as loué un stand au marché, oui ou non ? » Il était si pressé de l'éloigner qu'il en avait oublié de bégayer. Il avait bon dos, le stand !

Autour de Théo, ça commençait à sentir plus le vinaigre que le nettoyant. Qu'est-ce qu'on allait faire maintenant ? Qui sait s'ils ne reviendraient pas ? Et finalement, c'était une erreur, même une erreur grossière, d'avoir fait embaucher Asli Hyaglu à la scierie. Une fille, déjà ! Une Turque, en plus ! Ça ne pouvait que mal se terminer. Ces gens-là ne vivent pas comme nous, ils n'ont pas la même religion, ils ne mangent pas pareil, ils ne veulent pas s'intégrer, on en accueille trop, ça finit par des bâtiments publics saccagés, des voitures brûlées, des trafics de drogue, des zones de non-droit. Et d'abord, avec quoi il l'avait payée, sa moto, Sélim Hyaglu, puisqu'il ne travaillait pas ?

Le vinaigre commençait carrément à bouillir, même les cigognes s'énervaient, quand le pasteur Reubell et le père Bertrand sont accourus après leurs offices où ils n'avaient pas vu un chat.

Quelques bonnes volontés étaient allées les avertir que la température montait dangereusement : personne n'osait plus regarder maman en face, Virginia avait beau essayer de rigoler et Marguerite de faire la leçon, rien n'y faisait parce que jamais, au grand jamais, on n'avait eu un tel scandale à Saint-Florentin, un village sans histoire, des gens qui ne demandaient qu'à vivre tranquilles, chacun chez soi et les vaches bien gardées. Et puis voilà !

Et voilà quoi ? a demandé le pasteur Reubell d'une voix pleine de tempête. Oui, voilà quoi ? Voilà que vous êtes en train de tomber dans le piège tendu par ceux qui rêvent de voir Saint-Florentin à feu et à sang et qui l'ont bien montré avec la triste histoire du chantier. Ah, ils doivent se frotter les mains, ceux-là, en vous entendant. Et pas un d'entre vous ne s'est demandé si ce mot, « démission », avec ou sans T, n'avait pas été soufflé par un irresponsable à ce petit voyou, cet imbécile, qui a pris prétexte de sa sœur pour semer la haine ? Et qu'est-ce que j'entends depuis que je suis là : les Turcs, les Turcs... Voilà que vous mettez en cause des gens dont on n'a jamais eu qu'à se féliciter. Rappelez-vous comme on a été contents de les accueillir pour entretenir nos forêts. Et aujourd'hui où la moitié des arbres sont par terre, qu'est-ce qu'on ferait sans eux ? Dites-le-moi.

Les gens n'ont rien dit, ils préféraient regarder leurs pieds. Le pasteur a continué encore un peu. Il a même parlé d'Asli, une Française comme vous et moi, née sur ce sol, et qui avait bien gagné le droit de travailler où elle voulait.

À côté de lui, le père Bertrand opinait du bonnet. Il ne pouvait faire plus, étant victime d'une extinction de voix suite à une angine mal soignée, mais on voyait qu'il était d'accord sur tout.

Moi, en entendant parler le pasteur, j'avais envie de prendre sa main comme l'autre soir dans le verger et cette fois je lui aurais parlé de Martin, parce que je ne vivais plus à l'idée qu'il allait peut-être débarquer et que j'étais sûre que rien qu'en voyant mes yeux, il devinerait que je savais pour Catherinette.

Quand ça a été fini, le pasteur Reubell a demandé pardon pour sa colère : parfois, entre l'homme d'Église et le conseiller municipal, on ne sait plus trop lequel prend le dessus, voyez-vous. Il y a eu des applaudissements et le père Bertrand a demandé pardon lui aussi, même s'il n'avait rien dit.

Le samedi, c'est le jour du marché à Saint-Louis et les gens sont partis bien qu'à contrecœur. Certains grommelaient encore, mécontents qu'on leur ait retiré leur pomme de discorde. Est-ce que c'était ça, les guerres de Religion ? Du plaisir à sentir le sang et le feu, comme avait dit le pasteur Reubell ? En tout cas, le mariage de Nico et d'Asli n'était pas pour demain et ça m'a soulagée à cause de mon père.

Théo a remballé son matériel. Sitôt que ça serait sec, il donnerait son coup de peinture et vous verrez, mesdames, ça sera encore plus beau qu'avant !

Virginia a attrapé le bras de maman. Avec tout ça, elles ne devaient pas oublier leur super-rendez-vous. Il tombait bien d'ailleurs, ce rendez-vous : elles pourraient parler à Me du Rosier de cette nouvelle histoire et voir avec lui pour la plainte.

On est rentrées toutes les trois en vitesse pour faire un peu de ménage. J'ai été chargée des fleurs sur la table.

60.

La longue voiture noire, comme un corbillard en plus bas, est entrée dans la cour à onze heures. Un monsieur habillé en hiver en est sorti. Il a fait le tour pour ouvrir à Élisabeth de Langsk qui avait mis ses talons.

C'était Me du Rosier, l'avocat qu'elle offrait à maman.

Maman avait commencé par refuser : elle ne se sentait pas le droit d'accepter un tel cadeau. Élisabeth – qui n'a pas si bon caractère que ça – lui avait expliqué que son château était bourré de meubles qui ne servaient qu'à régaler les vers et que, par exemple, une seule de ses commodes Louis XVI suffirait largement à payer Me du Rosier. D'ailleurs, il avait vu la commode et il s'était agenouillé devant tellement elle était belle et rare.

Maman avait fini par accepter comme pour *Les Passions de l'âme*, de René Descartes, mangées, elles, par les rats. Les petits animaux adorent l'ancien.

Un de ces jours, il faudra que je parle à Élisabeth d'oncle Étienne. Le divorce s'annonce mal. Tante Odette demande la moitié de Gepetto sous prétexte qu'elle y a travaillé gratos pendant des années alors que cette taupe a tout fait pour ruiner l'entreprise. Peut-être qu'en arrachant aux vers rien qu'un petit guéridon, Élisabeth pourrait offrir aussi Me du Rosier à oncle Étienne ?

Ils sont restés enfermés chez Gépé pendant presque deux heures. Je n'avais pas été admise et maman gardait l'œil sur le passe-plat. Pendant que j'épluchais la frisée, je n'ai entendu que des mots que je ne comprenais pas.

Virginia est sortie la première, au grand galop direction Mozart pour chercher la commande avant la fermeture : des flammekuche. Élisabeth a refusé de les partager avec nous. Elle était invitée à déjeuner à Saint-Louis par Me du Rosier : un superrestau. Sûr qu'il y tient, à sa commode.

Après le départ du corbillard, maman s'est arrêtée un moment près du puits. Elle avait l'air complètement out. Papa dit que les avocats, comme les notaires et les assurances, n'existent que pour prévoir le pire, alors forcément !

Et si je parlais de Martin à Me du Rosier ?

Je me suis appuyée moi aussi à la margelle.

– Ce puits, est-ce qu'on ne pourrait pas le reboucher ? ai-je demandé à maman. Je l'aimais mieux avec les fleurs.

Elle a sursauté.

– En voilà une drôle d'idée ! Un puits, c'est fait pour être ouvert. Songe qu'il n'y a pas si longtemps, quand la canicule sévissait et qu'on était rationnés en eau, ton grand-père y puisait pour son arrosage.

– Moi, ça me donne l'impression qu'il y a quelqu'un dedans.

J'avais parlé tout bas mais maman m'a entendue quand même. Elle a froncé les sourcils.

– Je vois que ton oncle n'a pas su tenir sa langue.

– Ce n'est pas maman Chut que je vois dedans, elle, elle est morte dans son lit.

– Écoute, a dit maman, très énervée, je ne comprends rien à tes histoires. Viens donc plutôt m'aider à mettre le couvert.

Oncle Étienne et Nicolas sont rentrés de Saint-Louis pendant qu'on déjeunait. Nicolas avait refusé de rester l'après-midi parce qu'il était trop inquiet pour Asli. Ils ont fini les flammekuche. Moi, c'est le tour que je préfère, surtout quand il est brûlé. Nicolas aime mieux l'intérieur.

On a pris le café dans le verger : pull obligatoire. Chaque fois, on se dit : « C'est la dernière avant le printemps », et puis le ciel nous accorde une petite rémission. Aujourd'hui, on sentait les efforts du soleil pour percer mais rien à faire. C'était comme l'atmosphère.

Le téléphone a pas mal sonné.

– J'y pense, ton mari ne t'a pas appelée ?

a demandé Virginia à maman. Ce n'était pas hier qu'il devait rentrer du Japon ?

– Il est rentré, a répondu maman. J'ai eu Julie ce matin à l'appareil. Il dormait : le décalage horaire. Je n'ai pas voulu le réveiller.

– Il faudra pourtant le prévenir très vite, ai-je dit.

– Le prévenir de quoi ? a aboyé Nicolas.

– Ben... de tout ce qui est arrivé ici.

– Il s'en fout.

– C'est pas vrai. Papa nous aime. Et si tu veux savoir, il me manque beaucoup.

En disant ça, j'avais une boule dans la gorge parce que, même s'il me manquait terriblement, surtout depuis mercredi, ça ne changerait rien si on se voyait : à lui non plus je n'avais pas le droit de parler de Catherine.

– Il me manque à moi aussi, a dit maman tout bas.

Et voilà qu'elle lève la tête et regarde au loin comme si elle avait une illumination. Elle aussi en a, mais moins farfelues que les miennes, paraît-il. Elle se tourne vers Virginia : on dirait qu'elle est essoufflée.

– Millie a raison. Je ne peux pas laisser Frédéric dans l'ignorance. Tu te rends compte qu'il ne sait rien ? RIEN ! Et il y a des choses qu'on ne peut pas dire par téléphone. Est-ce que ça t'ennuierait si je montais à Strasbourg ?

– Va, cours, vole, dit Virginia. Ça te fera le plus grand bien de changer d'air. Et pendant que tu y es, passe tout le week-end là-bas.

Maman se lève déjà. Elle appuie la main sur l'épaule de Nicolas.

– Je peux compter sur mon fils pour être prudent ?

– On le gardera à l'œil, ne t'en fais pas, promet Virginia.

– Je... je suis là, dit oncle Étienne.

– Et s'il arrive quoi que ce soit, surtout, vous m'appelez tout de suite.

– On ne t'appellera pas parce qu'il n'arrivera rien, décide Virginia. Tu n'es pas encore partie ?

Je me lève à mon tour. À Strasbourg, il n'y a pas de puits. Et peut-être que finalement je parlerai à papa parce que c'est un homme.

– Est-ce que je peux venir avec toi, maman ? S'il te plaît !

Virginia me fait « non » du doigt. De quoi elle se mêle, celle-là ? Maman me caresse la joue comme j'aime : plus tendre, tu meurs. Mais c'est pour refuser alors je meurs deux fois.

– S'il te plaît ma chérie, laisse-moi y aller seule. J'ai besoin d'un vrai tête-à-tête avec ton père. Tu comprends ?

Et elle est partie faire son sac en essayant de ne pas courir pour ne pas trop montrer sa joie.

Si elle avait su ce qui l'attendait !

CINQUIÈME PARTIE

LE CLOS DE PINOCCHIO

61.

Légère.

C'était le mot qu'avait prononcé à mon encontre Me du Rosier. Et, pour adoucir la critique, car « léger » frôle parfois « irresponsable », il avait pris soin d'ajouter : « peut-être », et aussi : « un peu ».

« Peut-être vous êtes-vous montrée un peu légère, madame Brenner ? »

Virginia avait évité mon regard.

C'était moi qui avais insisté pour que nous nous adressions à Théodore Lepape et choisissions son devis plutôt que ceux, tellement plus élevés, de deux entreprises ayant pignon sur rue à Saint-Louis et à Mulhouse. Mon père disait de son ami qu'il était « le pape du bâtiment » ; il savait tout y faire. Plusieurs emplois seraient créés dans la commune et, en embauchant « Pompette », ne lui donnais-je pas une chance de se sortir définitivement... du noir ?

Légère.

Je l'avais bien été en m'exposant en première ligne comme maître d'œuvre, oubliant que Martin, furieux de ma grande idée « Le Clos de Pinocchio », n'hésiterait pas à employer tous les moyens pour m'obliger à abandonner.

J'ai appuyé sur l'accélérateur. Il y avait peu de monde sur la route ce samedi après-midi d'octobre au ciel bas et menaçant, presque un ciel d'hiver. La hâte m'emplissait : vite Strasbourg, vite Frédéric !

Légère avec Frédéric.

Lorsque Millie avait dit : « Il faut prévenir papa », un voile s'était déchiré en moi. Comment avais-je pu laisser mon mari dans l'ignorance de ce qui s'était passé ici cette semaine ? Japon ou non, j'avais le moyen de le joindre. Mais n'agissais-je pas ainsi depuis ma décision de me présenter aux élections à Saint-Florentin ?

Emportée par la douleur d'avoir perdu mon père, le désir farouche de laver son honneur, la griserie d'être élue, m'étais-je jamais demandé sincèrement ce que pouvait représenter pour mon mari le total changement de vie imposé par moi – sans compter la séparation d'avec deux de ses enfants ?

« Réfléchis, Charlotte, réfléchis à ce que tu es en train de faire. »

J'avais cassé une harmonie de vingt ans.

C'était bien beau de tirer la nappe, mais qui héritait des pots cassés ? Frédéric avait-il mérité cela ? Attentif, aimant, généreux, je n'avais jamais rien eu à lui reprocher. Quant à ce vide en moi, ce manque, j'aurais eu à Strasbourg tous les moyens de le combler.

Mais mon père était venu.

Colmar est apparue au loin. Kathy... Kathy Grossmann. Là encore, quelle légèreté de ma part ! À moins qu'il ne soit plus juste de parler de lâcheté. Je n'avais rien dit à Frédéric de la double vie de son beau-père, il l'avait apprise en même temps que tout le monde, un soir de fête où il avait fait l'effort de venir nous retrouver.

« As-tu pensé à ce que cela a été pour Julie et pour moi ? »

Julie, les larmes aux yeux. Légère aussi avec mon aînée.

Et, bien sûr, avec Nicolas.

Si je ne m'étais présentée aux élections, si je ne l'avais associé à ma campagne, jamais l'idée ne lui serait venue de travailler avec Étienne. Et il n'aurait pas rencontré Asli.

Mon cœur s'est serré. Quelle épreuve, ce matin ! Non le mot « démission », mais la fièvre qui s'était emparée du village, le regard fuyant des gens, les apartés, les murmures assourdissants : Nicolas, le fils du maire, avec une Turque...

Et moi, prisonnière de mes contradictions, laissant à Virginia et au pasteur Reubell le soin d'apaiser les esprits. Parce que, à la vérité, même si Asli était belle, courageuse et française, non, ça ne me plaisait pas du tout que Nicolas ait porté son choix sur elle. « Est-ce qu'ils vont se marier, maman ? » m'avait demandé Millie. Le mariage n'était-il pas déjà assez difficile comme ça sans y ajouter tant de différences – éducation, coutumes, religion ?

Si j'avais été sincère, je lui aurais répondu : « J'espère bien que non. » Raciste, Charlotte ?

J'ai revu le visage anxieux de ma Furette durant cette matinée où elle ne m'avait pas lâchée d'une semelle, hormis pendant la visite de Me du Rosier, tantôt abattue, tantôt irritable. « C'est ta garde à vue, soutenait Virginia. Ça lui a fait un choc terrible. Je peux te le dire puisque c'est moi qui la lui ai annoncée. »

« Papa me manque beaucoup », avait-elle lancé à son frère tout à l'heure. Elle avait tellement envie que je l'emmène. Peut-être aurais-je dû céder.

Oui, légère aussi avec Millie. Même si l'idée de rentrer au collège de Saint-Louis était la sienne, je l'avais séparée d'un père qu'elle adorait. Et il m'était arrivé de la mêler à nos disputes.

J'ai accéléré à nouveau. Quatre heures et demie. Vite ! À moi aussi il me manquait, Frédéric ! Et cette fois je lui dirais tout, y compris mes doutes, mes hésitations, mes remords. J'aurais le courage de lui parler d'Asli et de Nicolas avant qu'il n'apprenne leurs relations par quelqu'un d'autre. Je lui demanderais son avis et son aide. Mon mari était un homme bien, il m'entendrait. Et, tout simplement, je lui dirais que je l'aimais. Depuis combien de temps m'en étais-je abstenue ?

J'approchais de Strasbourg, ma ville depuis vingt ans, la moitié de ma vie. Elle m'avait accueillie blessée ; elle avait participé à ma guérison, si belle, si vivante, unique. Comme j'avais été fière d'y habiter, d'y avoir une jolie maison. Oui, Millie, j'y avais été « contente ».

La cathédrale Notre-Dame s'est dressée devant moi, majestueuse et délicate, proche et lointaine, comme Dieu pour les croyants. J'avais oublié le froissement du tramway, la couleur de l'Ill sous l'arceau des ponts. Je m'étais montrée ingrate. Je reviens ! Ma poitrine s'est libérée.

Là-bas, au bout de cette rue, la belle dame à colombages, c'était chez moi. J'avais renouvelé mes géraniums au printemps dernier. Ici aussi j'avais mon arpent de ciel.

La voiture de Frédéric était au garage. Nous y louons deux places. J'ai garé la mienne à côté. Il arrivait à Julie d'emprunter l'une ou l'autre. M'étais-je demandé une seule fois si ma « familiale » ne lui manquait pas ? Non. Légère.

Avant de descendre, je me suis regardée dans le miroir au-dessus du volant. Côté coiffure, ça allait : j'avais lavé mes cheveux hier. Le soleil s'était chargé de mon teint. J'ai ajouté un peu de poudre et du rose sur mes lèvres. Frédéric aimait sa femme maquillée et élégante. Pour la soirée, j'avais emporté un tailleur couleur d'automne acheté récemment à Saint-Louis, de fins collants, des escarpins. Il apprécierait. M'emmènerait-il au restaurant ? Au dernier moment, j'avais glissé dans mon sac un pot de confiture de quetsches. J'ai souri : mon gourmand de mari était à ma connaissance le seul à mettre de la confiture sur ses croissants. « Papa, tu exagères ! » lui reprochait Millie, ravie d'avoir un père si déraisonnable.

L'appartement était silencieux. Dans l'entrée traînait une valise à demi défaite. D'après Julie, Frédéric était rentré tard cette nuit. Ce soir, je finirais de vider cette valise avec lui. Il y aurait du linge sale...

À part quelques cassettes éparpillées sur la moquette, le salon était en ordre. La porte de notre chambre était fermée, j'ai tourné doucement la poignée au cas où il dormirait encore.

J'ai d'abord vu, sur l'oreiller blanc, la masse de cheveux noirs et, plus bas, le triangle épais de même couleur. Le bras de Frédéric était posé en travers du ventre de Roxana. Tous deux avaient les yeux fermés. Mon cri est sorti malgré moi. Frédéric s'est redressé. Me découvrant, la panique a envahi son visage. Il a tendu la main.

– Charlotte !

Je courais dans l'entrée, je reprenais mon sac, j'étais dans l'escalier lorsqu'il est apparu, nu.

– Mais attends !

Où mène la légèreté...

62.

Un matin d'été, au ciel transparent, au soleil glorieux, Nicolas avait, d'un doigt décidé, appuyé sur la sonnette de cette maison, rue des Tanneurs. Tout de suite, une voix joyeuse avait crié : « Je viens », et nous avions entendu, descendant l'escalier, les talons de Kathy. Nous n'en menions pas large, alors. Nous ne nous doutions pas que nous venions de frapper à la porte de l'amour et de la générosité.

Lorsque ce soir, au ciel couvert d'octobre, j'ai sonné chez Kathy, cette même voix a demandé dans l'interphone : « Qui est-ce ? » J'ai bredouillé mon nom. « Monte, ma chérie. » La porte s'est ouverte.

Elle portait un pantalon large et un pull informe. Une femme dans la cinquantaine qui, ce samedi, n'avait pas eu l'occasion de se faire belle pour quelqu'un. Quand elle a vu mes yeux, son sourire s'est éteint. Tant que j'en avais la force, là, sur le palier, j'ai annoncé avec un rire : « Je viens de trouver Frédéric dans les bras d'une étudiante. »

Elle m'a ouvert les siens. J'y suis tombée et mon rire s'est transformé en larmes.

– Viens !

Elle m'a menée au canapé de ce salon miniature que je n'avais vu qu'une seule fois, alors plein de lumière et de gaieté.

– Assieds-toi.

J'ai obéi. Du buffet aux photographies, elle a sorti une bouteille et deux petits verres qu'elle est venue remplir près de moi. De la quetsche, bien sûr. Le rire est revenu déchirer mon cœur.

– Bois donc.

Par défi, j'ai vidé mon verre d'un trait. Elle m'a imitée. Toujours solidaire, Kathy !

– As-tu envie de m'en parler ? a-t-elle demandé.

J'ai commencé par me moucher un bon coup, puis j'ai parlé comme j'ai pu : Roxana, la Roumaine, Julie et Roxana, ma visite surprise à Strasbourg. Roxana et Frédéric.

La surprise avait été pour moi.

– C'est la première fois, ai-je constaté. Enfin, maintenant, je ne jurerais plus de rien. Avec tous les voyages de Frédéric... C'est en tout cas la première fois que ça se passe dans notre lit.

Et, à nouveau, j'ai entendu mon rire.

Virginia aurait déjà crié : « Le salaud ! » Kathy s'est contentée de nous resservir de sa liqueur. L'image qui ne cessait de me revenir, c'était celle d'un triangle noir, si noir, si fourni, au-dessus duquel s'étalait le bras de Frédéric. Mais ça, pour rien au monde, je ne l'aurais raconté à personne.

– Ça a dû être terrible, ma chérie, a compati Kathy. Vraiment terrible. Mais ne m'en veux pas si je te dis ce que je pense : il ne me semble pas que ce soit vraiment grave.

– Peut-être. En attendant, ça fout tout par terre.

Elle a pris mes mains et plongé ses yeux dans les miens comme pour lire derrière les rires forcés.

– Tu crois ?

Je me suis levée et j'ai fait le tour des photos. Frédéric figurait sur beaucoup, beau et heureux chef de famille. Frédéric et moi, Frédéric et les enfants. Et même Frédéric et Joseph. Il était si fier de son gendre, Joseph. Il n'avait dû en dire que du bien à Kathy.

– Samedi dernier, ai-je raconté, j'ai fait la connaissance de cette fille. Je ne peux pas dire que sa présence à la maison m'ait réjouie mais Julie m'a expliqué que c'était pour se sentir moins seule. Que pouvais-je répondre à ça ? C'est la vérité, je les ai complètement largués, son père et elle. Légère, voilà ce que j'ai été.

Ma voix s'est cassée sur le mot et pour la première fois Kathy a réagi avec colère. Elle s'est levée.

– Légère, toi, Charlotte ? Mais qu'est-ce que tu me racontes là ? Intrépide, courageuse, passionnée, tu es tout sauf légère. Et te battre comme tu l'as fait pour ton père et pour ton village, tu trouves que c'est léger, ça ?

Même si rien ne pouvait tout à fait me convaincre, ces paroles m'ont fait du bien.

– J'ai quand même cassé la famille en deux, ai-je constaté. Et maintenant, je ne sais plus quoi faire.

– Moi, je sais, a-t-elle déclaré en prenant mon bras sous le sien. Tu vas venir manger une bonne soupe chaude avec moi.

Nous l'avons mangée à la cuisine, avec crème et croûtons, s'il vous plaît, dans des assiettes creuses bordées de fleurettes.

Entre deux cuillerées, j'ai raconté à Kathy les dernières réjouissances au village. Elle n'y était revenue qu'une seule fois depuis les élections. Elle m'avait avoué ne pas s'y sentir à l'aise. C'était à Colmar finalement, avec Joseph, qu'elle avait bâti son « chez-elle », dans cette maison qui avait abrité le meilleur de sa vie.

Nous n'avions pas pour autant perdu contact. Nous nous appelions régulièrement. Kathy était au courant de l'accident d'Estelle. Et de ses conséquences... Je lui ai appris pour Nicolas et Asli. Elle a soupiré.

– Ça fait beaucoup quand même.

Et ces simples mots m'ont réchauffée comme sa soupe.

Nous en étions au fromage et aux fruits quand le portable a sonné dans mon sac que j'avais laissé au salon. Je me suis redressée. Puis suis retombée sur ma chaise. Frédéric ? Oui, sûrement Frédéric. « On ne t'appellera pas parce qu'il n'arrivera rien », avait promis Virginia. Je ne voulais pas parler à mon mari : impossible.

La sonnerie s'est tue. Me laisserait-il un message ? Kathy n'avait pas bougé. Elle avait compris.

Après le dîner, elle m'a montré les dernières photos : celle de Mme le maire, la poitrine ceinte de son écharpe, à côté de celle de M. le maire, idem. Elle les avait placées de telle façon qu'on aurait dit que mon père me souriait.

– Il serait fier de toi, a-t-elle dit.

Et c'est ainsi qu'elle m'a donné une première réponse.

Continuer à Saint-Florentin.

J'ai refusé de prendre sa chambre. Le canapé du salon faisait lit, j'y serais très bien. Elle m'a prêté une chemise de nuit : une épaisse, en coton avec des manches, qui descendait jusqu'aux pieds. Comme toute personne économe, Kathy attendait le dernier moment pour chauffer. Une fois qu'on a commencé, on est bon jusqu'au printemps. La salle de douche était à ma disposition. Elle a sorti une serviette propre.

– J'ai tant rêvé d'une famille. Tu en as une, une vraie, ne la casse pas, a-t-elle dit avant de me laisser.

Réponse numéro deux : continuer avec Frédéric.

En sortant de la douche, sur une tablette près du canapé déplié, j'ai trouvé un verre d'eau et une petite pilule bleue sur une soucoupe. C'est seulement après avoir avalé la pilule que j'ai sorti mon portable. Il y avait bien un message : « Je t'aime, Charlotte, appelle-moi, vite. »

Je t'aime... Quel culot ! J'ai remis sur répondeur et éteint la lumière.

Et quand je me réveille, c'est plein jour. On peut dire que la pilule a agi. Kathy n'est plus là. Elle m'a laissé un mot sur la table de la cuisine.

« Sers-toi, détends-toi, je serai de retour vers midi. »

Il y a du café chaud, de la brioche, pain, beurre et confiture.

Dehors, les cloches carillonnent dimanche. Pas de dimanche pour la souffrance ni pour ceux qui ont choisi de la prendre en charge. Je bois mon café devant la fenêtre, les yeux sur les toits chatoyants de la ville de Hansi, autre magicien qui, dans ses albums, a rendu célèbre le nom de Florentin. Les yeux dans ceux de mon père.

Sur mon portable, il y a un nouveau message de Frédéric. Le même que le premier, avec une variante : à « Appelle-moi », il a ajouté « je t'en supplie ». Pas le genre de Frédéric de supplier ! Je ne le rappellerai pas. Je ne saurais quoi lui dire. Pas encore.

J'ai laissé moi aussi un mot à Kathy sur lequel j'ai posé le pot de confiture, de mémorable cuvée, destiné à Frédéric. Contrairement au pasteur qui avait participé à l'équeutage, Kathy aimait la quetsche sous toutes ses formes.

« Je te tiendrai au courant, merci. » J'ai failli ajouter « maman », « merci, maman ». Après tout, Kathy n'avait-elle pas été la femme de mon père bien plus longtemps qu'Irène ? Mais, même si Irène avait pourri mon enfance, je ne m'en suis pas senti le droit. Ma Furette aurait parlé avec gourmandise de la « complexité de l'âme humaine ».

Elle adore. Moi, moins.

63.

Il sait lire dans le cœur des gens. Il dit que chacun est un paysage aux couleurs contrastées où l'hiver côtoie le printemps, où parfois le pire se confond avec le meilleur.

Le soir où Martin avait décidé de dévoiler à tous la part d'ombre de la vie de mon père, il était venu me chercher et m'avait emmenée loin du lieu des combats et plus près de moi-même. Il avait retiré l'épine qui enflammait ma conscience : non, mon silence n'avait pas causé la mort de Joseph.

Saura-t-il lire aussi bien dans mon cœur aujourd'hui ? Pourra-t-il m'aider comme il l'avait fait ce soir-là, me redonnant la force de me battre ?

Elle en a de bonnes, Kathy ! Continuer à la mairie, continuer avec Frédéric. Moi, j'aimerais bien qu'on me dise comment !

Il est presque onze heures lorsque j'arrive au domaine du loup des vignes, mi-jardin, mi-forêt, à quelques kilomètres de Saint-Florentin. Le gardien tend son bip vers la grille dont les battants s'ouvrent majestueusement devant les roues de ma vieille voiture. Au passage, il m'adresse un geste d'accueil.

Gianni emploie un couple à l'année. Jean-Louis s'occupe de l'entretien du jardin, des menus travaux de la maison et il enfile veste et casquette pour aller chercher à l'aéroport les invités de marque. Marie-Noëlle remplit le double office de cuisinière et de gouvernante. Elle dirige la femme de ménage et, à l'occasion, les extras recrutés pour les réceptions. Les Bastien ont une cinquantaine d'années, trois enfants, tous mariés. Si Gianni les a recrutés à Mulhouse plutôt que sur place, c'est pour se protéger des commérages. Il a élu Saint-Florentin, mais ce qui se passe dans son domaine ne concerne que lui.

Me voici dans la cour, conçue pour accueillir une douzaine de carrosses. Seul celui du maître des lieux, d'un blanc étincelant, est là. Comme je sors de ma voiture, Marie-Noëlle apparaît à la porte de la maison, un grand sourire aux lèvres.

– Bonjour, madame Brenner. Jean-Louis m'a avertie de votre arrivée.

Nous nous serrons la main. Il y a seulement trois jours, mercredi dernier, j'ai dîné ici avec Virginia pour parler du Clos de Pinocchio dont Gianni se considère comme le parrain. La vente de son *Coucher de soleil* a permis au chantier de démarrer et Pinocchio n'est-il pas son *cugino* ?

Mercredi dernier, Sélim n'avait pas encore souillé la face de la mairie et Frédéric le lit conjugal.

Je demande :

– Puis-je voir M. Lupis ?

– Monsieur est dans son atelier, répond Marie-Noëlle en désignant, plus loin, la maisonnette à haute toiture.

La déception m'emplit. Qu'avais-je espéré ? Que Gianni m'attendrait, les bras ouverts : « Parle, parle, *cara* » ?

– Je ne veux pas le déranger, je reviendrai.

– Monsieur ne me pardonnera pas de vous avoir laissée repartir comme ça, m'arrête Marie-Noëlle. Il était très inquiet hier après ce qui s'est passé à la mairie. Mme Delivelle lui a tout raconté. Il sera sûrement heureux de vous voir.

Son sourire me convainc.

Un sentier mène à la maisonnette. De la fumée s'échappe de la cheminée, l'odeur se mêle à celle des sous-bois : elles vont bien ensemble. Je repère quelques champignons. Mon père me les aurait nommés. Les arbres se dépouillent. Comme ils flamboyaient sous les projecteurs, le soir de la fête !... J'ai ralenti le pas. Ai-je bien fait de venir ici ? N'aurais-je pas dû au moins appeler avant ? Alors qu'à mon réveil c'était pour moi une évidence – il me fallait partir tout de suite, Gianni saurait m'aider –, voilà qu'une sorte de timidité m'arrête.

Je dois me faire violence pour pousser la porte.

Ce n'est qu'une seule et vaste pièce sous les poutres du toit. Le foyer est au centre, sur un socle de briques. La haute fenêtre ouvre côté plaine. Tout le long des murs, des toiles sont appuyées, certaines vierges, d'autres peintes.

Mon père assurait que c'était dans son vêtement de travail que l'homme était le plus à son avantage, à condition que ce travail lui convienne. À mes yeux d'enfant, comme plus tard d'adulte, son tablier de cuir le rendait puissant et magnifique.

Je n'avais jamais vu Gianni que dans des vêtements souples et bien coupés de grands couturiers. Ce matin, dans sa blouse blanche maculée de peinture, largement ouverte sur son torse, ses pieds nus dans des espadrilles, il m'a semblé le découvrir : seigneur et poète. Tout artiste n'est-il pas, de nature, poète ?

À grands coups de brosse, il imprégnait une toile vierge d'une couleur gris-bleu puisée directement dans un pot, travaillant à ce qu'on appelle un fond.

Durant le trajet qui m'avait menée ici, j'avais préparé mes paroles. Je lui dirais : « Me revoilà, Gianni. C'est comme ce soir où tu m'avais emmenée à Bâle. Je n'y vois plus clair, j'ai besoin de toi. » Et, sans larmes – les larmes, c'était fini –, je lui raconterais la fameuse « surprise » à Strasbourg.

Il ne m'a vue que lorsque je suis arrivée près de lui. L'étonnement a agrandi ses yeux : « Carlotta, *sei tu* ! » J'ai fondu en larmes. Il a lâché sa brosse et m'a ouvert ses bras.

Puis nous étions l'un contre l'autre dans un canapé de velours grenat très ancien, et même plutôt pourri, mi-berceau mi-canot de sauvetage, dont on avait l'impression qu'une fois dedans, il serait impossible d'en sortir, et j'aurais voulu y rester toujours, ma tête sur l'épaule de Gianni – une vieille habitude – et mon nez dans l'odeur de peinture mêlée à celle, chaude et rassurante, de son torse nu sous la blouse.

En trois phrases, tout avait été dit sur le tremblement de terre. N'est-ce pas ça, les séismes ? Ça bousille tout en quelques secondes : une maison, des habitudes, des souvenirs impérissables et tout le monde répète que le plus dur n'est pas l'argent perdu mais ces objets sans valeur, porteurs de mémoire, que l'on ne pourra jamais remplacer.

J'ai aussi raconté ma visite à Kathy, la liqueur de quetsche, la soupe, les croûtons et la pilule bleue : les recettes de la Mysteriosa pour endormir les cœurs blessés. Là, c'était plutôt le rire qui l'emportait. Quand j'ai eu fini, il m'a ordonné : « Regarde-moi. » Je ne voulais pas, je devais être horrible à voir. Il m'y a obligée et il a plongé ses yeux dans les miens comme Kathy l'avait fait hier pour m'empêcher de tricher.

– *Tuo Federico*, tu l'aimes, n'est-ce pas ?

J'ai hoché la tête pour dire oui. Il m'a souri.

– Alors, tu pardonneras.

Nous avons déjeuné dans la salle à manger d'hiver qui donnait, mais il fallait regarder très loin, sur les toits de Saint-Florentin. Plus vaste, probablement plus fréquentée, la salle à manger d'été ouvrait sur la piscine.

Contrairement à celle de Kathy, la maison était bien chauffée et Gianni avait troqué sa blouse contre un jean et un pull léger. Sur sa tempe, au ras des cheveux, j'ai remarqué une petite étoile de peinture gris-bleu.

Le repas était délicieux : côtelettes d'agneau grillées et légumes variés.

– Est-ce que quelqu'un sait que tu es à la *casa mia* ? m'a demandé Gianni.

– Personne ! Tout le monde me croit à Strasbourg. On ne m'attend que demain matin.

– Si tu veux, je te garde jusque-là.

Il a montré la porte de la cuisine derrière laquelle fredonnait Marie-Noëlle.

– Elle ne dira rien.

Mon cœur a battu plus fort. Rester ici... Rester jusqu'à demain... Et pourquoi pas après tout ? Demain, Millie serait au collège, Nico à l'atelier, je ne serais pas directement jetée dans la bataille. Alors que si je rentrais cet après-midi, et même ce soir, je trouverais maison pleine : les enfants, Étienne, Virginia, d'autres personnes peut-être. J'aurais à affronter les questions : « Te voilà déjà ? » « Pourquoi es-tu rentrée si tôt ? » « Comment ça s'est passé à Strasbourg ? » Qu'est-ce que je répondrais ? « J'ai trouvé Frédéric au lit avec Roxana » ? Bien sûr que non ! Aurais-je la force de mentir, de raconter des histoires sur mon week-end à Strasbourg ? Certainement pas !

Et de toute façon, avant de retrouver les miens, il faudrait quand même que je me décide à rappeler Frédéric.

– Je veux bien rester, je te remercie, ai-je dit.

Marie-Noëlle n'a pas eu l'air surpris quand son patron lui a demandé de me préparer une chambre.

– Laquelle, monsieur ?

– La Myosotis...

Comme la petite étoile près de la tempe de Gianni ?

Pourrait-elle répondre au téléphone cet après-midi et dire qu'il était à Bâle pour la journée et ne rentrerait que tard dans la nuit ? Jean-Louis aurait-il la gentillesse de rentrer ma voiture au garage ? Et ce soir : dîner pour deux.

J'écoutais Gianni organiser ma présence chez lui comme si je n'étais pas concernée, me sentant malgré tout vaguement coupable. Allais-je vraiment passer la nuit dans la chambre Myosotis ?

– Voulez-vous que je mette le chauffage ? m'a demandé Marie-Noëlle. Certaines personnes préfèrent dormir sans.

Elle me souriait, semblant trouver l'invitation normale. Après tout, son patron ne recevait-il pas tout le temps des amis ? N'en étais-je pas ?

– Que veux-tu faire maintenant, *cara* ? m'a-t-il demandé après le café. Te reposer ? Te promener ?

– J'aimerais te regarder peindre.

64.

Ce fond gris-bleu sur sa toile, même si, par la suite, bien d'autres couleurs s'y ajouteraient : du brun doré, du vert neutre, de l'ocre, sans doute du rouge de cadmium, du pourpre d'alizarine... les couleurs d'une forêt en automne, braise et cendre ; même si Gianni en recouvrirait chaque centimètre, ce fond serait toujours là. On ne pourrait l'ignorer. Toute la tonalité du tableau en serait imprégnée.

Fond d'âme.

Que la couleur ne soit pas également répartie, la pâte plus épaisse ici, plus fine là, qu'il y ait des striures, des aspérités, comme des hésitations, des doutes, et aussi des élans, n'avait pas d'importance, m'expliquait le peintre. Un fond trop lisse, uniforme, ne présente aucun intérêt, il donne un aspect artificiel à l'œuvre, il l'empêche d'exister.

Blottie dans mon canapé, le regardant manier à nouveau la brosse, je me demandais de quoi était fait le fond de mon âme.

Des silences d'une mère, de la tendresse d'un père, des couleurs du ciel alsacien, du son des cloches de Sainte-Odile, de ces odeurs qui, si fort, si soudainement, frappent à notre mémoire, ouvrant les portes de la nostalgie.

À ce fond s'étaient ajoutées, année après année, les couleurs douces ou violentes, enthousiasmantes ou douloureuses de ce qu'on appelle l'existence. Mon désir si puissant de retour à Saint-Florentin n'était-il pas dû au réveil des couleurs premières, provoqué par la mort de mon père ?

Gianni a posé sa brosse. Il a pris un chiffon et l'a passé légèrement çà et là, comme au hasard, à l'instinct, créant des dessous de vague, des passages de nuages. Puis il s'est reculé pour juger du résultat et il a ordonné drôlement à sa toile :

– Maintenant, recueille-toi jusqu'à demain.

Poète, je vous le disais.

Et, à sa façon, cuisinier.

Après avoir fait chauffer de l'eau sur un antique réchaud, il l'a versée très lentement sur des feuilles de thé vert. Puis il a laissé longuement infuser et enfin a sucré la boisson au miel de sapin. Nous l'avons bue près de la cheminée. Le parfum était cendré, végétal, un peu acide.

– C'est bon pour le cœur, a-t-il dit. (Et il a tendu le doigt vers le mien :) Ça va mieux, *cara* ?

J'ai acquiescé. Le regardant peindre, j'avais pris une décision : je ne révélerais pas aux enfants l'infidélité de leur père. Je préserverais leur fond d'âme, fait d'années heureuses à Strasbourg.

Gianni a posé sa tasse vide sur le rebord de brique du foyer et il a tourné vers moi un regard à la fois suppliant et malicieux.

– J'ai *un gran favore* à te demander.

– Une faveur ?

– Donne-moi un des murs *del mio cugìno*. J'y ferai une fresque.

Alors, l'allégresse ! Une fresque de Gianni, le grand peintre, sur un mur du Clos de Pinocchio ? Cette proposition voulait dire : « Continue. » Elle signifiait : « Ton œuvre à toi vivra. »

Pardonner... continuer... finalement, il ne me disait rien d'autre que Kathy hier.

Je n'ai pas cherché à cacher mon plaisir.

– À condition que cette fresque, tu la fasses dans la salle des enfants et qu'elle les rende joyeux. Et nous devrons en parler à Théo. N'oublie pas que c'est « son » chantier.

Cette fois, il a pris un air faussement contrit.

– J'ai vu Théo hier. Il est d'accord.

Lorsque nous sommes rentrés chez lui, la nuit s'annonçait et Marie-Noëlle n'était plus là. Elle avait laissé un mot près du téléphone.

– Virginia est passée, m'a appris Gianni après l'avoir parcouru.

Mon cœur a bondi.

– Virginia ? Et qu'est-ce que Marie-Noëlle lui a dit ?

Il a ri pour me rassurer.

– Ce que nous avions convenu, *Carlotta*. Que j'étais à Bâle. Elle rappellera *domàni*.

La chambre Myosotis donnait sur le parc, une chambre coquette de femme : rideaux et courtepointe fleuris, jolie coiffeuse ancienne. Dans la salle de bains, on aurait pu mettre trois cabinets de toilette de Kathy.

Gianni a désigné la penderie : « Tu prends ce que tu veux », puis le téléphone : « Tu appelles qui tu veux. » Nous nous sommes donné rendez-vous plus tard au salon.

Je me suis assise sur le lit et j'ai regardé l'appareil. « Je t'aime, appelle-moi, je t'en supplie. » Mon mari m'avait-il laissé un autre message ? En arrivant ici ce matin, je m'étais aperçue que j'avais oublié mon portable chez Kathy. Je n'ai pas encore vraiment l'habitude de cet instrument. À Strasbourg, je n'en possédais pas.

Je me suis relevée. Appeler mon mari de chez Gianni ? Pas question ! Il voudrait savoir où j'étais. Peut-être insisterait-il pour me rejoindre. Le triangle noir m'est apparu, un sentiment d'écœurement. Il attendrait demain : mon retour à la maison.

J'ai ouvert la penderie : « Prends ce que tu veux. » Elle contenait toutes sortes de robes et de jupes colorées, de shorts, de maillots de bain. La chambre Myosotis était celle des amies. Nul n'ignorait qu'elles étaient nombreuses à faire halte ici. Cet été, j'en avais croisé plus d'une, fines, jeunes, élégantes, visiblement éprises de leur hôte. Qu'avait répondu Gianni à mon père lorsque celui-ci lui avait demandé pourquoi il ne s'était pas marié ?

« Moi, je n'ai pas trouvé la *donna* de ma vie. »

Même avec la *donna* de sa vie, je n'imaginais pas le loup des vignes enchaîné.

J'ai refermé la penderie et choisi de revêtir le tailleur neuf emporté pour Frédéric. De toute façon, c'était cela ou garder le pantalon fripé et le pull que je portais depuis le matin.

– *Che bella donna !* s'est exclamé Gianni en se penchant pour baiser ma main.

Ses cheveux étaient encore humides de la douche. Sur sa tempe, la petite étoile gris-bleu avait résisté.

Nous avons bu du champagne, puis du vin rosé avec le poisson froid et les salades préparées par Marie-Noëlle. Et à nouveau du champagne pour accompagner la tarte aux mirabelles. Il était plus de onze heures lorsque nous sommes montés. Toutes les chambres se trouvaient au premier. Au passage, Gianni m'a désigné la sienne : « la chambre blanche ». « Blanche ? » « Je la peins à l'humeur *del giorno*... »

A-t-il ajouté plus bas : « Si tu veux ? » ou l'ai-je inventé ? Avant de me laisser à ma porte, il a pris mon visage dans ses mains et appuyé quelques secondes sa bouche sur la mienne. Finalement, il avait dû le dire.

J'ai pris un long bain à l'huile parfumée, puis, enveloppée dans une serviette, je suis allée frapper à sa porte.

Il portait un léger peignoir de soie blanche, comme les murs de sa chambre, comme sa blouse de peintre. Il a dit : « *Ti speravo.* » Il a pris ma main, m'a menée à la lumière et il a ouvert la serviette.

N'avais-je fait que me mentir durant toute cette journée ? Me mentir ce matin quand je courais vers cet homme, me persuadant que lui seul pourrait m'aider ? Me mentir en acceptant son invitation à rester au prétexte de n'être pas prête à affronter les miens ? N'étais-je venue que pour ce moment où son regard me dirait que j'étais belle et désirable, que j'étais femme, où, de ses mains de peintre, il dessinerait mon corps et, en quelque sorte, me le rendrait, avant, à genoux, de recommencer avec ses lèvres ?

J'ai dénoué moi-même la ceinture de son peignoir et, devant son désir, j'ai pensé qu'après ce que j'avais vu à Strasbourg, j'étais venue aussi pour qu'il me donne cette réponse-là.

Et puis plus rien ! Seul le silence.

Le silence de mon corps tandis que sur le grand lit Gianni me caressait encore et encore, avec tendresse, avec patience. Alors qu'un instant auparavant, prenant un bain pour lui, évoquant sa bouche sur la mienne, mon corps était prêt à le recevoir, voilà que ce même corps ne répondait plus. Ni à ses mains, ni à cette bouche. Un mur se dressait entre le plaisir et moi et plus je l'appelais, plus il me fuyait.

J'ai fini par le prendre dans mes mains et le guider en moi. Il m'a fait mal en me pénétrant. Là encore, il a essayé de m'attendre mais seuls mes yeux étaient humides et lorsqu'il est venu, avec un cri profond qui m'a atteinte au cœur, cela a été sans moi.

Après, il m'a serrée dans ses bras.

– Reste, *cara mia*. Reste avec moi. *Domàni*...

Est-ce demain ? Un peu de jour passe à travers les rideaux, en dessine les contours. Un frôlement m'a réveillée, un souffle dans mon cou, l'effleurement de deux lèvres.

Gianni, c'est vrai... Je suis chez Gianni.

J'ai mis longtemps à m'endormir. À plusieurs reprises j'ai été tentée de regagner ma chambre, mais je l'aurais réveillé... il m'avait demandé de rester...

Je suis couchée sur le côté, en chien de fusil. Encore tout embrumée de sommeil, je m'apprête à me déplier, me tourner vers lui, quand un murmure m'arrête.

– *Dormi, cara. Dormi.*

J'interromps le mouvement et referme les yeux, repoussant le souvenir douloureux de mon impuissance de la veille. De quoi ai-je peur ? Cela ne se renouvellera pas puisque je dors, puisqu'il m'a ordonné de dormir.

Après avoir longtemps caressé ma nuque, ses doigts glissent plus haut, sous mes cheveux, et un frisson me traverse mais je ne bouge pas, je dors.

Je ne bouge pas lorsque cette main descend sous le drap, entoure mon épaule, en prend les mesures, la presse, la modèle, et que je me sens devenir comme elle, ronde et chaude sous sa caresse.

– *Dormi, cara mia.*

Quand la main vient entourer mon sein, comme un courant électrique me soulève. L'a-t-il senti ? Je n'y suis pour rien, je dors, je dors. Si mon sein durcit et se dresse, c'est malgré moi, à mon insu, mon corps seul réagit, abandonné à son seul désir.

Je le sens, ce désir, dur, mouvant, émouvant, contre mes reins tandis qu'il murmure des paroles que je ne comprends pas et qui sont comme une chanson ardente.

Si je ne dormais pas, je déplierais mon corps, le tournerais vers lui et me ferais terre, et me ferais sable pour qu'il me couvre toute, je l'envelopperais de mes bras et boirais la mer à ses lèvres.

Si je ne dormais pas, je prendrais sa main pour la conduire à la brûlure.

Je ne peux pas, je dors, je dors, innocente de ce qui fait bourdonner ma tête et bouillir mon sang, et lorsque enfin la main descend, se faufile sous mes genoux, fait sa percée vers mon ventre, à la recherche de la porte close, la porte interdite, le vertige m'engloutit.

Mais voici que cette main me quitte, me laissant dans le cri et la fièvre. Entre mes paupières mi-closes, je vois l'ombre se dresser, je la vois à genoux. Et la main rabat le drap, me fait basculer sur le dos, déplie mes jambes, ouvre mes cuisses.

– *Dormi, cara*.

Et je dors, je meurs, quand ses doigts viennent à la rivière, qu'elles ouvrent les digues, que sa bouche me goûte, quand le plaisir monte, viens, viens. Et quand il vient enfin, que son désir force mon ventre, y creuse sans effort son sillon, m'emplit, m'envahit, me déborde, que tu le veuilles ou non, je me réveille pour t'entourer de mes bras, et chercher tes lèvres, et danser avec toi, plus haut, plus loin, jusqu'au point de non-retour, l'embrasement final où nos cris se confondent.

– *Amore mio*, dit-il.

65.

– C'est le facteur ! claironne Virginia.

Elle écarte Marie-Noëlle et, sous son regard consterné, fait irruption dans la salle à manger où nous achevons, Gianni et moi, de prendre le petit déjeuner.

Il se lève. Je reste paralysée.

Sans nous laisser le temps de parler, elle étale les *DNA* du jour sur la table.

– Admirez-moi ça !

« MADAME LE MAIRE DE SAINT-FLORENTIN »

À côté du titre, ma photo. Dessous et sur toute la page, des lettres de lecteurs.

– Il y en a de tout le département, triomphe Virginia. Et on a droit à toute la gamme : colère, soutien, indignation, compassion. On dirait que l'article de notre ami Masson a fait mouche.

Elle se tourne vers moi :

– Ma chère, l'Alsace est derrière toi ! »

– *Che onóre !* s'exclame Gianni.

Il tend la main à mon amie :

– Bonjour quand même, *signora postino.*

Mon amie ?

Un mélange de confusion et de colère m'emplit. Comment Virginia a-t-elle deviné que j'étais ici ? Et osé venir sans s'annoncer ?

– Pendant que j'y pense, reprend-elle, un miracle n'arrivant jamais seul, la petite Carenton papote depuis hier. Vous voulez connaître ses premières paroles ? « Et mon boulot ? » Sans rire... La médecine a autorisé la justice à l'interroger demain.

– Tu ne veux vraiment pas t'asseoir ? interroge Gianni.

– Je vous apporte une tasse, madame Delivelle ? propose Marie-Noëlle qui a l'air sacrément embêtée.

– Merci, non. Une autre fois. Aujourd'hui, le programme est trop chargé.

Déjà, elle récupère le journal, tend la main vers moi : « On y va ? » Le regard de Gianni croise le mien : tendresse, adieu déjà ? Nous nous levons en même temps. Mon sac était prêt dans l'entrée : « C'est bien à toi ? » Sans attendre ma réponse, Virginia s'en empare. Nous sortons dans la cour.

Tandis qu'elle parle à Marie-Noëlle – que lui dit-elle ? –, Gianni prend mon bras et m'entraîne dans le garage. Je suis en pleine tempête. Avant d'ouvrir ma portière, il me serre un moment contre lui, pose ses lèvres sur les miennes.

– Bon vent, *cara mia*.

La petite étoile n'est plus là. Quelque chose se brise en moi.

– Comment as-tu su que j'étais chez Gianni ?

Nous sommes dans la cuisine de Virginia, face à deux tasses de café. Visiblement, le café, elle a préféré le prendre chez elle. Son visage est fermé tandis qu'elle me répond.

– Je l'ai deviné hier quand Marie-Noëlle m'a raconté que « monsieur » était à Bâle alors que la cheminée de son atelier fumait comme une cinglée. Il faut dire que Kathy m'avait déjà mis la puce à l'oreille.

– Kathy ? Tu as parlé à Kathy ?

Je ne comprends plus rien. Je suis perdue.

– Elle a appelé pour prendre de tes nouvelles, acquiesce Virginia. Elle voulait aussi te signaler que tu avais oublié ton portable chez elle.

Impossible que Kathy m'ait trahie. Je demande d'une petite voix :

– C'est tout ? Elle n'a rien dit d'autre ?

– Rien d'autre.

Le regard de Virginia s'adoucit un peu.

– Ne te fatigue pas, Charlie. On sait tout. On sait tout sur ton crétin de mari et sa foutue Roumaine.

Ils savent tout. Je tombe ! Moi qui voulais protéger mes enfants, qui avais décidé de me taire, de pardonner, d'oublier. Ils savent tout ! Mais comment, si Kathy n'a rien dit ?

– Hier matin, Frédéric a téléphoné, commence-t-elle.

Il me cherchait. À la demande de Millie, Virginia avait dormi à la maison, c'est elle qui avait répondu : une chance.

– Il avait l'air sacrément emmerdé, ton mari. Rien à en tirer, sinon que tu devais le rappeler dès que tu serais rentrée.

Plus tard, il y avait eu l'appel de Kathy, elle, gênée, évasive. Oui, j'étais venue la voir, oui, j'étais repartie. Virginia avait décidé de ne rien dire aux enfants avant d'en savoir plus.

Julie s'en était chargée.

« Papa a couché avec Roxana. »

Quand elle avait appelé, dans la soirée, cette fois c'était Nicolas qui avait répondu. Sa sœur criait – une fois n'est pas coutume. En rentrant de Saverne, elle avait trouvé sa recrue à la porte de la maison. Frédéric l'avait virée. Pour se venger, la garce avait tout déballé à Julie, y compris mon passage éclair dans la chambre conjugale. Nicolas lui avait proposé de monter la chercher, elle lui avait raccroché au nez. Bien sûr, il s'était empressé de faire partager son indignation à toute la maison.

– Heureusement qu'on était entre nous.

Ma tasse est vide. Virginia la remplit. La confusion, l'incrédulité, me font tourner la tête. Ainsi, pendant que je buvais du champagne, que je me préparais à frapper à la porte de la chambre blanche, le tremblement de terre s'étendait jusqu'ici.

Je bredouille :

– Millie ? Comment a réagi Millie ?

– Aucun sondage sorti des tiroirs, répond Virginia. Le classique : « Est-ce qu'ils vont divorcer ? » Je me suis permis de répondre qu'elle ne devait pas y compter. Nicolas a évidemment hurlé que c'était ce que tu avais de mieux à faire, mais je connais ton fils : il la joue décontracté mais il crèverait s'il perdait son imbécile de père.

Et ma Julie, si fière de Frédéric !

– Après, ils se sont demandé où tu étais passée, poursuit Virginia. Ils se faisaient du mauvais sang pour toi. Pour les rassurer, j'ai dit que j'avais ma petite idée mais qu'ils ne sauraient rien. Qu'on devait te laisser tranquille. Et, comme ils voulaient me passer à la question, je leur ai promis que leur mère chérie serait rentrée ce matin.

Un sourire tord sa bouche.

– Et, apparemment, je ne me suis pas trompée.

Voilà donc pourquoi elle est venue me chercher manu militari chez Gianni : pour tenir la promesse faite aux enfants.

Son visage redevient sérieux. Elle me prend les poignets et ordonne :

– Tu es restée chez Kathy tout le week-end. Tu n'en es repartie que ce matin pour venir ici. Direct de Colmar à Saint-Florentin. Kathy confirmera et Marie-Noëlle a promis de tenir sa langue : tu n'es jamais allée chez « monsieur ». D'ailleurs, « monsieur » n'était pas là hier, il était à Bâle, il n'en est rentré que tard cette nuit.

Elle s'interrompt quelques secondes. Son regard s'adoucit.

– C'était bien avec « monsieur » ?

La vague déferle : « *Dormi, cara.* » C'était beau et bouleversant, mon corps m'en parle encore. Et le réveil est effroyable. Les larmes montent. Je cache mon visage dans mes mains, celles de Virginia viennent les écarter.

– Je ne te reproche rien, Charlie. Ton mari ne l'a pas volé. Ça n'a pas dû être de la tarte de le trouver au lit avec cette garce. Mais maintenant, il s'agit peut-être de limiter les dégâts, non ?

Sa voix a dérapé. Que crains-tu, Virginia ? Que je rompe avec Frédéric et m'installe chez Gianni ? Revoilà le rire qui déchire. Mais si c'était si beau et bouleversant avec « monsieur », c'est justement parce que nous savions tous les deux qu'il ne s'agissait que d'un rêve. Il arrive que l'on rêve éveillé. Le « Bon vent » de Gianni à l'instant était un adieu.

J'essuie mes yeux et la regarde en face.

– De quels dégâts veux-tu parler ?

Elle ne cherche même pas à cacher son soulagement. Pour un peu, elle applaudirait. Encore une qui a manqué de famille et entend continuer à se rattraper avec la mienne.

En attendant, je n'en peux plus. Je me lève et vais vers la porte. Elle me suit.

– Si tu as encore une minute, une dernière chose : Millie a ses règles depuis hier. Elle m'a fait jurer de te le dire dès que tu serais rentrée. Tu vois, ça m'étonnerait qu'elles soient venues par hasard. Il paraît qu'une grosse émotion peut les interrompre. Ça doit marcher dans l'autre sens : elle, la grosse émotion les a déclenchées.

Je me suis figée :

– Ses règles ? Tu es certaine ?

– Figure-toi que je l'ai crue sur parole. Je ne suis pas allée vérifier.

Virginia pouffe de rire. Moi, l'émotion m'étouffe. Ses règles, Millie les attendait avec tant d'impatience. Sous le tiroir à sondages, il y a celui à protections. J'y ai même aperçu des tampons : ma fille a toujours vu loin.

Je récupère dans l'entrée le sac que Virginia avait pris en gage pour m'obliger à venir me confesser chez elle. Me confesser ? Je ne regrette rien, mon Dieu, rien ! Mais je veux rentrer à la maison, je veux être seule, pleurer si j'en ai envie, réfléchir, tenter de faire le point, et prendre Nicolas dans mes bras, et appeler l'« imbécile », le « crétin ». Ah, elle s'est bien gardée d'employer le mot « salaud », Virginia. Ne nuisons pas au raccommodage des dégâts : plein feux sur la salope.

– Je vais te laisser tranquille aujourd'hui, m'annonce-t-elle. Mais demain, Mme le maire reprend le collier. On a une semaine chargée. Je pense que tu n'as pas oublié la réunion pour le budget primitif. Il y a aussi Me du Rosier qui veut te voir d'urgence. Pour... parler d'Estelle qui parle. J'allais oublier les poules de Mme Saratino. Figure-toi qu'elle a trouvé le voleur : Sélim. Et si ce n'est lui, c'est donc son frère, un de ces maudits Turcs qui dégustent nos précieux volatiles à la sauce yaourt...

Elle rit. J'essaie.

– Quant à moi, je vais faire un petit tour à Colmar pour ne pas me changer les idées, poursuit-elle. J'en profiterai pour récupérer ton portable chez Kathy et, si tu es d'accord, j'effacerai les messages avant que ta Furette n'y mette son museau. Je t'en ai laissé quelques-uns et ça m'étonnerait que je sois la seule.

Dans la rue, les parapluies sont sortis. Une petite bruine tombe, grise et douce comme une absolution. On nous salue.

– Te voilà de retour, Charlotte ?

Me voilà de retour.

Avant de monter dans ma voiture, je tends ma joue à Virginia. Elle s'écarte en faisant une grimace pas possible.

– S'il te plaît, Charlie. Pas si vite après « monsieur ».

66.

Le téléphone sonnait quand j'ai ouvert la porte de la maison. J'ai couru au salon et décroché : Frédéric.

En entendant ma voix, il est resté silencieux quelques secondes. Puis il a dit :

– Enfin, tu es là ! Mon Dieu, j'ai eu si peur !

– J'ai eu si mal, ai-je répondu et une douceur inattendue m'a emplie : celle des retrouvailles.

– Pourquoi ne m'as-tu pas rappelé ? a demandé Frédéric sourdement. Tu n'as pas eu mes messages ?

Je me suis assise dans le fauteuil de mon père. Autour de moi, c'était le grand capharnaüm. Virginia a toutes les qualités, hormis celle de l'ordre.

– Je ne pouvais pas, Frédéric. Je n'étais pas prête.

– Et maintenant ? a-t-il demandé d'une voix étranglée.

– Maintenant je suis prête à t'entendre.

– Alors je t'en supplie, crois-moi Charlotte. Cette histoire ne compte pas. Samedi matin, j'étais seul, cette fille s'est offerte. Une fois ! Ça ne s'est passé qu'une seule fois. Je l'ai flanquée à la porte.

– Je le sais, ai-je dit. Elle a attendu Julie à son retour de Saverne et elle lui a tout raconté pour se venger. Nicolas et Millie sont au courant, leur sœur les a appelés.

– Mon Dieu ! s'est exclamé Frédéric. Mon Dieu ! Et comment ont-ils pris ça ?

– Je n'en sais rien. Je viens seulement de rentrer. Millie est au collège et Nicolas à l'atelier. C'est par Virginia que j'ai tout appris.

Il y a eu un long silence pendant lequel la pluie m'a dit que moi aussi je m'étais offerte. Pourtant, cela ne m'empêchait pas de me montrer cruelle, mais qui avait commencé ?

– Est-ce que Julie est avec toi ? a demandé Frédéric.

– Julie ? Mais non. Pourquoi me demandes-tu ça ?

L'inquiétude me serrait la poitrine.

– Nous devions dîner ensemble hier. Elle n'est pas rentrée à la maison. Elle n'a pas dormi là non plus.

– As-tu appelé chez Fabrice ?

– Il n'y avait personne. Et toi, où étais-tu ?

– À Colmar, chez Kathy.

Combien de fois aurais-je à le répéter aujourd'hui ? Au bout du fil, il y a eu un gros soupir.

– Est-ce que je peux venir ce soir ? a demandé Frédéric. Je ne veux pas vous perdre.

– Viens.

J'ai raccroché.

« Viens... » Je l'avais dit sans hésiter. « Viens. » On peut aimer quelqu'un et le détester pour cela. Et d'abord, n'était-ce pas complètement ringard d'aimer le même depuis vingt ans ? De l'aimer malgré ses horripilantes manies : sa façon de remuer ses gros orteils avec satisfaction avant d'enfiler ses chaussettes, de vous faire des discours en se brossant les dents, de chercher dix fois ses clés dans la mauvaise poche ?

« Viens. » En attendant, la série noire continuait : Julie maintenant ! Où pouvait-elle être ? J'ai fermé les yeux et appuyé ma tête au dossier du fauteuil. On peut aimer quelqu'un et avoir envie de disparaître sur une île déserte, et le laisser régler les dégâts sans vous.

Un bruit m'a fait sursauter, j'ai rouvert les yeux : Maigret.

Suivi de Julie.

Mon élégante portait un vieux peignoir d'Étienne. Ses cheveux étaient en bataille, ses yeux gonflés. J'ai oublié mon île déserte pour lui ouvrir les bras. Elle s'y est précipitée, ma lointaine, mon impitoyable juge. Son dos était secoué de sanglots. Je retenais farouchement les miens.

Puis elle s'est écartée et m'a regardée de la tête aux pieds d'un œil accusateur.

– Où tu étais passée ? J'ai eu peur que tu te sois flinguée. Tu aurais pu appeler, quand même !

Un jour, je mourrai du cœur. D'avoir bu trop de café. On pourra dire que cela a commencé quand j'ai tiré la nappe d'une table somptueusement garnie à Strasbourg pour, soi-disant, combler un vide en moi. Ah, il était comblé, le vide ! C'était même l'indigestion. Encore heureux que je ne me sois pas mise à fumer.

Nous étions attablées à la cuisine, fille et mère. Fille, c'était du thé. Il paraît que c'est moins nocif.

Julie avait passé la nuit à l'étage, cachée par Nicolas. Ni Millie, ni Virginia n'étaient au courant de sa présence ici. D'ailleurs, elles dormaient quand elle était arrivée.

– J'ai rompu avec Fabrice, m'a-t-elle annoncé.

J'ai fermé les yeux : le bombardement continuait.

– Tu ne l'aimes plus ? ai-je demandé d'une voix aussi calme que possible.

– C'est pas ça. C'est que je ne peux pas lui imposer une famille comme la nôtre. Tu connais ses parents.

– Tu veux dire : lui imposer une mère chez les culs-terreux et un père volage ?

Mon humour ne l'a même pas fait sourire. Mais comme elle avait eu très peur pour moi, elle n'a pas insisté.

Après avoir rompu avec Fabrice, elle lui avait emprunté sa voiture pour venir se réfugier ici. La voiture était cachée au garage (une habitude dans la famille). Julie avait décidé de s'installer à Saint-Florentin. Plus question de vivre avec son père.

– Est-ce que je peux aller chercher Nicolas ? m'a-t-elle demandé sombrement. Lui aussi s'est fait un sang d'encre pour toi.

– Va.

Maigret a approuvé avec un aboiement doux.

Et vous voilà, complètement rétamée, face à deux enfants blessés, révoltés, et qui d'abord ne veulent rien entendre, en train de plaider la cause de celui qui a provoqué le tremblement de terre.

Vous leur expliquez que ce n'est pas si grave. Dans tout couple, l'un ou l'autre peut avoir un moment d'égarement. Rien à voir avec l'amour.

– Le cul, c'est ça, dis-le, ricane Nicolas, et Julie le foudroie, ce qui me fait plaisir.

Continuons. Pour leur père, c'est la première fois, vous pouvez le leur garantir (hum ?). Et vous venez de l'avoir à l'appareil, il était fou d'inquiétude, de remords et de peur de les perdre. C'est comme ça : pour le brillant ingénieur, le grand voyageur, l'ami des ministres, sa petite famille passe avant tout. Oui, toi, Nicolas, toi, Julie. Ils doivent lui pardonner.

« Tu pardonneras », a dit Gianni.

Si cette nuit... Auriez-vous eu la force de leur parler ainsi ?

Et peu à peu leurs traits se détendent, la lumière revient sur leurs visages : alors c'est vrai ? La vie va reprendre comme avant ? On reste tous ensemble ?

– Ne me dis pas que tu l'aimes toujours ? interroge Julie, pleine d'espoir d'être contredite.

– Autant que tu aimes ton Fabrice.

Elle ne proteste pas pour Fabrice. Alléluia !

– Passer l'éponge comme ça, si vite, il faut le faire ! grogne Nicolas. On ne pourrait pas le laisser maronner un peu ? Au moins quelques jours. C'est trop facile quand même !

– Certainement pas. Un pardon ne se marchande pas. D'ailleurs, je vous signale que ce soir votre père dînera ici avec nous. Je l'ai invité. Si ce n'est pas trop vous demander, pas de vagues.

Un grand silence me répond. Ils me regardent comme si je n'étais plus tout à fait réelle.

Ne manquerait plus qu'ils me prennent pour une sainte !

67.

J'ai appelé Frédéric et je l'ai rassuré pour Julie. Nous l'attendions tous ce soir à dîner.

À cinq heures, je suis allée chercher Millie au collège et j'ai recommencé le couplet pour elle. Elle m'a interrompue très vite pour me demander où j'étais hier et cette nuit.

– Chez Kathy.

Je finirais par y croire. Sur son père, pas de commentaires : dents serrées et regard noir fixé sur le paysage. Quand j'ai essayé de passer à un autre sujet et l'ai félicitée pour ses règles : « C'est mon affaire, maman. Tu me lâches un peu ? »

On m'avait changé ma Furette.

À la maison, une bonne surprise nous attendait, une fois n'est pas coutume : Fabrice. Il était venu, conduit par un ami, afin de récupérer sa voiture. Et sa fiancée par la même occasion... Julie avait retrouvé sourire et élégance. Un peu gênée, elle m'a annoncé que finalement elle retournait à Strasbourg dès ce soir. Un cours important demain. Elle ne passerait donc pas la soirée avec nous.

Ils sont partis très vite. Lorsque je les ai vus disparaître, elle, la tête sur l'épaule de son fiancé, me souvenant d'une autre épaule, je les ai enviés.

Nicolas s'était découvert une soirée à Saint-Louis avec ses amis musiciens et lui aussi a filé sans attendre l'arrivée de son père. Quant à mon courageux frère, prétextant la fatigue, il a décidé de dîner à l'étage.

Bref, lorsque Frédéric est arrivé vers sept heures, il n'y avait plus pour l'accueillir que Millie et moi.

Enfouie dans le profond fauteuil de son cher Gépé, Millie faisait semblant de lire. Pour réchauffer l'atmosphère, j'avais mis le poêle en marche. Nous avons entendu la voiture de Frédéric entrer dans la cour. Sa portière a claqué. Millie a gardé les yeux sur son livre. J'ai suivi Maigret vers la porte. J'avais la gorge sèche et du béton dans la poitrine.

Frédéric est apparu. Il s'est arrêté sur le seuil de la pièce. Je lui ai tendu mon front et il m'a prise contre lui. Il m'a serrée longtemps. J'avais envie de pleurer : malgré tout, malgré l'amour toujours présent, quelque chose était irrémédiablement perdu.

Millie a attendu que son père soit devant elle et prononce son nom pour se lever. Ils sont restés l'un en face de l'autre, sans rien dire, pendant une éternité. Sans doute était-ce là la plus difficile confrontation à laquelle Frédéric ait jamais été soumis, le plus impitoyable moment de vérité. Tout ce que Millie ne m'avait pas dit dans la voiture se lisait sur son visage : le chagrin, la déception, la colère. Et face au regard de sa toute petite, Frédéric avait l'air d'un grand garçon puni.

– Pardon, a-t-il murmuré.

Alors seulement, Millie s'est dressée sur la pointe des pieds et, comme moi, lui a présenté son front. Frédéric l'a attrapée dans ses bras et j'ai cru qu'il allait me l'étouffer.

Après, elle s'est tournée vers moi et elle m'a foudroyée.

– Quand est-ce qu'on dîne ?

Lorsque nous étions enfants, avec Étienne, nous avions inventé le jeu des « Qu'est-ce que tu préfères ? ». Nous y jouions de préférence avant les repas.

Qu'est-ce que tu préfères ?

Un gâteau d'araignées arrosé de pipi de chat ?

Une escalope de cafards mijotée à la bave d'escargot ?

Un pâté de mouches bleues pétri avec ce que tu penses ?

Pour ne citer que le plus convenable.

Malgré mes efforts, nous avons eu tout ça à dîner : les noires araignées, les tristes cafards et les mouches bleues. Sitôt la dernière bouchée avalée, Millie a couru se coucher.

– Si tu veux, je peux rentrer à Strasbourg dès ce soir, m'a proposé Frédéric tristement.

– Emmène-moi à l'hôtel, lui ai-je ordonné.

C'était un ancien établissement très respectable et bien fréquenté de Saint-Louis, avec des pâtisseries aux plafonds et un ascenseur qui menaçait de vous lâcher à chaque étage.

Nous étions sans bagages et n'avions pas réservé, ce qui a semblé déconcerter le digne propriétaire. Sans doute n'avions-nous pas trop l'allure d'un de ces couples de rencontre qui louent les chambres à l'heure car il nous a quand même donné une clé.

Notre chambre était spacieuse, agréablement décorée, avec un lit très vaste, mais moins qu'un autre que j'avais fréquenté la nuit précédente. On peut décider de limiter les dégâts sans pour autant être maître de ses pensées.

Frédéric a voulu s'expliquer à nouveau. Je l'ai arrêté. Son « pardon » à Millie valait pour toute la famille. S'il était d'accord, nous ne parlerions plus jamais de ce samedi de malheur.

J'ai reconnu l'avoir injustement délaissé et tenu en dehors de ma vie. Dorénavant, si cela lui convenait, je monterais chaque week-end à Strasbourg, du vendredi soir au lundi matin. Au cas où il souhaiterait ma présence pour sortir ou recevoir, je m'arrangerais pour monter aussi en semaine et, lorsqu'elle serait en vacances, j'emmènerais Millie.

Il a protesté qu'il tenait à prendre sa part de trajets, aussi descendrait-il un week-end sur deux et, lorsque sa journée ne serait pas trop chargée, il descendrait également afin de passer la soirée en famille et la nuit en ma compagnie.

Bref, nous n'arrêtions pas de monter et descendre et quand je lui ai fait remarquer que, de toute façon, ce serait moins périlleux que l'ascenseur de notre bel hôtel, nous avons éclaté de rire.

Nous avons fait l'amour deux fois : une sur-le-champ, l'autre au réveil. En y ajoutant le week-end, un record pour moi ! Je ne m'abaisserai pas à faire des comparaisons. Compare-t-on le passage éblouissant d'une comète avec cette étoile que, par ciel clair, on sait reconnaître et nommer ?

Il a examiné avec satisfaction ses gros orteils avant d'enfiler ses chaussettes et, tout en se brossant les dents, m'a dit plusieurs fois qu'il n'était qu'un fieffé imbécile et qu'il m'aimait.

C'était délicieux : de l'irremplaçable retrouvé par miracle après tremblement de terre.

68.

L'après-midi touche à sa fin. Ciel de Toussaint, gris et bas. Pourrais-je un jour retourner dans cet hôpital, à Mulhouse, sans y revoir mon père ?

Théo a tenu à m'accompagner pour cette visite à Estelle qui progresse, paraît-il, à pas de géant.

Apprenant par le juge, venu l'interroger en personne, que ses parents avaient porté plainte contre moi, que le chantier avait été menacé de fermeture et Théo soupçonné de lui en avoir donné la clé, Estelle s'était mise dans une telle colère que l'on avait craint une rechute.

Interrogée à nouveau le lendemain, en présence du docteur Mathias, elle avait reconnu avoir pris la fameuse clé dans la roulotte, le vendredi soir, avant-veille de son accident. Oui, elle avait menti à son ami et à son petit frère en prétendant que Théo la lui avait confiée. Ça faisait mieux et elle n'allait quand même pas se vanter de l'avoir piquée.

– Mais d'où vous est venue cette idée de vous introduire sur le chantier un dimanche ? avait insisté le juge, imaginant on ne sait quel complot.

– Théo m'avait engueulée. Je voulais me rattraper.

Elle voulait surtout que son copain prenne une belle photo d'elle en train de travailler.

Les Carenton ont retiré leur plainte. L'affaire est close.

– Vous pouvez remercier la petite, a constaté Me du Rosier. Vous lui devez une fière chandelle.

Virginia voulait m'accompagner pour ce faire, j'ai refusé ! Depuis ces derniers jours, elle me traite comme une convalescente en danger de rechute. Il m'arrive d'avoir envie de lui dire : « Lâche-moi un peu. » Comme Millie le fait volontiers avec moi.

Théo s'est mis en grande tenue : costume de velours, chemise à carreaux. Il n'est quand même pas allé jusqu'à la cravate. Inutile de dire que c'est en bleu de travail, son casque sur la tête, que je le préfère. N'est-ce pas, mon père ? N'est-ce pas, mon peintre ?

Dans les couloirs, l'agitation du soir. La dernière fois que j'ai vu Estelle, elle était branchée à des tuyaux, on craignait qu'elle ne se réveille pas. Je me sens émue et heureuse, pleine de gratitude envers cette courageuse petite. Oui, en reconnaissant sa faute, elle nous a tirés d'un sacré pétrin.

Chambre 32. Nous y sommes. Soudain, Théo semble mal à l'aise. Je l'encourage d'un sourire, frappe légèrement à la porte avant de la pousser. Nous nous figeons devant la mauvaise surprise.

Mme Carenton est là ! Nous ne pensions pas la trouver près de sa fille à cette heure. Elle se lève et nous fixe, aussi gênée que nous, se souvenant probablement des injures qu'elle nous avait lancées lors de notre dernière rencontre.

– Théo ! s'écrie Estelle.

Toute joyeuse, elle lui tend les bras. Ignorant la mère, il vient se pencher sur ses joues : en Alsace, c'est quatre fois.

– On peut dire que tu nous a donné de l'émotion, fillette, bougonne-t-il. Depuis quand tu me fais des heures supplémentaires le dimanche ?

La fillette rit et pleure à la fois. Je l'embrasse à mon tour puis je tends résolument la main à sa mère. Je ne voudrais pas qu'elle me croit venue en triomphatrice. Théo hésite à faire de même. C'est elle qui lui offre sa main. Tout va bien.

Tandis qu'il tire une chaise près du lit d'Estelle, j'entraîne Mme Carenton du côté de la fenêtre. Dans sa robe de lainage, avec ses cheveux tirés en chignon, son visage maquillé, elle n'a plus rien à voir avec la furie qui nous avait lancé sa haine au visage le dimanche de l'accident.

– Je suis tellement heureuse qu'Estelle soit tirée d'affaire, dis-je. Le docteur Mathias nous a assuré qu'elle ne garderait aucune séquelle de sa chute.

Le regard gris rencontre le mien, intimidé. Elle semble hésiter. Puis soudain elle se lance, parlant vite comme si elle se débarrassait d'un poids trop longtemps porté.

– Vous savez, madame Brenner, Estelle était vraiment contente de travailler pour vous. Et fière aussi. Elle disait qu'elle était une pionnière, qu'il n'y avait presque pas de femmes dans le bâtiment. La plainte, c'est pas nous qui y avons pensé, c'est eux. Ils ont dit que le chantier était dangereux et qu'il fallait le fermer à tout prix. Et aussi que la petite aurait droit à une grosse indemnité. Vous comprenez, à ce moment-là, on ne savait pas comment elle s'en tirerait.

Elle tourne ses yeux vers la cour où les lumières viennent de s'allumer. Des hommes en blouse blanche discutent. Elle pousse un gros soupir.

– Si je vous le dis, reprend-elle plus bas, c'est que c'est des dégoûtants ! Quand ils ont su qu'on avait retiré la plainte, ils étaient furieux. On a bien vu qu'ils auraient préféré qu'Estelle ne se réveille pas. Oui, des dégoûtants, madame Brenner, des gens sans cœur.

L'esprit en alerte, je demande :

– De qui parlez-vous, madame Carenton. Qui sont les « dégoûtants » ?

Son regard s'étonne.

– Vous le savez bien, et tout le monde aussi. Martin ! Martin Hutter et le vieux Lapôtre, Justin.

– Et vous dites qu'ils étaient furieux que vous retiriez votre plainte ?

Elle hésite, tourne à présent son regard vers la porte comme si elle craignait de voir entrer quelqu'un. Estelle rit aux éclats en écoutant parler Théo.

– Martin Hutter est allé trouver mon mari à son travail. Il lui a dit que pour la clé, il fallait absolument que ce soit Théo qui l'ait donnée à la petite. Que si Estelle l'avait volée, elle ne toucherait pas les dédommagements, et même qu'on serait montrés du doigt et que ça finirait mal pour nous.

Promesses... menaces... J'essaie de cacher mon indignation. Martin serait donc allé jusqu'à « conseiller » à M. Carenton d'inciter sa fille à mentir au sujet de la clé ? Cela s'appelle « subornation de témoin ». Voilà qui va passionner Virginia !

– Il ne vous arrivera rien, madame Carenton. Je m'y engage. Et je vous remercie de m'avoir parlé si franchement.

Je lui montre Estelle :

– On dirait que votre fille tient de vous.

Elle redresse fièrement la tête. Quand je pense qu'il m'est arrivé de la détester pour son attitude injuste envers nous. C'était tout simplement le désespoir qui l'y poussait. S'il arrivait quelque chose à Millie, de quoi ne serais-je capable ?

Dans le couloir, retentissent des bruits de chariots, des tintements de vaisselle. Sept heures et déjà le dîner. La porte s'ouvre sur une employée qui pose un plateau sur la tablette et tourne celle-ci devant Estelle.

– Bon appétit, mademoiselle.

Dès qu'elle a disparu, Estelle soulève le couvercle posé sur le plat chaud et fait la grimace.

– Bon appétit... Je voudrais l'y voir. C'est dégueulasse, ce qu'on bouffe ici.

Puis elle adresse un sourire timide à Théo.

– Les hot-dogs dans la roulotte, c'était extra. Tu me reprendras ?

Théo m'a déposée devant chez Virginia. Je ne lui ai rien dit des révélations de Mme Carenton : il serait allé direct étrangler Martin. Lorsque j'en ai fait part à mon amie, elle a triomphé.

– S'il recommence à nous emmerder, on aura de quoi se défendre, maintenant. Tu crois qu'elle sera d'accord pour répéter ce qu'elle t'a dit à Me du Rosier ? Pousser Estelle à un faux témoignage, c'est de la folie pure. Il a pété les plombs, ton Martin.

« Mon » Martin ?

– Il faut que je te révèle quelque chose, ai-je dit. Mais donne-moi d'abord à boire.

Elle a sorti une bouteille du réfrigérateur et nous a confectionné deux kirs royaux à la mûre maison. Puis elle est venue s'asseoir à côté de moi.

– « Révéler »... dis donc, c'est sérieux ! Encore un secret de famille ? a-t-elle demandé en riant.

– Tu ne crois pas si bien dire.

Elle ne riait plus du tout tandis que je lui « révélais » la nuit de la cabane. Sans le vouloir, je la blessais.

– Bravo ! On parle de Martin tous les jours et c'est seulement ce soir que tu m'apprends qu'il t'a violée.

Violée ? J'étais ivre. Au début, je n'avais pas dit non.

– Même à papa je n'en avais pas parlé, ai-je expliqué. D'ailleurs, je m'en veux encore. S'il avait su ce qui s'était passé, jamais il n'aurait proposé Martin comme premier adjoint. Et peut-être serait-il encore là.

Je me suis bien gardée de lui « révéler » que j'en avais parlé à Gianni. Que n'aurait-elle dit ! Comme lui, elle m'a rassurée.

– Ne te crois quand même pas inoubliable. On voit que tu n'as pas assisté au mariage de ton soupirant avec sa Brigitte. Ni aux fêtes qu'il a données en son honneur avant qu'elle le quitte. Ce n'est pas votre histoire de cabane qui l'a rendu enragé, c'est qu'elle se barre avec l'enfant. Si tu veux mon avis, Brigitte aussi a dû le trouver lourd, Martin. Sans compter Rolande : pas légère non plus, la belle-mère !

Au soulagement que j'ai éprouvé, j'ai regretté de ne pas lui en avoir parlé avant.

Finalement, une bonne journée !

... Qui s'est moins bien terminée avec un appel de Jérôme Masson.

– J'ai appris que la plainte avait été retirée, a-t-il dit d'un ton joyeux. Toutes mes félicitations.

– C'est Estelle Carenton qu'il faudrait féliciter pour sa franchise, lui ai-je fait remarquer. Quant à vous, merci pour le soutien de votre journal.

– Je dois reconnaître que nous ne nous attendions pas à la tempête qu'a soulevée votre histoire. Il faut croire que les gens en ont assez de voir leurs élus traînés en justice pour tout et n'importe quoi.

Il souhaitait parler à Millie.

– Elle m'a complètement laissé tomber depuis que je vous l'ai ramenée en moto, le jour de votre libération, s'est-il plaint. Si je ne me trompe pas, elle est en vacances la semaine prochaine. J'ai une proposition à lui faire : m'accompagner pour un reportage sur les cigognes. À condition que vous soyez d'accord, bien sûr.

– J'en serai enchantée. Je vais vous la chercher.

Millie était étendue sur son lit, les mains derrière la tête, inerte. Je lui ai transmis le message, tout heureuse de la bonne nouvelle. Jérôme attendait sa réponse à l'appareil.

– Dis-lui que je ne suis pas là, a-t-elle répondu sèchement. Je ne veux pas lui parler.

– Tu es sûre ?

Elle s'est tournée de l'autre côté.

Un poids sur la poitrine, j'ai menti à Jérôme : ma fille était sortie.

– Eh bien, qu'elle me rappelle quand elle rentrera, a-t-il dit.

Et il a ajouté avant de raccrocher :

– Quant à vous, madame le maire, rendez-vous samedi.

Rendez-vous samedi ?

69.

Dernières Nouvelles d'Alsace, samedi 27 octobre

« Chère madame le maire de Saint-Florentin,

Vous avez voulu créer une maison pour y recevoir les enfants des femmes souhaitant travailler et, pour ce faire, vous vous êtes adressée à un entrepreneur de votre village, aux capacités reconnues de tous.

Après un malencontreux accident dû à l'inconscience d'une jeune fille employée sur le chantier, une plainte a été déposée contre vous : maître d'œuvre, donc responsable. S'en est suivi le processus bien connu : garde à vue et mise en examen. Nous en avons rendu compte à nos lecteurs qui ont été nombreux à vous apporter leur soutien. Nous sommes heureux aujourd'hui de leur annoncer que votre responsabilité a été écartée et la plainte retirée. Votre « Clos de Pinocchio » vivra.

Entreprendre, c'est s'exposer. Que l'on crée une garderie, un terrain de sport, une piscine, un commerce, que l'on parte en mer ou sur les sommets, que l'on fonde une famille, c'est accepter de prendre des risques. Même aimer est un risque à courir. Il n'est pas de vie sans risque.

Aujourd'hui, beaucoup hésitent à se lancer, sentant planer au-dessus de leur tête l'épée de Damoclès d'une justice parfois trop prompte à accuser. La peur d'une condamnation les incite à conserver plutôt qu'à innover.

Merci, madame le maire, de nous avoir donné la preuve que le risque peut être payant et que l'on peut avoir gain de cause en entreprenant.

Jérôme Masson »

Madame le maire a été heureuse de voir le budget primitif adopté à une large majorité. Martin n'assistait pas à la séance et ne s'était pas excusé. On disait sa mère malade.

« Malade, c'est lui qui l'est », ricanait Virginia.

Il est vrai qu'elle n'y était pas allée par quatre chemins, le menaçant, s'il continuait à manigancer contre nous, de faire appel à Me du Rosier. À propos, combien Francis Ritter, le promoteur, lui avait-il promis pour avoir le grand champ afin d'y construire son supermarché ? Combien lui-même avait-il offert à M. Carenton pour peser sur le témoignage de sa fille ? Cela ne le gênait-il pas que Sélim se vante partout d'être son ami et boive à sa santé après avoir souillé les murs de notre mairie ?

Madame le maire a réglé une affaire de tilleul mitoyen entre deux personnes dont l'une voulait l'abattre pour avoir plus de soleil, tandis que l'autre criait à l'assassinat. Le docteur Mathias a résolu le problème en procédant lui-même à l'élagage du litige.

Elle a répondu à la demande d'une propriétaire dont une mare, alimentée par les pluies, inondait régulièrement la cave et, grâce à un témoignage qui a demandé à rester anonyme, elle a dénoué l'énigme de la disparition des poules de Mme Saratino. Le coupable n'était autre qu'un voisin exaspéré par le chant triomphant du coq. Question : pourquoi n'avait-il pas commencé par l'éliminer lui ? Parce que les poules étaient plus tendres, ont suggéré les mauvaises langues.

Vendredi soir, madame le maire a rendu son tablier pour se consacrer à sa famille.

Frédéric est arrivé pour le dîner. Ce matin, au réveil, nous avons trouvé les *DNA*, ouvertes à l'article me concernant, devant la porte de la maison.

À la cuisine où se termine le petit déjeuner, le journal passe de main en main.

– Quand je pense que Saint-Florentin va devenir célèbre grâce à toi, maman ! s'émerveille Nicolas. Dommage que Jérôme n'ait pas parlé de Chez Gepetto, ça nous aurait fait une sacrée pub.

– Ce coup-ci, ce n'est pas le journaliste qui a parlé, c'est l'écrivain, daigne remarquer Millie en caressant la signature du regard.

Je n'ai toujours pas compris son refus de lui répondre au téléphone. Il n'y a pas si longtemps, elle n'avait que son nom à la bouche... et au cœur. Se serait-il passé quelque chose entre eux qui l'aurait blessée ?

Depuis l'arrivée de son père, elle semble plus sereine. Si elle lui en veut encore pour Roxana, elle ne le montre pas, loin de là. Elle ne le quitte pas d'une semelle. On la dirait... rassurée par sa présence. De quoi ma fille pourrait-elle avoir peur ?

La directrice de son collège m'a appelée hier pour me demander de venir la voir, si possible avant les vacances de la Toussaint. Elle semblait pressée. Millie lui donnerait-elle du souci ? Nous avons rendez-vous lundi à dix heures. Je n'en ai rien dit à ma fille. Je suis inquiète.

C'est au tour de Frédéric de lire l'article. Les enfants guettent sa réaction. Pourquoi est-ce que je me fais toute petite ? Je ne vais quand même pas tomber dans l'excès contraire : faire semblant de me désintéresser de Saint-Florentin pour protéger mon mari.

Il replie tranquillement le journal et garde un moment le silence. Pas un silence hostile comme cela aurait été le cas il y a seulement quelques jours. Un silence flatté ? Je n'irai pas jusque-là. Disons : bienveillant. Après avoir nappé son croissant de confiture de quetsches, son regard tendre nous réunit.

– Si nous fêtions ça ce soir avec un bon dîner ? Que diriez-vous de l'Hôtel des Trois-Rois à Bâle ?

Bâle...

Le vertige peut me prendre à tout moment de la journée. Un vide se creuse en moi, un appel monte, une souffrance.

Dormi, cara.

L'aube est là, son souffle sur ma joue, ses mains qui donnent couleur à mon corps, sa voix, ses lèvres. Jamais je n'aurais cru que ce serait si dur.

Tous les dégâts dont a parlé Virginia sont pour moi.

Vous pouvez bien vous répéter que vous n'aviez pas le choix, que s'il vous était donné à nouveau, vous referiez le même, que Millie, que Nicolas, que Julie... Et aussi Frédéric.

D'accord, d'accord, mais cela ne vous apaise pas.

Vous avez beau vous dire que cela n'aurait pas duré, quelques jours, peut-être quelques semaines... et ouvrir la penderie de la chambre Myosotis, et compter les robes et savoir que vous n'auriez été qu'une de plus... Rien n'adoucit ce manque, ce regret de n'avoir pas mené l'aventure à son terme, quitte à souffrir davantage.

« Le cul, c'est ça... » avait lancé grossièrement Nicolas en parlant de son père et de Roxana.

Pour Gianni et moi, cela a été tellement plus, tellement mieux. Nos regards se sont accordés bien avant que ne s'accordent nos corps. Et n'est-ce pas le regard qui permet au désir de se transformer en amour ?

Dormi, cara mia.

Et toi ?

T'arrive-t-il de penser à moi ? Est-ce que je te manque un peu ? Suis-je inscrite quelque part sur les murs de la chambre blanche ? As-tu commencé à peindre le feu et la braise de l'automne sur ton fond gris-bleu ? Le feu d'une nuit d'amour sans lendemain, la braise brûlante laissée au cœur et au corps de ceux qui l'ont vécue.

Pourquoi n'appelles-tu pas ? Rien qu'un signe, un mot. Sais-tu qu'à chaque fois que le téléphone sonne, que l'on frappe à la porte, je cours, c'est lui, c'est toi. Mais non, jamais.

Comme les malheureux qui, pour échapper au vertige, se jettent dans le vide, je me noie dans le travail. Madame le maire n'arrête pas. Il m'arrive de croiser le regard de Virginia. J'y lis : « Reviens, Charlie. » Alors je la déteste.

Amore mio.

70.

– Merci infiniment d'avoir pris le temps de venir, madame. Je sais combien vous êtes occupée.

La directrice du collège de Millie, Mme Paul, est une petite femme au regard chaleureux derrière les lunettes. Sa poignée de main est énergique. Lorsque j'étais venue inscrire Millie, début août – une chance, elle n'était pas encore partie en vacances –, nous avions sympathisé. Il faut reconnaître que l'excellent carnet scolaire de ma fille avait facilité les choses.

– Après Strasbourg, ne risque-t-elle pas de s'ennuyer ici ? s'était inquiétée Mme Paul.

– C'est elle qui l'a souhaité. Elle rêve de vivre à Saint-Florentin.

Millie en rêve-t-elle encore ?

Deux larges fenêtres donnent sur la cour. On dit qu'une cour d'école est le reflet de notre société : amitiés, jeux, bagarres, règlements de comptes. Comment est la vie d'une personne ayant en charge quelques centaines d'apprentis-citoyens ? Que d'occasions d'entreprendre, comme l'a dit Jérôme Masson. Que d'obstacles aussi. J'admire.

– Vous avez une fille très attachante, commence Mme Paul. Douée d'une forte personnalité.

– Je sais. Et j'espère qu'elle ne vous donne pas trop de fil à retordre. Moi-même, j'ai parfois du mal à la contrôler.

La personnalité de ma Furette, on m'en parle depuis la maternelle. Certains enseignants apprécient, d'autres moins.

– Je ne parlerai pas de fil à retordre, répond la directrice. Depuis quelque temps, ce serait plutôt le contraire. Comment vous dire ? Émilie s'éteint. Nous avions une enfant gaie, enthousiaste, nous ne la reconnaissons plus. C'est pourquoi je vous ai demandé de venir. Peut-être pourrez-vous nous aider à comprendre ce qui lui arrive.

L'angoisse est là, immédiate ! Elle attendait à la porte de mon cœur. Ces paroles, je les redoutais depuis le coup de téléphone de Mme Paul. « Je veux vous voir, madame, rapidement si possible. » Combien de fois, ces derniers temps, me suis-je demandé : « Mais où est passée ma Furette ? » Imaginais-je qu'elle gardait pour la maison ses sautes d'humeur, son visage fermé ? Bien sûr, ici aussi !

– Mme Delarue, son professeur de français, avec laquelle elle a noué des liens privilégiés, se plaint de ses absences en classe. C'est comme si soudain elle n'était plus là. Et alors qu'elle se passionnait, Émilie semble totalement démotivée.

J'avoue :

– J'ai moi-même remarqué un changement. J'ai pensé qu'il était dû aux attaques dont j'ai été l'objet. Millie a très mal supporté ma garde à vue. Avec son imagination, elle a dû me voir toute ma vie derrière les barreaux.

Mon rire sonne faux à mes propres oreilles.

– Vous pensez bien que nous avons suivi avec le plus grand intérêt ce qui vous est arrivé, reprend la directrice avec chaleur. Et nous nous réjouissons tous ici de l'issue heureuse de votre affaire. J'ai parlé plusieurs fois à Millie à ce sujet. Elle me semble tout à fait rassurée en ce qui vous concerne.

Elle hoche la tête avec un soupir.

– Il a dû se passer autre chose, madame. Un tel changement de comportement ne peut s'expliquer que par la survenue d'un problème personnel.

J'acquiesce, un peu honteuse. Un problème personnel... Noyée dans les miens, je n'ai pas regardé assez du côté de Millie.

– Nous avons même envisagé le racket, bien que, jusque-là, nous ayons été épargnés, poursuit la directrice. Mme Delarue a évoqué le sujet avec Émilie : la réaction stupéfaite de celle-ci a clairement montré que ce n'était pas dans cette direction qu'il fallait chercher.

Un peu de gêne passe dans son regard :

– Pardonnez-moi de vous poser cette question, madame : chez vous, tout se passe bien ?

La chaleur me monte aux joues. Chez moi, on ne peut pas dire que cela ait été brillant ces derniers temps. Devrais-je parler à Mme Paul de mes ennuis conjugaux ? Mais non ! Ils sont trop récents. À propos de Millie, elle a bien dit : « Depuis quelque temps. »

– Il me semble que cela se passe correctement. Millie est très entourée, très aimée.

J'hésite puis me lance. Si elle m'entendait, ma Furette me tuerait.

– Elle a eu ses règles récemment. C'est une période où l'on peut être plus fragile.

Il me semble me raccrocher aux branches. La directrice hoche la tête, ne semblant pas y croire plus que moi. Elle doit avoir des dizaines de cas chaque année.

– Merci de m'avoir avertie. J'en ferai part à ses professeurs.

Une sonnerie retentit dans le couloir, des portes claquent, des voix d'enfants s'élèvent, c'est comme un grand souffle d'air. Instinctivement, les yeux de Mme Paul ont volé vers l'horloge : dix heures et demie. Ils reviennent sur moi.

– Vous connaissez bien sûr le petit Jacques Fuchs, un gentil garçon, encore un peu bébé. Nous lui avons demandé s'il n'avait pas remarqué un changement chez son amie, s'il ne lui était pas arrivé quelque chose. Figurez-vous qu'il s'est mis à pleurer :

Émilie ne l'aimait plus, elle ne voulait plus lui parler. Il nous a fait peine : avant, ils étaient inséparables.

Les pas des enfants claquent maintenant dans l'escalier. « Doucement, doucement, en rang ! » ordonne une voix masculine. Jacquot et Millie, brouillés ? Mais cela leur arrive tous les trois jours et ne dure jamais. Millie n'est pas le genre à faire la gueule longtemps, plutôt celui à gueuler un bon coup avant de se réconcilier.

– Vous a-t-elle montré sa dernière rédaction ? s'enquiert Mme Paul. Aujourd'hui, on dit plutôt « expression écrite ».

– Mais non ! Elle ne me l'a pas montrée. L'a-t-elle faite il y a longtemps ?

Nouveau choc dans ma poitrine. Millie est très fière de sa prose. Elle ne manque jamais de me faire lire ses rédactions.

– Une huitaine de jours. Vous savez sans doute que sa classe étudie Agatha Christie ? Cela plaît beaucoup aux enfants. Mme Delarue leur avait demandé d'écrire une nouvelle à la façon de cet auteur, en privilégiant l'enquête. Émilie a rendu un devoir... inquiétant. Il n'y est question que de murs, de puits, de mort. Mme Delarue y a entendu un appel au secours.

Cette fois, le coup m'assomme. Un appel au secours, ma fille, ma Millie, et je n'aurais rien entendu ? Je ne cherche plus à cacher mon angoisse.

– Je ne sais que vous dire, madame. À la vérité, je n'ai rien vu, ou si peu. Je m'en veux.

Ma voix s'est cassée. Mme Paul se penche vers moi avec un sourire réconfortant.

– Il est fréquent que les enfants adressent leurs SOS à d'autres qu'à leurs parents. Ils ont toujours peur de les faire souffrir. Ils s'en sentiraient coupables. Les prochaines vacances vous donneront certainement l'occasion d'interroger Émilie. Vous ou votre mari. Essayez de lire son texte. Et si vous appreniez quoi que ce soit, tenez-nous au courant.

Elle ajoute :

– Ici, nous aimons tous beaucoup votre grande fille.

Dans la cour, il y a eu un déferlement de cris, de rires : la récré. J'ai vu une grande fille à l'écart des autres, une petite fille seule avec son SOS. J'aurais voulu courir vers elle, l'enfermer dans mes bras, la protéger. Lui demander pardon aussi.

Quand Millie m'avait-elle parlé de puits ? Et que m'avait-elle dit exactement ? « Il me semble qu'il y a quelqu'un au fond. »

Elle ?

71.

C'est toujours droit à la cuisine que va Millie quand elle rentre de l'école, aux alentours de six heures du soir. Lorsque je ne suis pas là pour l'accueillir, je lui laisse un mot sur la table. Il lui arrive d'y répondre.

Il lui arrivait ?

Dès cinq heures et demie, je me suis mise à l'épluchage pour l'attendre.

J'avais pensé à aller la chercher au collège mais quand je l'avais fait, tout récemment, pour lui parler de son père et de Roxana, elle n'avait pas desserré les dents de tout le trajet. Cela ne pourrait que se passer moins mal à la maison.

QUAND ?

Depuis ma visite à la directrice, l'interrogation me lancinait. Quand Millie avait-elle commencé à changer ? Quand le problème personnel dont avait parlé Mme Paul s'était-il posé à elle ?

Au téléphone, jeudi dernier, Jérôme s'était plaint qu'elle l'ait laissé tomber depuis qu'il me l'avait ramenée sur sa moto, le lendemain de ma garde à vue. Cela faisait une quinzaine de jours.

Millie m'avait parlé du puits, me demandant si on ne pourrait pas le reboucher, le samedi avant mon départ pour Strasbourg : une dizaine de jours.

Que lui était-il arrivé durant ce laps de temps ? Pourquoi ma petite fille s'éteignait-elle ? Qu'est-ce qui la consumait ? Une seule certitude : cela ne pouvait être ce qui s'était produit entre son père et moi. Tout au plus cela avait-il pu accentuer son désarroi.

À six heures dix, son pas rapide a traversé la cour et la porte de la maison a claqué. Je me suis obligée à rester assise. Prendre les choses naturellement, ne pas la braquer. Son sac est tombé lourdement sur le plancher du salon. Il n'y a pas eu de « maman » claironné comme avant. Elle est entrée dans la cuisine.

M'y découvrant, elle s'est figée. Alors que depuis le matin, je ne rêvais que de la prendre dans mes bras, je me suis contentée de sourire.

– Bonsoir, ma chérie.

Elle a hésité. Craignant qu'elle ne fasse demi-tour, j'ai annoncé calmement :

– J'ai vu ta directrice ce matin.

Ses yeux se sont remplis d'incrédulité.

– Tu as vu Mme Paul ?

– C'est elle qui m'a appelée. Elle souhaitait me rencontrer.

– Pourquoi ?

Elle avait lancé le mot avec défi. Je lui ai désigné la chaise en face de moi.

– Tu ne veux pas t'asseoir pour qu'on en parle ?

À nouveau, elle a hésité, regardant, sur la table, les légumes pour la soupe. Millie a toujours aimé me voir à l'épluchage. Petite, elle disait qu'elle m'aidait avec les yeux. Et c'était plus volontiers lorsque j'avais les mains prises qu'elle me faisait ses confidences.

Elle s'est avancée de quelques pas mais ne s'est pas assise.

– Alors ? a-t-elle demandé d'une voix crispée.

J'avais préparé mes mots, je les avais pesés ; je les ai prononcés tranquillement.

– Alors, Mme Paul s'inquiète pour toi. Moi aussi, d'ailleurs. Nous nous demandons si tu n'aurais pas des ennuis.

Elle ne m'a pas aidée avec ses yeux. Ce que j'y ai lu ressemblait à de la provocation. Je ne me trompais pas.

– Les ennuis, c'est toi qui les as ! m'a-t-elle lancé.

Je n'ai pas compris.

– Que veux-tu dire, ma chérie ? Il me semble au contraire que tout s'arrange au mieux pour moi, pour nous. Tu n'es pas d'accord ?

– Où t'étais dimanche ? a-t-elle attaqué. Pas dimanche hier, l'autre dimanche. Quand j'ai téléphoné chez Kathy, t'étais partie.

Le ciel m'est tombé sur la tête. J'avais tout prévu sauf ça. Dimanche, l'autre, celui où j'étais chez Gianni... Me serais-je finalement trompée en situant son malaise avant ? Que savait Millie ? Ou plutôt, que soupçonnait-elle ?

– Tu as appelé chez Kathy ? ai-je demandé d'une voix blanche.

– Après que Julie nous a dit pour papa. On te cherchait partout. Ça ne répondait pas sur ton portable.

Mon cerveau fonctionnait à toute vitesse : Millie avait dû appeler chez Kathy juste avant que Virginia ne lui ait donné la consigne de dire que je n'avais pas bougé de Colmar. Mais de toute façon, Kathy ne sachant pas où j'étais allée, qu'aurait-elle pu lui dire ?

– J'étais sortie, ai-je expliqué en contrôlant ma voix. Kathy travaillait et, après ce qui m'était arrivé, j'avais besoin de prendre l'air. Je ne suis rentrée que plus tard, très tard. Pourquoi ne demandes-tu ça ?

Elle a mis un moment avant de répondre et, quand elle l'a fait, cela a été d'une voix sourde, en regardant ailleurs.

– Parce que, pour papa et Roxana, c'était pas vraiment grave. Roxana est conne et pas belle. Papa nous a demandé pardon et maintenant c'est fini. Mais Gianni, lui, il est beau. Et en plus il est peintre.

La tempête a tourbillonné dans ma tête. La peur aussi. L'accusation était claire. Millie avait-elle appelé chez Gianni ? Hélas, elle en était bien capable. Marie-Noëlle aurait-elle pu lui révéler ma présence chez lui ? Certainement pas ! Si elle avait eu Millie à l'appareil, elle aurait respecté la consigne et dit que Gianni était à Bâle. De plus, elle nous aurait signalé son appel. Non, ma fille ne pouvait rien savoir. Comme d'habitude, elle se racontait des histoires. Seulement, cette fois, elle était tombée juste. Il fallait l'empêcher d'aller plus loin, couper court.

Je me suis levée, poussée par une force désespérée. Elle regardait toujours ailleurs, l'air buté. J'ai pris ses épaules dans mes mains.

– Regarde-moi, Millie !

Elle a tenté de m'échapper, j'ai serré plus fort. Elle a crié :

– Mais tu me fais mal, maman !

– C'est toi qui me fais mal. Qu'est-ce qui t'arrive, Millie ? N'importe quoi pour changer de sujet, c'est ça ? Gianni est beau, peintre et tout ce que tu voudras. C'est également un grand ami et je n'ai pas l'intention de t'en demander pardon. Alors, s'il te plaît, tu vas arrêter de m'emmerder avec tes élucubrations.

J'avais été violente exprès. Ses yeux se sont remplis de larmes. Je l'ai lâchée et je suis allée prendre une boîte de Coca dans le réfrigérateur. Mes mains tremblaient, mon cœur était si triste : pardon, pardon Gianni, elle ne m'a pas laissé le choix.

Lorsque je me suis retournée, Millie était assise à la table, l'air confus. Un immense soulagement m'a emplie : non, elle ne savait rien ! Elle a même daigné sourire lorsque j'ai posé sa boisson devant elle. En principe, le Coca lui est interdit après six heures du soir, mais voyez-vous, les principes, par les temps qui couraient...

Elle a ouvert la canette et tandis que je me servais un verre d'eau, elle a choisi avec soin la couleur de sa paille dans le pot en grès : bleue. Si les couleurs pouvaient parler... Mais bien sûr qu'elles parlaient : bleu, gris-bleu, myosotis, blanc... toutes s'enflammaient pour me conter une même histoire.

Je me suis assise en face de ma fille. Je me sentais épuisée. J'ai repris machinalement le couteau à éplucher. Elle a levé timidement les yeux.

– C'est bientôt les vacances de la Toussaint, maman. Est-ce qu'on pourrait pas aller un peu à Strasbourg ?

– Voilà une excellente idée.

Son visage s'est éclairé.

– Pendant les quinze jours ?

J'ai essayé de rire :

– Là, tu m'en demandes peut-être un peu trop. Disons une petite semaine.

Je ferais part à Frédéric de ce que m'avait confié Mme Paul. À son père, Millie parlerait peut-être plus facilement. Et certainement pas de Gianni !

– À propos de vacances, as-tu rappelé Jérôme Masson pour son reportage sur les cigognes ? ai-je demandé. Il avait l'air d'avoir très envie de t'emmener. On dirait que ton journal l'intéresse vraiment.

– *La Furette*, c'est fini !

Millie avait prononcé ces mots d'une voix accablée, comme elle aurait dit : « Moi, c'est fini. » Un appel au secours ? Mon cœur s'est crispé. J'ai résisté au violent désir de la prendre dans les bras.

– Fini ? Mais pourquoi ?

– Jérôme dit que le journaliste doit aller au fond des gens, que sans ça c'est pas un métier intéressant. Et aller au fond des gens, ça peut être dangereux.

Le fond des gens... le fond du puits... Il m'a semblé tenir enfin un petit bout de fil. Surtout, ne pas montrer mon impatience. Ne rien dire qui puisse l'arrêter.

– Qu'est-ce qui est dangereux, ma chérie ?

Elle a hésité. Elle torturait ses doigts. Les aboiements de Maigret, dans la cour, nous ont fait sursauter toutes les deux. Étienne rentrait. Il avait terminé sa journée. J'ai prié pour qu'il ne passe pas par la cuisine et remercié le Seigneur quand j'ai entendu son pas dans l'escalier. Pour Nicolas, j'étais tranquille : il était allé à Mulhouse voir des clients et devait y dîner avec des amis.

Au premier, la porte de mon frère a claqué.

– Est-ce que c'est vrai que Martin et toi on vous appelait « les amoureux » ? a demandé soudain Millie d'une voix sourde. Et aussi que sa mère t'aimait comme sa fille ?

Une immense lassitude m'a emplie. Alors qu'il me semblait que Millie allait enfin se livrer, voici qu'à nouveau elle changeait de sujet.

– Qui t'a raconté ça ?

– Marguerite.

– Eh bien, Marguerite aurait mieux fait de se taire, ai-je remarqué sans chercher à cacher mon énervement. Certains s'amusaient en effet à nous appeler comme ça, on devait avoir dans les dix ans. Comme tu vois, ce n'est pas de l'histoire récente. Et si tu veux savoir, en ce moment, j'ai envie de parler de tout avec toi, sauf de Martin et de sa mère.

– De tout, ça veut dire quoi, de tout ? a crié Millie.

– Eh bien de toi. De toi maintenant, aujourd'hui. De ce que m'a dit Mme Paul, de ta dernière rédaction par exemple, celle à propos d'Agatha Christie. J'ai très envie de la lire, tu ne voudrais pas me la montrer ?

Le visage de Millie était à nouveau hostile. J'avais laissé échapper le fil, j'étais désespérée. Elle s'est levée.

– Je ne peux pas. Je l'ai perdue.

72.

De loin, je remarque la tenue de Gianni qui m'attend avec Théo près de la roulotte : costume sombre, cravate, chaussures de cuir. Je remarque sa tenue et je sais.

Il part.

En passant près de sa voiture, arrêtée en bordure du grand champ, j'ai vu Jean-Louis au volant avec sa casquette de chauffeur.

Gianni s'en va.

Il m'a appelée hier pour me donner rendez-vous à neuf heures sur le chantier : « La fresque, tu t'en souviens ? Je voudrais t'en parler. »

Si je m'en souvenais ?

Il me semble que je n'ai pas dormi : joie, douleur. Peur aussi. J'allais revoir Gianni pour la première fois depuis la chambre blanche.

Je me suis levée tôt en prenant soin de ne pas réveiller Millie. J'ai choisi ma tenue avec soin : pantalon, pull clair sous le blouson, bottes. Une tenue de maître d'œuvre. Tiens ! Pas de féminin à ce métier-là.

– Madame le maire, bonjour! me lance joyeusement Théo comme je les rejoints.

Gianni se contente de porter ma main à ses lèvres. Il me semble fatigué. Vieilli. Ai-je trop rêvé du prince charmant?

– Vos casques s'il vous plaît.

Théo nous tend deux casques orange. Ils signaleront notre présence de loin.

– Avec ça, pas de danger qu'il vous arrive quelque chose! Un coma, même semi, ça me suffit, plaisante-t-il.

Alors que je m'apprête à mettre le mien, Gianni me l'enlève des mains et s'en charge lui-même. Ses doigts frôlent mon menton, son regard me brûle, mon cœur s'affole.

Nous marchons vers le bâtiment, dans l'allée toute neuve. Pas encore de toit mais les travaux ont bien avancé. Pour la viabilité, c'est en règle. Les murs intérieurs sont montés. Tout devrait être terminé à la fin de l'année.

Cette maison, je pourrais en dessiner le plan les yeux fermés. Voilà l'entrée où l'on mettra des portemanteaux de couleur pour les vêtements des petits. Tout de suite à droite, le bureau. Là, le dortoir, à côté des toilettes. La cuisine et la salle à manger seront ici...

Théo nous entraîne directement dans la grande salle des enfants. Il désigne un mur qu'éclaire un pâle soleil.

– On dirait que le ciel vous salue, monsieur Lupis! s'amuse-t-il. C'est bien ce mur-là que vous voulez?

– C'est lui, répond Gianni.

Il a parlé comme s'il s'agissait d'une personne. Il s'en approche et passe lentement la main sur la surface grise rayée de blanc du parpaing. Il la caresse. On dirait qu'il l'apprivoise. Mon cœur refuse de se calmer.

– Tu me le donnes quand ?

– Sitôt que la toiture sera faite. À moins que vous ne vouliez voir votre chef-d'œuvre arrosé, répond Théo en riant et levant le doigt vers le ciel.

À son tour, il va toucher le mur. Lui y plaque sa main sans façon, comme un bon ouvrier, c'est tout.

– Est-ce que je plâtre comme les autres ou aurez-vous besoin d'un enduit spécial ?

– Tu plâtres comme les autres, je m'occuperai du reste, répond Gianni.

Le reste... ce fond que l'on n'oublie jamais ?

Au bout de la salle, un ouvrier est apparu. Il fait de grands gestes pour attirer l'attention du patron. On se croirait sur la scène d'un théâtre.

– Théo, je peux te voir une minute, s'il te plaît ?

– Excusez-moi.

Théo rejoint l'homme à grands pas. Ils disparaissent derrière un mur. Le regard de Gianni m'enveloppe.

– Ma fresque, je la peindrai pour toi, dit-il. Je te la donne.

Je demande tout bas, je crie en moi :

– Mais tu pars ?

Il incline la tête.

– *Tre o quattro settimàne.*

Et il ajoute : « Tu me manques trop, *cara mia.* »

La joie me noie, la douleur m'assomme. Alors toi non plus tu ne peux pas oublier ? En toi aussi, le manque, la brûlure, cette sensation d'être coupé de la meilleure partie de toi-même, la plus vivante ? Je n'étais donc pas la seule à tomber dans le vide, attendre l'impossible, rêver de l'irréalisable ?

Un élan me pousse vers lui : une dernière fois tes bras, une dernière fois tes lèvres. Il a eu le même mouvement et nos casques s'entrechoquent. Nous restons interdits. De l'autre côté du mur, on entend la voix sonore de Théo. « Avec ça, pas de danger qu'il vous arrive quelque chose », a-t-il dit. Comme j'esquisse un geste pour enlever le mien, les mains de Gianni m'arrêtent. Danger ?

Certains en meurent.

– Voilà, voilà, s'annonce le chef de chantier en se hâtant vers nous.

– *Ti voglio tanto bene, amore*, murmure Gianni.

Théo est là, il nous sourit.

– Pardonnez-moi. Bien ! Alors, nous en étions où ? Ah oui, Charlotte, dis-moi, ton inauguration, tu la prévois toujours en fin d'année ?

J'entends ma voix, neutre, éteinte.

– Entre Noël et le 1er janvier, ce serait parfait.

– Dans la neige, quoi ! s'amuse Théo.

Gianni s'est un peu éloigné, il se tourne vers lui.

– Monsieur Lupis, votre mur, début décembre, ça vous ira ?

– Ça m'ira.

Il faudrait mettre un peu plus de chaleur dans les dialogues. Seul Théo parle vrai. Il nous regarde, étonné d'un tel manque d'enthousiasme. La tête de Jean-Louis, apparaissant par une ouverture, crée une diversion bienvenue. Lui ne porte pas de casque. Il désigne sa montre.

– Monsieur, c'est l'heure, votre avion...

– Je viens.

La tête du chauffeur disparaît. Là, ce serait plutôt un spectacle de marionnettes. Si je n'avais tant envie de pleurer, je rirais. Nous nous dirigeons vers la sortie de cette maison qui, pour l'instant, n'est qu'un décor inachevé.

– Vous savez, monsieur Lupis, des fresques, je n'en ai encore jamais vu que dans les livres, avoue Théo. Vous ne pourriez pas nous dire un peu ce que vous mettrez dessus ? C'est que c'est grand à remplir, quand même !

Gianni s'arrête.

– Ce ne sera jamais assez grand pour moi. Je ne peux rien te dire encore mais je vais beaucoup y penser.

Il a montré le mur. Il a parlé pour moi.

Le rideau tombe sur la *commedia dell'arte*.

Il va s'ouvrir sur la tragédie.

73.

Tôt ce matin, Marguerite m'avait appelée pour m'apprendre qu'une ambulance était venue chercher Rolande Hutter durant la nuit.

Nous n'avions pas vu Martin depuis plusieurs jours. Virginia assurait qu'il faisait la gueule et nous mijotait un nouveau sale coup. Elle se trompait. La mère de notre adversaire était bien malade.

– Pour qu'elle ait accepté de quitter sa maison, il faut que ce soit grave, a remarqué Marguerite lorsque je suis passée la voir à la mairie.

– Martin l'a accompagnée ?

– Figure-toi que non ! Pourtant, il y tient, à sa maman. Le père Bertrand l'a joint pour savoir s'il pouvait faire quelque chose. Il s'est fait envoyer sur les roses. Et de belle façon, paraît-il. Voilà Martin tout seul maintenant. Tu sais qu'il a perdu son chien ?

– Perdu ?

– Un cancer. Il a dû le faire piquer : la pauvre bête souffrait trop.

Mercredi ! J'avais décidé de consacrer une partie de ma journée à Millie. Depuis lundi, elle me fuyait. Virginia m'avait promis d'essayer de la faire parler mais son travail à Mulhouse la prenait beaucoup. Il fallait reconnaître que ces derniers temps, elle l'avait plutôt délaissé au profit de celui de premier adjoint.

En arrivant à la maison, j'ai croisé Jacquot qui sortait de la cour. Je me suis souvenue des paroles de Mme Paul.

– Tu as vu Millie ? ai-je demandé avec espoir.

– Elle a même pas voulu que j'entre, a-t-il répondu avec colère. Je sais pas ce qu'elle a, je lui ai rien fait, moi.

Il s'apprêtait à enfourcher son vélo, je l'ai arrêté.

– Attends, Jacquot ! S'il te plaît ! Explique-moi. Pourquoi Millie ne veut-elle plus te voir ? Qu'est-ce qui s'est passé ? Tu n'as pas une idée ?

Il a hésité.

– C'est depuis qu'on a été au château, a-t-il marmonné avec un regard vers la maison, comme s'il craignait que Millie l'entende.

– Le château d'Élisabeth de Langsk ?

– Pas celui-là, l'autre, le château de Martin.

– Vous êtes allés chez Martin ? Mais pour quoi faire ? ai-je demandé, stupéfaite.

– J'ai pas le droit de le dire, a répondu Jacquot en regardant à nouveau la maison.

Millie voulait interviewer la mère de Martin, alors on y est allés et elle a eu très peur.

Un signal d'alarme a retenti dans ma tête. J'ai entendu la voix sourde de Millie, lundi : « C'est vrai que la mère de Martin t'aimait comme sa fille et qu'on vous appelait "les amoureux" ? »

– Pourquoi a-t-elle eu peur ? Tu le sais, Jacquot ?

– Elle a dit que c'était les yeux des cerfs, mais il y a autre chose, c'est sûr.

Les trophées... Millie était bien allée là-bas.

– Tu es entré avec elle ?

– Non. Je suis resté dehors pour faire le guet.

Un terrible soupçon m'est venu : et si Millie avait trouvé Martin à la maison ? S'il s'était attaqué à elle ?

J'ai pris les mains du petit garçon dans les miennes.

– C'était quand, Jacquot ? Quand êtes-vous allés là-haut ? Essaie de te rappeler ? C'est important.

– C'était l'autre mercredi, pas celui de la semaine dernière, celui d'avant mais je ne sais plus la date.

Le lendemain de ma garde à vue. « Depuis que je vous l'ai ramenée, elle m'a laissé tomber », avait dit Jérôme.

Jacquot a regardé la maison d'un air farouche.

– Je voulais juste lui dire que la mère de Martin était à l'hôpital. Il paraît que c'est sérieux. Je pensais que ça l'intéresserait vu qu'elle voulait l'interviewer, mais elle s'est mise à crier, elle a dit qu'ils allaient tous mourir.

Il a levé sur moi ses yeux tristes.

– Qu'est-ce qu'elle a, madame ? Vous croyez que c'est grave ?

Parlait-il de Rolande ou de Millie ? Je n'ai pas pris le temps de le lui demander. Je courais.

Ma fille était dans sa chambre. Couchée sur son lit, elle sanglotait. Le désespoir total. Je l'ai prise dans mes bras.

– Millie, ai-je supplié, dis-moi ce qui s'est passé chez Martin.

Elle m'a écartée violemment.

– Sa mère est à l'hôpital ! a-t-elle hurlé. C'est à cause de lui. Et maintenant il va tuer Catherinette.

74.

Un épais silence enveloppait le parc où, autrefois, résonnaient les cris guerriers de la bande, Martin le chef, moi sa seconde.

Le soleil avait disparu. Comme s'il n'était venu que pour caresser un instant le mur où Gianni peindrait pour moi son cadeau d'adieu.

Martin la blessure, Frédéric la guérison, Gianni l'éclair de la passion.

Pour l'heure, seule comptait Millie, cette vie à ses débuts, et aussi une petite fille appelée Catherine, peut-être en danger de mort. Comme elle avait dû souffrir, ma Furette, durant ces deux semaines où elle avait cru tenir le sort de trois personnes entre ses mains !

Après l'avoir confiée à Étienne, avec interdiction de la laisser seule une minute, j'étais allée trouver Marguerite.

– Où est Brigitte, l'ex-femme de Martin ?

– Alors tu t'y mets toi aussi, avait-elle protesté, énervée. Ta fille est déjà venue me casser les oreilles avec ça. Mais qu'est-ce que vous lui voulez donc, à Brigitte ? Ce n'est pas parce que la belle-mère est à l'hôpital qu'elle reviendra.

Brigitte était retournée vivre à Pau où se trouvait sa famille. Elle y tenait une boutique de décoration. Quelqu'un l'avait aperçue l'été dernier. Cela avait l'air de bien marcher pour elle.

– Et Catherine ?

J'avais dû contrôler ma voix en prononçant le prénom.

– Où veux-tu qu'elle soit ? Avec sa mère, pardi !

Je n'avais pas contredit Marguerite.

« Elle n'est pas comme les autres enfants », m'avait dit Millie en pleurant.

Autrefois, il arrivait que l'on cache les enfants dits « anormaux ». Dans certains cas, plus heureux, ils faisaient partie de la vie du village. À en croire ma fille, Martin l'orgueilleux et sa mère dissimulaient depuis trois ans la petite chez eux.

Lorsqu'à midi, durant sa pause, j'ai demandé à Théo de m'ouvrir la porte attenante à la grille du château, il a d'abord refusé : non seulement, je l'obligeais à commettre une effraction, mais, en m'introduisant en fraude chez Martin, dans l'état où il était, je ferais preuve d'une grave imprudence.

– Sais-tu ce qu'il a dit au père Bertrand quand celui-ci l'a appelé ? « Allez vous faire foutre ! » À un curé ! Et nul n'ignore qu'il a une ribambelle de fusils à son râtelier et n'hésitera pas à s'en servir contre quiconque oserait entrer chez lui sans carton d'invitation.

– Je dois y aller, Théo. Ne me demande pas pourquoi, c'est comme ça. Et tu sais bien que Martin n'utilisera jamais son fusil contre moi.

– Au moins laisse-moi t'accompagner.

– Toi, c'est avec un canon qu'il t'accueillera.

Le bruit de la camionnette s'est évanoui depuis longtemps sur la route. Théo a promis de ne parler à personne de ma visite surprise au château Hutter. Je lui ai promis, moi, de l'appeler sitôt rentrée. Mon Dieu, si Millie savait où je suis...

Sous-bois et allées sont jonchés de feuilles mortes. Il règne une atmosphère d'abandon. Il n'y a pas si longtemps, Martin employait un jardinier. L'a-t-il congédié lorsqu'il a pris la décision de cacher la petite ? Tant de choses s'éclairent depuis les révélations de Millie. C'est également depuis le départ de Brigitte que l'on n'a pratiquement plus vu Rolande au village. Et n'est-ce pas depuis ce départ que Martin a commencé à défier mon père ? Qu'il est devenu « enragé » ?

Je m'arrête. À cet endroit, il y a quelques semaines, j'avais ramassé une poupée.

« Ta fille est ici ?

– Qu'est-ce que tu ne vas pas inventer. »

Je n'avais rien inventé : Catherine était bien là.

Et son père y est actuellement : j'aperçois sa Jeep dans la cour.

Presque une heure à ma montre que je ne cesse de consulter. Étienne doit tenter de faire déjeuner Millie. Gianni est arrivé en Italie. *« Ti voglio tanto bene amore. »*

Je reprends mon chemin. Je n'ai pas peur. Je suis comme assommée : trop d'événements, de joie, de douleur depuis ce matin. « Droguée » serait sans doute un mot plus juste. Mais au même moment une sombre détermination m'emplit : j'irai jusqu'au bout. Je veux savoir.

Il me semble, c'est étrange, marcher vers un rendez-vous trop longtemps différé.

Tous les volets du château donnant sur la cour sont fermés. S'il n'y avait la voiture de Martin, on pourrait le croire déserté.

« Et maintenant, il va tuer Catherinette. »

Cette menace, Millie ne peut pas l'avoir inventée. L'appréhension me noue le ventre. Rolande à l'hôpital, Martin l'aurait-il mise à exécution ? Est-ce de l'inconscience d'être venue seule ici, comme me l'a reproché Théo ? Et encore, il ignorait ce que je venais chercher... Mais Martin n'aurait-il pas davantage risqué de perdre la tête si nous nous étions présentés en force ?

Me voici en bas du perron.

Monter et sonner ? Tout aussi impossible que de m'annoncer dans l'interphone. Mon regard se pose sur la pierre, en bas et à droite de la première marche. Sous cette pierre, Martin cachait autrefois pour moi la clé de la maison. Tout le monde l'ignorait, même ses parents. En un sens, j'étais fière. Je me sentais un peu propriétaire du beau château Hutter. « Les amoureux »... Beaucoup pensaient que je finirais par en épouser le châtelain, le séduisant, l'énergique, le riche Martin que toutes les filles guignaient. Papa n'aurait pas été contre. Moi, je ne savais pas bien.

« Qu'est-ce que tu attends pour regarder si elle y est encore ? » m'avait lancé Martin à propos de la clé lorsque après la mort de mon père j'étais venue lui demander pourquoi il voulait tout me prendre : l'atelier et la maison.

« Ta maison, c'était celle-ci. »

Je me baisse et soulève la pierre. Il y a deux clés dans la cachette.

La clé d'autrefois était longue et lourde, comme on les faisait à l'époque. Ces deux-là sont petites et plates. Avant même de les essayer, je sais qu'elles correspondront aux serrures sur la porte : celle près de la poignée et celle du verrou.

Je sais aussi que Martin les a placées là pour moi et que le rendez-vous existait bien.

« Ne te crois pas inoubliable », a dit Virginia.

« Il te hait parce qu'il t'aime », a dit Gianni.

Le rendez-vous avec le passé.

Une clé, puis l'autre, la porte s'ouvre sans bruit.

C'est allumé dans le hall qu'emplit une odeur de poussière. Les yeux glacés des cerfs m'accueillent, ces regards de « fond du puits » dont m'a parlé Millie. Je laisse la porte ouverte et avance, indécise, quand soudain un bruit m'arrête, emballe mon cœur, comme un tintement venant de la cuisine où l'on accède par un couloir qui donne derrière l'escalier.

Cette cuisine, vaste, claire, au réfrigérateur bien garni en boissons, était, après la cabane, le lieu favori de la bande. Là aussi, j'étais privilégiée. Rolande Hutter avait toujours de côté quelque douceur à mon intention, une friandise, un sablé. Cela me gênait vis-à-vis des autres. « Une fille, ça fait du bien à la maison », disait-elle. Après la mort de ma mère, elle avait essayé de la remplacer, mais même si maman Chut ne me laissait guère de regrets, je n'avais pas envie de donner sa place à une autre.

Le bruit ne s'est pas reproduit. J'ai toujours les clés dans ma main. Le cœur battant, je m'engage dans le couloir au bout duquel la porte de la cuisine est entrouverte. J'y suis presque lorsque cette fois c'est un murmure qui me parvient. Une prière ? Et est-ce bien la voix de Martin ? À présent, oui, j'ai peur. Quelques pas encore et je les vois.

Martin me tourne le dos. Il porte un vieux peignoir sur le col duquel tombent ses cheveux trop longs. Assis à la grande table, il donne à manger à une petite fille au visage auréolé de boucles blondes, une serviette nouée autour du cou.

J'avais visité un jour, près de Strasbourg, une maison destinée aux enfants autistes. Il me semble que c'est le cas de Catherine : un visage tourmenté, un regard perdu.

Son père prend dans l'assiette un peu de purée, un peu de jambon et tend la cuiller vers la bouche.

– Mange, supplie-t-il. Mange, petite.

La petite ouvre le bec.

– C'est bien !

J'ai soudain une terrible envie de pleurer. Et honte aussi. Qu'est-ce que je fais là ? De quel droit suis-je venue surprendre cet homme dans son intimité ? Je viole un secret, je pose mes gros sabots dans un fond d'âme où se dissimule l'amour. C'est souvent l'amour que l'on cache avec le plus d'énergie ; il vous met en état de faiblesse.

Une autre cuillerée.

– Mange, petite.

Je voudrais n'avoir rien vu, rien volé, disparaître. Trop tard ! Catherine me découvre dans l'embrasure de la porte, elle tend le doigt, Martin se retourne.

Une sorte de grognement, un cri d'animal surpris au gîte lui échappe. Depuis quand ne s'est-il pas rasé, lavé ? Il se lève, marche sur moi, ouvre grande la porte d'un coup de pied, lève le poing.

– Toi ?

Un poing qui, pour toute arme, brandit une cuiller.

Paralysée, je soutiens son regard, attendant le coup. Je ne l'ai pas volé.

– Papa !

Le cri d'oiseau suspend le geste.

– Papa, manger...

Martin se retourne. À la table, Catherine ouvre le bec. Je peux sentir, au plus profond de moi, la lutte qui se livre en lui : la haine prête à exploser, retenue par l'appel de l'oisillon blessé.

Puis soudain, on dirait qu'il se rend, ses épaules s'affaissent, le bras retombe.

– Fous le camp !

Il retourne vers sa petite, reprend place devant l'assiette : un peu de purée, un peu de jambon...

Je ne bouge pas. Impossible. Ce père, cette petite fille, cet immense malheur. « Ils sont tous au fond du puits », a crié Millie. Comment pourrais-je les y laisser ?

Ce sont les clés qui me donnent la force d'avancer, de venir face à Martin. Ces clés mises en remplacement de l'ancienne. Pour moi ?

Pour ce rendez-vous d'aujourd'hui, me semble-t-il. Celui de la dernière chance.

– Pardon, Martin.

Il frémit comme si je l'avais frappé, lève sur moi un regard plein de méfiance et d'incrédulité. Je répète : « Pardon. »

De n'avoir vu en toi que la brute, pas l'homme blessé, pas le cœur tendre.

Catherine me fixe sans crainte, rassurée par la présence de son père. Près de l'assiette de purée, il y a une barquette de mousse au chocolat, la préférée de Millie. Je m'assois sur la troisième chaise, certainement celle de Rolande. Autrefois, il y en avait une douzaine autour de la table, et nous les occupions toutes.

– Ta mère, Martin, qu'est-ce qui lui est arrivé ?

Il détourne les yeux. Réponds, Martin, réponds, je t'en supplie. Si ce n'est pas maintenant...

– Une attaque, cette nuit ! Ils ont dit qu'elle ne reviendrait pas.

Une lueur mauvaise passe dans ses yeux. Il a un rire.

– Comme ton père, finalement. Lui non plus n'est pas revenu.

Il y a quelques semaines, j'aurais réagi avec colère. Je ne réponds pas. J'ai appris à les reconnaître, les rires sur les décombres, ces coups supplémentaires que l'on se porte à soi-même.

– C'était trop dur, tout ça, murmure-t-il.

Il essuie la bouche ourlée de purée de Catherine, ouvre le dessert, change de cuiller.

– Que s'est-il passé, Martin ?

Une cuillerée de mousse au chocolat, un long silence. Parle, Martin, parle...

– Brigitte n'a pas voulu d'elle. Cette salope a prétendu que si la petite était née comme ça, c'était à cause de ma famille d'alcooliques.

Il rit à nouveau, montrant les murs de la

cuisine, fierté de la maison, Maison avec le grand M du mérite.

J'y ai toujours vu, encadrés de tricolore, ces diplômes, médailles et autres distinctions reçues pour un travail dur, opiniâtre et passionné. Pour un savoir-faire transmis avec amour, avec fierté, de père en fils.

Famille d'alcooliques ? À ma connaissance, aucun Hutter n'a jamais abusé de sa production. Et certainement pas Martin ! Nous serions-nous trompés sur le compte de Brigitte en la considérant comme une victime ? Des deux, lequel était la victime ?

– Il n'y avait que le fric qui l'intéressait, poursuit Martin, maintenant lancé. Le fric, les fêtes... Elle n'en avait jamais assez. Ce salon de merde, tu as vu ? Ces meubles à la con, ces tentures, tout ça, c'est elle. Elle disait qu'elle voulait faire revivre le château. Il était donc mort, le château ? Tout ce qu'on aimait, elle le bazardait aux brocanteurs, et quand ma mère protestait elle la traitait de vieille sorcière. Pour mon père, ça l'a pas aidé, c'est sûr.

Le père de Martin avait subi un triple pontage. Repos recommandé. Je l'aimais bien, Gaston Hutter. Et n'était-ce pas lui qui nous avait construit la cabane ?

Malgré moi, mon regard cherche, au mur, la médaille d'or reçue pour son eau-de-vie de framboise l'année de ma rupture avec son fils.

« Il t'a violée », a dit Virginia.

Cela avait été une belle fête. On avait

chanté, ri, dansé. On nous avait applaudis, mon cavalier et moi. Je portais une jupe courte qui volait haut autour de mes cuisses lorsqu'il me faisait tourner au bout de son doigt. « Une jupe comme ça, tu n'as pas peur de rendre fous les garçons ? » m'avait demandé papa. Fous comment ? Je m'en doutais bien un peu mais sans savoir vraiment. Après la danse, j'avais suivi sans résistance Martin jusqu'à la cabane. Je l'avais laissé m'embrasser. Je n'avais pas protesté lorsqu'il m'avait caressée, ou si peu. « Puisqu'on se mariera. » Je n'avais rien dit quand il avait baissé ma culotte. Cela n'avait été qu'en découvrant son désir que j'avais crié « non ».

Il n'avait pu ou voulu m'entendre.

« Tu es la première, je t'ai tant attendue, je t'aime. »

Si Martin avait eu plus d'expérience, s'il ne s'était pas gardé pour moi, sans doute aurait-il su se contrôler, m'amener peu à peu à le désirer, et peut-être alors nous serions-nous mariés.

– Je lui donnais tout ce qu'elle voulait, continue Martin. Après tout, ça m'était bien égal. Tout ce que je lui demandais, c'était un héritier.

Et l'héritière était venue : Catherine.

« Toi par qui le malheur est entré dans cette maison », avait accusé Rolande.

La petite joue avec la barquette de mousse, elle s'en est mis partout. Je tends la main vers la serviette. La grosse patte de Martin m'arrête.

– La touche pas. Tout ça, c'est de ta faute. Si tu n'étais pas partie...

La haine est de retour.

« Il te hait parce qu'il t'aime. »

– Et en plus tu nous construis ce clos de merde.

Cette maison où Catherine ne pourra avoir sa place ?

Je me lève.

– C'est ça, vas-y ! Va leur raconter, aboie Martin. J'en connais qui vont bien rigoler.

– Personne ne rigolera, Martin. Je ne dirai rien. Seulement le jour où tu m'y autoriseras. Le plus vite possible, s'il te plaît. Et alors, on s'y mettra tous pour t'aider.

J'ouvre mon poing et montre les clés.

– En attendant, je les garde. Parce que je n'ai pas l'intention de vous laisser seuls, Catherine et toi. Et n'espère pas me faire changer d'avis. Ne m'as-tu pas dit que j'étais têtue ?

Dans la gorge du seigneur du château, un terrifiant sanglot.

ÉPILOGUE

L'ANGE DE SAINT-FLORENTIN

Il neige depuis Noël, c'est beau, ça lave même dans la tête. Mais la neige, Théo s'en serait bien passé en ce grand jour d'inauguration.

« Le Clos de Pinocchio », c'est écrit en lettres flamboyantes sur la plaque à côté du portail, près du personnage à l'air malicieux. Maman n'a pas voulu qu'on y mette aussi Gepetto. Pour nous, Gepetto, ce sera toujours grand-père et de toute façon, chez lui, c'est la porte à côté.

On a passé la journée à dégager l'allée qui mène à la maison tout enrubannée de lumières mais ça glisse quand même, et pour Mme la sous-préfète, qui avait mis ses talons hauts, ça a été le parcours du combattant. Théo ne voulait pas lui lâcher le bras, pour un peu il l'aurait portée. Pour la casse, il a déjà payé.

J'ai mis mon pantalon moulant, mon sweat neuf et mes baskets fluo à ressorts. Virginia dit que la Furette s'est transformée en sauterelle et qu'un de ces jours elle bondira jusqu'aux étoiles. D'accord !

La cérémonie se passe dans la grande salle des enfants où on a dressé une estrade avec micro pour les discours. Sauf Étienne, qui n'a pas pu venir à cause de sa grippe intestinale, et Martin, à qui on ne peut pas en demander trop quand même, tout le monde est là. Même Fabrice, arrivé hier avec Julie, et même Mme la directrice, ce qui ne me fait pas plaisir du tout. Maman aurait pu me demander mon avis. Elle prenait plus de précautions avec moi quand j'étais prisonnière de mon secret.

Il ne faut jamais juger trop vite son prochain. Finalement, c'était Martin le meilleur parent. Il n'a pas tué Brigitte. Elle vit comme une reine à Pau. Il la paie pour qu'elle garde le silence sur Catherine.

Maman et Virginia ont trouvé avec difficulté une maison en Suisse qui accueille les enfants comme elle. Elle a déjà fait des progrès. La mère de Martin est morte suite à son attaque. C'est mieux pour elle qui, sinon, serait restée paralysée. Et même si c'est horrible à dire, c'est mieux aussi pour moi, bien qu'elle continue à me menacer dans mes rêves.

Maman voulait que je voie un psy mais j'ai déjà le pasteur Reubell qui m'écoute en m'apprenant à jouer aux échecs ; Gépé le cavalier, ma mère la reine, même si elle le mérite pas toujours, lui la tour-prend-garde. Moi, ça dépend des moments. Pas forcément le fou comme dit Nico. Le pasteur qui, pour l'instant, me bat à plate couture – merci pour la charité – dit que chacun est une pièce unique sur le grand échiquier du bon Dieu et qu'il me fait confiance pour y trouver ma place. Bon... bien... le plus tôt sera le mieux.

Six heures et demie et déjà la nuit ; c'est l'hiver. On doit être au moins trois cents dans cette salle. Les discours ont commencé il y a une demi-heure, c'est chiant les discours : merci, merci, merci, merci.

Maman a parlé la première avec toute sa liste autour d'elle : pas de jaloux. Elle a remercié la sous-préfète, le conseiller général, le député-maire, les associations, la DDASS et la SDAS, je dois en oublier des vertes et des pas mûres. Quand elle est arrivée au vif du sujet, l'émotion l'a étranglée. Tous les mots qu'elle avait répétés ce matin devant sa glace avec assurance sur sa chère maison, son cher père, ses chers amis et ses très chers enfants lui ont échappé. Alors elle est passée direct à la conclusion en appelant Théo pour qu'on l'applaudisse bien fort. Il est devenu encore plus rouge et il a failli se casser la gueule en montant sur l'estrade, même si c'était lui qui l'avait dressée avec les précautions d'usage.

Côté presse, on est supergâtés : télé, radios, Jérôme avec une photographe. Il y a aussi une envoyée du journal *L'Alsace*. Elle a l'air cool. Il faudra que je l'interviewe sur son métier même si finalement j'ai décidé d'être plutôt écrivain.

Après maman, ça a été au tour de la sous-préfète de parler : merci, merci, merci, merci. Elle, c'est facile, elle a tout lu : trois feuilles. Elle a dit que c'était un grand jour pour les femmes en général et pour le maire de ce petit village en particulier. Et aussi que cette maison allait être celle du bonheur, en oubliant qu'elle avait d'abord été celle des embrouilles. Trois feuilles, ça n'a pas duré trop longtemps.

Après la sous-préfète, on a eu M. le conseiller général : merci, merci, merci, merci. Il y en a qui finiront par avoir la grosse tête. Cinq feuilles, aïe ! Tout le monde tournait les pages en même temps que lui, heureusement c'était écrit gros. Lui aussi a parlé des femmes. Il a dit qu'elles étaient des pionnières, j'aime bien. Si tu n'essaies pas d'être pionnière, rien à faire, tu stagnes.

À propos de femmes, Noël m'a apporté une bonne surprise : mes règles pour de vrai. Si j'ai menti à Virginia en disant qu'elles étaient arrivées, c'était pour faire revenir maman plus vite après sa disparition due au choc de trouver son mari au lit avec cette tarée de Roxana. Je savais bien qu'elle ne me laisserait pas tomber dans cette période cruciale. Mais après, la galère pour faire semblant ! Tu te tords soi-disant de mal au ventre et ta mère t'inonde de bouillottes chaudes à mettre sur l'endroit sensible. Pour qu'elle ne voie pas que tes protections sont intactes, tu cours les jeter à la poubelle municipale et elle en conclut que tu refuses ta féminité et se culpabilise en pensant que c'est à cause de ses multiples aventures. Bref, quand les Anglais ont débarqué, pile le 25 décembre, inutile de dire qu'ils ont été bien accueillis, même si pour les maux de ventre c'est dix fois pire que ce que je pensais.

Sur l'estrade, c'est maintenant la dernière personnalité à parler : le député-maire de Saint-Louis. On le connaît, il a soutenu maman dans son combat : merci, merci, merci, merci. Voilà qu'il dit, en la regardant loin dans les yeux, que la femme est l'avenir du monde. Là, il y va fort quand même ! D'ailleurs, papa n'a pas l'air d'accord. Julie regarde Fabrice, comme si ça lui suffisait qu'il soit son avenir à elle.

Quand le député-maire aura fini, ce sera le grand moment du dévoilement de la fresque.

Elle est cachée sous un tissu qui prend presque tout le mur. Personne n'a eu le droit de voir ce qu'il y avait dessus, même pas maman. On connaît seulement le titre : *L'Ange de Saint-Florentin*. Les anges reviennent à la mode depuis que les gens n'ont plus de repères.

Gianni fait le guet à côté de son œuvre, magnifique dans son costume bleu marine – chemise blanche – cravate feu. On comprend qu'il plaise. Et même qu'il plaise trop. Et même qu'il plaise à votre propre mère.

En ce qui les concerne, j'ai décidé d'arrêter de creuser. Quand tu creuses, tu ne sais jamais sur quel os tu vas tomber.

Avant, c'était la mort qui dissolvait les unions, aujourd'hui, c'est l'infidélité. Depuis que les femmes travaillent, elles se sentent plus libres pour se payer une petite aventure par-ci par-là, comme les hommes. Quarante-huit pour cent des couples y survivent, la plupart à cause des enfants, d'autres pour des histoires de gros sous. Et l'amour, là-dedans ?

« Sans fidélité, pas d'amour », clament les jeunes à quatre-vingt-trois pour cent. J'en suis !

Applaudissements, bisous du député-maire sur les joues du maire tout court. Mitraillage des photographes. C'est terminé pour les discours, ouf !

– Nous allons à présent pouvoir découvrir la fresque du grand peintre Gianni Lupis, annonce maman d'une voix trop sincère pour être vraie.

Tout le monde se dirige vers le mur du mystère, suivi par la télé. C'est clair, c'est surtout pour Gianni qu'elle est venue. Il est célèbre jusqu'en Amérique. Marguerite pense que son œuvre va nous attirer des touristes. J'ai proposé de placer une petite caisse à l'entrée, au moins un tronc pour les œuvres de la mairie. Refusé. Maman dit que je suis vénale.

Gianni prend le micro. Il va parler. Il me semble entendre battre le cœur de maman mais c'est sans doute le mien.

– Je suis *molto onorato* d'offrir cette fresque à Saint-Florentin qui m'a accueilli avec *molta generosità*. Je voudrais *dedicarla* à mon ami Joseph Muller, *un grande artìsta*, ainsi qu'à madame le maire, sa fille, qui a eu la *bellissima idèa* du Clos de Pinocchio.

Molto, molta... il se répète ! Les applaudissements aussi pendant que Gianni regarde *molto* ma mère. Tu peux avoir décidé d'arrêter de creuser et flairer quand même l'os au fond. Comme maman ne se décide pas à tirer le tissu, c'est Virginia qui s'en charge : un bon coup et la fresque apparaît.

On dirait Saint-Florentin, bien que les toits soient carrément bleus. Sur le plus pointu, il y a une espèce de poulet à long cou qui doit être notre cigogne. Elle n'est pas flattée, la pauvre. Dans un coin, on dirait Gépé avec sa pipe. S'il pouvait se voir, il ne serait pas flatté non plus : Picasso, c'était pas son truc. À côté de Gépé, il y a une femme voilée. C'est vrai que Gianni avait promis à Kathy de la peindre et qu'il l'appelait « la Mysteriosa ». À part ça, il y a des paysages et, au milieu, des enfants qui dansent, le nez en l'air, le nez sur l'ange.

L'ange est une femme.

Elle flotte dans le ciel en robe longue avec des manches qui lui font comme des ailes. Ses cheveux sont dorés et ses yeux en étoiles. Elle sourit. Si vous voulez mon avis, elle est complètement ridicule. On dirait une grosse meringue avec filaments caramel. Pas étonnant que les enfants la regardent avec appétit.

On dirait aussi qu'elle ressemble à ma mère, mais c'est comme la cigogne et Gépé, pas moyen d'être sûr. Papa a l'air de se demander. Les sourcils froncés, il regarde l'ange, puis maman, puis l'ange. À lui non plus, ça n'a pas l'air de plaire tellement. Maman est KO, mais elle n'est pas la seule. Avec la peinture moderne, ou c'est l'artiste, ou c'est toi qui meurt idiot.

Élisabeth de Langsk, qui s'y connaît, applaudit la première. Me du Rosier l'imite, bien qu'il préfère les commodes Louis XVI. Un crétin de la télé attrape ma mère par le bras et la tire jusqu'à Gianni.

– Madame le maire... monsieur Lupis... s'il vous plaît, approchez-vous, oui, comme ça, encore un peu. Maître, pouvez-vous regarder Mme le maire ? Mieux que ça...

Et pourquoi pas demander au maî... aî... aî... tre de l'embrasser devant toute la France pendant qu'on y est ?

Moteur !

– Et maintenant, si vous voulez bien, nous allons passer au buffet, hurle Virginia en faisant sursauter tout le monde.

Le buffet, c'est M. Mozart qui s'en est chargé : salé, sucré. Gianni voulait l'offrir, mais maman et Virginia ont refusé avec indignation. Depuis quand faisait-on payer la bouffe par l'invité d'honneur ? Il s'est occupé seulement du champagne. Il lui en restait de la fête. On dirait qu'il lui en reste toujours, du champagne. Il en boira encore dans son cercueil.

En attendant, c'est la ruée. Jacquot est déjà arrivé, il me fait signe de le rejoindre, je lui réponds « plus tard », avec la main, j'ai besoin de reprendre mes esprits.

C'est drôle, il m'énerve moins, Jacquot. J'ai plus d'indulgence pour lui, comme si je le regardais de plus haut. C'est parce que j'ai grandi, mais pas à cause des règles, à cause de l'épreuve.

Mme Delarue nous a fait un cours sur l'épreuve. Elle a dit que si elle ne vous écrasait pas, elle vous faisait grandir dans votre tête. Moi, je veux bien, mais pas tous les huit jours, *please* ! Au train où c'est parti, je finirai par devenir Einstein, non merci !

Nicolas a réussi à attraper une coupe, il la tend à Asli. De ce côté-là, ça va plutôt bien : Sélim a été placé en garde à vue pour détention de drogue. Le juge l'a relâché, mais gare à la récidive, ça risque de cogner. À propos de cogner, Nicolas a une touche pour ses quilles punchy.

Pour Julie et Fabrice, la date du mariage a été fixée : le 20 juin prochain. Église, mairie, tente, buffet, tout est réservé. On enverra les invitations en avril : bagarres en perspective.

Puisqu'on parle mariage, quand le divorce sera prononcé, il faudra que je m'occupe d'oncle Étienne. Dormir seul, même à son âge, ce n'est pas sain. On se néglige, on mange trop, on finit par ressembler à son chien. En attendant, je lui ai promis de lui rapporter des gougères.

Papa a entouré les épaules de maman d'un bras protecteur, j'aime bien. Pour le couple à distance, ça roule à peu près : les trajets se font à la parité et tous les deux ont l'air plutôt contents. Mais pas contents comme avant quand même : contents plus sérieux. Peut-être qu'eux aussi ont grandi.

Tiens, voilà Gianni qui s'approche d'eux. Il serre la main de papa, le culot ! Et les voilà qui rient, on aura tout vu. Il doit être en train de leur expliquer la meringue. Virginia a raison, j'ai intérêt à freiner mon imagination.

Depuis tout à l'heure, quand le député-maire a dit que la femme était l'avenir du monde en regardant maman loin dans les yeux, loin dans sa vie, quelque chose me turlupine.

Maire, ça mène à député – la preuve, lui ! Député, ça mène à ministre et ministre à président de la République. Soixante-dix pour cent des Français ne seraient pas hostiles à voir une femme accéder à la magistrature suprême. Ce serait la première à s'installer au palais de l'Élysée.

De Strasbourg au palais de l'Élysée, ça fait une trotte quand même.

Enfin, on a le temps d'y penser.

– Mais qu'est-ce qu'elle fait là, toute seule, ma sauterelle aux étoiles ? s'exclame Virginia.

Je ne l'ai pas vue arriver, c'est comme l'épreuve. Elle me tend une coupe de champagne avec son sourire bien à elle.

– Alors, à quoi on se saoule, ce soir ?

Imprimé en France par

MAURY-IMPRIMEUR
à Malesherbes (Loiret)
en février 2013

POCKET – 12, avenue d'Italie – 75627 Paris Cedex 13

N° d'impression : 179605
Dépôt légal : février 2003
Suite du premier tirage : février 2013
S12557/11